Collection dirigée par Glenn Tavennec

LES AUTRICES

Kass Morgan est diplômée de l'université de Brown et d'Oxford, elle vit à Brooklyn, New York. En 2013, elle publie son premier roman et le premier tome d'une série dystopique, *Les 100.* Les quatre tomes ont été adaptés en série, tous les épisodes y compris la septième et dernière saison sont disponibles sur Netflix depuis 2020.

Les 100 ainsi que son autre saga *Light Years* sont parus en France dans la Collection R.

Danielle Paige est diplômée de l'université de Columbia et vit actuellement à New York. En plus d'écrire des romans à destination des jeunes adultes elle travaille comme scénariste pour la télévision et a été primée par plusieurs Emmy Awards.

Plus d'informations sur son site : http://daniellepaigebooks.com/

KASS MORGAN
DANIELLE PAIGE

Les Ailes D'OMBRE

*traduit de l'anglais (États-Unis)
par Madeleine Nasalik*

Loi n° 49 956 du 16 juillet 1949 sur les publications
destinées à la jeunesse et aux jeunes adultes

Titre original : *The Ravens*

Produced by Alloy Entertainment, LLC
Published by arrangement with Rights People, London
(édition originale : ISBN 978-0358098232,
first published by Clarion Books
an imprint of the Houghton Mifflin Harcourt Books
for Young Readers Division, Boston)

ISBN 978-2-221-24246-9
ISSN 2258 2932
Dépôt légal : octobre 2021
Éditions Robert Laffont – 92, avenue de France 75013 Paris

Pour ma mère, Marcia Bloom, qui m'a initiée
à la meilleure des sorcelleries en m'apprenant
à contempler la beauté qui m'entoure et à trouver
de la magie là où on s'y attend le moins.

Kass

Pour Andrea, Sienna, Fiona et mes sœurs en sorcellerie.
Et pour ma mère, Shirley Paige,
dont la magie restera toujours avec moi.

Danielle

Prologue

La sorcière étudia la jeune fille blonde recroquevillée par terre. Sa victime posait sur elle des yeux écarquillés par la terreur.

— Ne me regarde pas comme ça. Je te l'ai déjà dit, je n'en tire pas spécialement plaisir.

Elle traça le cercle au sol, alluma les bougies et mélangea le brouet qui cuisait à gros bouillons dans le chaudron. Le poignard qu'elle avait patiemment aiguisé renvoya un éclat sinistre sur l'autel.

En guise de réponse, la jeune fille lâcha une plainte, les joues baignées de larmes. Elle était bâillonnée mais sa supplique résonna distinctement dans l'esprit de la sorcière.

N'oublie pas qui je suis. N'oublie pas qui tu es, toi. N'oublie pas les Ailes d'Ombre.

La sorcière se cuirassa le cœur. La fille avait perçu une faille en elle, elle essayait de s'y engouffrer. Elle tentait d'interrompre le rituel, par tous les moyens possibles. Elle voulait espérer. Elle voulait vivre.

Trop tard. La magie ne s'encombrait pas de morale. Elle donnait et elle prenait, point. C'était cela, le don. C'était cela, le prix à payer.

La sorcière s'agenouilla près de son offrande et s'assura une dernière fois que la corde allait tenir. Elle avait pris soin de serrer les nœuds quand elle l'avait ligotée, mais pas trop, pour ne pas couper la circulation dans ses membres. Elle n'était pas non plus un monstre.

La jeune fille se remit à crier et, cette fois-ci, ses hurlements traversèrent le bâillon.

La sorcière serra les dents. Elle aurait préféré que sa victime soit inconsciente. Sauf que le rituel décrit par le grimoire était très strict sur ce point. Si elle voulait réussir, elle devait le suivre à la lettre. Au moindre écart…

Elle ferma les yeux. Elle ne pouvait pas échouer, non. Il fallait absolument que ça fonctionne. Pas d'autre solution.

Elle s'empara du poignard, psalmodia l'incantation.

Au bout du compte, ce fut plus facile qu'elle ne le craignait. Une simple entaille, une gerbe écarlate suivie du grésillement caractéristique de la magie qui imprégnait l'air…

Une magie qui était désormais sienne.

1

Vivi

— Vivian.

Daphné Devereaux s'était postée sur le seuil de la chambre de sa fille, les traits tordus par une angoisse surjouée. Malgré la chaleur qui pesait sur la ville de Reno comme une chape de plomb, elle portait un peignoir noir, garni de glands dorés, qui arrivait au plancher, ses cheveux noirs et indisciplinés pris dans un turban en velours.

— Tu dois rester ici, asséna-t-elle. J'ai eu une prémonition.

Vivi jeta un coup d'œil à sa mère, étouffa un soupir et retourna à ses préparatifs. Elle allait partir dans l'après-midi pour se rendre à Westerly, une université prestigieuse située à Savannah, et elle essayait de faire tenir toute sa vie dans deux valises et un sac à dos. En matière de bagages bouclés à toute vitesse, Vivi avait des années d'expérience au compteur. Chaque « prémonition » de Daphné Devereaux était suivie d'un déménagement précipité et elle était obligée d'abandonner une grande partie de ses affaires. « C'est plus sain de repartir à zéro, mon sucre d'orge », avait dit Daphné la fois où Vivi l'avait implorée de faire demi-tour pour récupérer Philip, son hippopotame en peluche. « Je te déconseille de traîner cette mauvaise énergie avec toi. »

Vivi était très occupée à fourrer des livres dans son sac à dos. Daphné démarrait elle aussi une nouvelle vie, à Louisville, et la future étudiante savait qu'elle ne pouvait pas compter sur sa mère pour prendre soin de sa bibliothèque.

— Laisse-moi deviner, lâcha-t-elle. Tu as vu qu'une force maléfique va se mettre en travers de ma route, c'est ça ?

— Tu cours un grand danger… *là-bas.*

Exaspérée, Vivi ferma les yeux et prit une profonde inspiration. Cela faisait plusieurs mois qu'il en était question et pas une fois sa mère n'avait réussi à prononcer le mot *université.*

— *Là-bas,* c'est Westerly. Ça ne va pas te brûler la langue de le dire.

Westerly, c'était pour Vivi une bouée de sauvetage. Le jour où elle avait reçu une bourse qui couvrait intégralement les frais de scolarité dans cette université qui n'accueillait que l'élite et qui lui semblait inaccessible, cela avait provoqué un véritable coup de tonnerre dans sa vie. Vivi avait toujours été une élève appliquée mais elle avait fréquenté trois lycées différents – dont deux qu'elle avait intégrés en milieu d'année – et, malgré ses excellents résultats, son dossier scolaire présentait autant de trous qu'un gruyère.

— Tu vas détester Westerly, avait affirmé sa mère. Jamais je ne mettrai les pieds sur ce campus.

Cela avait achevé de la convaincre. Si sa mère avait Westerly en horreur, c'était clairement l'endroit idéal pour faire table rase du passé.

Tandis que Daphné était toujours plantée dans l'embrasure de la porte avec sa tête d'enterrement, Vivi consulta le calendrier punaisé au mur jauni, la seule décoration qu'elle avait apportée à sa chambre cette fois-ci. Au fil des ans, elles avaient occupé des logements plus douteux les uns que les autres mais le dernier en date était un vrai taudis. Elles vivaient à Reno, au-dessus d'un prêteur sur gages, dans un deux-pièces qui puait le tabac froid et le désespoir, enlaidi de motifs en stuc – un reflet du Nevada tout entier, gris de poussière. Les photos du calendrier, odes sur papier glacé à Westerly, à ses vieux bâtiments couverts de lierre et à ses chênes revêtus de mousse, étaient devenues la planche de salut de Vivi. Elles lui rappelaient qu'il existait autre chose ailleurs, un avenir plus riant qu'elle allait pouvoir se forger elle-même – loin de sa mère, cet oiseau de mauvais augure.

À cet instant elle vit que sa mère était au bord des larmes et elle sentit son agacement refluer, un tout petit peu. Même si Daphné était une tragédienne accomplie – il faut savoir jouer la comédie quand son métier consiste à arnaquer des étrangers crédules –, jamais elle n'avait réussi à pleurer sur commande.

Vivi délaissa ses valises et s'approcha d'elle.

— Ça va bien se passer, maman. Je reviendrai bientôt, pour Thanksgiving.

Sa mère renifla et tendit un bras pâle. Vivi avait hérité d'elle son teint clair et donc sa facilité à attraper des coups de soleil au bout d'un quart d'heure à peine sous les rayons du désert.

— Regarde la carte que j'ai tirée pour toi, à la place du défi, dit-elle.

Un tarot. Daphné gagnait sa vie en tirant les cartes pour ses clients, des paumés qui la payaient sans regarder à la dépense pour qu'elle les rassure avec des banalités du type : *Oui, votre feignasse de mari va bientôt trouver du travail ; non, votre père qui vous a abandonné enfant ne vous déteste pas – en fait, il essaie lui aussi d'entrer en contact…*

Petite, Vivi avait été très fière de sa mère, qui impressionnait sa clientèle grâce à son érudition et son allure de star du cinéma, avant de comprendre en grandissant qu'elle exploitait la détresse humaine. Son admiration s'était transformée en dégoût et, même si elle avait des scrupules à voir sa mère escroquer des naïfs en quête de réconfort, elle n'y pouvait pas grand-chose. Les tirages de Daphné étaient leur unique source de revenus, l'unique façon de s'assurer qu'elles avaient un toit sur leur tête, fût-il en piteux état, et un frigo rempli.

Vivi allait pouvoir tourner la page. Une solution s'offrait à elle, enfin. Un nouveau départ, loin des lubies maternelles et de cette vie d'errance, au gré des caprices d'une personne au tempérament instable.

Elle haussa un sourcil.

— Tu as tiré une carte pour moi ? Laisse-moi deviner. Ce ne serait pas la Mort, par hasard ?

Le visage de sa mère s'assombrit et sa voix d'ordinaire mélodieuse se fit tranchante, presque glaciale.

— Vivi, je sais que tu n'y crois pas mais pour une fois, écoute-moi.

Vivi prit la carte que sa mère lui tendait et la retourna. Un squelette qui brandissait une faux, les orbites vides et les mâchoires déformées par un rictus mauvais, lui renvoya son regard. Des mains et des pieds privés de corps jaillissaient d'une terre fertile tandis que le soleil s'abîmait dans un ciel rouge sang. Même s'il en fallait plus pour la surprendre, Vivi sentit le vertige la gagner ; elle eut l'impression de se tenir au bord d'un précipice et de plonger le regard dans un abîme sans fond alors qu'elle n'avait pas quitté sa chambre, dont l'horizon se limitait à l'enseigne au néon jaune ACHAT D'OR de l'autre côté de la rue.

— Je te l'ai dit plus d'une fois. Westerly n'est pas un endroit sûr, pas pour les gens comme toi, chuchota Daphné. Tu as le don de voir par-delà le voile. Cela fait de toi une cible de choix pour les forces obscures.

— *Par-delà le voile* ? répéta Vivi d'une voix lasse. Tu m'avais promis d'arrêter de dire des trucs délirants.

Toute son enfance, Daphné avait tenté d'attirer sa fille dans l'univers des arts divinatoires, de l'ésotérisme et des cristaux, prétendant que Vivi était douée de « pouvoirs spéciaux » qui n'attendaient que de se manifester. Elle l'avait même formée à faire des tirages tout simples pour ses clients, que le spectacle de cette fillette qui communiquait avec les esprits fascinait. Vivi avait fini par découvrir la vérité : elle n'avait aucun don, aucun pouvoir particulier ; elle n'était qu'une marionnette manipulée par sa mère.

— Je ne contrôle pas les cartes que je tire, Vivi. Ce serait stupide d'ignorer un avertissement aussi clair.

Dehors un klaxon retentit, quelqu'un brailla un juron. Vivi poussa un autre soupir et secoua la tête.

— Maman, c'est toi qui m'as appris que la Mort symbolise la transformation. C'est le sens qu'elle a ici, évidemment. L'université, un nouveau départ.

Elle voulut rendre la carte à sa mère qui garda obstinément les bras collés au corps.

Plus de déménagements en pleine nuit, plus d'installation bâclée dans une nouvelle ville choisie au petit bonheur ; plus de cartons refaits à la va-vite dès que Vivi nouait une amitié. Les quatre années qui se profilaient, elle allait pouvoir les mettre à profit pour se réinventer, se mettre dans la peau d'une étudiante normale. Elle allait se faire des amis, sortir, s'amuser, s'inscrire à des activités en dehors des heures de cours – peut-être même se découvrir des passions. À cause de la bougeotte de sa mère, elle n'avait développé aucune compétence, aucun talent. Elle avait dû laisser tomber la flûte au bout de trois mois et le base-ball au beau milieu de la saison sportive, et elle s'était inscrite et réinscrite en « Initiation au français » si souvent qu'en dehors de *Bonjour, je m'appelle Vivian. Je suis nouvelle**[1] elle ne savait rien dire dans la langue de Molière.

— En plus de la Mort, contra sa mère, j'ai tiré le Dix d'Épée et la Tour. La trahison, une violence soudaine. Vivian, j'ai un terrible pressentiment…

Abandonnant la partie, Vivi fourra le tarot dans sa valise puis elle prit les mains de Daphné dans les siennes.

— Maman, ta vie va être chamboulée, comme la mienne. C'est normal d'appréhender. Dis-moi que je vais te man-

1. Les phrases en italique suivies d'un astérisque sont en français dans le texte original. (N.d.T.)

quer, tout simplement, comme une mère normale, au lieu d'y voir forcément un signe du monde de l'au-delà.

Sa mère lui serra les mains, fort.

— Je ne peux pas prendre cette décision à ta place, mais…

— Arrête. S'il te plaît. Je n'ai pas envie de passer ma dernière journée à me disputer avec toi.

Vivi mêla ses doigts à ceux de sa mère, comme elle le faisait petite. Les épaules de Daphné s'affaissèrent : elle venait de comprendre qu'elle avait perdu la bataille.

— Promets-moi d'être prudente, Vivi. Rappelle-toi, les apparences peuvent être trompeuses. Et tout ce qui brille n'est pas de l'or.

— C'est ta façon de me dire qu'au fond, je suis mauvaise ?

Pour toute réponse, sa mère la fusilla du regard.

— Sers-toi de ton cerveau, Vivi.

— Ça, j'en suis capable, répondit-elle avant de sourire d'une oreille à l'autre.

Levant au plafond des yeux exaspérés, Daphné prit sa fille dans ses bras.

— J'ai élevé une mégalomane.

— À force de t'entendre répéter : « Tu es magique et rien ne peut t'arrêter », j'ai commencé à le croire, rétorqua Vivi, puis elle zippa sa valise. Je ferai attention, promis.

Et elle comptait tenir parole. Elle savait qu'à la fac, le chemin serait pavé de dangers. Rien n'était rose dans la vie. Mais si Daphné pensait qu'une pauvre carte pouvait annoncer ce que lui réservait son avenir, elle délirait. La magie, ça n'existait pas.

De cela, Vivi était convaincue.

2

Scarlett

Ce n'est pas toi qui choisis tes sœurs. C'est la magie qui se charge de cela, avait dit Minnie des années avant que sa protégée n'intègre Kappa Rho Nu. Scarlett Winter se rappela les sages paroles de sa nourrice à l'instant où la voiture, conduite par sa mère, passa le portail en fer forgé du campus de Westerly. Les étudiants arrivaient par troupeaux. Certains s'agrippaient à la poignée de leur valise, nerveux ; d'autres embrassaient l'université d'un regard avide, comme prêts à se lancer à sa conquête. Parmi ces visages inconnus se cachaient les nouvelles recrues de Kappa. La toute dernière promotion d'Ailes d'Ombre, le surnom que se donnaient les sœurs sorcières qui, si tout se déroulait selon les plans de Scarlett – et si la magie y était disposée –, la nommeraient présidente de leur coven à la fin de l'année.

Une fois le portail franchi, Scarlett se sentit gagnée par une sensation de liberté et de force. Enfin, elle se détachait de l'ombre projetée par sa famille et elle entrait dans la lumière. Cependant, elle allait un peu vite en besogne car Marjorie, sa mère, et Eugenie, sa sœur aînée, avaient marqué Kappa d'une empreinte indélébile. Leur figure s'affichait sur les photos de groupe fixées aux murs. Leur nom était sur les lèvres des doyennes. Personne ne les avait oubliées. Mais Scarlett était résolue à se nourrir des attentes qu'on plaçait en elle et à prouver à la terre entière qu'elle était la meilleure des Winter, et de loin. Elle marcherait sur leurs pas en se faisant élire à la tête de Kappa et elle montrerait qu'elle n'avait rien à leur envier, autant en intelligence qu'en magie, et laisserait à son tour un souvenir impérissable. Oui, elle les battrait à plates coutures. C'était du moins le scénario qu'elle jouait dans sa tête.

— Tu aurais vraiment dû mettre ta robe rouge, Scarlett, fit remarquer Marjorie en lui lançant un regard désapprobateur dans le rétroviseur. Une présidente de Kappa, ça porte du rouge. C'est la couleur du pouvoir, de l'élégance, du charisme...

Scarlett étudia son reflet dans le rétroviseur. Eugenie, Marjorie et elle étaient noires de peau, avec une nuance propre à chacune, du brun doré au caramel. Sublimes toutes les trois, à ceci près qu'Eugenie était le portrait craché de Marjorie tandis que Scarlett avait une beauté bien à elle, avec son nez pointu et ses yeux légèrement écartés. Adolescente, Scarlett en était venue à envier les traits physiques que sa mère et sa sœur avaient en commun, jusqu'à leur nez, au modelé parfait.

Elle défroissa sa robe verte resserrée à la taille.

— Maman, je doute que Dahlia désigne sa remplaçante en fonction de la tenue qu'elle aura portée le jour de la rentrée. Et du rouge quand on s'appelle Scarlett, ça manque de subtilité.

Le visage de Marjorie se fit grave.

— Scarlett, *le moindre détail* peut jouer.

— Maman a raison, tu sais, lança Eugenie, qui occupait le siège passager.

— Écoute ta grande sœur. Présidente deux années de suite, rappela fièrement Marjorie. Et c'est à toi de reprendre le flambeau.

— Sauf si cela te convient de rester sur la touche, bien sûr, ajouta Eugenie en affichant un petit sourire narquois.

— Bien sûr que non. Je suis une Winter, pas vrai ?

Scarlett se tint plus droite et lança un regard noir à sa sœur. Elle ne comprenait pas trop pourquoi son aînée avait insisté pour la déposer à Westerly. Elle travaillait au cabinet d'avocats que chapeautait leur mère, où elle occupait le poste d'associée junior, et elle lui rebattait les oreilles avec son planning surchargé. Mais elle ne ratait pas non plus une occasion de rabaisser Scarlett. Par exemple en s'attribuant le siège avant, à côté de Marjorie, pendant que Scarlett était reléguée à la banquette arrière.

Sa mère l'approuva d'un hochement de tête.

— N'oublie jamais que tu es une Winter, ma chérie.

Elle se décala pour jeter un coup d'œil à sa fille et une bouffée de son parfum – des notes de jasmin – arriva aux narines de Scarlett, lui rappelant toutes ces fois où Marjorie s'était glissée furtivement dans sa chambre à la fin d'une longue journée de travail pour lui déposer un baiser sur le front alors qu'elle faisait semblant de dormir. Cela ne la dérangeait pas d'être réveillée par un baiser de sa mère. Dans ces moments-là, elle sentait à quel point Marjorie tenait à elle, même si elle la privait de son affection le reste du temps.

Ce qui comptait le plus aux yeux de Marjorie Winter, c'était que ses filles perpétuent la tradition familiale et occupent la présidence de Kappa. Toute son enfance, Scarlett avait eu droit aux mêmes leçons : « La présidente de Kappa ne doit pas avoir une seule qualité, Scarlett. Elle doit les avoir toutes. L'intelligence, le style, un cœur en or. C'est une fille qui inspire l'envie et le respect à parts égales. Une fille qui met ses sœurs avant les autres – assez puissante pour changer le monde. »

Scarlett avait toujours su, d'aussi loin que remontaient ses souvenirs, qu'elle était une sorcière et que son destin était d'intégrer Kappa. Rallier les rangs de Kappa était une obligation ; en prendre la tête, un impératif absolu. Ce qui expliquait pourquoi Minnie, qui avait été la nourrice de

Marjorie et d'Eugenie avant de veiller sur Scarlett, avait passé ses vieux jours à lui enseigner les arts occultes.

Chaque sorcière naît avec des dons particuliers : les Coupes sont un signe d'Eau ; les Deniers, un signe de Terre ; les Épées, un signe d'Air ; et les Bâtons, un signe de Feu. À chaque signe correspond une suite dans le tarot, ce qui ne cessait d'amuser Scarlett. Les sceptiques considèrent les cartes comme l'instrument des charlatans et des bonimenteurs car ils ignorent que la tarologie est un moyen d'approcher la vérité au plus près.

Scarlett était de Coupe, ce qui signifiait que l'eau était l'élément qu'elle maîtrisait le mieux. Elle avait appris de Minnie qu'en tenant le bon symbole à la main, et en prononçant la bonne formule, elle était capable de pratiquer une magie qui aurait des retombées directes, et positives, sur le monde.

Minnie elle-même n'appartenait pas au clan des Ailes d'Ombre ; elle descendait d'une lignée de sorcières autodidactes qui se transmettaient mystères et sortilèges de génération en génération. Mais elle avait connu les Winter toute sa vie et elle comprenait mieux que personne la pression que subissait Scarlett. Minnie avait placé une foi inébranlable en sa protégée – elle avait rassuré la jeune fille quand elle se retrouvait en butte à la déception de sa mère ou aux moqueries d'Eugenie. Elle lui avait dit et répété que rien ne l'empêchait de devenir la sorcière la plus puissante au monde, à condition de croire en elle, et de se reposer sans crainte sur la magie.

Minnie avait été emportée par la vieillesse au printemps et Scarlett avait tellement pleuré sa mort qu'il s'était mis à pleuvoir. Elle sentait toujours son cœur se fragmenter quand elle pensait à sa nourrice mais elle savait que le souhait le plus cher de celle-ci, c'était de la voir heureuse, et Scarlett était plus déterminée que jamais à montrer à sa famille – ainsi qu'à toutes les Ailes d'Ombre – qu'elle avait toutes les capacités requises pour être désignée présidente du coven.

L'échec était exclu, purement et simplement.

Marjorie se gara devant le club Kappa et le pouls de Scarlett s'accélérera. Le bâtiment où logeaient les Ailes d'Ombre était une splendeur de style néo-Renaissance, gris tourterelle, ornée à chaque niveau de balcons en fer forgé et d'un belvédère sur le toit où les sœurs pratiquaient parfois la magie. Les sœurs en reprenaient possession au retour de l'été, chargées qui d'une valise, qui d'une babiole pour décorer sa chambre, et se saluaient avec de grandes embrassades. Scarlett reconnut Hazel Kim, une deuxième année qui s'illustrait sur la piste d'athlétisme ; Juliet Simms, une doyenne qui faisait des étincelles en chimie – et en alchimie ; et Mei Okada, une troisième année comme elle, qui pouvait changer son apparence d'un claquement de doigts, aussi facilement qu'elle changeait de tenue.

Marjorie coupa le moteur et balaya les environs du regard, comme un général qui passe ses troupes en revue.

— Où est Mason ? Je voulais absolument qu'il me raconte son voyage en Europe.

— Il ne rentre que demain, expliqua Scarlett.

Elle tenta de réprimer un sourire ravi. Cela faisait plus de deux mois qu'elle n'avait pas vu Mason, qui était son petit ami en titre depuis deux ans. Jamais ils n'avaient été séparés aussi longtemps. Sur un coup de tête, Mason avait décidé d'explorer l'Europe après s'être rendu au mariage d'un ami de sa famille en Italie. Il avait tiré un trait sur le stage programmé dans le cabinet de son père – avocat, comme Marjorie – et sur ce que Scarlett avait prévu pour eux au cours de l'été. Pendant le stage qu'elle-même avait fait sous la houlette de sa mère, durant lequel elle avait planché sur des dossiers et programmé le calendrier mondain des Ailes d'Ombre pour l'année à venir, Scarlett avait dû se contenter de messages aussi rares que laconiques, et de quelques photos – *Je viens de piquer une tête dans le lac de Côme* – *Triste que tu ne sois pas là* – *Il faut que tu voies l'eau à Capri* – *Je t'y emmène dès que tu as décroché ton diplôme.* Cela ne ressemblait pas à Mason de se dérober à ses responsabilités, ni de la faire languir deux longs mois. En règle générale, Scarlett n'attendait rien ni personne, mais lui en valait la peine.

— Invite-le à la maison dès que possible, ajouta Marjorie.

Remuant sur son siège, Eugenie consulta sa boîte professionnelle et, d'un index agressif, fit défiler ses mails. Scarlett dissimula un sourire suffisant. Mason, c'était l'unique domaine où elle avait pris Eugenie de vitesse. Elle avait trouvé son *complément* – la formule qu'employaient les Ailes d'Ombre pour décrire les partenaires dignes d'elles. Et elles plaçaient la barre haut, très haut. Les *compléments* ne se trouvaient que parmi la fine fleur du campus et Mason en était un parfait échantillon. Un pedigree impeccable – son père était un avocat très réputé en Géorgie, moins illustre que Marjorie, il va sans dire –, président de sa fraternité, promis à un avenir radieux. Brillantissime dans toutes les disciplines, sportif, terriblement sexy – et rien qu'à elle. Cerise sur le gâteau : sa mère l'adorait.

— Merci de m'avoir conduite jusqu'ici, maman, lança Scarlett, la main sur la portière.

— Oh, à ce propos, dit sa mère, comme si la mémoire lui revenait soudain.

Et elle lui tendit une boîte empaquetée par-dessus son siège.

Scarlett se sentit exulter – elle n'avait pas le souvenir qu'Eugenie ait eu droit à un cadeau pour marquer son entrée en troisième année d'études – et dut prendre sur elle pour ne pas déchirer le papier d'emballage.

Sa mère lui avait offert un jeu de tarots de toute beauté. Une femme au sourire entendu vêtue d'une robe chamarrée de plumes donnait l'impression de lui faire un clin d'œil depuis le dos de chaque lame.

— Elles étaient à toi, ces cartes ? demanda Scarlett, brûlant de savoir si sa mère et Eugenie s'en étaient servies au moment de leur nomination, et s'il fallait les inclure dans la tradition familiale.

— Elles sont toutes neuves. Je les ai commandées auprès d'une Coupe puissante qui occupe un poste de premier plan au Sénat. Elle les a enluminées de sa propre main, fanfaronna Marjorie.

La déception comprima la poitrine de Scarlett. Elle comprenait que sa mère se vante d'avoir des amis haut placés mais pourquoi lui donner ce tarot, et pourquoi maintenant ? Marjorie la connaissait si mal.

— Elles sont magnifiques, Maman, mais j'ai déjà celles de Minnie.

Hors de question de remplacer le jeu de Minnie par un tarot flambant neuf.

— Nouvelle année, nouveau départ, rétorqua sa mère. Je sais à quel point ta nounou comptait pour toi ; elle comptait beaucoup pour moi aussi. Mais je vois bien que tu es inconsolable depuis son décès et Minnie ne voudrait pas que tu apportes la tristesse dans tes bagages. Ce qu'elle voulait, c'est que tu sois une Aile d'Ombre – et que tu occupes la première place du coven.

Correction : c'est ce que toi, tu veux. Scarlett fourra le tarot dans sa poche – sans la moindre intention de s'en servir –, se pencha et embrassa sa mère sur la joue pour la remercier.

— Bien sûr, maman. Merci, murmura-t-elle.

Après une bise sans enthousiasme à Eugenie, puis une autre à sa mère, Scarlett alla ouvrir le coffre pour récupérer ses deux sacs qui n'étaient pas plus lourds qu'une plume, grâce au charme qu'elle avait employé un peu plus tôt. Elle fit au revoir de la main, attendit que la voiture disparaisse au coin de la rue et venait de reculer d'un pas lorsqu'elle percuta quelqu'un sur le trottoir.

— Hé ! Attention ! lança-t-elle sans se retourner.

— C'est toi qui m'as foncé dedans, fit une voix indignée.

Scarlett se retrouva face à Jackson Carter, qui avait suivi le même cours de philosophie qu'elle au semestre précédent. Il reprenait sa respiration, en short de jogging, des écouteurs fichés dans les oreilles. La sueur perlait sur sa peau couleur ébène et son t-shirt trempé était plaqué sur ses pectoraux.

— En même temps, venant d'une Kappa, je ne suis pas étonné, ironisa Jackson. Vous faites comme si le campus vous appartenait.

— Justement tu tombes mal, répondit Scarlett du tac au tac. Tu es pile devant chez nous.

C'était la première fois qu'ils débattaient d'un sujet autre que les grands penseurs disparus et Jackson montrait l'étendue de sa grossièreté en démarrant par une insulte.

Jackson n'était pas originaire de Savannah. Sûr et certain. Elle le devinait à sa goujaterie et à son culot – et il n'avait pas non plus l'accent du Sud. Ses consonnes restaient plantées là, têtues, contrairement à ses syllabes à elle, qu'elle laissait traîner pour plus d'effet. Un galant homme se serait empressé auprès d'elle et lui aurait porté ses valises. D'ailleurs, un galant homme se serait retenu de lui passer un savon en pleine rue sous prétexte qu'elle avait l'audace de se tenir sur le trottoir – en face de chez elle, par-dessus le marché.

Jackson revint à l'attaque.

— Dis-moi, est-ce que les Kappa perdent leur âme petit bout par petit bout ou est-ce qu'elles la bazardent d'un coup, comme on arrache un pansement ?

Scarlett se hérissa. Elle savait ce qu'il pensait d'elle, elle savait aussi pourquoi. Elle ne comptait plus le nombre de films qui dépeignaient les étudiantes réunies en sororités sous les traits de petites pimbêches frivoles et maniérées. Malheureusement, trop de vidéos et d'anecdotes réelles alimentaient cette réputation. Scarlett pensait toujours avec embarras à cette vidéo postée sur YouTube, devenue virale, qui montrait une étudiante en train de lire une lettre dans laquelle elle expliquait, sans lésiner sur les détails sordides, pourquoi elle détestait toutes ses camarades. Scarlett était certaine que les histoires horribles de ce genre étaient l'exception, pas la norme – que la majorité des étudiantes intégraient une sororité pour d'excellentes raisons, par exemple pour promouvoir la solidarité féminine. Et Kappa n'était pas une simple association : c'était un refuge, un endroit qui assurait une protection aux sorcières modernes, où elles pouvaient apprendre et pratiquer leur art dans de bonnes conditions. Cela, Scarlett ne pouvait l'expliquer à Jackson.

— On la perd d'un seul coup, rétorqua-t-elle. Ça m'étonne que tu ne t'en sois pas aperçu, du haut de ta supériorité morale.

— On est au moins d'accord sur un truc, répondit Jackson en croisant les bras, un éclair de défi au fond de ses yeux noisette.

— Si tu as un problème avec les Kappa, je te suggère de choisir un peu mieux les endroits où tu passes pour courir.

Il haussa le sourcil, toisa Scarlett.

— C'est une menace ? De ce que j'entends…

Soudain ses pupilles devinrent vitreuses et elles se fixèrent sur un objet derrière son épaule, en hauteur. Comme si Scarlett avait disparu du paysage. Il pencha subitement la tête et, sans un mot, il reprit sa course.

Scarlett se retourna et découvrit, descendant bras dessus bras dessous les marches du perron, Dahlia Everly et Tiffany Beckett, respectivement présidente de Kappa et meilleure amie de Scarlett. Elles avaient toutes deux les cheveux relevés en queue-de-cheval, blonds pour l'une, platine pour l'autre. Dahlia adressa un clin d'œil à Scarlett, levant ses doutes : c'était elle qui, d'un sort, l'avait libérée de Jackson.

— Merci d'être intervenue, dit-elle en lâchant ses valises.

Elle foudroya du regard, une dernière fois, Jackson qui s'éloignait. Elle ne comprenait pas ce qui clochait chez lui, ni pourquoi il avait une telle dent contre les Kappa. L'une de leurs sœurs avait dû le rembarrer l'année d'avant. Certains types à l'ego fragile ne supportent pas qu'on leur dise non.

— C'est quoi, son problème ? demanda Dahlia. J'ai bien cru que tu allais nous provoquer un ouragan de catégorie trois.

— Certainement pas. Il ne mérite pas qu'on se prenne une averse.

— Qu'est-ce qui t'a pris de lui adresser la parole ?

Dahlia fronça le nez. On aurait cru que l'expression « main de fer dans un gant de velours » avait été inventée pour elle et elle refusait de gaspiller son précieux temps avec le tout-venant des étudiants.

— Moi, lui adresser la parole ? Il m'est rentré dedans – littéralement.

Tiffany éclata de rire et ouvrit grand les bras pour y recevoir sa meilleure amie. Scarlett se rua vers elle et la serra, aussi fort que possible – pas trop, pour éviter de froisser son chemisier en soie.

— Tu m'as trop manqué.

— Pareil.

Tiffany lui fit la bise. Son rouge à lèvres carmin ne laissa aucune trace sur sa joue. Le maquillage des Ailes d'Ombre ne bavait jamais.

— Comment va ta mère ? demanda Scarlett.

Une ombre traversa le visage de Tiffany. Dahlia eut l'air gênée.

— On essaie un nouveau traitement. On en saura plus dans peu de temps.

Scarlett serra Tiffany une nouvelle fois sur son cœur. Son amie avait passé l'été à Charleston, aux côtés de sa mère qui livrait une bataille contre le cancer. Quelques mois auparavant, Tiffany avait demandé à Dahlia d'organiser une séance de guérison collective pour la malade. Chaque Aile d'Ombre avait ses propres pouvoirs mais la puissance du groupe dépassait de loin la puissance individuelle. Il incombait à Dahlia, entre autres responsabilités, de sélectionner les sorts que les Ailes d'Ombre allaient jeter, en tant que collectif, et c'était un rôle dont elle se délectait ostensiblement. Issue de la bonne société de Houston, Dahlia adorait être au centre des décisions, au centre des débats. Son assurance faisait d'elle une excellente présidente mais, par moments, Scarlett avait l'impression qu'elle négligeait les besoins des autres et se souciait plus de son autorité ou de son héritage. À l'en croire, l'histoire de Kappa était semée de rituels de guérison ratés. « Certaines choses ne sont pas en notre pouvoir », avait conclu Dahlia, balayant la requête de Tiffany.

Tiffany en nourrissait une certaine rancœur : son intuition lui disait que Dahlia se souciait moins de sa mère que des retombées et des risques potentiels de la cérémonie. Scarlett, qui avait vu la peur dans les yeux bleus de sa meilleure amie, qui n'avait pourtant peur de rien, avait eu le plus grand mal à accepter la décision de Dahlia et elle avait cherché conseil auprès de Minnie. Ce qu'elle ignorait à l'époque, c'est que sa nourrice n'allait pas tarder à quitter le monde des vivants.

— S'il existait un remède contre la mort, nous ne serions pas sorcières – nous serions immortelles, avait expliqué Minnie. Si on la titille un peu trop, cela nous revient comme un boomerang.

Tiffany se détacha de Scarlett, plaqua sur son visage un sourire de circonstance et cligna rapidement des paupières, chassant les larmes qui ne demandaient qu'à couler. Même si Tiffany était d'Épée, et non de Coupe. Scarlett se détourna, pour lui laisser le temps de reprendre contenance.

— Alors, cette campagne de recrutement ? Où en sont les préparatifs ?

— Hazel et Jess sont en train d'embellir les parties communes, répondit son amie d'une voix soulagée.

Scarlett hocha la tête. La tradition exigeait que les seconde année se chargent de décorer la maison à l'occasion de la soirée de recrutement en se pliant, chaque année, à un thème différent. Scarlett avait hâte de voir si la Prohibition avait inspiré ses sœurs.

— Tu as apporté les cierges magiques ? s'enquit Dahlia.

— Ils sont là-dedans, l'informa Scarlett en tapotant l'une de ses valises. Je les ai enchantés hier soir.

Minnie soutenait que le tri était effectué par la magie, et elle n'avait pas tort – en partie. Toutes les Ailes d'Ombre étaient sorcières de naissance, qu'elles en aient ou non conscience. Ce qui importait, c'était l'amplitude de cette magie. Ce qui n'était qu'un faible murmure, à peine audible, chez certaines, présentait chez d'autres la violence d'une tornade. Les cierges magiques que les Kappa distribuaient à l'entrée avaient pour particularité de désigner les plus puissantes des sorcières. Cela dit, les critères de sélection ne se limitaient pas au domaine surnaturel. Les Ailes d'Ombre devaient être exemplaires en tous points. Personnalité, pedigree, intellect, distinction – rien n'était omis. Et surtout pas le sens du sacrifice et l'abnégation.

— Je suis impatiente de rencontrer la prochaine fournée, déclara Tiffany.

— Seules les toutes meilleures feront l'affaire, bien entendu, lui répondit Scarlett.

Trouver des recrues de choix parmi les bizuts de Westerly revenait à chercher des diamants dans un océan de strass. Une fois présidente, Scarlett n'avait pas envie de devoir faire la police parmi une meute de sorcières rétives à la discipline.

— Bien sûr, répéta Dahlia, la contrariété barrant son visage sans défaut. Nous avons pour devoir de protéger Kappa. Pas question de nous retrouver avec une nouvelle affaire Harper sur les bras.

Scarlett sentit son estomac se nouer et elle évita de croiser le regard de Tiffany. *Une nouvelle affaire Harper.* Une complicité sombre et muette liait les deux amies. Scarlett s'interdit de penser aux événements de l'année précédente.

Des événements qui pouvaient ruiner ce qu'elle avait patiemment édifié.

3

Vivi

Vivi rajusta la lanière de son sac à dos. Le coin d'un livre s'enfonça entre deux côtes et lui arracha une petite grimace. Elle franchit le portail en fer forgé, lâcha sa valise et décrispa ses doigts contractés. L'arrêt de bus se trouvait à moins d'un kilomètre de Westerly mais, chargée comme elle l'était, il lui avait fallu près d'une heure pour couvrir cette distance et elle ne sentait plus ses paumes. Pourtant il lui suffit d'inspirer, une seule fois, cet air qui portait des parfums inédits, pour que la fatigue cède la place à un frisson d'excitation. Elle avait réussi. Au bout d'un voyage épuisant qui avait duré dix-huit heures – dix-huit heures qui lui avaient paru une éternité – elle était enfin seule, libre de semer ses propres graines, libre de commencer sa vraie vie.

Elle consulta la carte affichée sur l'écran de son téléphone, puis le parc qui s'étirait devant elle. Tout au bout se dressait un bâtiment en pierre tapissé de lierre, une banderole BIENVENUE AUX NOUVEAUX accrochée aux fenêtres en saillie du premier étage. *J'y suis presque,* s'encouragea-t-elle avant de repartir d'un pas lourd, les épaules endolories. Découvrant un attroupement d'étudiants accompagnés de leurs parents, elle se sentit gagnée par l'angoisse. Elle avait l'habitude de s'adapter à des situations inédites : avec quatre écoles primaires, deux collèges et trois lycées au compteur, elle savait exactement ce que l'on ressent quand on « vient d'arriver ».

Mais aujourd'hui, elle ne pouvait se raccrocher à aucune de ses expériences passées. Vivi allait passer quatre années entières à Westerly. Jamais elle n'était restée aussi longtemps au même endroit. C'était fini, le temps où elle était systématiquement « la nouvelle », « la fille chelou ». Elle pouvait adopter l'identité qui lui convenait le mieux.

Laquelle ? – telle était la question.

Vivi traîna sa valise jusqu'à une table, où des bénévoles distribuaient des brochures informatives et des dépliants.

— Bienvenue ! lança d'une voix enjouée une rousse aux cheveux longs et raides. Ton nom de famille ?

— Devereaux.

Vivi étudia son chemisier rose, sans le moindre pli, et l'eye-liner appliqué d'une main experte. En temps normal elle considérait l'élégance comme un don réservé à une certaine catégorie de personnes, une qualité qu'elle admirait sans forcément l'envier, comme ces gens qui arrivent à se toucher le nez avec la langue ou qui marchent sur les mains. Un rapide coup d'œil alentour lui fit comprendre que le soin apporté aux vêtements était la norme sur le campus. C'était la première fois que Vivi voyait autant d'ongles impeccablement manucurés, autant de teintes pastel et, une fraction de seconde, elle regretta de ne pas avoir suivi le conseil de sa mère. Peut-être que Westerly n'était pas fait pour Vivi, et vice versa.

— Devereaux, répéta la rouquine en parcourant une épaisse liasse de feuillets. Résidence Simmons, chambre 305. Simmons, c'est ce bâtiment, juste là. Voici ta brochure d'orientation… et ta carte d'étudiante. La carte fait aussi office de clef, alors ne la perds pas.

Vivi tendit la main mais la fille refusa de lui donner son dossier d'affectation ; elle s'y agrippait. Soudain statufiée, elle semblait hypnotisée par la scène qui se déroulait derrière Vivi.

Lorsque celle-ci se retourna, elle se rendit compte que tous les étudiants avaient le regard braqué dans la même direction. Un changement subtil se produisit et l'air se mit à grésiller, comme si l'orage couvait.

Trois filles traversaient la pelouse aussi rase que du velours. Il aurait fallu être myope pour ne pas voir que ce n'étaient pas des première année fraîchement débarquées à Westerly. La fille du milieu portait une robe d'été vert menthe qui mettait en valeur sa peau caramel et ses longues jambes sveltes. Elle était flanquée de deux clones – cheveux blonds, teint d'albâtre, jupe en tweed et corsage en soie crème. C'était la première fois que Vivi voyait ce genre de tenue dans la vraie vie, ailleurs que dans ces films dont l'héroïne est belle et riche. Pourtant, même affublées d'un jogging miteux, ces trois-là auraient capté son attention. Elles se déplaçaient avec une grâce désinvolte, portées par leur assurance, sans se presser. Elles n'avaient pas peur d'occuper leur place dans l'univers. Pour Vivi, qui avait passé la majeure partie de sa vie à essayer de se fondre dans le décor, voir des filles se détacher du lot et l'assumer avait quelque chose de grisant.

Elle regarda le trio se diriger vers l'entrée d'un bâtiment en brique rouge au pied duquel s'étaient massés des étudiants. À l'instant où elles arrivèrent à leur niveau, la foule se dispersa pour les laisser passer. Personne ne broncha.

— Ce sont les filles de Kappa, expliqua la rousse, en réponse à la question qu'elle lut dans le regard de Vivi. L'une des associations d'étudiantes qui se sont installées sur le campus. Elles se font appeler les Ailes d'Ombre. Ne me demande pas pourquoi. Peut-être parce qu'elles aiment bien se draper dans le mystère.

Vivi piqua un fard.

— Désolée.

— Ne t'en fais pas. Elles font cet effet à tout le monde. Si tu veux les voir en action, va faire un tour chez elles ce soir, elles recrutent. Elles seront dans une forme exceptionnelle.

La fille haussa les épaules, tâchant de camoufler sa jalousie sous une nonchalance feinte.

— Tu devrais taper l'incruste, rien que pour jeter un œil au bâtiment qu'elles occupent. C'est le seul moment de l'année où elles l'ouvrent aux gens de l'extérieur et, crois-moi, ça vaut le détour.

— Mouais, pourquoi pas, répondit Vivi, intérieurement ravie qu'on la prenne pour le genre à « taper l'incruste » à une soirée.

Personne ne l'avait jamais invitée à une fête, pas même au lycée. Peut-être que la soirée de recrutement des Kappa n'était pas la meilleure façon de se lancer dans sa nouvelle vie, mais qu'avait-elle à perdre ? Peut-être que Vivi l'étudiante saurait se montrer à la hauteur du défi.

— Bon, tout me semble OK, conclut la rousse. Bienvenue à Westerly !

Vivi puisa dans ses dernières réserves pour traîner ses valises jusqu'à sa résidence, les hisser en haut des trois marches du perron en pierre et passer une porte en bois maintenue ouverte par une cale. Elle entama l'ascension de l'étroit escalier, toujours chargée comme une mule. Elle s'était fixé l'objectif d'arriver au premier étage sans faire de pause mais, au bout de quelques marches, ses bras lâchèrent.

— Merde, marmonna-t-elle tandis que ses bagages dévalaient l'escalier en sens inverse avant d'atterrir avec un bruit sourd.

— Besoin d'aide ?

Vivi pivota sur ses talons et son regard se posa sur un garçon auréolé de boucles brunes. Il se tenait au pied des marches et l'observait avec un sourire amusé.

Un court instant elle envisagea de lui dire qu'elle s'en sortait très bien avant de se rendre compte que la situation la trahissait.

— Je veux bien, merci. Si ça ne te dérange pas.

— Pas le moins du monde. Et si ça me dérangeait, je le ferais quand même.

Son accent sudiste, discret, étirait ses syllabes. Il attrapa les valises par la poignée et les souleva ensemble avant de monter les marches quatre à quatre, dépassant Vivi.

— On dirait que la galanterie n'est pas un mythe à Savannah, fit remarquer Vivi.

Aussitôt, elle regretta son compliment. Maladroit et sans originalité.

— Oh, il ne s'agit pas de galanterie. C'est une question de sécurité, répondit le garçon, un peu essoufflé : tu aurais pu tuer quelqu'un.

Vivi rougit jusqu'à la racine des cheveux et elle essaya de rattraper son sauveur. Ils arrivèrent à l'étage.

— Attends, je vais en porter une.

— Pas question, lança le jeune homme. Je suis trop attaché aux bonnes manières et à la sécurité pour lâcher ces bagages avant d'être sûr qu'ils ne présentent plus aucun danger. Tu as le numéro de ta chambre ?

— La 305. Mais tu n'es pas obligé, vraiment. Je vais me débrouiller.

— Ça ne me pose aucun problème.

Vivi lui emboîta le pas, un mélange de mauvaise conscience et de fébrilité au fond de l'estomac. C'était la première fois qu'un représentant de la gent masculine se montrait aussi prévenant avec elle.

Arrivé au deuxième étage, le garçon prit à droite et, lâchant un grognement, posa ses valises devant une porte.

— Et voilà. Chambre 305.

— Merci.

Vivi se sentait de plus en plus mal à l'aise. Et maintenant, quoi ? Est-ce que c'était le moment de lui demander comment il s'appelait ? La matière qu'il étudiait ? Comment les gens normaux se faisaient-ils des amis ?

— Tout le plaisir était pour moi, répondit-il.

Il sourit et, l'espace d'un instant, Vivi ne put détacher le regard de la fossette qui ornait sa joue gauche. Il lui faussa compagnie avant qu'elle ait le temps de reprendre ses esprits.

— Tâche de ne tuer personne ! lâcha-t-il par-dessus son épaule, puis il s'engouffra dans l'escalier.

— Je ne promets rien.

Trop tard pour le dire sur un ton espiègle et assuré. Il était déjà parti.

Vivi poussa la porte, prête à faire connaissance avec sa colocataire, mais l'endroit était vide. Deux lits jumeaux plus longs que la moyenne, deux bureaux en bois couverts d'entailles et un miroir en pied fixé à la porte d'un placard. Plus que correct pour une chambre de foyer étudiant – spacieux, clair, bien aéré. Aux antipodes du deux-pièces exigu et suffocant de Reno.

Elle trimbala une valise vers l'un des lits en se demandant à quel moment sa colocataire lui ferait l'honneur de la rejoindre et quel protocole suivre pour s'attribuer tel ou tel côté. Tout à coup une fenêtre s'ouvrit, en grand, et une rafale remplit la pièce d'un air tiède et parfumé, envoyant voler les papiers de son dossier. À son arrivée, cette fenêtre était pourtant fermée.

Avec un soupir, Vivi ramassa les papiers en se répétant pour la énième fois qu'un écart important entre la température intérieure et la température extérieure pouvait générer une pression exerçant une poussée sur la fenêtre. Ce raisonnement, Vivi avait fini par l'apprendre par cœur afin d'expliquer rationnellement les phénomènes étranges qui se produisaient de façon systématique quand elle se trouvait quelque part.

C'est à cet instant qu'elle remarqua la carte placée avec soin à la tête du matelas, comme par une main scrupuleuse.

La Mort. L'arcane que sa mère avait tiré.

Le squelette lui offrit son rictus hideux et, une fraction de seconde, une lueur rougeoya au fond de ses orbites. Vivi frémit, même si elle savait que c'était une illusion d'optique due au soleil. La voix de Daphné lui chuchota à l'oreille : *Je te l'avais dit. Westerly n'est pas un endroit sûr pour les gens comme toi.*

Une porte claqua plus loin dans le couloir, des éclats de rire s'élevèrent de la pelouse et flottèrent jusqu'à la chambre. Vivi se ressaisit. Elle n'avait pas quitté sa mère depuis vingt-quatre heures que, déjà, elle cherchait des signes envoyés par l'univers.

Daphné aurait été fière d'elle. En un sens.

Vivi se dirigea vers son bureau et, avec un reniflement dédaigneux, fourra le tarot dans un tiroir qu'elle referma vivement. Elle n'avait pas besoin de signes. Pas besoin de magie. Pas besoin non plus de la voix de sa mère pour commenter ses moindres faits et gestes. Ce qu'il lui fallait, c'était une vie normale, à la fac.

Une vie normale qu'elle allait inaugurer en se rendant à la soirée de recrutement des Kappa.

4

Scarlett

La maison des Kappa avait bénéficié d'un relooking total. Le papier peint moderne, gris métallisé, avait été remplacé par un rose pâle suranné et le canapé en velours était devenu une méridienne rehaussée de dorures. Une métamorphose complète. Seule la musique qui jaillissait d'une enceinte Bluetooth confirmait qu'on était toujours au vingt et unième siècle. La soirée de recrutement démarrait dans deux petites heures et toutes les sœurs s'activaient – les deuxième année peaufinaient la déco, les première année apportaient la touche finale au buffet et les doyennes s'assuraient que toute trace de magie avait été effacée.

Après avoir donné des consignes à l'équipe chargée du buffet, Scarlett et Tiffany gagnèrent l'étage pour se préparer. En passant devant la chambre de Scarlett, Tiffany jeta un coup d'œil à l'intérieur et attrapa sur la commode un éléphant en peluche amputé d'une patte, en piteux état.

— Ça alors, tu as gardé cette loque ? s'exclama-t-elle.

Scarlett eut un petit rire.

— Je ferais mieux de le planquer avant que les invités arrivent.

— Il ne faudrait pas faire mauvaise impression, approuva Tiffany.

Scarlett et Tiffany s'étaient liées d'amitié deux ans plus tôt, à la faveur de leur propre soirée de recrutement. Même si elle savait qu'elle n'avait rien à craindre, Scarlett avait abordé cette soirée avec une certaine angoisse – l'angoisse de ne pas être acceptée à Kappa, l'angoisse de décevoir sa mère. À un moment, Tiffany s'était postée à côté d'elle et lui avait chuchoté : « Je parie la totalité de mon héritage qu'elle s'est fait refaire le nez », en montrant le profil parfait de Dahlia. Scarlett avait failli s'étouffer de rire. Soudain la présidente de Kappa était tombée de son piédestal et Scarlett avait senti sa nervosité fondre comme neige au soleil. Elle avait découvert plus tard que Tiffany n'avait pas un héritage particulièrement important, loin de là, mais qu'elle était riche en magie, en spontanéité et en irrévérence. Des qualités précieuses que Scarlett n'avait encore jamais rencontrées chez quiconque avant son amie.

Le soir où elles avaient fait connaissance, le thème était « Bal en noir et blanc », et elles avaient dansé jusqu'au petit matin, balayant le plancher de leur jupon, l'ourlet blanc virant au gris au fil des heures. Scarlett avait scellé leur amitié en entraînant Tiffany dès le lendemain dans sa boutique d'antiquités préférée, au cœur de Savannah, inconnue des touristes et des autres sorcières. Elles avaient flâné au gré d'allées encombrées de meubles et de lampes, de bibelots et de vieux livres couverts d'une couche de poussière, et Tiffany s'était arrêtée net devant le rayon des enfants, surexcitée. « Les peluches et les poupées, il n'y a rien de mieux – elles dégagent une énergie à l'état pur. Un amour immense », s'était-elle exclamée, redevenue petite fille.

Scarlett avait attrapé un éléphant à trois pattes.

— Le pauvre, on dirait qu'il a fait la guerre, s'était-elle esclaffée, et Tiffany avait ri avec elle. Mais Scarlett avait compris le fond du message.

— Merci de m'avoir montré cet endroit, avait soufflé Tiffany en serrant sur son cœur un Elmo qui avait reçu sa dose de câlins dans une vie antérieure.

Elles étaient rentrées chargées de dizaines d'objets indispensables pour jeter des sorts – et, depuis ce jour, elles étaient inséparables. Tiffany était la sœur que Scarlett n'avait pas eue. Leur complicité était totale et elles se complétaient parfaitement. Scarlett avait tendance à se conformer aux règles de la sorcellerie tandis que Tiffany avait une approche plus spontanée, plus ludique. Kappa avait pour devise : *Solidarité féminine. Puissance. Loyauté. Philanthropie* ; des principes qui, aux yeux de Scarlett, soulignaient leur mission universaliste. Tiffany, quant à elle, ne cantonnait pas les sorcières au rôle de superhéroïnes. « Quelle tristesse d'avoir des pouvoirs magiques et de ne pas s'en servir pour accélérer la queue au Starbucks ! » répétait-elle. Scarlett voyait où elle voulait en venir : à quoi bon aider l'humanité si on ne peut pas s'aider soi-même ?

Une étincelle s'allumait au fond des yeux bleus de Tiffany quand lui venait l'une de ses idées brillantissimes ou quand elle se servait de la magie, par petites touches imperceptibles, pour réparer les injustices insignifiantes du quotidien – en renversant le verre d'un étudiant qui s'était permis de reluquer une sœur, par exemple, ou en faisant boire un sérum de vérité à un prof misogyne qui saquait systématiquement les étudiantes. Elle avait de l'humour à revendre et son intelligence pénétrante se teintait d'espièglerie. Seule Tiffany réussissait à dérider Scarlett, à lui rappeler qu'on pouvait s'amuser en pratiquant la sorcellerie, qu'elle devait s'affranchir du carcan de Kappa. Seule Tiffany réussissait à mettre Scarlett à l'aise et à la faire sortir de sa bulle.

Le tarot aurait pu expliquer cette entente immédiate – les Coupes et les Épées étaient souvent amies pour la vie –, mais Scarlett préférait se dire que leur amitié n'était pas prédéterminée par la magie. Pourtant, depuis quelque temps, un gouffre s'était creusé entre elles.

Scarlett se rappela soudain les paroles de Dahlia. *Une nouvelle affaire Harper.*

— Tiffany, ça t'arrive de penser à Harper ?

À côté d'elle, son amie se raidit.

— On s'était mises d'accord pour ne plus en parler.

— Je sais, mais si ça vient à se savoir…

— Personne ne le sait, et personne ne le saura jamais. En dehors de nous.

Tiffany prenait certaines libertés avec la vérité. Gwen, une sorcière de la même promotion qu'elles, avait été témoin de toute la scène. Mais Gwen n'était plus qu'un mauvais souvenir et elles avaient pris les dispositions nécessaires pour qu'elle ne révèle leur secret à personne.

— Rassure-toi, Scarlett. On ne risque rien, c'est certain, insista Tiffany.

Sur ce, elle fourra l'éléphant dans une armoire et défroissa sa robe.

— Toc-toc, fit une voix grave.

Scarlett se retourna à toute vitesse. Mason était posté sur le seuil de sa chambre.

— Oh, te voilà ! Je croyais que tu rentrais demain.

— Je me suis organisé pour arriver plus tôt.

Sourire en coin, hâle doré, boucles brunes au niveau des tempes, muscles saillant sous son t-shirt : Mason cochait toutes les cases et, s'il n'avait pas été son petit ami, il lui aurait tapé sur les nerfs.

Tiffany s'éclaircit la voix.

— Bon, je vais vous laisser… on se rejoint en bas, fit-elle en adressant un regard entendu à Scarlett.

Elle referma la porte et, aussitôt, Mason s'approcha de Scarlett, l'enveloppa de ses bras et l'embrassa, un long baiser fougueux. À l'instant où leurs lèvres entrèrent en contact, Scarlett ferma les yeux et s'abandonna à son étreinte. Ces deux mois lui avaient paru interminables mais Mason avait toujours le même goût, le goût d'une journée d'été.

Marjorie avait un jour dit à sa fille que le coup de foudre n'était qu'une illusion : l'amour ne rimait pas avec passion, mais avec humour. Le père de Scarlett l'avait conquise avec son ironie à froid et trente ans plus tard, Marjorie Winter pouvait regarder son mari et se rappeler instantanément pourquoi elle l'aimait – même si, deux secondes plus tôt, elle l'avait haï de toutes ses forces. En rencontrant Mason Gregory, Scarlett avait décroché le jackpot : son humour était aussi irrésistible que son physique.

Leurs chemins s'étaient croisés à l'occasion du Pikiki, une soirée organisée en commun par les Kappa et les Pi Kappa Rho, la fraternité que présidait Mason. La maison des Pi Kappa Rho – PiKa, pour aller plus vite – avait pris des airs d'île paradisiaque : les personnes chargées de la déco avaient installé des palmiers – des vrais, pas des plantes en plastique – ainsi qu'un toboggan gonflable qui reliait le toit à la piscine. Les Kappa étaient en bikini et jupe hawaïenne, les PiKa avaient troqué leur short de bain contre une simple jupe. Ils avaient autour du cou une guirlande de fleurs de frangipanier et ils l'offraient aux filles qui leur tapaient dans l'œil. Mason avait refusé de donner sa guirlande à Scarlett et ne lui avait tendu qu'une seule fleur. Elle avait réclamé le reste sur un ton désinvolte, il lui avait raconté une tradition hawaïenne.

— Quand elle est libre, et qu'un mec lui plaît, la fille glisse sa fleur derrière l'oreille droite. Si elle la place derrière l'oreille gauche, le type n'a aucune chance.

Scarlett avait éclaté de rire et porté sa fleur à l'oreille droite. Depuis, Mason et elle ne s'étaient plus quittés.

Scarlett s'était forgé sa propre théorie : l'amour, ce n'était ni une question d'humour ni une question de physique, mais une question de rythme. Comme dans une incantation. Et le rythme de Scarlett s'était accordé à celui de Mason à la seconde où ils s'étaient rencontrés. Scarlett n'avait pas le moindre doute sur la place qu'elle occupait dans la vie de Mason. Ou sur la place que lui occupait dans sa vie, plutôt.

Mason se détacha d'elle et la déshabilla du regard, s'attardant sur les boutons de la robe qui taquinaient la dentelle blanche du soutien-gorge, sur l'ourlet qui frôlait la cuisse de Scarlett.

— Tu es sublime, comme toujours. Comment tu fais ? Je crois que je ne t'ai jamais vue avec une mèche de travers.

— C'est parce que j'ai des pouvoirs magiques, bien sûr, lui lança Scarlett avec un clin d'œil.

Mason ne savait pas que sa réponse était à prendre au premier degré. Les Ailes d'Ombre gardaient sur leurs activités un secret jaloux. Seules les membres du coven et celles qui l'avaient quitté, comme Marjorie et Eugenie, savaient que l'association d'étudiantes n'était qu'une façade. Mason était féru d'histoire et, si Scarlett avait pu le mettre dans la confidence, il se serait passionné pour le folklore autour des sorcières, leurs mythes et leurs légendes. Il dévorait les biographies d'hommes et de femmes illustres qui ne figuraient pas, pour la plupart, dans la liste de lectures imposées par ses professeurs. Il aurait étudié l'influence de la magie dans le monde et les sorcières qui avaient œuvré en coulisse, à travers les âges, pour faire progresser l'humanité. Malheureusement, Kappa ne tolérait aucune exception : jamais Mason ne saurait qui Scarlett était vraiment, de quoi elle était capable. Par moments ce secret pesait lourd dans le cœur de Scarlett, mais il était hors de question de trahir le pacte qui la liait à ses sœurs, même si elle aimait tendrement Mason.

— Vous n'êtes pas mal non plus, Mason Gregory. Qu'est-ce que tu es bronzé. Tu es retourné sur le yacht de Jotham et tu es resté bloqué dessus ?

Jotham : le meilleur ami de Mason, lui aussi membre éminent de PiKa. C'était à cause de lui que Mason avait passé l'été outre-Atlantique. Jotham avait invité Mason au mariage de son frère et… il s'était passé ce qu'il s'était passé. Scarlett nota mentalement qu'elle devait jeter un sort à Jotham un peu plus tard, en représailles.

— En fait, je ne suis pas resté sur son yacht, déclara Mason. J'ai découvert que le Portugal est un endroit génial pour faire du surf.

— C'est glander à la plage, ton ambition ? Depuis quand ?

Scarlett camoufla sa contrariété sous des accents désinvoltes. Elle découvrait le soudain intérêt de Mason pour le surf. Il n'avait pas abordé ce sujet dans ses messages. Les dernières semaines avaient été si tumultueuses qu'ils n'avaient pas eu l'occasion de se parler. Mais elle voyait une nette différence entre « accaparée par son stage » et « accaparé par le *surf* ».

Mason afficha un grand sourire.

— Jotham a récupéré le yacht pour partir à Ibiza avec une fille rencontrée pendant le mariage. Je ne voulais pas tenir la chandelle. Je ne sais pas ce qui m'a pris, je suis monté dans un train. J'ai même passé plusieurs nuits dans une auberge de jeunesse.

Voilà qui estomaqua Scarlett.

— Tu as lâché Jotham et son yacht ? Pour dormir dans une auberge de jeunesse ?

Le yacht en question était presque aussi grand qu'un navire de croisière.

— Tu as l'air de croire que c'est une catastrophe.

— J'espère que tu n'as pas rapporté de punaises de lit.

Scarlett jeta un regard méfiant à Mason, qui explosa de rire.

— C'est dommage que tu ne sois pas venue avec moi. Ça t'aurait plu.

— Ça m'aurait plu de dormir dans un dortoir ? Merci, mais non.

— Sérieux, Scarlett, j'avais l'impression d'être dans un de ces films dont tu es fan, avec les sous-titres.

— Tu détestes les films étrangers, protesta-t-elle, sans conviction.

Mason disait toujours : « Quitte à lire, autant ouvrir un bouquin. »

— Ça m'a changé de toutes ces vacances en famille ou entre potes où on se met la pression, poursuivit Mason. Pas de randonnées, pas de cocktails, pas de voiliers luxueux, personne qui vient te réclamer un truc… J'ai tracé ma propre carte. Établi mon propre programme. Qui voir, où aller – j'étais seul maître à bord. Je me suis senti… libre.

Le débit de Mason s'était accéléré, signe qu'il s'emballait. D'ordinaire, il s'enthousiasmait pour Kant, pour l'*Iliade* ou pour les cotations boursières. Une autre personne que Scarlett aurait pu jurer qu'il avait été ensorcelé.

— On dirait que tu aurais préféré rester en Europe, bredouilla-t-elle.

— D'un côté, oui. Mais seulement avec toi, bien entendu, s'empressa d'ajouter Mason. Ici tout paraît… tracé d'avance. Tu vois ce que je veux dire ?

Scarlett haussa un sourcil.

— Non. Qu'est-ce que tu sous-entends ?

— Tous ces stages, ces formations, ces diplômes. Mon père s'est convaincu que je vais suivre son exemple et devenir avocat.

— Je croyais que c'était ce que tu voulais.

Je croyais que c'était ce qu'on voulait, tous les deux. L'une des qualités qu'elle appréciait le plus chez Mason, c'était son ambition. Il voulait réussir, presque autant qu'elle. Ils avaient jeté les bases de leur avenir au bout d'un mois de relation : ils comptaient étudier le droit à la même fac, Harvard de préférence, puis ils reviendraient faire leur stage de fin d'études au cabinet de papa – pour Mason – et de maman – pour Scarlett – avant de déployer leurs ailes et de se mettre à leur compte.

— Je sais…, dit Mason, pensif. C'est ce que je croyais aussi. Mais peut-être…

Il s'interrompit et poussa un soupir, comme s'il cherchait ses mots.

— Je ne sais plus trop. Je pense à un million d'autres carrières, des start-up, pour lesquelles il suffit d'avoir un ordi et une connexion Wi-Fi. Ça ne t'a jamais traversé l'esprit de balancer : « Je me casse » à tes parents et à Westerly, de laisser tout ça loin derrière ?

Scarlett plissa les yeux. Une autre carrière ? Une start-up ? Il se prenait pour qui au juste ? Mark Zuckerberg ?

— J'ai tout ce que j'ai toujours voulu ici, rétorqua-t-elle. Kappa. Toi. Ma famille, la tienne. Bourlinguer, être sans attaches, c'est bon pour les gens paumés. Pas pour nous.

Mason haussa les épaules et tripota un bracelet en tissu effiloché que Scarlett voyait pour la première fois à son poignet.

— Mason, est-ce que tout va bien ? demanda-t-elle, puis elle vissa son regard sur lui.

Parfois, le silence était plus puissant que les mots. Certains ne pouvaient le supporter, et Mason était de ceux-là. Il fallait qu'il le remplisse, coûte que coûte, comme la flamme d'une bougie chasse l'obscurité.

Il finit par lever les yeux pour répondre avec un sourire :

— Bien sûr que tout va bien. Je suis avec toi.

Il se pencha vers Scarlett, l'embrassa et secoua la tête :

— Désolé, je ne sais plus ce que je dis. C'est le décalage horaire, j'ai encore la tête au surf.

Il mêla ses doigts aux siens, attira Scarlett vers lui. Elle savoura la sensation que déclenchaient ses caresses, fermant les paupières et tâchant de se convaincre que le décalage horaire lui avait bien embrouillé les idées. Elle-même s'était sentie vidée après ces longues journées au cabinet de sa mère. Elle connaissait mieux que personne les attentes qu'un parent pouvait placer en son enfant. Il fallait simplement qu'il se réhabitue à Westerly. Qu'il passe un peu de temps en sa compagnie, pour redevenir enfin lui-même. Rien d'alarmant.

— Tu m'as sacrément manqué, souffla Mason. Tu pourrais peut-être venir chez moi, pour qu'on rattrape le temps perdu ?

Une fraction de seconde, Scarlett envisagea de tout lâcher et de partir avec lui au club PiKa. Mais le moment était mal choisi et elle ne cacha pas son mécontentement.

— Mason, je ne peux pas. La soirée de recrutement va démarrer.

— Je sais bien, mais tout le monde a l'air de s'en sortir. C'est vraiment si grave que ça, si tu t'éclipses une petite heure ?

Mason fit courir ses doigts le long de son bras. Elle posa une main sur son torse.

— Oui, c'est grave. Je ne peux pas laisser tomber mes sœurs en pleins préparatifs. De quoi j'aurais l'air ?

— C'est ça qui t'inquiète ? rétorqua-t-il, irrité. Ça fait des mois qu'on ne s'est pas vus...

— La faute à qui ? répliqua Scarlett.

— Tu aurais pu me rejoindre en Europe, tu sais. C'était l'occasion de passer des super moments ensemble. Deux mois rien que toi et moi, la liberté totale, personne à qui rendre de comptes...

— Eh bien, à l'inverse de toi, je ne voulais pas décevoir ma famille, répondit Scarlett, soudain exaspérée. Je ne suis pas du genre à boucler mes valises et à tout laisser en plan pendant deux mois.

Et je pensais que ce n'était pas ton genre non plus, se retint-elle d'ajouter.

Une ride apparut entre les sourcils de Mason et, une fois encore, Scarlett sentit l'inquiétude la gagner. Ces retrouvailles ne se passaient pas du tout comme elle l'avait prévu. Quelques secondes plus tôt elle avait cru se rapprocher de lui et voilà qu'un fossé s'ouvrait entre eux. Tiffany d'abord, Mason ensuite. Le destin s'ingéniait à lui mettre des bâtons dans les roues. Pourquoi cette année commençait-elle aussi mal ? Qu'est-ce qui ne tournait pas rond chez Mason ?

À la seconde où ses yeux s'étaient posés sur lui, Scarlett avait su qu'ils finiraient la soirée ensemble – et qu'elle mettrait tous les atouts de son côté pour qu'il soit à elle. Elle ne s'était servie de la magie que par petites touches, en se limitant aux artifices que s'autorisaient les Ailes d'Ombre : elle s'était fait un teint plus lumineux, des cheveux plus lustrés, des dents plus blanches, un rire plus mélodieux. Des embellissements sans conséquence. Mais pas une fois elle n'avait fouillé en lui. Ni dans son esprit ni dans son cœur. Les Kappa avaient instauré une règle, bien entendu, pour interdire aux sorcières d'*avoir prise directe* sur le cœur d'une personne, peu importe la raison invoquée, mais aucune ne défendait d'en examiner le contenu.

Tiffany, elle, ne se gênait pas pour explorer l'intimité des gens : à ses yeux, c'était à mi-chemin entre la science et la poésie. « On a une sacrée chance de pouvoir ausculter le cœur humain, tu ne trouves pas ? » avait-elle dit un jour à Scarlett. Sur le moment, Scarlett n'avait pas été convaincue mais là, face à Mason, elle se sentit tentée. Quel mal y avait-il à essayer de comprendre ce que pensait Mason, ce qu'il éprouvait ? Rien qu'une fois ?

Scarlett tendit le bras et passa une main dans les cheveux de son petit ami. Invoquant sa magie, elle sentit le frisson habituel la traverser – sauf que ce n'était pas un frisson d'amour, ni de fébrilité : c'était la peur qui la parcourait. La peur de ce qu'elle allait découvrir. Et si Mason l'aimait moins qu'elle ne le pensait ?

Non, Scarlett ne pouvait pas prendre ce risque. Et elle ne pouvait pas non plus violer l'intimité de Mason. Cela allait à l'encontre de ses valeurs. En revanche, elle pouvait lui rappeler qu'ils étaient faits l'un pour l'autre. Elle lui caressa la nuque, puis le dos, et, toujours plus bas, s'attarda sur sa cuisse.

— Je n'ai pas une heure devant moi, mais je peux trouver cinq minutes, murmura-t-elle.

Mason écarquilla les yeux.

— Quoi ? Ici ?

Ils ne se laissaient jamais aller à la passion entre les murs de Kappa : le règlement interdisait aux étudiantes de ramener quelqu'un pour la nuit.

Scarlett alla refermer la porte et jeta à Mason une œillade enflammée par-dessus son épaule.

— Scar…

Mais elle avait plusieurs longueurs d'avance. Elle leva les bras, se pendit à son cou et attira Mason, dont l'hésitation s'envola à son contact. Leur baiser se fit ardent, enflammé. Il la plaqua contre le mur, un bras autour de la taille, l'autre enfoui dans ses cheveux.

Scarlett sourit, explorant à deux mains le torse de son petit ami. Ce Mason-là, c'était le Mason qu'elle connaissait. C'était ça, leur relation. Tout plaquer, parcourir le globe… ce serait bientôt oublié. Mason se rappellerait alors qu'ils se trouvaient à l'endroit précis que le destin leur avait attribué. Que leur place était ici, ensemble.

Au bout d'un moment, elle se détacha de Mason et le raccompagna à la porte.

— Les cinq minutes sont écoulées.

— Scarlett, tu vas me tuer, gronda son petit ami, la respiration entrecoupée.

— Rejoins-moi demain matin après la cérémonie de sélection. On pourra finir ce qu'on a commencé.

Scarlett réprima un sourire lorsque Mason l'embrassa une dernière fois avant de prendre la direction de l'escalier, en traînant des pieds.

Et voilà le résultat. Pas besoin de magie. Il était déjà ensorcelé.

5

Vivi

Il suffit de quinze secondes à Vivi, pas plus, pour se rendre compte qu'elle avait commis une terrible erreur en venant à la soirée de recrutement des Kappa.

À l'instant où elle avait franchi le seuil de la bâtisse, elle avait été éblouie par la splendeur du lieu. Le papier peint rose pâle et les fauteuils en acajou capitonnés de velours restituaient à merveille l'atmosphère d'un speakeasy à l'époque de la Prohibition. Smoking pour les garçons, robe années vingt pour les filles. Même les serveurs, qui proposaient des rafraîchissements dans de délicates tasses en porcelaine, semblaient sortis d'un bar clandestin.

Tout le monde s'était plié au code vestimentaire – tout le monde sauf Vivi, qui avait mis sa robe bleu marine, celle avec les fleurs de tournesol, le seul vêtement potable qu'elle avait apporté dans ses bagages. Pas besoin de tenue élégante à Reno, vu que son agenda était désespérément vide. Elle tira sur l'ourlet, repéra une énorme tache et observa les fêtards qui riaient et dansaient avec un mélange d'admiration et d'envie. La semaine d'orientation avait démarré à peine douze heures plus tôt. Tous ces gens avaient réussi à se faire des amis aussi vite ? Encore un mystère à percer. Et d'où sortaient toutes ces robes charleston ? De l'autre côté du vestibule, elle avisa deux filles qu'elle avait croisées dans le bâtiment où elle logeait mais elles discutaient à voix basse, tout sourire, et Vivi savait d'expérience que s'insérer au milieu d'une conversation n'était jamais une bonne idée.

Jusqu'ici, elle était allée de désillusion en désillusion. À peine arrivée, sa colocataire, qui répondait au nom de Zoe, avait créé dans la chambre deux zones distinctes en traçant au ruban adhésif une frontière entre la sienne et celle de Vivi. Elle avait également sorti de sa valise une dizaine de bougies parfumées et l'endroit empestait à présent le patchouli et la vanille, un mélange parfaitement écœurant. Lorsque Vivi avait fini par puiser en elle le courage de lui proposer un tour au resto U, Zoe avait marmonné, sans se donner la peine de détacher les yeux de l'écran de son téléphone :

— Désolée, j'ai des trucs de prévus.

Vivi resta plantée dans le vestibule plein à craquer et elle sentit ses joues virer à l'écarlate. Elle s'était imaginé tellement de choses sur l'université, sur ce tremplin vers une nouvelle vie, que le retour à la réalité était rude. Peut-être que sa solitude chronique n'était pas liée au fait qu'elle ne restait jamais deux ans au même endroit. Peut-être qu'elle était trop timide, ou trop bizarre, pour se mêler aux autres.

Elle s'apprêtait à partir sans demander son reste quand quelqu'un lui barra la route. La fille à la robe vert menthe qu'elle avait vue traverser la pelouse du campus, flanquée de deux copines. Vivi sentit son estomac se contracter, une réaction qui lui rappela les fois où elle avait croisé une célébrité dans la galerie marchande de Calabasas, avec son enfilade de boutiques de luxe, durant le passage express qu'elle et sa mère avaient fait à Los Angeles.

Elle portait une robe somptueuse garnie de perles blanches et une lueur amusée dansait au fond de ses yeux mordorés, sous la frange de ses cils, comme si elle avait un secret qu'elle gardait précieusement et qu'elle en savourait chaque seconde.

— Bonsoir, dit-elle en toisant Vivi, le sourcil en accent circonflexe.

— Bonsoir, bafouilla Vivi – le premier mot sorti de sa bouche depuis son échange avec Zoe quelques heures plus tôt.

La fille lui tendit un bâton – un cierge magique, s'étonna Vivi.

— Merci d'être venue à notre soirée. Tu es mignonne comme tout avec ta robe. J'espère que tu ne te sens pas mal à l'aise. Tu n'as pas respecté le thème, mais personne ne le retiendra contre toi. Après tout, ce genre de robe ne va pas à tout le monde.

Vivi rougit jusqu'aux oreilles.

— Je n'ai pas pensé à prendre une tenue de cocktail, expliqua-t-elle.

— Les membres de Kappa se tiennent prêtes à tous les scénarios, affirma la fille avec un sourire de plus en plus crispé.

— Oh non, je ne suis pas... je n'avais pas l'intention de postuler à Kappa.

Vivi mentait, bien entendu. Elle aurait adoré postuler. Mais cinq minutes lui avaient suffi pour comprendre qu'il s'agissait d'un rêve hors d'atteinte, d'un pur fantasme. Elle ne pouvait espérer mieux que d'expliquer sa situation à une inconnue.

— Je vois, lâcha la fille, avec une moue pincée.

— Sans vouloir insulter Kappa, bien entendu. Ça a l'air génial. C'est juste que je ne suis pas...

Pas au niveau, conclut Vivi en son for intérieur, sans achever sa phrase. Elle avait envie de rentrer sous terre.

En face le sourire revint, mais le regard se durcit.

— Quand on se sent obligé d'ajouter « sans vouloir vous insulter », le mal est fait. Un conseil ? Si tu n'envisages pas de candidater, ne nous fais pas perdre notre temps. Sinon, à ta place, je resterais encore un peu.

La fille pivota sur ses talons et partit en direction du patio, la frange de sa robe adressant un adieu muet à Vivi qui la suivit du regard, en se demandant à quels signes elle avait deviné que Vivi comptait prendre ses jambes à son cou, et pourquoi elle tenait tant à ce qu'elle reste. Elle décida de traîner sa misère quelques minutes encore, au moins pour sauver la face, et elle se fraya un chemin à travers la cohue, le patio en ligne de mire.

Le jardin des Kappa était digne d'un conte de fées. Il était clôturé par une haute grille en fer forgé envahie de lierre, et des lampions fixés à des fils invisibles se balançaient aux branches des chênes moussus. Les photophores en verre XXL posés sur des guéridons placés çà et là projetaient une lueur flatteuse sur le visage des invités, déjà gâtés par la Nature. Certains faisaient la queue au bar, où un garçon servait à la louche une sorte de punch dans un saladier en cristal.

Son regard tomba sur deux créatures sublimes qui ondulaient, radieuses, au rythme de la musique.

— Intimidantes, pas vrai ?

Vivi se retourna et découvrit à côté d'elle une étudiante qui n'avait rien à envier à celles qui dansaient. Avec ses boucles noires, sa peau mate et veloutée, ses yeux de biche, elle pouvait rivaliser avec la Kappa qui avait couvert Vivi de sa morgue quelques minutes plus tôt. Le sourire franc qu'elle affichait la rendait infiniment plus engageante.

— Carrément, répondit Vivi, à la fois surprise et soulagée qu'une fille aussi canon puisse se sentir nerveuse. Pourquoi tout le monde est au courant du code vestimentaire, sauf moi ? se lamenta-t-elle en balayant du regard les robes et les smokings.

— La soirée de recrutement est prise très au sérieux, expliqua la nouvelle venue en montrant sa propre robe charleston. Les candidates qui veulent à tout prix intégrer Kappa ne négligent aucun détail. Certaines vont jusqu'à embaucher des coachs. Ma mère a fait ses études à Westerly, alors je savais à quoi m'attendre.

— Tu comptes postuler, alors ?

— Oui, à condition de recevoir une invitation, répondit la fille sur un ton mélancolique, comme si elle lorgnait la dernière part de gâteau sans oser la réclamer, par politesse. Je n'y compte pas trop. Kappa est la sororité la plus élitiste du campus, et les places sont limitées.

Même aux yeux d'une novice comme Vivi, il était évident que Kappa occupait à Westerly une place à part. Elle n'avait pas fait officiellement connaissance avec ses membres – la fille qui l'avait accueillie n'avait pas jugé bon de lui dire son nom – mais il fallait être aveugle pour les rater parmi la foule. Contrairement aux étudiantes qui étaient venues postuler, leur fébrilité transparaissant sous un sourire de façade, elles se déplaçaient avec grâce et assurance. Vivi admira une fille d'origine asiatique, vêtue d'une courte robe grenat, qui buvait son punch à petites gorgées. Elle avait les cheveux coupés au carré – très chic – et ses lèvres laquées du même rouge que sa robe auraient été du meilleur effet sur une starlette de l'âge d'or d'Hollywood. C'était, de loin, la personne la plus sophistiquée que Vivi ait vue jusqu'ici – et son air flegmatique ajoutait à son aura de mystère. Elle observait les fêtards avec un détachement amusé et ne cherchait pas à se mêler à eux. Vivi souffrait de la solitude ; elle sentait toujours peser sur elle le regard des autres, leur curiosité malsaine. Cette fille-là restait à l'écart, et elle se moquait du qu'en-dira-t-on.

Vivi reporta son attention sur sa voisine et lui présenta sa main restée libre.

— Je m'appelle Vivi.

— Et moi, Ariana, répondit la fille en donnant à Vivi l'une des deux tasses qu'elle avait attrapées au passage d'un serveur. Apparemment Kappa est la seule sororité du campus qui peut servir de l'alcool sans se faire taper sur les doigts, alors autant en profiter.

Vivi avala une gorgée, en espérant que personne ne se rendrait compte que c'était son tout premier verre d'alcool. Impossible d'être une ado rebelle qui enchaîne les soirées quand on n'a pas d'amis, ni de vie sociale. Le cocktail rose laissa sur la langue un goût délicieusement sucré.

— Comment les Kappa peuvent-elles enfreindre le règlement ? demanda-t-elle.

— J'ai entendu dire qu'elles ont droit à un traitement de faveur, répondit Ariana avec un haussement d'épaules.

— Salut ! lança une voix.

Vivi se retourna. Une fille au teint ébène moulée dans une robe bleue leur souriait.

— Je m'appelle Jess. Vous passez un bon moment, mesdemoiselles ?

Vivi resta la langue nouée.

— On passe un excellent moment, même, répondit Ariana qui, par chance, savait faire la conversation sans craquer sous la pression. Vous avez mis la barre super haut avec la déco. Ils sont vintage, les trois-pièces que portent les serveurs ?

Jess répondit d'un signe affirmatif.

— C'est jouissif de forcer des étudiants habillés comme des pouilleux le reste de l'année à prendre soin de leur look, plaisanta-t-elle. Même si pour ma part je n'exige que trois qualités chez un homme : il doit être beau, impitoyable, et stupide.

Vivi partit d'un grand rire.

— Pardon ? s'étonna Ariana.

— Dorothy Parker, c'est ça ? fit Vivi.

— Désolée les filles, impossible de ne pas citer Parker quand on sirote un punch servi dans une tasse en porcelaine.

Jess adressa un clin d'œil à Vivi et leur faussa compagnie.

— Un peu bizarre, quand même, chuchota Ariana.

— Mais génial en même temps, rétorqua Vivi, ravie.

En quatrième elle était tombée par hasard à la bibliothèque sur un recueil de Dorothy Parker, des poèmes et des essais, et elle avait presque eu l'impression de se trouver une amie. Jamais elle n'avait entendu quelqu'un de son âge la citer, jamais elle n'aurait pensé entendre son nom surgir lors d'une soirée étudiante, mais cette brève conversation fut la première d'une série d'échanges inattendus avec les Kappa tout au long de la soirée. Vivi alla de surprise en surprise. Juliet, inscrite en licence de biochimie, lui parla de ses recherches sur l'hormone de l'amour et Etta, une étudiante en histoire, l'embarqua ensuite dans un débat passionnant sur la politique chinoise avec quelques-uns de ses camarades de promotion. Comme Vivi ne connaissait pas grand-chose au sujet, elle se contenta d'écouter, mais pas une fois elle ne se sentit gênée, ou à côté de la plaque. Les étudiantes semblaient ravies d'intégrer Vivi, une parfaite étrangère, à la conversation. Lorsqu'elle se mit en tête de retrouver Ariana dans la foule, elle sentit le vertige la gagner. Le soulagement, combiné à la joie, lui réchauffait le cœur. Sa première fête à la fac était un franc succès.

Ariana était en grande conversation avec l'Asiatique à la robe grenat. Voyant Vivi approcher, cette dernière lui adressa un sourire chaleureux, dévoilant des dents aussi blanches que le rang de perles qu'elle avait au cou, et but une gorgée de punch. Lorsqu'elle détacha la tasse de sa bouche, son rouge à lèvres n'avait pas bougé. Pas la moindre trace non plus sur la porcelaine blanche. Elle échangea une poignée de mains avec Vivi.

— Je m'appelle Mei. C'est un plaisir de te…

Sa voix fut noyée par une mélodie jazz qui envahit le jardin. Vivi se retourna et découvrit cinq musiciens, très chics en costume noir, qui attaquaient un air qu'elle avait l'impression de connaître.

— Oh, le charleston ! s'exclama Mei.

Sans lâcher sa tasse, elle se déhancha tout en agitant les bras, parfaitement en cadence. Tout sourire, elle attrapa Vivi par la main.

— Allez, viens danser !

— Non, merci, ça va aller.

Elle n'avait encore jamais dansé en public. Elle ne se souvenait même plus de la dernière fois où elle s'était trémoussée dans le secret de sa chambre. Elle dansait si mal qu'elle se faisait honte toute seule.

Mei eut pitié d'elle et la lâcha. Moins d'une seconde plus tard, elle fut emportée sur la piste par l'un des musiciens. Vivi les observa, émerveillée, en se demandant s'ils avaient répété la chorégraphie.

— Si seulement j'étais aussi douée, chuchota-t-elle à l'adresse d'Ariana, elle aussi éblouie par leur maîtrise du charleston.

— À ton tour, lui lança Mei d'une voix enjouée.

Elle s'écarta de son partenaire et fit signe à Vivi.

— Non, il n'y a pas moyen, protesta Vivi.

Elle recula d'un pas tandis que son cœur s'emballait sous l'effet de l'affolement. Mais le musicien, toujours sous le charme de Mei, ne l'entendit pas de cette oreille. Vivi eut juste le temps de confier à Ariana sa tasse et son cierge magique ; le garçon l'attrapa par la main et l'entraîna dans un charleston endiablé. Durant quelques secondes Vivi fixa sur lui un regard horrifié et tangua sur place, comme une empotée. Elle ne savait pas quoi faire de ses pieds, ni de sa main restée libre. Ses joues commençaient à chauffer. Elle était en train de se ridiculiser, sous des dizaines de paires d'yeux.

À l'instant où elle crut que la panique allait avoir raison d'elle, ses jambes se mirent à bouger, comme animées d'une vie propre. Elle ondula, esquissa quelques pas de danse. Le garçon lui sourit et, sans réfléchir, elle lui sourit en retour. Elle calait ses mouvements sur les siens avec une fluidité surnaturelle, reliée à son partenaire par une ficelle invisible.

— Je savais que tu y arriverais, l'encouragea Mei avec, dans la voix, un plaisir mêlé de fierté.

Vivi s'amusait tellement qu'il ne lui vint pas à l'idée de se demander quel prodige lui permettait de distinguer la voix de Mei, étouffée par les instruments. Une voix qui semblait résonner sous son crâne. Le temps de jeter un coup d'œil par-dessus son épaule, Mei s'était volatilisée.

L'air de charleston fut remplacé par une chanson au tempo plus lent. Le garçon inclina la tête et proposa à Vivi, d'un sourire, de danser ce slow avec lui, mais elle ne voulait pas forcer sa chance.

— Je ferais mieux de rejoindre mon amie. Mais merci. C'était…

Elle s'interrompit, rougit jusqu'aux oreilles.

— Merci, lâcha-t-elle, puis elle retourna auprès d'Ariana, qui était surexcitée.

— Tu as été géniale ! J'aurais trop aimé apprendre le charleston à mon cours de danse de salon.

Avec un soupir, elle rendit à Vivi sa tasse et son cierge magique.

— J'espère vraiment que je vais recevoir une invitation, sinon…

Vivi acquiesça d'un hochement de tête. Elles avaient le même espoir. Elle ne se serait jamais imaginée membre de Kappa mais, avant aujourd'hui, elle ignorait jusqu'à l'existence de ce genre de sororité. Ces filles-là étaient intelligentes, ouvertes d'esprit, passionnées – l'incarnation des amies que Vivi avait rêvé de se faire un jour à la fac. Mais elle n'avait quand même pas la prétention de croire que les Kappa allaient s'intéresser à elle, si ? Elle avait réussi à passer une soirée entière sans se couvrir de ridicule ; cela ne voulait pas dire que le club le plus élitiste et le plus glamour de Westerly allait lui dérouler le tapis rouge.

À cet instant un murmure parcourut la foule et, quelques secondes plus tard, Vivi sentit un courant électrique lui picoter le bout des doigts. Le cierge magique s'illumina avec un crépitement, projetant une gerbe d'étincelles gris-bleu dans les airs.

Vivi poussa un petit cri. Ariana lui lança un regard abasourdi lorsque son propre cierge magique prit vie, faisant pleuvoir des flammèches rouges à ses pieds. Aux quatre coins du jardin des cierges magiques se déclenchèrent l'un après l'autre.

Quelques-uns, pas tous.

— Je crois que le mien ne fonctionne pas, se plaignit une fille à gauche de Vivi. Elle secoua son cierge et essaya d'allumer la mèche à la flamme d'une bougie. Une autre fille, en robe argentée, frappait le sien contre sa paume, comme pour l'activer.

— Mais on ne les a même pas allumés, chuchota Ariana en dessinant des 8 avec son cierge.

— Ça doit être un truc de prestidigitateur, suggéra Vivi, même si cela n'expliquait pas le picotement au bout de ses doigts.

— Oh là là, j'espère qu'elles m'accepteront, ajouta Ariana avec des accents de convoitise dans la voix.

Vivi sentit les poils de sa nuque se hérisser et elle risqua un regard derrière elle. La fille sublime qui lui avait donné son cierge magique avait les yeux braqués sur elle, une expression de défi imprimée sur ses traits. Au lieu de se détourner, Vivi planta son regard dans le sien.

— Moi aussi, dit-elle enfin, et elle le pensait vraiment.

6

Scarlett

Scarlett se tenait sur le toit de la maison Kappa, balayant du regard le campus plongé dans le sommeil. La soirée de recrutement s'était terminée des heures plus tôt et tout le monde dormait à poings fermés. Le ciel était noir, pas une seule étoile en vue, et les lampadaires plantés le long de l'allée qui menait à Kappa fournissaient la seule source de lumière. Quelque part au-dessus de sa tête, des corneilles volaient en cercle et, un peu plus loin, une chouette fit entendre son cri. Sous la caresse d'une brise légère, les arbres de la forêt à la lisière du jardin bruissèrent.

Scarlett ne savait pas ce qui l'avait amenée là, sur le toit. Elle ne se rappelait même pas comment elle était montée. Un roucoulement s'échappa de la volière. Lorsqu'elle se retourna, elle vit les corbeaux en rang d'oignon sur leur perchoir, assoupis, dans un froufrou de plumes. Les corbeaux étaient les animaux familiers des sorcières et, autrefois, ils vivaient à l'intérieur du foyer, au plus près des personnes sur lesquelles ils devaient veiller. Au fil des siècles, les mentalités changèrent et on jugea cruel de les garder enfermés entre quatre murs. Ils pouvaient remplir leur mission tout en jouissant d'une entière liberté de mouvement. À présent ils avaient une volière bien à eux et plus rien ne les retenait à Kappa. Mais ils revenaient toujours.

L'un des corbeaux ouvrit brusquement les yeux et les fixa sur Scarlett. Ses pupilles jaunes brillèrent dans le noir. Sans doute Harlow, son préféré.

Soudain, un bruit résonna derrière elle.

— Bonsoir ? lança Scarlett. Il y a quelqu'un ?

Seul le silence lui répondit.

À cet instant, elle remarqua un pentacle gravé à ses pieds, contenu dans un cercle tracé avec du gros sel. Une bougie blanche qui se terminait en pointe marquait chaque branche de l'étoile. Cette installation rituelle était familière à Scarlett, même si elle n'avait jamais eu l'occasion de s'en servir. Les bougies blanches étaient indiquées dans les sorts de bannissement et dans la rupture des liens éthériques – soit pour s'affranchir des énergies négatives soit pour empêcher un ennemi de vous atteindre. Une de ses sœurs avait-elle pratiqué un rituel sur le toit et oublié de laisser place nette ? Peu probable. Le malaise de Scarlett s'amplifia.

Alors retentirent les premières notes d'une mélopée dont Scarlett ne connaissait pas les paroles. C'était peut-être du grec ancien, mais pas l'une des bénédictions qu'elle avait apprises par cœur. Ces sonorités gutturales recelaient autre chose, une énergie beaucoup plus sombre. Le récitant détachait chaque syllabe avec une hargne presque rageuse.

— Que se passe-t-il, Scarlett ? chuchota une voix rauque au creux de son oreille. Tu as oublié l'incantation ?

Les cheveux dressés sur la tête, Scarlett se retourna. Une silhouette enveloppée d'une longue cape était apparue sur le toit, bloquant l'accès à la porte. Elle s'approcha de Scarlett à pas lents, laissant dans son sillage des empreintes ensanglantées. Scarlett voulut lui réclamer des explications quand elle s'étrangla avec sa propre langue. Impossible de fuir : elle était figée sur place, pétrifiée, entravée par un enchantement.

— Alors, Scarlett, on donne sa langue au chat ?

La mélopée s'était transformée en vocifération. Le vent se mit à souffler, sans préavis, et une rafale lui envoya ses boucles brunes dans les yeux.

La silhouette se rapprocha, si près que Scarlett sentit son haleine lui brûler la joue. Elle ôta sa capuche d'un geste brusque. Scarlett lâcha un petit cri.

Harper.

Ses cheveux emmêlés encadraient un visage blafard. Ses yeux écarquillés évoquaient deux lacs emplis d'une eau noire dont on ne voyait pas le fond. Une larme coula, laissant sur sa joue une zébrure écarlate. Autour du cou elle portait son médaillon en argent en forme de cœur qui ne la quittait jamais.

— Le remords te ronge de l'intérieur, ma sœur, souffla-t-elle.

Sans prévenir, elle poussa Scarlett. Fort. Scarlett trébucha et bascula par-dessus la rambarde. Elle se sentit tomber, en chute libre, trois étages plus bas, et avec un hurlement…

— Scarlett ! s'écria Tiffany. Réveille-toi.

Scarlett se redressa dans son lit, en nage. Tiffany se tenait au-dessus d'elle, la mine inquiète.

— Je t'ai entendue crier.

Scarlett retrouva sa chambre à coucher avec un gémissement soulagé. Son cœur galopait dans sa poitrine. Elle appuya la main dessus et ferma les yeux, agressée par la lumière qui se déversait à travers les voilages. *C'était un cauchemar, un simple cauchemar,* songea-t-elle.

— Merci d'être venue. J'espère que je n'ai pas réveillé toute la maison.

Tiffany s'assit au bord du lit.

— Ça m'avait l'air d'être un mauvais rêve.

— Mauvais rêve, c'est un euphémisme.

— C'est fini, maintenant. Tout va bien. Et les filles sont déjà debout, elles se font belles pour la cérémonie.

Le regard de Tiffany tomba sur le tarot de Minnie, que Scarlett avait étalé la veille en travers de sa table de chevet ;

celui que sa mère lui avait offert, elle l'avait rangé dans le tiroir de son bureau.

— J'ai toujours adoré ces cartes, dit Tiffany, admirant les illustrations simples mais originales. Ta Minnie avait un goût exquis.

Le tarot était vieux mais en excellent état, et unique en son genre.

— C'est vrai. Je suis contente d'en avoir hérité, sinon Eugenie aurait mis le grappin dessus.

— C'est clair. J'imagine que j'ai de la chance d'être fille unique. Personne pour m'empêcher de récupérer le tarot de ma mère à sa mort.

Les yeux de Tiffany se voilèrent de larmes.

Scarlett posa doucement la main sur le bras de son amie.

— Ça va aller, répondit Tiffany avec une jovialité contrainte.

Elle chassa les larmes d'un clignement de paupières et reposa avec respect le tarot sur la table de chevet.

— Allez, debout – il est l'heure de choisir nos prochaines victimes.

Tiffany sortit en trombe de la chambre et Scarlett se leva à contrecœur. *Pense-bête : soutenir ma sœur dans les moments difficiles*, s'exhorta-t-elle en son for intérieur. Elle tira les rideaux et ouvrit la fenêtre pour aérer la chambre, avec l'espoir que l'air frais du matin lui mette une petite gifle. Du balcon, elle avait une vue imprenable sur les bâtiments en brique rouge du campus disposés en un carré grossier et sur le campanile érigé au milieu du parc. Tout au fond, des arbres d'un âge vénérable marquaient l'orée de la forêt. Un corbeau quitta la volière et s'éloigna dans cette direction.

La vue la rassura, tout était parfaitement normal. À un détail près. Un éclat de lumière parmi le lierre enroulé autour des fioritures en fer forgé de la balustrade attira l'attention de Scarlett, qui se rapprocha pour écarter quelques feuilles avant d'enfoncer la main dans l'enchevêtrement végétal. L'année précédente, c'était une étudiante appelée

Lyric qui occupait cette chambre ; depuis Lyric s'était installée à New York, où elle travaillait pour une ONG qui luttait contre les inégalités sociales. Peut-être avait-elle laissé quelque chose derrière elle. Scarlett arracha quelques lianes qui faisaient obstacle, referma la main sur l'objet et tira dessus. Il se détacha et tomba au creux de sa paume. Scarlett l'étudia un long moment tandis que son cœur s'emballait. Un collier en argent. La chaîne était tordue et emmêlée, le pendentif – un petit cœur – avait perdu son brillant.

Plus de deux années s'étaient écoulées mais Scarlett savait précisément où elle avait vu ce bijou pour la dernière fois. Au cou d'Harper.

Les sorcières étaient assises en cercle sur la pelouse orientée plein sud. Dahlia prit un flacon de savon liquide et souffla pour produire des bulles qui voletèrent dans les airs. Il s'agissait d'un sort de distraction, qui avait pour objectif de distraire l'attention des personnes qui déambulaient sur le campus. Chacune avait sur les genoux un registre qui portait le sceau de Kappa. De loin, rien ne les distinguait d'un groupe d'étudiantes banales. Des étudiantes qui, en réalité, mettaient en balance les talents et les lacunes de sorcières débutantes afin de déterminer celles qui rejoindraient leurs rangs.

— Vous avez sous les yeux le profil des filles qui ont réussi à allumer leur cierge hier soir, signe que la magie coule dans leurs veines, déclara Dahlia. Nous allons les passer en revue.

Assise entre Mei et Tiffany, Scarlett avait du mal à se concentrer sur les photos d'identité qui s'affichaient à tour de rôle sur les pages de son registre.

— La première s'appelle Starla. C'est l'aînée de trois sœurs…

Elle étudia le visage d'une brune aux cheveux ondulés et, une fraction de seconde, elle eut l'impression que c'était Harper qui lui retournait son regard. Elle en eut le souffle coupé. Le temps de cligner des paupières, l'image se reconfigura. Harper avait les cheveux plus foncés, le nez plus long, la bouche plus large.

Scarlett secoua discrètement la tête. Son cauchemar revenait la hanter. Mais ce n'était qu'un mauvais rêve. C'était dans sa tête.

Dans sa tête ? Vraiment ?

Et le cœur en argent ? Un cauchemar ne pouvait expliquer sa présence. D'un autre côté, il existait un million de colliers identiques à celui-ci. En cherchant bien, Scarlett devait avoir le même quelque part au fond de la boîte à bijoux qui était restée chez ses parents, un cadeau pour marquer ses seize ans. Nul doute que cette breloque était coincée dans la balustrade, sous une feuille de lierre, depuis des lustres. Si Scarlett l'avait trouvée ce matin, c'était une simple coïncidence. Le fruit du hasard.

Le hasard, sûr et certain.

La terre appelle Scarlett. La voix de Tiffany résonna sous son crâne, sa voisine lui donna un petit coup discret dans la cuisse.

Scarlett leva les yeux et découvrit, à son immense surprise, que tous les regards étaient braqués sur elle. Dahlia arquait un sourcil au tracé parfait, comme si elle était dans l'expectative.

— Euh, oui. Je suis d'accord, bafouilla Scarlett, en espérant que ses sœurs attendaient son avis sur la première candidate.

Dahlia hocha la tête, ravie.

— Dans ce cas, passons au vote.

Elle ouvrit une boîte et distribua à l'entour des plumes de corbeau, aussi blanches que la neige. Vingt sœurs, vingt plumes. Dans la croyance populaire, les corbeaux ont une réputation exécrable : ils sont associés à l'infortune et aux calamités, même si leur rôle est infiniment plus complexe. La civilisation hellénique les rattache à la Pythie, aux oracles, et fait d'eux les gardiens des secrets divins, les messagers de leur sagesse. Les corbeaux, à l'instar des sorcières, sont initiés aux arcanes de l'univers, d'où leur impopularité.

Voilà pourquoi les sorcières qui avaient fondé leur coven il y a des siècles de cela s'étaient désignées sous le titre d'Ailes d'Ombre. Ce nom leur était resté, même quand elles avaient adopté la façade d'une respectable sororité étudiante, à l'abri du système universitaire. Quel meilleur moyen pour recruter et former de nouveaux membres ouvertement, au grand jour ?

Pour donner son accord à l'admission d'une recrue, il suffisait de modifier la couleur de sa plume, de la faire passer du blanc au noir – comme une toile vierge animée par la connaissance et le talent. Et par le *pouvoir*. Petite, Scarlett rêvait déjà du jour où les plumes changeraient de couleur pour elle.

L'une après l'autre, en commençant par celle de Dahlia, les plumes s'ébouriffèrent, comme dérangées par une main invisible, et le blanc céda peu à peu la place à un noir aux moirures d'encre.

En théorie, la cérémonie des plumes était une simple formalité : ce n'était qu'une étape, car la sélection à proprement parler s'effectuerait à l'issue d'une séance au cours de laquelle les Ailes d'Ombre allaient pouvoir prendre la mesure des sorcières qui se présenteraient aux portes de leur clan. Si la chance était de leur côté, elles intégreraient une aspirante par suite, pour maintenir l'équilibre des forces au sein du groupe. Les Bâtons, comme Dahlia, maîtrisaient le mieux l'élément feu ; c'étaient des guérisseuses, et de véritables athlètes. Les Épées, dont Tiffany faisait partie, travaillaient essentiellement avec l'air, le vent en particulier, et la mémoire, l'emprise, l'ascendant mental. Les Deniers, comme Mei, tiraient leur force de la Terre et savaient modifier, par des sorts appelés « embellissements », l'apparence des êtres et des choses. C'étaient souvent des jardinières hors pair.

En tant que Coupe, Scarlett avait l'eau pour alliée et son point fort, c'était la catoptromancie – une méthode de divination nécessitant une pièce d'eau ou, à défaut, un miroir – mais aussi la manipulation de petites masses fluides et la transmutation des liquides – y compris des boissons consommées couramment. La rumeur prétendait que les Coupes savaient comme personne préparer des philtres d'amour, mais Scarlett avait réussi à s'en passer jusque-là.

Chaque suite avait à la fois des arcanes mineurs – des enchantements et des sortilèges pour tous les jours, à la portée de la première sorcière venue – et des arcanes majeurs. Ceux-là, elles n'y avaient recours que dans des circonstances très particulières, ou bien au prix d'une dépense d'énergie phénoménale. Les Coupes étaient capables de faire tomber des pluies diluviennes – Scarlett ne s'en était pas privée le jour où Minnie était morte ; les Épées, de déclencher une tornade ou un ouragan ; les Bâtons, de réduire une forêt en cendres si tel était leur souhait ; et les Deniers pouvaient, en théorie, provoquer un tremblement de terre même si cela ne s'était encore jamais vu.

Si les Kappa opéraient un tri aussi drastique à l'entrée, c'est qu'elles avaient découvert un moyen de lier leurs pouvoirs individuels au clan tout entier. À chaque pleine lune, elles se réunissaient et pratiquaient ensemble un rituel qui permettait à chaque Aile d'Ombre de puiser dans les arcanes mineurs des trois autres suites. C'était ainsi qu'elles étaient devenues le coven le plus puissant au monde.

Il n'y avait pas que la sélection des recrues qui figurait à l'ordre du jour. Dahlia allait profiter de la réunion pour répartir les missions de l'année aux sœurs qui se disputaient le privilège de lui succéder. Scarlett croisait les doigts pour que sa présidente la charge de la formation des aspirantes. C'était la fonction la plus prestigieuse : l'heureuse élue recevait la responsabilité de guider les novices à travers les écueils de l'initiation et donc, en substance, elle servait de mentor aux sorcières fraîchement enrôlées. Si Scarlett se montrait à la hauteur de la tâche, elle était pratiquement assurée d'être élue présidente l'année suivante.

Et si Scarlett obtenait ce rôle tellement convoité, elle savait déjà comment elle allait le fêter. Elle avait prévu de rejoindre Mason juste après la réunion, pour des retrouvailles en bonne et due forme… à supposer qu'elle arrive à mettre derrière elle les événements de la matinée.

Dahlia boucla le vote qui concernait une fille prénommée Kelsey. Seules quelques plumes avaient changé de couleur – pas assez pour que la malheureuse Kelsey soit acceptée dans leurs rangs. La candidate suivante était une jeune beauté d'origine indienne aux cheveux coupés court et au regard pénétrant.

— La mère de Sonali, Aditi Mani, a été une Aile d'Ombre en son temps, expliqua Dahlia. Et même si nous écartons toute forme de favoritisme, c'est un élément à prendre en considération puisqu'il est notoire que les dons psychiques et les sensibilités magiques se transmettent de génération en génération, et Aditi Mani était une sorcière de Coupe relativement puissante. Oui, Etta ?

Etta était étalée dans l'herbe à côté de Dahlia, pieds nus, sa peau d'un blanc laiteux présentée au soleil ; on aurait dit, à sa tenue, qu'elle allait se présenter à une audition pour décrocher le rôle d'une fée dans *Le Songe d'une nuit d'été.*

— Tu as dit qu'elle voulait faire carrière dans la politique. De la politique version Reese Witherspoon dans *L'Arriviste*… ou version Elizabeth Warren en 2020 ?

Les autres filles tendirent l'oreille, curieuses. La question d'Etta était pertinente. Les sorcières qui nourrissaient ce genre d'ambitions étaient toujours surveillées de près. Les Ailes d'Ombre qui se mêlaient de politique devaient avoir un parcours absolument sans tache.

— Hazel, c'est toi qui as parlé avec elle. Quelle lecture tu en as faite ? voulut savoir Dahlia.

Assise face à sa présidente, Hazel, une deuxième année venue de Floride et aux racines coréennes, détacha les yeux de son registre. Sa tenue se résumait à un legging et à un t-shirt de course. Scarlett déduisit, à son chignon impeccable et à son teint éclatant, qu'elle avait prévu de courir après la réunion. Sprinteuse star de Westerly, Hazel enchaînait des chronos qui donnaient à Scarlett l'impression d'être un escargot sur la piste d'athlétisme. Elle était aussi capable de débarquer en jogging à un cocktail et de donner une leçon d'élégance à tous les invités alors que Scarlett se sentait toujours habillée comme un sac à la salle de sport.

Hazel entreprit de dresser un portrait de Sonali :

— Elle m'a paru très, très intelligente, ambitieuse, et en même temps intègre. Elle veut servir ses idéaux, pas embobiner son électorat.

— Si une Aile d'Ombre se présente à la Maison-Blanche, elle a mon vote, répondit Etta, visiblement conquise.

— Et elle s'appellera Scarlett Winter, lança Tiffany, adressant un sourire à son amie.

Scarlett lui retourna son sourire. Elle pouvait toujours compter sur Tiffany pour la booster.

— Etta a raison, il faut la tenir à l'œil, intervint Jess, la rédactrice en chef de la *Gazette de Westerly*.

Scarlett savait ce que Jess sous-entendait : « Je me charge d'aller moi-même au fond de cette affaire. » Son ton soupçonneux lui donna envie d'apporter illico son soutien à la politicienne en herbe. Elle sut à cet instant quelle couleur elle allait donner à sa plume.

— Comme tu le sens, Lois Lane, la taquina Dahlia. Alors, on envoie une invitation à Sonali ou non ?

Chaque sorcière empoigna sa plume. Scarlett ramassa la sienne, tombée dans l'herbe, et lui chuchota l'ordre de changer de couleur. Dans un grand froufrou, toutes se firent aussi sombres que le ciel à minuit – ce qui signifiait que Sonali était acceptée à l'unanimité. Scarlett posa sur les autres Ailes d'Ombre un regard empli de fierté. Il y a bien longtemps, ces filles avaient franchi le même obstacle. Malgré leurs défauts respectifs, elles n'étaient pas liées que par la magie. Elles formaient un clan. Une tribu magnifique, bâtie sur la diversité, l'amour et le pouvoir. Les novices qu'elles acceptaient aujourd'hui dans leurs rangs étaient la génération d'après. Elles reprendraient le flambeau.

— Suivante. Reagan Ostrov, qui présente un parcours très intéressant.

Sur la page du registre s'afficha la photo d'une fille gratifiée d'une chevelure d'un roux flamboyant. Des lettres défilèrent, décrivant le passé de Reagan ainsi que les différents avenirs qui se profilaient devant elle, en fonction de ses choix. Un murmure parcourut le cercle.

— Elle descend d'une dynastie de sorcières mais sa famille est rattachée à autre clan, basé à la Nouvelle-Orléans. Elle a pleinement conscience de son potentiel mais, ce qui reste flou, c'est le contrôle qu'elle a sur ses pouvoirs. Un incendie s'est déclaré dans l'établissement scolaire qu'elle fréquentait. Les secours sont arrivés à temps et, par chance, il n'y a pas eu de blessé, poursuivit Dahlia avec un sourire sans joie. Les flammes ont ravagé le théâtre où, coïncidence, Reagan s'était vu refuser quelques heures plus tôt le rôle principal du spectacle annuel. Il a fallu quatre camions de pompiers pour venir à bout du brasier.

— On dirait qu'on a un signe de Feu sur les bras, commenta Mei.

— De toute évidence, elle est très puissante, mais elle présente un gros risque. Ce type de magie réclame de la discrétion.

— Tu ne suggères quand même pas qu'on tire un trait sur elle ? s'étonna Scarlett.

Elle était depuis toujours d'avis que les Kappa devaient mettre sur le même plan solidarité féminine et magie, mais Dahlia avait sur cette question un point de vue différent. Elle voulait que le coven soit ce qui se faisait de mieux

– comme sororité, et comme clan magique. À ses yeux, cela passait par l'initiation des magiciennes dotées des plus grandes capacités, à l'exclusion de toutes les autres.

— Au contraire, riposta Dahlia. Je dis simplement qu'il faut la prendre avec des pincettes.

Avant même qu'elle ait fini sa phrase, toutes les plumes se parèrent de noir. Reagan Ostrov était enrôlée à Kappa et Scarlett se dit que les Ailes d'Ombre méritaient ce qui leur pendait au nez.

— Parfait, conclut Dahlia.

Scarlett sentit une pointe d'aigreur lui vriller l'estomac lorsqu'elles passèrent à la page suivante. Son regard tomba sur la petite brune, agaçante de candeur, à qui elle avait donné un cierge magique la veille. *Vivian Devereaux*, déclarait le registre.

— Celle-là, elle m'a dit qu'elle n'avait pas l'intention de se porter candidate, lança Scarlett sans laisser à ses sœurs l'occasion de s'exprimer. Quel intérêt d'enrôler une sorcière qui nous a prises en grippe ?

— Tu l'as entendu de sa propre bouche ? l'interrogea Mei, haussant un sourcil au dessin parfait – elle avait troqué son carré contre une longue chevelure rehaussée de mèches lavande qui lui arrivait à la taille.

Scarlett contrecarra son argument avec un geste de la main.

— Elle m'a dit qu'elle n'était pas du genre à intégrer une sororité d'étudiantes – et elle n'a pas tort, d'ailleurs. Pourquoi gâcher une invitation ?

Dahlia la scruta, les yeux mi-clos.

— Tu passes ton temps à répéter qu'il faut recruter des profils aussi variés que possible. C'est bien ce que tu nous as dit l'année dernière ? « Il faut mettre ces filles à l'épreuve si on veut découvrir ce qu'elles ont dans le ventre. »

C'était ce que Minnie avait l'habitude de dire. Là, Dahlia l'avait coincée.

Tiffany prit la parole :

— Je suis d'accord avec Scarlett. D'ailleurs, on n'en sait pas plus sur cette Vivian ? demanda-t-elle en montrant la page, presque vide.

Mère : inconnue.

Père : inconnu.

Passé : inconnu.

Scarlett coula vers son amie un sourire reconnaissant.

— Elle a beaucoup bougé, expliqua Dahlia. On a récupéré un dossier incomplet dans son dernier lycée, situé dans le Nevada, sauf qu'elle y est restée quatre mois seulement. Avant le Nevada, elle a suivi des cours à distance dans une petite ville au nord de la Californie…

— Je crois qu'elle a toute sa place parmi nous, déclara Mei. Elle ignore encore qu'elle a des pouvoirs. Pour ma part, j'aimerais bien voir de quel bois elle se chauffe.

— Scarlett, lança Dahlia. Ça ne dépend que de toi.

Stupéfaite, Scarlett cligna des paupières. Dahlia lui demandait de prendre une décision qui, en temps normal, lui incombait entièrement. C'était sans doute un message codé : *Si tu comptes présider Kappa l'année prochaine, tu vas devoir apprendre à trancher dans l'intérêt du groupe, pas seulement dans ton intérêt personnel.* Scarlett prit une profonde inspiration, hocha la tête.

— Tu as raison, Mei. On devrait laisser une chance à Vivian.

Mei la remercia d'un sourire. Etta parut ravie, elle aussi. Scarlett resta de marbre lorsqu'elle leva sa plume. Elle avait pris le parti de se montrer magnanime, certes, mais elle n'était pas forcée d'y prendre plaisir.

Les sorcières parcoururent la suite de la liste : Ariana Ruiz et Bailey Kaplan, qui ignoraient l'une et l'autre qu'elles avaient des pouvoirs magiques. Des sœurs jumelles. Et l'héritière d'une lignée prestigieuse dont le cierge magique avait crachoté quelques étincelles. Celle-là n'irait pas au bout du premier rite, Scarlett le pressentait.

Une fois la dernière postulante évaluée, Dahlia se racla la gorge.

— Avant de vous laisser partir, mesdemoiselles, j'ai une annonce à faire.

Scarlett se redressa et lança à Tiffany un sourire survolté.

— Tiffany. Scarlett. Mei. Parmi les troisième année, vous êtes les plus puissantes.

Nous sommes surtout les seules, depuis le désastre de l'année dernière, rectifia intérieurement Scarlett.

— Afin de nous assurer que nos recrues tiendront toutes leurs promesses cette année, enchaîna Dahlia, je vous confie à chacune une mission particulière. Nous verrons ainsi si vous êtes à la hauteur pour intégrer le comité directeur de Kappa.

Pour te remplacer au poste de présidente, tu veux dire. Scarlett braqua les yeux sur sa supérieure. C'est elle qui devait prendre le relais à la tête de Kappa. Quel qu'en soit le coût.

— Tiffany, je te nomme chargée de l'événementiel, déclara Dahlia. Tu auras pour mission d'organiser les fêtes, les soirées, les galas…

Tiffany acquiesça fébrilement de la tête.

— Merci, Dahlia. Je ferai de mon mieux.

— Mei, tu nous représenteras au sein du Conseil panhellénique. Tu assureras la liaison avec les autres fraternités et sororités du campus et tu feras le lien avec les anciens élèves.

Mei avait récupéré le poste le plus ingrat. Elle allait devoir composer avec des femmes influentes, à l'image de la mère de Scarlett, qui ne se privaient pas de critiquer la façon dont étaient gérés Westerly en général et Kappa en particulier. Scarlett adressa une petite grimace chagrine à Mei qui plaqua sur ses traits un sourire courageux.

— Scarlett, lança Dahlia.

Scarlett se tint plus droite.

— Tu seras responsable des nouvelles recrues. À toi de mettre au point les épreuves de la Semaine infernale, d'écrémer les candidatures et de former les aspirantes aux sorts de base – pas seulement pendant la semaine de bizutage mais toute l'année, une fois l'initiation achevée.

Yes. Baissant la tête, Scarlett dissimula le large sourire qui lui fendait le visage. Du coin de l'œil, elle vit celui de Mei s'effacer. Tout le monde avait compris qu'elle avait décroché le Graal.

— Je ne te décevrai pas, promit-elle à sa présidente.

— Je sais que je peux compter sur toi. Souvenez-vous, mes sœurs, la Semaine infernale, et le processus de recrutement, ça ne vous donne pas le feu vert pour torturer impunément des gamines. Le but, c'est de repêcher des talents rares et singuliers perdus dans un océan de médiocrité. Dénicher des sorcières qui sauront se montrer dignes de notre héritage. Ambitieuses, pétries de talent, motivées, sages et puissantes. Comme nous. D'authentiques Ailes d'Ombre.

En guise de point final Dahlia referma brusquement son registre et, d'un geste gracieux, brisa le sort de distraction. Scarlett et Tiffany se mirent debout tandis que les bruits ambiants leur revenaient aux oreilles.

— Prête pour la compet' du siècle, sœurette ? fit Tiffany.

— Quand tu veux, rétorqua Scarlett avant de glisser son bras dans celui de sa meilleure amie.

Tiffany prit une mine réjouie et sa voix résonna sous le crâne de Scarlett. *Que la meilleure sorcière gagne.*

7

Vivi

Pour la première fois depuis bien longtemps, Vivi se réveilla le sourire aux lèvres. Les rayons du soleil s'insinuaient par l'interstice laissé entre les rideaux qu'elle n'avait pas tirés complètement, mais cela ne doucha pas sa bonne humeur. Le gommier qui se dressait près de la fenêtre saturait l'air du parfum de la rosée et, dans le lointain, la cloche du campanile fit entendre son carillon.

Encore une heure avant son premier atelier d'orientation. Elle roula sur le flanc, enfouit sa tête dans l'oreiller et se rejoua les événements de la veille. La musique. Le charleston. Les cierges magiques. Sa toute première soirée n'avait pas seulement été un succès retentissant – tout s'était passé comme dans un rêve. Vivi sentit ses paupières s'alourdir et elle allait s'abandonner de nouveau au sommeil quand un détail incongru attira son regard : une enveloppe lavande posée sur le dessus de sa commode. Clignant des yeux, encore engluée de sommeil, elle tendit le bras, attrapa l'enveloppe qui pesait étonnamment lourd et se recoucha. Seul son nom était inscrit dessus, dans une belle calligraphie, et le rabat était maintenu par un cachet en cire dont la forme sortait de l'ordinaire – une étoile inversée à cinq branches.

Vivi reconnut aussitôt ce symbole et fronça les sourcils. Il figurait sur les lames du tarot de sa mère, dans le sens contraire.

— On a laissé ça pour toi, lança une voix cassante.

Vivi tressaillit sous sa couette. Zoe. Bien sûr. Encore dans l'ambiance de la soirée, elle avait réussi à oublier quelques heures l'existence de sa camarade de chambrée. Sans émerger entièrement, elle observa sa colocataire, assise à son bureau et très occupée à se faire les ongles dans la zone qu'elle s'était octroyée – ça puait le vernis à plein nez.

— C'était qui ? demanda Vivi à travers un bâillement.

Elle se redressa, puis se força à quitter son lit.

— Qu'est-ce que j'en sais, râla Zoe. Je suis revenue de la douche et c'était posé là. Tu leur diras de frapper avant d'entrer la prochaine fois.

Vivi lui répondit d'un petit bruit évasif. Elle décacheta l'enveloppe, en sortit un bristol de couleur crème et lut le message écrit à la main :

Vivian,

Merci de nous avoir fait l'honneur de ta présence hier soir. Nous aimerions faire plus ample connaissance et nous t'invitons à réaliser une période d'essai au sein de Kappa Rho Nu avant de rallier définitivement nos rangs. Nous t'attendons avec impatience ce mardi à 20 heures.

Bien à toi,

Dahlia Everly, présidente.

Vivi resta interloquée.

— C'est Kappa qui m'envoie une invitation. Elles me proposent de faire une période d'essai.

Surprise, Zoe jaugea Vivi, comme si elle cherchait sur sa figure un détail qui lui aurait échappé lors de l'examen initial.

Vivi avait elle-même du mal à comprendre ce qui lui tombait dessus.

— Je me demande ce que j'ai pu faire pour qu'elles m'envoient ça.

— Un cadeau pareil, ça ne se refuse pas, déclara Zoe, qui hésitait entre admiration et agacement. Et tu sais que si tu passes la période d'essai, tu quittes cette piaule et tu t'installes chez elles ?

Soudain, Vivi éprouva le désir brûlant d'intégrer Kappa.

Son estomac gargouilla, lui rappelant qu'elle allait devoir affronter le resto U. La veille elle avait acheté des chips à un distributeur et participé à la « soirée pizza » organisée pour accueillir les nouveaux dans la salle commune de la résidence, mais il fallait bien qu'elle s'y rende à un moment ou à un autre. Elle gardait des souvenirs pénibles de toutes les cantines où elle avait mis les pieds durant son parcours scolaire. La première fois on ne savait jamais à quelle portion on avait droit, ni où déposer le plateau à la fin. Pas question de devenir la risée des réseaux sociaux en étant malgré elle la star d'une vidéo intitulée « Cette meuf passe sept minutes à galérer avec la fontaine au self ».

Elle prit une douche rapide dans la salle de bains commune et regagna la chambre, où elle récupéra son téléphone et sa carte d'étudiante. Elle eut l'idée à la dernière seconde de prendre l'invitation des Kappa qu'elle avait laissée sur son lit. Peut-être qu'en la relisant après son premier café, tout ça deviendrait plus clair. Elle enfila un bas de jogging, sentant le regard moqueur de Zoe lui perforer le dos, mais elle s'en moquait éperdument. Vivi n'était pas à la pointe de la mode, contrairement à sa colocataire, et elle ne comptait pas perdre son temps à essayer de rentrer dans ses bonnes grâces.

Lorsqu'elle quitta le bâtiment, elle sentit une partie de son anxiété s'évaporer. C'est ici qu'elle vivait, sur l'un des campus les plus féeriques du pays. Elle allait bientôt s'y sentir comme chez elle, elle en était certaine.

— Alors c'est toi, la prochaine victime des Kappa ? lança une voix.

Surprise, Vivi se retourna. Une fille toute de noire vêtue – jean moulant et t-shirt déchiré – était assise en tailleur dans l'herbe. Du regard, elle désignait l'enveloppe lavande qu'elle avait à la main.

Instinctivement, Vivi fourra la lettre dans son sac à main. Elle ignorait la marche à suivre. Avait-elle le droit de crier sur tous les toits qu'elle avait reçu une invitation ? Était-ce une information qu'il fallait taire ? Elle préféra garder le silence.

— Pour l'instant je ne sais pas grand-chose, répondit-elle.

L'inconnue braqua son regard sur Vivi, puis elle esquissa un rictus narquois et se mit debout. À côté, Zoe paraissait franchement amicale.

— Sois prudente, lâcha-t-elle avant de s'éloigner d'une démarche nonchalante.

Bizarre, songea Vivi en reprenant le chemin du resto U. Peut-être que la fille était jalouse ? Les Kappa avaient des critères de sélection très stricts et Vivi était incapable de dire ce qui l'avait distinguée des autres étudiantes. Elle n'avait pas respecté le code vestimentaire, elle dansait mal. Les Kappa qu'elle avait pu croiser au cours de la soirée lui avaient fait bon accueil, mais elles avaient fait bon accueil à tout le monde. Qu'avait-elle de plus que les autres ?

Zoe a raison, fut obligée de reconnaître Vivi. *Ne te prends pas la tête. Il t'arrive enfin quelque chose de bien, alors savoure-le.*

À cet instant, l'anxiété de Vivi s'évapora entièrement : elle aperçut Ariana, qui lui adressait de grands signes, à quelques dizaines de mètres.

— Tu vas prendre ton petit-déjeuner ? s'enquit-elle. Tant mieux. J'avais peur de me retrouver assise toute seule. Mais je m'impose, peut-être que tu as donné rendez-vous à quelqu'un, ajouta-t-elle en se mordant la lèvre. Ne te sens pas obligée de me tenir compagnie.

— Ça me ferait hyper plaisir, répondit Vivi avec un sourire, soulagée à l'idée que des filles comme Ariana puissent avoir le même genre d'angoisses qu'elle.

Elles gravirent ensemble les degrés du perron en pierre.

— Comment tu te sens après cette soirée ? Je crois que j'ai un peu trop forcé sur les cocktails ; j'ai la tête *en vrac*, grommela Ariana.

— Le remède, c'est une triple dose de café, plaisanta Vivi, puis elle repensa à l'enveloppe cachée dans son sac.

— Au fait, j'ai trouvé quelque chose sur ma commode ce matin…

Aussitôt, elle eut peur d'en avoir trop dit. Et si sa nouvelle amie n'avait rien reçu, elle ? À son immense soulagement, Ariana afficha un large sourire.

— Tu as reçu une invitation, hein ? Moi aussi. Excitant, pas vrai ?… Oh là là, qu'est-ce que je vais mettre ? Il n'y avait rien de précisé sur le carton. Tu choisirais une tenue chic, toi, comme hier soir ? Ou plutôt décontractée, peut-être…

Vivi sentit sa panique aller crescendo tandis qu'Ariana se lançait dans un monologue qu'une sonnerie vint interrompre. Elle s'arrêta et consulta son téléphone, les sourcils froncés.

— Zut. Ma coloc' s'est enfermée dehors. Ça t'embête si je loupe le petit-déjeuner ? Je suis désolée de te faire faux bond. Ça va aller ?

— Sans problème, répondit Vivi, en priant intérieurement pour que ce soit vrai.

— Cool. Oh, donne-moi ton numéro – je t'enverrai un SMS tout à l'heure.

Vivi récita son numéro et regarda Ariana repartir à foulées élastiques, la tête auréolée par les boucles qui s'échappaient de son chignon. Quelques secondes plus tard, un texto fit vibrer son propre téléphone. NUMÉRO D'ARIANA RUIZ ! Sourire aux lèvres, Vivi glissa son portable dans sa poche. Peut-être qu'elle allait manger seule aujourd'hui, mais elle venait de se faire une amie.

Inspirant profondément, elle se posta devant l'entrée du resto U. L'imposant édifice en pierre évoquait plus un lieu de culte qu'un self réservé aux étudiants et, lorsqu'elle ouvrit d'une poussée la porte massive, elle pénétra dans un endroit qui dépassait tout ce qu'elle avait vu jusqu'alors. Des poutres apparentes s'entrecroisaient au plafond, le soleil entrait à flots par des fenêtres hautes de quatre mètres et se reflétait sur les soliflores en verre qui trônaient au centre des tables rondes. On aurait dit que Martha Stewart[1] s'était chargée de redécorer Poudlard.

Pas de file d'attente au stand petit-déjeuner, où Vivi s'empressa de garnir son assiette d'œufs brouillés et de pancakes. Elle s'apprêtait à prendre place à l'une des nombreuses tables vides quand elle s'aperçut de son erreur : il y avait un bar à gaufres. Elle perdait son temps avec des pancakes alors qu'il y avait des gaufres en libre-service ! Elle s'en approcha, posa prudemment son plateau sur le passe-plat et versa une louche de pâte dans le gaufrier qui émit un sifflement sonore. Elle s'écarta d'un bond quand la pâte brûlante déborda et gicla sur la table.

— Et merde, marmonna-t-elle.

Catastrophe. Était-il possible de mettre le feu à un resto U avec un gaufrier ?

— Tu es vraiment un danger public, hein ?

Vivi faillit s'étrangler. Pivotant sur ses talons, elle tomba nez à nez avec le garçon qui avait porté ses valises la veille, un grand sourire aux lèvres.

— Je plaisante, lâcha-t-il. Tu te débrouilles très bien, ça saute aux yeux, mais ce serait une bonne idée de retourner l'appareil à un moment. Tiens, laisse-moi t'aider.

Il fit basculer le gaufrier sur son axe.

— C'est un de tes passe-temps ? lança Vivi après s'être plus ou moins ressaisie. Tu rôdes sur le campus en attendant qu'une fille maladroite fasse un truc embarrassant pour la tirer d'affaire, comme un genre de superhéros ?

— Superhéros ? répéta le garçon, songeur. Tu sais quoi ? Ça me plaît. Mason Gregory, le héros du petit-déjeuner.

1. Célèbre décoratrice d'intérieur et star de la télévision américaine. (N.d.E.)

Il vole au secours de jeunes innocentes pour leur épargner la honte de manger des gaufres informes. D'ailleurs, excuse-moi. Le devoir m'appelle.

Mason – puisque c'était son nom – ouvrit le gaufrier, démoula la gaufre dorée à la perfection et déposa son chef-d'œuvre sur l'assiette de Vivi.

— *Voilà, mademoiselle**.

— *Vous êtes trop gentil, monsieur**.

Il haussa un sourcil.

— Oh, mademoiselle parle français ? Dans ce cas, permets-moi de te préparer la spécialité de la maison, les gaufres à la Mason.

Il recouvrit la gaufre d'une généreuse garniture : il commença par une bonne dose de fraises, qu'il fit suivre de pépites de chocolat et ponctua d'une volute de crème chantilly.

— OK, ça suffit, s'esclaffa Vivi en essayant de récupérer son assiette.

— *Non, non, mademoiselle**, protesta Mason, avec un accent atroce. Permettez, je n'ai pas encore fini.

Là-dessus il se dirigea vers le bar à céréales et parsema la gaufre de cornflakes.

— Quoi ? Non ! s'exclama Vivi.

Mason réussit à ajouter une portion de Lucky Charms avant qu'elle n'arrive à lui arracher son assiette des mains.

— C'est immonde, fit-elle en étudiant le résultat.

Le cuisinier parut vexé.

— Mettrais-tu en doute mes talents culinaires ? Goûte. Rien qu'un peu. Tu seras surprise.

— Je ferai un rapport, promis. À moins que… tu attends quelqu'un ? Ça te dirait qu'on mange ensemble ?

Vivi se tut et son cœur s'emballa, ce qui arrivait à chaque fois qu'elle se jetait dans l'inconnu. Elle regretta sa proposition à la seconde où elle quittait ses lèvres. Ils avaient passé un bon moment et elle gâchait tout en se collant à lui.

— Avec plaisir, répondit le garçon avec un sourire. Au fait, je m'appelle Mason, au cas où tu n'aurais pas compris.

— Et moi, Vivi.

— Vivi. C'est joli.

Elle lui emboîta le pas et posa son plateau sur une table avec mille précautions, craignant de renverser son café ou son jus d'orange.

— Ah, les nouveaux. Si candides, si patauds, plaisanta Mason.

Il posa son propre plateau avec un moulinet théâtral du bras.

— Tu es en deuxième année ? s'enquit Vivi.

— Troisième.

— Et comment tu as pu passer autant de temps à la fac sans apprendre à faire une gaufre mangeable ?

Mason prit une mine vexée.

— Qu'est-ce que c'est que ces attaques ? Tu n'as même pas goûté.

Sans attendre que Vivi l'y invite, il se coupa un morceau de gaufre. Son bras frôla celui de la jeune fille, qui sentit une étincelle se déclencher à ce contact. Les joues en feu, elle joua la désinvolture et elle s'apprêtait à l'imiter lorsqu'il avala le bout de gaufre piqué sur sa fourchette et grimaça.

— Ah ! Tu vois ?

Elle s'attaqua alors à une tranche de lard grillé.

Mason eut un petit rire moqueur.

— Dis-moi, à part balancer des valises à la tête des gens et cramer des gaufres, tu as des passions dans la vie ? Tu fais partie de ces étudiants qui ne laissent aucune place au hasard, ou de ceux qui changent trois fois de filière ?

— J'appartiens à la seconde catégorie, j'imagine. J'ai passé toute ma vie sans savoir où j'allais finir ma semaine, alors une année, c'est long.

— Vraiment ? fit Mason avec un regain de curiosité. Comment ça se fait ?

Vivi avala une gorgée de café, histoire de gagner du temps. Elle n'avait vraiment pas envie d'assommer un type aussi mignon avec les lubies de sa mère.

— J'ai eu une enfance en dehors des sentiers battus, disons. On ne restait jamais longtemps au même endroit.

Elle s'attendait à ce que Mason lui lance un regard interloqué – ou, pire, qu'il la toise avec pitié – mais elle surprit une lueur de nostalgie au fond de ses yeux.

— Ça doit être sympa, remettre les compteurs à zéro de temps en temps, souffla-t-il.

— Crois-moi, être la nouvelle partout, tout le temps, ça devient vite lassant.

— Oui, mais si ça se passait mal dans une école, tu pouvais tenter une approche différente dans celle d'après. T'incruster dans la bande des gothiques et écrire de la poésie pétrie d'angoisse existentielle avec eux, ou t'inscrire au club d'escrime, ou décider de te pointer en classe avec un haut-de-forme et un monocle.

Vivi fronça les sourcils, guère convaincue.

— Pourquoi pas... à condition de faire ta rentrée en 1894.

— En effet, s'esclaffa Mason. Mais c'est quand même précieux, des potes que tu n'as pas gardés de l'enfance et qui ne prétendent pas te connaître mieux que tu ne te connais toi-même.

Vivi retourna cette réponse dans sa tête. D'un côté, elle aurait beaucoup donné pour avoir des amies auxquelles elle aurait pu confier tous ses malheurs, petits et grands. De l'autre, elle savourait la liberté de pouvoir changer complètement de cap et de montrer ce qu'elle valait à une sororité qui réunissait la fine fleur du campus, sans qu'on la montre du doigt ou qu'on la critique par-derrière.

— Alors, qu'est-ce que tu ferais si tu n'avais aucune attache ici ? demanda-t-elle.

— Je ne sais pas trop, répondit Mason en passant les mains dans ses boucles brunes. J'imagine que c'est ça, le problème. Désolé, ça fait beaucoup de sujets sérieux au petit-déjeuner.

— Ça, un sujet sérieux ? Je croyais qu'on papotait tranquillement.

— Tu as beaucoup à apprendre sur le Sud, ma belle, dit-il en exagérant son accent.

Il disait cela pour la taquiner mais Vivi n'eut qu'à entendre « ma belle » dans sa bouche pour que son cœur s'emballe.

— Les seuls sujets qu'on a le droit d'aborder au petit-déjeuner, c'est la chaleur qu'il fait et les résultats sportifs, ajouta Mason.

— Eh bien, je ne trouve pas qu'il fait si chaud que ça et je n'y connais rien en sport, alors on va devoir rester assis sans rien se dire… ou sinon, je me renseigne pour voir si je peux changer de fac.

Mason éclata de rire.

— Et toi, la débutante ? Est-ce que tu as décidé qui tu serais à Westerly ?

— Bonne question…

Dans d'autres circonstances, elle aurait détourné la conversation pour éviter de parler d'elle mais Mason lui adressait un regard si sincère qu'il lui aurait paru malpoli d'esquiver sa question.

— J'aimerais trouver un champ d'études qui me passionne, répondit-elle. Un domaine ancré dans la réalité.

— Ancré dans la réalité ? Comment ça ?

— Qui m'aiderait à comprendre le monde qui m'entoure – comme les sciences environnementales, l'histoire, la psychologie.

Elle marqua une pause, convaincue que Mason allait condamner sa prétention mais il l'encouragea à poursuivre d'un hochement de tête.

— J'ai passé trop de temps entourée de gens qui refusent de regarder la réalité en face, enchaîna-t-elle. Je n'ai pas envie d'avoir peur de la vérité. Ça tient debout, ce que je dis ?

— Oui, lâcha Mason, soudain grave.

Peut-être était-elle allée trop loin, peut-être cherchait-il un moyen de se débarrasser élégamment d'elle. Vivi eut l'idée de prétendre qu'Ariana lui avait envoyé un SMS, pour donner à Mason la possibilité de s'éclipser, lorsque le salut arriva sous la forme d'une autre fille, qui s'approcha d'eux. Vivi déchanta à l'instant où la nouvelle venue posa une main sur l'épaule de Mason.

C'était la fille croisée la veille à la soirée de recrutement, celle qui lui avait donné le cierge magique. Elle déposa un baiser sur la joue du jeune homme et Vivi sentit son estomac se décrocher, comme si elle venait de rater une marche. *Oh oh.*

— Te voilà. Je croyais qu'on devait se retrouver dehors.

— Mince, désolé, Scarlett. J'ai perdu la notion du temps.

Mason se leva précipitamment, les pieds de sa chaise raclant le plancher, et ramassa son plateau.

— Je reviens tout de suite.

— Je t'attends, répondit la fille d'une voix sucrée.

Elle le regarda s'éloigner et se tourna vers Vivi.

— Scarlett. Vivian, c'est ça ?

— Oui. Vivi.

— Eh bien, Vivi, je constate que tu as fait connaissance avec mon petit copain.

« Petit copain. » Les mots explosèrent en vol et Vivi sentit une onde de gêne et de déception se propager en elle. *Petit copain.* Une fille avait déjà mis le grappin sur Mason, forcément. Et une Kappa, bien sûr.

— Oui, il m'a montré comment fonctionne le gaufrier, se hâta-t-elle d'expliquer. La cuisine, ce n'est pas vraiment mon truc.

— Sa galanterie le perdra, rétorqua Scarlett d'une voix glaciale, puis elle ajouta, montrant le bas de jogging que portait Vivi : tu ne manques pas de cran, de venir au resto U fagotée comme ça. J'aimerais bien être aussi… décomplexée que toi.

Vivi piqua un fard et elle cherchait encore une réponse bien sentie lorsque Mason revint à la table. Il prit Scarlett par la main et l'entraîna dehors.

— Ne va pas t'attirer d'ennuis, Vivi, lança-t-il par-dessus son épaule.

Trop tard. Elle avait sauté dedans, à pieds joints.

8

Scarlett

Tandis que Mason l'accompagnait jusqu'à l'amphithéâtre, des nuages menaçants s'amoncelaient à l'horizon. L'orage couvait. Scarlett n'aurait su dire si c'était elle qui l'encourageait, en écho à sa propre tempête intérieure, ou s'il s'agissait d'un caprice naturel du ciel.

— Je suis désolé d'avoir raté le rendez-vous, répéta-t-il pour la énième fois.

Il se répandait en excuses depuis qu'ils avaient quitté le self.

— Laisse-moi me racheter. On pourrait sécher les cours ? Et s'offrir un vrai petit-déjeuner chez Miss Deenie.

— Ça me tenterait bien, mais l'un de nous a déjà l'estomac plein, répliqua-t-elle d'un ton glacial.

— Scarlett, c'était juste quelques gaufres.

Non, ce n'était pas « juste quelques gaufres ». Certains ne peuvent pas se permettre de « louper les cours ». Certains prennent les choses au sérieux. Certains honorent leurs rendez-vous au lieu de faire des gaufres pour des dindes qui ouvrent de grands yeux émerveillés. Elle l'avait surpris à jouer au joli cœur avec cette pauvre fille qui n'avait aucun style, mais le problème n'était pas là. D'ordinaire, Mason était d'une ponctualité irréprochable.

— Je dois assister à ce cours, asséna-t-elle.

— Scarlett..., l'implora Mason.

Lorsqu'il comprit qu'elle resterait inflexible, il poussa un soupir, l'embrassa furtivement sur la bouche et battit en retraite, les épaules voûtées, s'enfonçant dans le brouillard qui enveloppait le campus. Soudain, Scarlett perdit toute motivation. Elle décida de regagner Kappa et traversa le campus à pied, serrant les poings si fort que ses paumes gardèrent l'empreinte des ongles.

Sérieux, elle se prend pour qui, cette Vivi ?

C'était pour retrouver cette idiote que Mason lui avait posé un lapin ? Une sorcière au rabais, aussi niaise que négligée, qui n'arriverait jamais à la cheville de ses sœurs. C'était cela que Mason avait à l'esprit quand il lui avait suggéré de tout plaquer et de voyager autour du monde ? Il se fourrait le doigt dans l'œil, jusqu'au coude. Le tonnerre gronda à bonne distance et Scarlett se força à respirer posément, calmement. Elle n'allait pas déclencher un orage au beau milieu du campus – trop de témoins potentiels. Mais elle sentait la magie crépiter dans ses veines, implorant la délivrance.

Il suffirait d'un rien. Elle avait déjà les nerfs à fleur de peau.

— Va vite te mettre à l'abri, lui conseilla une voix masculine.

Jackson. Il ne manquait plus que lui. Il s'approchait à petites foulées sur la pelouse.

— Tu t'inquiètes pour moi maintenant ? rétorqua-t-elle.

— Je croyais que les sorcières fondaient sous la pluie ?

Scarlett faillit trébucher. *Reste calme,* s'exhorta-t-elle, *ne mords pas à l'hameçon. Et ne le regarde pas trop longtemps.*

— Un conseil : lâche un peu les romans fantastiques.

Jackson cala son pas sur le sien.

— Je n'ai pas peur d'appeler un chat un chat.

— Jackson, je ne suis pas d'humeur.

— Allez, Scarlett. Qu'est-ce que tu es susceptible, ce matin !

Elle se tourna vivement vers lui, ses cheveux fouettèrent ses épaules et l'orage redoubla de violence.

— *Fiche-moi la paix*, gronda-t-elle.

Sans l'orage qui lui pompait toute son énergie, elle aurait déjà jeté un sort de distraction à Jackson, pour l'envoyer balader. Mais elle craignait que sa magie ne lui échappe. Il l'agaçait au plus haut point, mais elle n'avait pas l'intention de le blesser par erreur. Un accident de ce genre, c'était bien suffisant.

Jackson crispa les mâchoires. Une fraction de seconde, elle crut qu'il allait revenir à l'assaut. À cet instant le tonnerre se déchaîna et les nuages crevèrent. Jackson fronça les sourcils, releva la capuche de son sweat et s'éloigna à grandes enjambées.

Elle le suivit quelques instants du regard, les muscles crispés, puis elle croisa les bras sur sa poitrine et piqua un sprint en direction de la forêt qui se déployait à la lisière de Westerly. Cela lui rallongeait le chemin mais les arbres la protégeraient de la pluie en attendant que passe le plus gros de l'orage.

Normalement, à cette heure, le sentier forestier était envahi d'étudiants qui vivaient dans d'autres secteurs du campus. Le mauvais temps les avait tous chassés. Les nuages plombés laissaient filtrer une lueur crépusculaire. Scarlett progressa dans la pénombre, renfrognée. Le ciel s'était mis au diapason de son humeur.

Cette maudite Vivi. Bon sang, qu'est-ce qu'elle allait faire d'elle ? Scarlett avait compris à la seconde où ses yeux s'étaient posés sur elle que sa place n'était pas à Kappa. Elle manquait de raffinement, elle ne savait pas s'habiller, et elle avait eu l'audace de flirter avec son petit ami sous son nez…

Mason avait mis un léger coup de canif dans le contrat et, comme de juste, il s'était platement excusé. Mais il avait dévoré cette idiote de Vivi du regard au moment où ils avaient quitté le self et cela, Scarlett l'avait bien remarqué.

Comme elle avait remarqué son large sourire et sa joie bruyante avant qu'elle ne casse l'ambiance à la table du petit-déjeuner…

C'est à cause de la distance. Ils n'auraient jamais dû passer l'été séparés par un océan entier. Il fallait qu'elle en prenne bonne note pour la suite. Parce qu'ils avaient un avenir commun. Un destin tout tracé. La mésaventure de ce matin ? C'était une broutille, un tout petit accroc. Franchement, pas de quoi en faire tout un plat.

Compris, l'orage ? À la niche, ironisa-t-elle en son for intérieur. Elle coupa à travers un parc arboré qui menait à la voie Grecque – la rue qui accueillait les résidences des étudiants réunis en fraternités. À nouveau le fracas du tonnerre, suivi d'un craquement derrière elle. On aurait dit que quelqu'un avait écrasé une brindille.

Scarlett se retourna. Personne. Elle était seule sur le sentier. Seule dans les ténèbres. Elle n'y voyait pas à plus de deux ou trois mètres. Sa respiration s'accéléra.

Crac.

Derrière elle, une fois encore. Scarlett pivota sur elle-même, plus lentement, les yeux braqués sur les arbres. Là-bas. Une silhouette à peine visible, au cœur des fourrés. Maigre, grande. Scarlett se mit à réciter à voix basse, presque en fredonnant, un charme de protection. Malheureusement, l'orage avait absorbé une grande partie de sa magie et il n'en restait pas assez pour allumer la mèche d'une bougie, et encore moins pour faire bouclier contre…

Contre quoi ?

Elle était à Westerly. À deux pas de son logement. Elle pensait sincèrement qu'un cinglé la traquait dans la forêt ?

Malheureusement, elle savait, mieux que quiconque, que la tragédie pouvait frapper à l'université. Jamais elle n'effacerait de sa mémoire cette soirée effroyable lors de laquelle Harper avait trouvé la mort. Ce souvenir la hanterait pour l'éternité. Mais Harper n'était plus là. Gwen non plus. Et si les sorcières existaient réellement, ce n'était pas le cas des fantômes…

Elle jeta un coup d'œil par-dessus son épaule, une dernière fois, pour se rassurer, et alors…

— Bouh !

Scarlett lâcha un hurlement. Tiffany avait surgi à ses côtés. Le cœur cognant contre sa poitrine, elle fusilla la farceuse du regard.

— Pas drôle.

— Ça ne te fait pas rire ? s'étonna Tiffany, hilare.

Un simple regard à la mine maussade de Scarlett, et sa gaieté retomba d'un coup.

— Désolée. Je n'ai pas pu résister. Tu avais l'air si tendue.

— J'ai cru entendre…, fit Scarlett en étudiant les arbres.

Toujours personne. Elle secoua la tête afin de recouvrer ses esprits et changea de sujet :

— Laisse tomber. Qu'est-ce que tu fais dehors sous l'orage ?

— À ton avis ? Je suis venue te chercher, expliqua Tiffany en montrant le ciel. Je me suis doutée qu'il y avait un problème. Alors, raconte !

Scarlett reprit sa marche, réconfortée par la présence de son amie. Elle ne sursauterait plus dès qu'une ombre traverserait son champ de vision.

— C'est juste… Mason, soupira-t-elle.

— Je vais devoir faire du mal à notre beau gosse préféré parce qu'il joue avec les sentiments de ma meilleure pote ?

Scarlett faillit sourire. Faillit.

— Pas encore. Mais je veux bien que tu m'aides à disséquer la situation.

— Eh bien, fit Tiffany en prenant Scarlett par le bras, tu peux compter sur moi. Mais je suis aussi dispo pour une dissection en conditions réelles, si besoin.

Scarlett éclata de rire et sentit une vague d'affection monter en elle.

— Je ne plaisante pas, Scarlett. J'ai dû aider Dahlia à dépiauter des pelotes de réjection de chouettes hier soir pour un sortilège sur lequel elle travaille. Je crois que ça l'a vexée que je n'aie pas rendu mon dîner mais elle a oublié que j'ai suivi un TP de biologie en première année.

— Ça ne t'est pas venu à l'idée de refiler cette corvée à ta Cadette ? s'étonna Scarlett.

À cet instant la maison Kappa se dressa devant elle, au bout du sentier qui traçait un coude.

— Tu sais comment ça se passe. Quand Dahlia t'ordonne quelque chose... Sérieusement, tout va bien ? Parce que si Mason a besoin qu'on lui rappelle gentiment qu'il n'a pas intérêt à faire joujou avec la fille la plus canon, la plus drôle et la plus intelligente du campus, je peux m'en charger. Tu ne mérites que le meilleur et je ne veux pas qu'il te traite...

Tiffany s'interrompit net à deux pas de la maison Kappa.

— Quelle horreur, lâcha Scarlett.

Clouées à la porte d'entrée, à la vue de tous, les attendaient quatre cartes : la Reine d'Épées ; la Reine de Bâtons ; la Reine de Coupes ; et la Reine de Deniers.

Chacune barrée d'une croix rouge sang.

9

Vivi

Remontant l'étroite allée pavée qui menait chez les Kappa, Vivi se souvint qu'elle ne leur avait pas envoyé de réponse officielle. L'enveloppe lavande ne contenait que le carton d'invitation. Pas d'adresse mail, pas de numéro de téléphone. Quelque chose se rebella en elle et elle s'arrêta net. Encore quelques jours plus tôt, elle ignorait jusqu'à l'existence de cette sororité ; qu'est-ce qui leur donnait le droit de penser que leurs invitations seraient automatiquement acceptées ? Pourtant, lorsque Vivi posa les yeux sur l'élégant bâtiment, elle sut qu'elle ne ferait pas marche arrière.

Même si elle n'avait pas eu un moment pour se poser, entre les ateliers d'information, les cours, les soirées et les rendez-vous avec divers conseillers d'orientation, l'invitation des Kappa avait occupé presque toutes ses pensées. Une véritable obsession dont son premier cours de neurosciences, normalement réservé aux deuxième année mais pour lequel elle avait obtenu une dérogation, ne l'avait pas libérée. Elle avait senti un frisson d'excitation remonter son échine quand on l'avait informée que la bibliothèque, aux allures de musée, était ouverte à tous les étudiants sans exception, même le département des livres rares. Seule la bêtise dont elle avait fait preuve avec Mason au resto U la turlupinait. Il suffisait qu'un beau garçon soit gentil cinq minutes avec elle pour que Vivi se persuade qu'elle l'intéressait. L'estomac noué, elle se rappela l'expression qui s'était peinte sur le visage de Scarlett quand elle s'était plantée devant eux et son sourire condescendant, écœurant de fausse gentillesse. Elle avait pris Vivi en grippe dès le départ et cet épisode n'allait pas arranger leur relation. Est-ce que cela risquait de nuire aussi à sa candidature ?

En retrait de la rue, la bâtisse haute de trois étages se blottissait parmi les chênes qui projetaient des ombres étirées dans la lumière du soir. Les lampions n'avaient pas bougé, ils étaient toujours accrochés aux branches, mais il manquait l'effervescence de la soirée, la musique et les rires. Du lierre habillait les balustrades en fer forgé et Vivi s'imagina assise sur le porche qui faisait le tour de la maison, par une belle soirée d'été, un verre de *mint julep* à la main. Encore faudrait-il qu'elle se renseigne sur les ingrédients d'un authentique *mint julep*.

En attendant qu'Ariana la rejoigne, elle étudia les bâtisses voisines. C'étaient pour la plupart de véritables manoirs, à mille lieues des pavillons boursouflés et sans âme qui représentaient l'immobilier de luxe à Reno. Vivi repéra d'immenses demeures de style victorien, quelques édifices majestueux qui s'inspiraient de l'ère géorgienne et un autre qui rappelait un temple grec, flanqué de colonnes en marbre. Et bien sûr, ces balcons en fer forgé que Vivi voyait partout à Savannah. Souvent la façade était tapissée de lierre, totalement ou en partie, et la peinture s'écaillait. Ailleurs, cela aurait créé une ambiance de décrépitude mais ici, c'était parfait. Ces demeures étaient l'équivalent architectural d'excentriques aristocrates britanniques capables d'assortir des bottes boueuses à des vêtements haute couture et de laisser d'inestimables toiles de maître jaunir dans des greniers poussiéreux.

— Excuse-moi de t'avoir fait attendre, lança une voix essoufflée.

Vivi se retourna. Ariana remontait l'allée à toute vitesse, anxieuse mais toujours sublime. Elle portait la robe de cocktail noire qu'elle avait montrée à son amie le matin même. La veille, Vivi lui avait avoué qu'elle n'avait rien d'élégant dans sa garde-robe et, aussitôt, Ariana lui avait proposé de lui prêter ce qu'il fallait pour faire bonne impression – il lui restait cinq ou six robes de cocktail achetées pour les anniversaires de ses cousines.

— Je n'étais pas du tout pressée, tu peux me croire, répondit Vivi. Tu crois qu'il faut frapper ?

— J'imagine, oui. Ce n'est pas le genre d'endroit où on débarque sans frapper.

Ariana posa un regard méfiant sur la porte. Les volets étaient tous fermés, aucun bruit ne leur parvenait de l'intérieur.

Tandis que les deux amies se demandaient comment procéder, la porte s'ouvrit soudain, révélant un vestibule désert.

— Qui a fait ça ? s'étonna Ariana.

— Un courant d'air, sans doute, lança Vivi, lasse de voir le vent se comporter de façon étrange à chaque fois qu'elle se trouvait dans les parages.

Elle échangea avec Ariana un regard entendu et elles franchirent le seuil du même pas.

La soirée de recrutement s'était déroulée essentiellement dans le jardin et Vivi n'avait pas prêté attention à la résidence et à l'esthétique qui y régnait. Des toiles exposées aux murs représentaient pour certaines des figures féminines en habits d'époque, pour d'autres des paysages à la beauté mélancolique : une forêt noyée sous une nappe de brume, un corbeau perché sur un tronc mort au milieu d'une plaine désolée. Les chandelles qui projetaient une lumière tremblotante et les bouquets exubérants présentés dans des vases créaient une atmosphère qui mêlait élégance et chaleur.

— Quel endroit magnifique, souffla Ariana en montrant de l'index un corridor qui débouchait sur une serre. La lueur de la lune traversait les châssis vitrés, éclairant une jungle de végétaux, d'arbustes qui s'épanouissaient dans des pots et de plantes grimpantes qui cascadaient le long des carreaux.

— On dirait que les Kappa assurent, niveau jardinage, fit remarquer Vivi.

Des bribes de conversation flottaient depuis une autre pièce. Vivi fit signe à Ariana de la suivre et, guidées par les voix, elles se retrouvèrent dans le séjour, où deux filles, assises l'une en face de l'autre sur des canapés, étaient en pleine discussion. Jess, la Kappa qui avait cité Dorothy Parker lors de la soirée, écoutait attentivement son interlocutrice. Elle portait des lunettes dont l'épaisse monture soulignait la délicatesse de ses pommettes, ainsi qu'un élégant chemisier en soie blanche que Vivi aurait déjà taché depuis longtemps. Ce soir, ses tresses étaient retenues au moyen d'une barrette.

La fille qu'elle avait face à elle, de toute évidence une aspirante Kappa, tortillait nerveusement une mèche de cheveux tout en papotant sans retenue. Un vrai moulin à paroles.

— Alors j'ai poussé un grand ouf de soulagement, forcément, quand j'ai appris que j'étais acceptée à Westerly en même temps que mon copain. Sauf qu'à la toute dernière minute, et je n'exagère même pas, quatre heures avant la clôture de dépôt des dossiers, il a décidé de s'inscrire à Vanderbilt. J'avais déjà viré une partie des frais de scolarité, du coup j'étais coincée. On va essayer de vivre une relation à distance mais ça m'angoisse parce qu'il a posté une photo sur Instagram où il pose avec une fille super jolie et il a mis en légende « Les bénéfices des nouveaux amis », ce qui s'interprète de tout un tas de façons, mais quand même…

Si cela n'avait tenu qu'à Vivi, elle lui aurait conseillé de tenir sa langue. La fille déballait toute sa vie à une parfaite inconnue, qui pouvait valider ou écarter sa candidature, et

Vivi ne comprenait pas ce qui la poussait à exposer ainsi son intimité. À cet instant, Jess se tourna vers elle et vers Ariana.

— Quel plaisir de vous revoir. Venez donc vous asseoir.

Ariana lança un sourire nerveux à son amie, puis elle se hâta de prendre place près de la postulante tandis que Vivi s'installait à côté de Jess.

— Ariana et Vivian, c'est ça ? lança la Kappa.

— Vivi, corrigea-t-elle, certaine de n'avoir jamais donné son prénom à Jess.

— Vivi. Bien entendu. Alors, tu te plais à Westerly ?

— Beaucoup. Je me suis inscrite à des cours hyper intéressants et tous les gens que j'ai rencontrés jusqu'ici se sont montrés adorables.

Voilà, emballez, c'est pesé, songea Vivi. Polie et aimable, pas comme cette pipelette qui se croit chez sa psy.

— Et tu viens d'où ? enchaîna Jess.

— Oh, d'un tas d'endroits. C'est un peu compliqué, répondit Vivi en agitant la main, avec la ferme intention de ne pas s'attarder sur le sujet.

— J'imagine que c'est compliqué, répondit la Kappa avec un mouvement de tête, le regard empreint de curiosité et de bienveillance.

Alors, Vivi sentit une étrange chaleur se propager dans sa poitrine.

— Je ne suis jamais restée au même endroit plus de deux ans, bredouilla-t-elle.

Sous le regard insistant de Jess, elle sentit sa langue se délier – à croire qu'une force mystérieuse amenait les mots à la surface. Pourtant, Vivi n'en éprouva aucune gêne. Cela faisait du bien de s'ouvrir à quelqu'un de sympa, qui l'observait sans méchanceté et semblait sincèrement curieuse. Vivi s'apprêtait à lui parler de sa mère lorsque quatre filles firent leur entrée au salon.

— Bienvenue à Kappa, lança sèchement l'une d'elles – une grande blonde à la beauté saisissante, tout en angles.

Je suis Dahlia, présidente de Kappa Rho Nu. Et voici Scarlett Winter, la responsable des aspirantes.

Vivi sentit son moral sombrer, comme lesté d'une pierre. Scarlett, responsable des aspirantes. Décidément, le destin avait un humour particulier.

— Et voici Mei, notre chargée de liaison avec les anciens membres.

Vivi eut du mal à reconnaître Mei qui, depuis la soirée de recrutement, avait échangé son carré austère contre une longue chevelure méchée de violet. Un véritable miracle capillaire. Mei ne portait pourtant pas de perruque au cours de la soirée, Vivi en aurait mis sa main à couper, et ce n'était pas non plus des extensions qu'elle voyait là.

— Enfin, pour compléter l'équipe, voici Tiffany, en charge de l'événementiel.

Une autre blonde, platine celle-ci, au sourire avenant, salua les postulantes de la main.

Le petit groupe fut rejoint au cours des minutes suivantes par une dizaine de nouveaux visages. Il y avait entre autres une liane rousse que Vivi avait vue danser sur une table lors de la soirée de recrutement et une petite brune au visage rond qui portait des lunettes à la pointe de la mode, tellement nerveuse qu'elle semblait à deux doigts de rendre son déjeuner.

— On va commencer, déclara Dahlia. Asseyez-vous là où vous le pouvez.

Vivi se rapprocha de Jess pour libérer de la place à côté d'elle ; des fauteuils et des repose-pieds capitonnés de velours furent disposés en cercle.

— J'espère que ça ne va pas durer des plombes, chuchota Jess à l'oreille de la Kappa qui l'avait rejointe sur le canapé. Je dois rendre mon papier pour la *Gazette* avant minuit.

Sans surprise, Vivi comprit que Jess signait des articles dans le journal de Westerly. Elle semblait avoir un don pour faire parler les gens, leur tirer les vers du nez.

Les lampes furent éteintes, l'éclairage étant assuré par des chandelles et par le disque lunaire qu'on apercevait par la fenêtre. Dahlia se pencha vers la table basse placée au centre et alluma la bougie posée dessus. Du moins une flamme surgit, bien qu'elle n'ait à la main ni briquet ni allumette.

— Bienvenue, mes sœurs, et bienvenue également aux heureuses élues.

Dahlia s'exprimait à voix basse, elle murmurait presque, mais Vivi distingua nettement chaque syllabe dans le silence du salon.

— Celles qui se joignent à nous pour la première fois auront sans doute remarqué qu'on n'entre pas à Kappa comme dans un moulin – nous sommes la sororité la plus sélective de Westerly, et peut-être même du pays. Tout simplement parce que nous recherchons chez nos futures membres des qualités exceptionnelles, qui nous mettent résolument à part. Ces qualités, chacune de vous les possède, ce qui explique votre présence ici ce soir.

Vivi se sentit gagnée par un certain malaise. Elle ne voyait en elle aucune « qualité » qui la faisait sortir du lot – en dehors de sa note à l'examen de biologie et de son allergie aux fruits de mer. Elle scruta les visages qui l'entouraient, un à un, en se demandant si les autres filles se sentaient aussi perplexes qu'elle, aussi incrédules. La nervosité se lisait sur les traits d'Ariana, et sur ceux d'une majorité de candidates. Certaines, la rousse par exemple, échangeaient des sourires fébriles et complices.

— Notre processus de recrutement est plutôt original, enchaîna Dahlia. Impressionnez-nous ce soir, et vous serez accueillies à bras ouverts. Mais n'allez pas vous reposer sur vos lauriers.

La présidente toisa chaque candidate, l'une après l'autre. Vivi ne put réprimer un frisson quand vint son tour d'être scannée.

— Seules celles qui se vouent corps et âme à notre communauté sont initiées, reprit Dahlia, soudain grave. D'expérience, nous savons que vous ne remplirez pas toutes les critères requis. Peut-être même qu'aucune ne les remplira. Mais l'épreuve que nous vous avons concoctée ce soir est simplissime.

La pièce tout entière parut retenir son souffle.

— Une épreuve ? Laquelle ? voulut savoir Ariana.

Elle écarquilla les yeux, abasourdie, comme si la question lui avait échappé. Vivi la remercia intérieurement d'avoir exprimé à voix haute sa propre inquiétude.

— Tu vas très vite le découvrir. Mais tranquillise-toi : rien n'aurait pu t'y préparer, et elle est inratable. Soit tu es digne de rallier nos rangs, soit tu ne l'es pas.

D'un geste, Dahlia invita Mei à poser un jeu de cartes sur la table basse, près de la bougie – un cierge, plus précisément, planté dans un bougeoir en argent garni de motifs. Vivi et Ariana échangèrent un regard. Des cartes ? C'est à ça que tenait leur candidature ?

La fille à lunettes – qui répondait au nom de Bailey – posa sur le jeu, puis sur Dahlia, un regard gêné.

— Excusez-moi, j'ai du mal à comprendre. Qu'est-ce qu'on est censées faire, exactement ?

— Détends-toi, fais-nous confiance. Tire une carte, s'il te plaît.

Penchée vers l'avant, Bailey hésita quelques instants devant les cartes disposées en éventail et en sélectionna une. À l'instant où ses doigts se refermèrent dessus, l'obscurité les enveloppa. Les bougies crachotèrent quelques étincelles mais le cierge posé sur la table basse produisit une longue flammèche qui projeta sur le visage de Bailey une lueur étrange. De surprise, elle faillit lâcher sa carte.

— Qu'est-ce qui se passe ? murmura-t-elle.

— Surtout, tiens bien la carte, dit Dahlia d'une voix posée, amusée par sa réaction.

La flamme enfla et ondula, dépassant le bougeoir en hauteur, puis elle dessina deux langues de feu qui se ramifièrent au bout de quelques secondes et tracèrent des volutes dans les airs – on aurait cru une crinière embrasée. Ariana marmonna des mots inintelligibles mais Vivi n'arrivait pas à détacher son regard de ce spectacle. Sous ses yeux ébahis, les filaments flamboyants amorcèrent l'ébauche d'une silhouette. Un oiseau resplendissant, rouge orangé, se dessina dans le noir, au-dessus de la bougie à la mèche éteinte. Un phénix, Vivi le reconnut. Il battit de ses ailes aveuglantes et s'éleva vers le plafond avant de se désagréger dans un nuage d'étincelles qui retombèrent en pluie sur la tête des aspirantes.

C'est un hologramme, songea Vivi. *Ou une image projetée. Un tour de magie pour mettre un peu de piment.* Pourtant, son argument ne tenait pas la route et elle ne réussit pas à se convaincre elle-même.

— Pose la carte sur la table basse, s'il te plaît, qu'on voie toutes ce qu'elle représente, ordonna Dahlia.

Les mains tremblantes, Bailey s'exécuta, révélant une image qui montrait une sublime créature à la chevelure de jais, un sourire énigmatique aux lèvres. Un oiseau imposant, au plumage rougeâtre, était perché sur son épaule et elle tenait un long bâton en bois.

Ce n'étaient pas là de simples cartes à jouer, Vivi s'en aperçut aussitôt, et un frisson d'effroi courut le long de sa colonne vertébrale. C'étaient des tarots. Sans la moindre ressemblance avec les cartes vulgaires et criardes dont sa mère se servait pour ses tirages. Cette illustration-ci lui évoquait une peinture à l'huile patinée par le temps, cachée au fond d'une église peuplée d'ombres – un chef-d'œuvre oublié, perdu à jamais.

— La Reine de Bâtons, signe de Feu, déclama Dahlia, ravie. Bienvenue à Kappa Rho Nu, Bailey.

Attendez, on peut la refaire ? La candidature de Bailey venait d'être acceptée parce que la carte qu'elle avait tirée faisait écho à l'image engendrée par la flamme de la bougie ? Comment était-ce possible ? Et les Kappa voulaient leur faire croire qu'un prodige pareil allait se produire à plus d'une reprise ?

— Sonali, à toi.

Une jeune fille vêtue avec élégance, qui passait sa nervosité sur ses bracelets en or, acquiesça avec un aplomb surprenant. À la seconde où elle sélectionna une lame, la flamme se réveilla et grandit, pour la deuxième fois. Ce coup-ci, au lieu de dessiner un phénix, les langues de feu formèrent un nuage rougeoyant qui flotta vers le plafond.

Incroyable, s'émerveilla Vivi en son for intérieur, clignant des paupières. L'image ne bougea pas. Quelques instants plus tard, un éclair jaillit du nuage et se transforma en un panache d'étincelles.

— Pose ton tarot sur la table, Sonali.

La jeune fille plaça sa carte, à l'endroit, et Vivi réprima un cri de surprise. Une autre femme ensorcelante, celle-là vêtue de blanc, armée d'un glaive bleu étincelant. Dans le tarot, chaque suite est reliée à un élément. Les Épées sont associées à l'air, d'où le nuage et la foudre. Chapeau bas à l'illusionniste qui avait mis ce tour au point : en admettant que la bougie soit une sorte d'hologramme, il fallait encore risquer des pronostics sur les cartes que les candidates allaient tirer.

— La Reine d'Épées, signe d'Air. Bienvenue à Kappa Rho Nu, Sonali.

Le cœur de Vivi s'était lancé dans un galop effréné. Elle pensait que la peur aurait fini par s'emparer d'elle mais, étonnamment, c'est une impatience fébrile qui s'installa au creux de sa poitrine. Elle était tellement impatiente qu'elle en avait des fourmis au bout des doigts.

Vint ensuite le tour de la fille aux cheveux noirs, la pipelette qui avait raconté sa vie à Jess. Elle hésita longtemps avant de tirer une carte et Vivi se pencha vers l'avant, pour ne pas en rater une miette. Mais la flamme ne jaillit pas au moment crucial. Il ne se passa rien.

La tension se fit palpable, le silence s'éternisa. Dahlia finit par prendre la parole.

— Quel dommage.

Elle se mit debout, arracha la carte des mains de la fille pour la fourrer dans celles de Mei et ordonna :

— Suis-moi, ma belle.

Frappée de stupeur, la candidate déçue se leva et lui emboîta le pas. Elles quittèrent ensemble le salon. Vivi observa Mei, puis les autres Kappa ; aucune ne paraissait particulièrement préoccupée. Dahlia revint au bout d'une minute et reprit sa place.

— Suivante ?

— Vous lui avez fait quoi ? lança Bailey.

— Ne te fais aucun souci pour elle, répondit la présidente sur un ton désinvolte. Quand elle a franchi la porte du salon, toute cette soirée s'est effacée de sa mémoire. Elle ne gardera aucun souvenir de l'expérience. Très bien, continuons… je t'en prie, Ariana.

Ariana semblait paralysée. Vivi lui asséna un petit coup de coude avant de chuchoter : « Tu vas y arriver. » Même si elle n'en était pas si certaine, au fond.

Ariana sélectionna une carte, les doigts parcourus d'un tremblement. Quelques instants s'écoulèrent, puis de la bougie jaillit une flamme qui représentait une vague emportant tout sur son passage.

— La Reine de Coupes, signe d'Eau, conclut Dahlia lorsque Ariana retourna son tarot. Bienvenue à Kappa Rho Nu, Ariana.

Le scénario se répéta avec trois filles qui, elles, firent chou blanc. À chaque échec Vivi sentait monter en elle, à parts égales, la fébrilité et l'appréhension.

— À toi, Vivi, fit Dahlia avec un petit signe de tête.

Vivi vissa son regard sur les cartes déployées devant elle, les bras ballants. Elle ne voulait pas être mise à la porte de

Kappa. Elle ne voulait pas non plus oublier ce qu'elle avait vu. *Mais ce n'est pas possible,* répéta-t-elle. *La présidente d'une sororité ne peut pas effacer les souvenirs de la tête des gens.* Elle inspira profondément, tendit la main et laissa ses doigts en suspens au-dessus des cartes.

Elle se demanda si elle allait recevoir un signe. Alors elle sentit qu'on l'attrapait par le poignet, si violemment qu'elle crut que sa voisine avait décidé d'accélérer le processus. Elle leva la tête : toutes les filles étaient restées assises. Aucune n'avait ébauché le moindre mouvement.

Vivi se détendit et laissa cette force invisible la guider, à la façon d'un aimant, jusqu'à ce que ses doigts frôlent une carte précise. À la seconde où ils entrèrent en contact avec la carte, la sensation se dissipa. Vivi saisit le coin d'une main peu assurée et tira.

Aussitôt la bougie produisit une flamme qui monta jusqu'au plafond. Le souffle coupé, Vivi sentit des picotements lui dévorer la peau. Un flot d'énergie fusa le long de son bras. Comme une électrocution sans douleur. Bien au contraire. Elle se sentit puissante, galvanisée.

Alors Vivi prit conscience que c'était d'elle qu'émanait cette énergie. C'était elle, la source. Elle lâcha un petit cri lorsque la flamme se scinda en cinq faisceaux qui tracèrent des spirales et des arabesques avant de former une étoile à cinq branches. Vivi sentit une vague de sérénité déferler, dénouer des angoisses et des doutes dont elle n'avait jusqu'alors pas eu conscience.

— Pose ton tarot sur la table, commanda Dahlia, sans dissimuler sa satisfaction.

Vivi retourna sa carte et une autre figure féminine se révéla à son regard. Pas une beauté au sens classique. Un visage pâle, un peu trop long, des traits figés en une expression guerrière. Mais Vivi ne s'attarda pas sur ce détail, car cette femme dégageait une force qui faisait des attraits physiques un accessoire superflu. Elle tenait à la main un écu doré sur lequel était gravée une étoile à cinq branches. Des feuilles de vigne et des fleurs, dont elle gouvernait la croissance, s'enroulaient autour de son bras. Elle était entourée de plusieurs représentants du règne animal – oiseaux, serpents, cerfs –, tous magnétisés par l'énergie qu'elle propageait.

— La Reine de Deniers, signe de Terre. Bienvenue à Kappa Rho Nu, Vivi.

Vivi sentit qu'Ariana lui serrait la main et elle lui adressa un vague sourire, encore abasourdie. La cérémonie se poursuivit. Une autre fille essuya un échec et la grande rousse, qui s'appelait Reagan, fut la dernière postulante à être acceptée, en tant que signe de Feu.

Les candidatures examinées et les malchanceuses raccompagnées vers la sortie, Dahlia collecta les tarots et en refit un petit tas bien propre.

— Bienvenue, chères novices, au sein du plus ancien, du plus puissant et du plus prestigieux coven du pays. Nous vous attendions. C'est le destin, croyez-le ou non, qui vous a conduites jusqu'à Westerly, et jusqu'aux portes de Kappa Rho Nu.

— Qui êtes-vous ? demanda Ariana d'une voix rauque.

— Nous sommes des sorcières, répondit Dahlia avec un grand sourire. Et vous l'êtes aussi.

Des sorcières. Ce mot s'insinua dans le cerveau de Vivi, aussi épais, aussi sucré que l'accent de Dahlia, à la consistance de miel. *Des sorcières.* L'explication la rassura, au fond, comme si elle s'en doutait depuis toujours.

Vivi se força à revenir à la réalité. C'était forcément une blague que leur faisaient les Kappa, une étape du bizutage ou, pire, un canular filmé qu'elles allaient publier sur YouTube. Pourtant, Vivi, qui avait une longue expérience des charlatans, avait le plus grand mal à comprendre comment les Kappa avaient pu mettre au point une arnaque aussi sophistiquée.

— Vous êtes nées sorcières, poursuivit Dahlia. Ce soir, vous avez accompli un grand pas vers la réalisation de votre potentiel : vous allez devenir nos sœurs. Kappa Rho

Nu est bien plus qu'une sororité ; c'est un clan de sorcières, le plus ancien et le plus puissant du pays. Il a été fondé au dix-septième siècle, pour offrir un refuge à nos sœurs persécutées et, au fil du temps, notre communauté est devenue l'une des organisations les plus influentes au monde.

Seule, une sorcière jouit déjà d'un pouvoir immense mais collectivement, rien ne peut nous arrêter. Au cours des quatre années qui viennent, nous allons vous apprendre à tirer parti de vos dons au mieux, débloquer des aptitudes qui dépassent vos rêves les plus fous. Mais cela exigera beaucoup de travail. Pour intégrer Kappa, il va vous falloir survivre à la Semaine infernale. Et ne pas relâcher l'effort durant les semaines qui suivent. Il ne suffit pas que la magie coule dans vos veines ; vous allez devoir vous montrer à la hauteur de votre nouveau rang. Désormais, vous êtes des Ailes d'Ombre.

Lorsqu'elle entendit le mot *magie*, Vivi fut parcourue d'un frisson. Moins d'une heure plus tôt, le concept lui aurait arraché un petit rire moqueur. Mais il n'y avait pas d'autre terme pour décrire le phénomène auquel elle avait assisté, le pouvoir qu'elle avait senti se déployer en elle.

Une *sorcière,* elle ? Vraiment ? C'était une perspective à la fois grisante et inquiétante. Incapable de tenir sa langue, elle posa une question en bafouillant.

— Il y a des personnes en dehors de Kappa qui sont au courant de ce que vous êtes… enfin, de ce qu'*on* est, toutes ?

Vivi pensait à sa mère. Son cœur battait fort. Daphné était-elle, elle aussi, une sorcière ?

Ce fut Mei qui lui répondit.

— Certainement pas. À moins qu'elles aient été membres du coven avant nous.

— Durant la soirée de recrutement, j'ai remarqué pas mal d'étudiants qui n'appartenaient pas à Kappa… ça ne présente aucun risque ? insista Vivi. Il se passe quoi si quelqu'un remarque un phénomène surnaturel ?

Elle sentait presque l'air crépiter sous l'action de la magie et elle repensa à l'atmosphère saturée d'électricité avant un orage. Elle se demanda pourquoi elle n'y avait pas été sensible jusque-là.

Dahlia reprit la parole.

— Cela fait des siècles que les sorcières se cachent sans se cacher – les Ailes d'Ombre sont l'un des nombreux covens basés aux quatre coins des États-Unis. Mais le grand public préfère porter des œillères. Plus nous parvenons à maintenir la façade d'une innocente sororité, plus grandes sont les chances que personne ne vienne mettre son nez dans nos affaires. C'est d'ailleurs pour cette raison que nous nous sommes implantées au sein d'une université – le camouflage idéal. Vivre avec la magie au quotidien, ce n'est pas chose aisée et relâcher sa vigilance peut déboucher sur de grands périls. Dans cette optique, vous serez chacune sous la surveillance d'une Aînée, comme dans n'importe quelle sororité. Sauf qu'à Kappa les responsabilités de l'Aînée ne se limitent pas à vérifier que vous portez la bonne nuance de bleu pendant la semaine de réception des anciens élèves. Ici, l'Aînée va vous enseigner le b.a.-ba de la magie et empêcher qu'une malédiction fasse ricochet – ou que sa Cadette détruise malencontreusement Westerly.

Dahlia s'interrompit, les filles lâchèrent quelques gloussements.

— Sonali, tu auras Mei pour Aînée.

Mei se mit debout et adressa à Sonali un sourire cordial avant de l'inviter à la rejoindre.

Égrenant les binômes, Dahlia arriva à Vivi.

— Vivi, ton Aînée sera Scarlett.

Vivi sentit le découragement la gagner. Il fallait qu'on lui colle Scarlett, *forcément*, la seule Kappa qui ne pouvait pas l'encadrer. Scarlett, qui l'avait soigneusement évitée tout au long de la soirée, planta soudain son regard dans le sien et lui sourit – un sourire sans joie, les lèvres pincées.

Pas le temps d'échanger un mot : un choc violent retentit à l'entrée.

10

Scarlett

Dans un silence de mort, toutes les têtes se tournèrent vers l'entrée du salon. Les sourcils froncés, Dahlia capta le regard de Scarlett.

— Débarrasse-nous de cet intrus. Ce soir, c'est en très petit comité.

Scarlett, contrariée, se plia aux ordres de sa présidente. Elle aurait préféré continuer à se délecter de la mine déconfite de Vivi. La même magie qui triait les candidates se chargeait d'assembler les binômes. Le tarot faisait régner une justice immanente, à sa façon : c'était désormais le droit le plus strict de Scarlett de tourmenter Vivi comme elle l'entendait.

Elle décocha un nouveau sourire à une Vivi pâle comme un linge et se rendit dans le vestibule. Les Kappa avaient tamisé l'éclairage et allumé des chandelles pour créer une ambiance mystique et mettre dans le bain, dès le premier soir, les aspirantes. Scarlett avança à tâtons, la main plaquée au mur, attendant que sa vue s'accoutume à la pénombre. Les ombres qui dansaient sur les surfaces lui rappelèrent celles d'un carrousel en métal doré, cadeau de Minnie, qu'elle avait reçu pour ses huit ans. Les étoiles et les lunes miniatures tournaient autour d'une bougie chauffe-plat, actionnées par la chaleur de la flamme – une modeste touche de magie avant que Scarlett ne se serve pleinement de la sienne.

Boum.

Le heurtoir retomba violemment sur la porte d'entrée. Avant que Scarlett ait le temps de signaler sa présence, la poignée tourna, la porte s'ouvrit à la volée et cogna le mur. Une rafale d'origine surnaturelle s'engouffra dans le vestibule et souffla presque toutes les bougies. Deux restèrent allumées.

Scarlett poussa un cri d'horreur.

Une fille se dressait dans l'encadrement de la porte. Elle avait les yeux durs et noirs, une longue tignasse mal peignée. Son jean noir en piteux état était assorti à un sweat qui n'avait pas vu de lessive depuis des semaines. À sa main gauche, cinq bagues en argent, une à chaque doigt : un crâne, un serpent, un pentacle, une rose. Et une épée. Elle brandissait le poing, comme si elle avait ouvert la porte en la martelant. Sa bouche était tordue en une grimace furieuse.

Cette fille, Scarlett pensait ne jamais la revoir. Mais ce n'était pas Harper, qui venait régulièrement la hanter dans son sommeil. C'était sa meilleure amie.

Gwen.

Une fraction de seconde, Scarlett se demanda si elle était coincée dans un de ses cauchemars. Elle avait posé les yeux sur Gwen pour la dernière fois lors de cette soirée tragique. Gwen oscillait entre la vie et la mort, le corps ravagé d'hématomes et de meurtrissures, ses organes soutenus par des machines. À sa sortie de l'hôpital, elle avait lâché les études et elle était retournée chez elle, à Nashville. Depuis, silence radio. Elle était censée avoir dit adieu, pour de bon, à Westerly.

Scarlett se força à prendre une profonde inspiration. Puis elle expira. *Respire, Scarlett.*

— Pour une surprise, Gwen, fit-elle lorsqu'elle retrouva sa voix. Quel mauvais vent t'amène ?

Gwen garda les yeux rivés sur elle. Dans ses prunelles se reflétait la flamme des deux bougies restées allumées.

— Réponds, ordonna Scarlett.

Silence. Gwen respirait avec difficulté, comme si se tenir debout exigeait d'elle un effort surhumain.

— Tu n'as pas le droit d'être là. Il va falloir que tu partes.

Scarlett recula d'un pas. Elle recula encore. Des voix lui parvinrent. Un cri de stupéfaction, puis une cavalcade. Elle se retourna et vit Tiffany la rejoindre à grandes enjambées. Derrière elle, les Ailes d'Ombre les plus aguerries – Etta, Hazel et Jess – s'étaient regroupées, lançant des regards curieux en direction de la porte.

Tiffany se planta à côté de Scarlett et demanda, d'une voix tranchante :

— Qu'est-ce que tu fiches ici ?

— Dis quelque chose, Gwen, l'implora Scarlett, enhardie par la présence de ses sœurs.

Gwen ouvrit la bouche, comme si elle s'apprêtait à parler… et elle se mit à suffoquer. Un gargouillis atroce, guttural, monta de sa gorge. Elle se saisit le cou à deux mains puis tomba à genoux, manquant d'air.

Et merde.

— Oh non ! s'exclama Jess.

— Il faut qu'on appelle une ambulance. Elle… elle s'étouffe, bredouilla Scarlett en se portant au secours de Gwen.

Cette dernière avait le visage écarlate, la bouche grande ouverte, de la bave aux commissures des lèvres. Elle labourait le sol de ses ongles.

— Aucun risque, fit une voix flegmatique. C'est le résultat d'un sort.

Dahlia apparut à leur côté.

— D'un sort ? s'étonna Scarlett.

— Les filles, en cercle, ordonna la présidente.

Les autres Kappa les rejoignirent sur les marches du perron.

Scarlett prit Tiffany et Jess par la main, refermant le cercle magique. C'est dans ces moments-là, où elle était reliée au reste du clan, qu'elle se sentait en pleine possession de ses moyens, qu'elle se sentait pleinement elle-même. À regarder Gwen qui se tordait par terre, défigurée par la souffrance, Scarlett constata que la puissance cédait la place, petit à petit, à la peur. La peur de la face sombre, laide, de leurs pouvoirs. La peur de ce que ces pouvoirs avaient déclenché.

— Scarlett, concentre-toi, lança Dahlia.

Tandis que Scarlett tentait de tenir sa panique en bride, Dahlia récita une incantation d'une voix assourdie. Scarlett transmit sa magie à ses sœurs, qui l'absorbèrent, et leurs pouvoirs fusionnèrent à l'instant où le sortilège atteignait sa cible.

Aussitôt, la respiration rauque de Gwen s'arrêta, et la flamme rageuse au fond de ses yeux disparut. Ses épaules s'affaissèrent ; on aurait cru une marionnette dont on aurait coupé les fils. La colère s'était dissipée, mais elle semblait avoir emmené Gwen avec elle. Le brasier intérieur, éteint, laissait à sa place un regard vide, inexpressif.

— Bonne nuit, Gwen, asséna Dahlia.

Sans un bruit, Gwen se mit debout, descendit l'allée au pas de course et s'éloigna. Dès qu'elle disparut au bout de la rue, Scarlett se tourna vers Dahlia.

— Tu peux m'expliquer ce qu'il s'est passé ?

— On lui a lancé un sort de neutralisation. C'est tout à fait indiqué dans ce type de situation.

— De quelle situation tu parles ? relança Scarlett, l'estomac noué.

— On ne lui a pas seulement retiré ses pouvoirs : on lui a interdit à tout jamais de parler de magie. Si elle tente de passer outre, voilà le résultat.

— Pour quelle raison est-elle revenue ? Et, plus important encore, de quelle façon ? Elle a été bannie de Kappa, fit remarquer Mei en interrogeant ses sœurs du regard.

— On l'a bannie du coven, pas de la maison, murmura Scarlett.

— Mais qu'est-ce qu'elle nous veut ? insista Mei.

Scarlett baissa la tête, de peur de croiser les yeux de Tiffany. Le regard que Gwen lui avait lancé... si un simple regard pouvait tuer...

— Cette nuit, c'est la pleine lune, chuchota Vivi. Ma mère m'a toujours dit que la pleine lune fait faire des trucs bizarres aux gens.

Scarlett tressaillit. Elle n'avait pas entendu sa Cadette approcher. Quelle humiliation que sa protégée ait été témoin d'une scène aussi grotesque.

Scarlett savait, mieux que personne, que la pleine lune n'expliquait pas tout. Gwen avait toutes les raisons du monde pour revenir importuner les Kappa. En attendant, Vivi devait apprendre à s'occuper de ses affaires. Scarlett sentit l'agacement monter face à cette intrusion dans son lieu de vie, et dans sa vie tout court.

— Vivi, ce n'est pas parce que tu es ma Cadette que tu dois me suivre comme mon ombre. Qui t'a donné l'autorisation de quitter le salon ?

— Va rejoindre tes sœurs, Vivi. On arrive tout de suite, ajouta Dahlia – inflexible, mais moins agressive que Scarlett.

Le regard de Vivi passa de l'une à l'autre. Les traits tirés, elle semblait prête à contre-attaquer. Au bout d'un moment, elle tourna les talons et regagna le salon.

— On devrait toutes rentrer. C'est une soirée qui restera dans les mémoires des aspirantes. Pas un mot avant leur départ sur ce qui s'est passé ici, commanda Dahlia, puis elle tapa dans ses mains.

Les sorcières quittèrent le perron sur la pointe des pieds, causant à voix basse. Scarlett retint Dahlia en l'attrapant par le bras.

— Dahlia, les tarots qu'on a trouvés sur la porte... c'était Gwen, tu crois ?

Avant la cérémonie, Scarlett avait montré à sa présidente les cartes clouées à la porte d'entrée. Scarlett avait eu l'idée de se servir d'un enchantement pour découvrir qui les avait laissées là, et si elles contenaient un message – une menace –, mais Dahlia l'avait balayée d'un revers de main. Elle n'y voyait qu'une blague puérile et elle avait demandé à Scarlett d'effacer les traces avant l'arrivée des candidates. « Il ne manquerait plus qu'elles prennent leurs jambes à leur cou avant de démarrer leur période d'essai. Inutile d'en faire tout un plat. » Dahlia lui avait rafraîchi la mémoire : l'année précédente leur soirée de recrutement avait eu pour thème le tarot, c'était sans doute l'œuvre d'une étudiante vexée de ne pas avoir reçu d'invitation. Les Ailes d'Ombre attiraient la jalousie comme le miel les mouches. Leur secret n'avait pas été éventé, Dahlia l'avait rassurée sur ce point.

Scarlett n'en était plus aussi certaine.

Pourtant, sa présidente ne semblait pas inquiète, plutôt contrariée : elle ne supportait pas que son autorité soit remise en cause.

— On mettra un bouclier de protection en place dès que les aspirantes seront parties. Va en informer les autres. On aura besoin de tout le monde pour le rituel.

Scarlett acquiesça d'un hochement de tête, de peur que sa voix ne la trahisse. Elle laissa Dahlia rejoindre les autres et se chargea de verrouiller la porte. Arrivée à la porte du salon, elle perçut un bruit sourd. Elle prit son courage à deux mains, retourna dans le vestibule et ouvrit la porte avec violence.

— Gwen, on te l'a dit, tu ne peux pas…

Elle se figea. Personne. Un peu plus loin, les Psi Delta Lambda avaient mis du rap à plein volume. Des cigales stridulaient, dissimulées dans l'herbe. En dehors de cela, pas âme qui vive. Seulement quelques voitures garées le long du trottoir, une bicyclette rouge et cabossée appuyée au tronc d'un chêne.

Alors elle aperçut quelque chose. Un petit objet qui brillait au milieu de l'allée. L'une des bagues de Gwen, le crâne en argent. Elle avait dû glisser de son doigt pendant que la sorcière se tordait de douleur. Scarlett sortit ramasser la bague et son pied buta contre une masse inerte. Elle baissa les yeux, lâcha un cri strident. À ses pieds gisait un énorme corbeau au plumage noir de jais, la nuque brisée. Scarlett reconnut l'un des oiseaux qui avaient élu domicile dans la volière et son cœur se mit à battre la chamade. Un signe sans équivoque. Une seule interprétation possible.

La mort.

11

Vivi

Il s'était écoulé près de vingt-quatre heures depuis la cérémonie de sélection mais le rythme cardiaque de Vivi n'avait toujours pas ralenti. Elle se sentait presque en transe, en proie à un mélange de vertige et de toute-puissance, comme si elle s'était élancée d'un tremplin et, fendant le vide, se demandait ce qui l'attendait à l'atterrissage – à condition d'atteindre un jour l'eau du bassin, ce qui n'était pas garanti. Tous ses repères étaient chamboulés. La magie existait réellement. Elle était une sorcière. Et elle était loin d'être seule dans ce cas.

Son téléphone à la main, Vivi tenta de joindre sa mère pour la troisième fois de la journée et tomba, comme les deux premières fois, sur la boîte vocale. Cela ne l'avait jamais dérangée que sa mère disparaisse des radars mais là, il y avait urgence. Elle devait absolument lui arracher la vérité. Daphné était-elle douée de pouvoirs, elle aussi ? Savait-elle vraiment lire l'avenir dans les tarots ? Ou était-elle aussi naïve, aussi aveugle à la réalité de la magie, que sa fille ?

La magie. Vivi repensait sans cesse au pentacle que la flamme de la bougie avait façonné. Au picotement qui lui avait chatouillé le bout des doigts. Elle voulait retrouver cette sensation. L'assimiler. Comprendre à côté de quoi elle était passée si longtemps. Découvrir l'influence que cela exercerait sur son avenir.

Elle ouvrit la porte de la maison Kappa grâce à sa nouvelle clef reçue un peu plus tôt et elle se figea sur le seuil, découvrant un intérieur radicalement différent de celui de ses deux premières visites. Aujourd'hui des meubles modernes en bois clair et des coussins aux teintes saumon créaient un climat accueillant et lumineux.

Vivi prit la direction du salon, où elle pensait attendre les autres, mais elle avait à peine fait deux pas qu'une main se posa sur son épaule.

— Attention où tu marches.

Mei montrait de l'index une ligne qu'elle avait tracée par terre au moyen d'un sel gris aux reflets rosâtres, que Vivi avait failli déranger du pied. Elle tenait à la main un bocal qui semblait contenir des herbes marinant dans l'huile. Vivi pensa soudain à l'huile d'olive aromatisée au romarin dont sa mère se servait en cuisine.

— Désolée, je n'avais pas vu.

Elle reporta son attention sur la Kappa qui avait remplacé sa longue chevelure et ses mèches violettes par un carré sévère, d'un noir intense, qui mettait en valeur ses pommettes.

— J'aime beaucoup ta coiffure, Mei. Est-ce que tu portes… enfin, est-ce que tes cheveux ne seraient pas…

Vivi laissa sa question en suspens, en manque du mot qui conviendrait pour l'achever.

Avec un sourire, Mei cala une mèche derrière son oreille.

— Ça s'appelle un embellissement. Un charme qui nous vient assez facilement quand on est de Denier, comme toi et moi.

Comme toi et moi. Vivi se sentit parcourue d'un frisson d'excitation.

— Ça implique quoi, exactement ?

Vivi connaissait les suites du tarot, bien entendu. Impossible de grandir auprès de Daphné Devereaux sans acquérir quelques rudiments sur les arcanes mineurs et majeurs, mais elle voulait surtout savoir ce que ça signifiait pour elle – et pour ses pouvoirs magiques.

— Nos pouvoirs sont liés à la Terre, expliqua Mei. On a plus de facilité à agir sur la nature, ou à la manipuler, que ce soit les végétaux, les animaux, ou encore… nos atouts physiques.

Là-dessus, Mei secoua sa chevelure et prit la pose, façon mannequin, puis elle dégaina son téléphone et inclina la tête. Au lieu de prendre un selfie, elle esquissa une petite moue et, sous les yeux émerveillés de Vivi, son carré lisse devint ondulé, son rouge à lèvres nude prit une teinte bordeaux.

— Tu peux m'apprendre ?

— Sans problème, répondit Mei le regard fixé sur l'écran de son téléphone – elle publiait son portrait sur un compte Instagram.

Le matin même, Vivi avait cherché sur Google les noms de toutes les Ailes d'Ombre, du moins ceux qu'elle avait retenus, et elle avait découvert que Mei était une blogueuse beauté originaire de la région de San Francisco, qui pouvait se targuer d'avoir près d'un million de followers.

— D'un autre côté, tu devrais te concentrer sur ce que Scarlett va vouloir t'enseigner, tempéra Mei.

Vivi réprima une grimace en visualisant le sourire faux et condescendant de Scarlett.

— Ça serait plus cohérent que ce soit toi, mon Aînée, puisqu'on est de Denier toutes les deux.

— Ce qui caractérise les Ailes d'Ombre, c'est notre façon de jeter des passerelles entre nos pouvoirs. Ce qui fait notre puissance, ce n'est pas ce qu'on a en commun, mais nos différences, et la façon dont elles s'agencent. C'est un peu niais, dit comme ça, mais c'est la vérité. Tu profiteras plus des leçons d'une sorcière qui n'a pas les mêmes aptitudes que toi. Tu as saisi la logique ?

— Je crois, oui. À quoi il sert, ce bocal ?

— Je vais imprégner d'huile les points d'accès du bâtiment, expliqua Mei en désignant la porte principale. Une petite protection supplémentaire contre ceux qui nous veulent du mal.

Vivi opina tandis que lui revenait l'incident de la veille. Elle était longtemps restée sur son nuage après la cérémonie, si bien qu'elle ne s'était pas attardée sur le sort de la fille aux cheveux bruns. Mais plus elle pensait à elle et plus elle se sentait mal à l'aise. Vivi se demandait s'il ne s'agissait pas de l'inconnue qui l'avait interpellée le premier jour pour la mettre en garde contre les Ailes d'Ombre, mais elle n'aurait pu en jurer.

— La fille d'hier soir… c'était qui ?

Mei serra les lèvres et jeta un coup d'œil par-dessus son épaule avant de répondre d'une voix étouffée :

— Une ancienne Kappa. On l'a virée du coven il y a deux ans, pour avoir enfreint notre règle la plus sacrée.

— Quelle règle ? voulut savoir Vivi.

Son alarme intérieure se déclencha – peut-être avait-elle déjà enfreint, à son insu, un certain nombre de règles informulées.

Mei eut un vague sourire.

— Ne t'inquiète pas. Scarlett est ta responsable : elle t'expliquera tout ça lors de votre première leçon. Elle t'attend dans le jardin d'hiver.

— Très bien, merci.

Vivi sentait que Mei n'avait pas envie de s'attarder sur la question. Pour sa part, elle n'arrivait pas à gommer l'incident de ses souvenirs. L'inconnue défigurée par la détresse, prise de convulsions sur les marches du perron, les ongles enfoncés dans la terre… ces images-là resteraient à jamais gravées dans son esprit.

Elle savait une chose : elle ne voulait pas finir comme cette fille, condamnée à l'exil.

Vivi n'avait qu'une expérience limitée dans le domaine du jardinage mais la serre lui apparut, dès l'entrée, comme un lieu extraordinaire. Il y régnait une obscurité surprenante alors qu'il faisait grand jour ; partout où son regard se posait, des plantes impressionnantes prenaient leurs aises dans de grands pots en terre cuite, leur feuillage démesuré découpant une myriade d'ombres. Vivi inspira à pleins poumons ces senteurs qui se faisaient concurrence : lavande, poivre, menthe, fruits mûrs, sauge, combinées à une touche discrète de pourriture.

Quatre aspirantes avaient pris place à une table ronde au cœur de la serre : Ariana, Bailey, Sonali et Reagan. Vivi se fraya difficilement un chemin à travers la végétation ; elle dut se casser en deux pour passer sous des lianes dont les feuilles revêtues de rosée lui frôlèrent la nuque.

Elle se glissa sur la chaise restée libre, entre Sonali et Bailey, à l'instant où Scarlett arrivait, chargée d'un panier en osier couvert d'un foulard en mousseline violette.

— Bienvenue, mesdemoiselles.

Elle entreprit de disposer le contenu du panier sur la table. Plusieurs bougies rouges. Un plat en argent ciselé. Une plume noire comme la nuit. Assise face à Vivi, Ariana frémit lorsque Scarlett plaça un dernier objet sur la table – un crâne humain – mais Vivi, pour sa part, bouillait d'impatience. Enfin, les choses sérieuses allaient commencer. Après tant d'années passées à faire tapisserie, elle allait découvrir le secret le mieux gardé et le plus précieux au monde : elle allait apprendre à tirer parti de ses pouvoirs.

— Vous êtes cinq à cette table, enchaîna Scarlett, cinq sorcières à qui nous avons proposé une période d'essai parce que vous avez du potentiel.

Son regard resta longtemps fixé sur Vivi, qui y lut une forme de menace.

— Il n'y a pas que les dons reçus à la naissance qui comptent en sorcellerie. La magie exige de la discipline.

Elle peut être votre meilleure amie, vous ouvrir des portes – au sens littéral du terme. Ou faire de vous un danger pour vous-même et pour vos proches.

Comme pour lui donner raison, la végétation alentour se mit à tanguer et à bruisser, caressée par un vent invisible. Vivi poussa un petit cri lorsque quelque chose lui frôla le pied. Elle baissa les yeux et s'écarta d'un bond : une sorte de serpent aux reflets vert sombre passa près d'elle en ondulant.

— C'est juste une plante, souffla Bailey, les yeux écarquillés.

Scarlett claqua des doigts et toutes les plantes s'immobilisèrent.

— Avant d'aller plus loin, il est essentiel que vous intégriez nos lois, et que vous les respectiez à la lettre. La première loi : ne jamais empiéter sur le libre arbitre d'autrui… exagérément.

— Ça veut dire quoi, au juste ? demanda Bailey, le visage mangé par la monture noire de ses lunettes.

— Cela veut dire que les sorts de distraction et d'influence sont acceptés, dans les limites du raisonnable. Mais nous excluons le recours au contrôle mental et à l'emprise : nous ne sommes pas là pour modifier le cours de la vie des gens, ni pour leur nuire, clarifia Scarlett. Notre deuxième règle interdit de porter atteinte à l'intégrité physique, sauf en cas de légitime défense. Et je n'oublie pas la troisième loi, notre pierre angulaire…

— Ne jamais trahir ses sœurs d'Ombre, s'empressa de répondre Sonali.

Scarlett approuva d'un signe de tête.

— Cette loi vaut pour tous les domaines. Nous nous soutenons les unes les autres, quoi qu'il arrive. Ces filles sont votre famille. Elles ont besoin de vous ? Vous leur apportez votre aide. Vous ne laissez pas une de vos sœurs rentrer seule en pleine nuit, vous veillez les unes sur les autres en soirée, vous raccompagnez votre sœur chez elle, surtout si elle a trop bu, et jamais vous ne montez dans une chambre individuelle pendant une fête, sous aucun prétexte. Souvenez-vous que l'alcool embrume l'esprit et les aptitudes magiques, et que votre sécurité l'emporte sur le reste.

Scarlett s'interrompit quelques instants, laissant le temps aux novices de digérer cette masse d'informations.

— La magie que pratiquent les Ailes d'Ombre a essentiellement pour socle les sorts et les incantations. Vous commencerez par l'apprentissage de vos propres arcanes mineurs – les formules qu'on utilise au quotidien, les plus simples. Les arcanes majeurs – les sorts complexes, qui réclament une certaine expérience – viendront dans un second temps, une fois les bases acquises. Votre premier outil, c'est votre tarot personnel.

Scarlett plongea la main dans le panier et posa sur la table huit tarots différents.

— Prenez celui qui vous inspire.

Vivi avait déjà croisé certains de ces jeux au détour des « séances » de sa mère – couleurs criardes qui juraient entre elles, personnages figés dans des contorsions grotesques. Elle fit courir ses doigts sur un jeu au verso mauve et aux dessins épurés, en noir et blanc. Elle voulut l'examiner de plus près quand son attention fut attirée par une lueur furtive à la lisière de son champ de vision. Une pile de tarots dont les motifs à la feuille d'or sur fond brun scintillaient comme des joyaux – alors que la serre baignait dans une pénombre perpétuelle – semblait lui faire signe. Elle effleura la carte du dessus et expira longuement tandis qu'une paix étrange l'enveloppait – lui donnant l'impression de se pelotonner sous un édredon particulièrement moelleux.

— Battez vos cartes et placez les deux du dessus sur la table, sans montrer ce qu'elles représentent, demanda Scarlett.

Ses élèves s'exécutèrent.

— Maintenant, on les retourne.

Les mains tremblantes, Vivi mit ses cartes à l'endroit. Le Fou et l'Impératrice.

— Incroyable, souffla Bailey, assise à côté d'elle.

Vivi jeta un coup d'œil aux cartes que Bailey avait tirées : les mêmes qu'elle. Ce fut un ballet de regards fébriles lorsque les apprenties sorcières comprirent qu'elles avaient toutes, sans exception, tiré les mêmes lames.

— Le Fou, qu'on appelle aussi le Mat, représente un être candide qui se lance dans un grand voyage. Un peu comme vous, interpréta Scarlett, toujours impassible. L'Impératrice, c'est l'incarnation du divin sous forme féminine. Ces deux forces qui appartiennent aux arcanes majeurs, vous devrez les invoquer pour jeter vos premiers sorts. Je vais mettre chacune de vous à l'épreuve, en lui imposant un défi en fonction de sa couleur.

— Si je comprends bien, on devra toujours avoir ces cartes quelque part sur nous si on veut jeter un sort ? s'enquit Bailey, sans quitter son jeu du regard, fascinée.

— Absolument pas. Les Ailes d'Ombre les plus puissantes sont capables de canaliser sans effort l'énergie de chaque suite. Avec le temps, vous saurez vous passer de ces cartes. Celles qui auront rallié nos rangs, je précise. Il y a fort à parier que certaines n'iront pas au bout de la période d'essai, lâcha nonchalamment Scarlett, le regard braqué sur Vivi. Sonali, à toi l'honneur. Tu veux bien tirer une troisième carte ?

Sonali obéit avec empressement. Elle dévoila la Reine d'Épées – la carte que la cérémonie de sélection lui avait attribuée.

— Prête à invoquer la magie d'une sorcière d'Épées ? lança Scarlett. Répète après moi : « J'en appelle à la Reine d'Épées, dont la sagesse égale la beauté. Prête-moi ton pouvoir, pour faire de l'air mon allié. »

Sonali répéta l'invocation d'une voix chevrotante. Sans résultat.

— Pas grave, la rassura Scarlett. Pour l'instant, ce ne sont que des mots. Pour que la formule devienne sort à part entière, tu dois la réciter en y mettant plus que tes lèvres et ton souffle. Elle doit venir de ton cœur.

C'était précisément le genre de sornettes, songea Vivi, que Daphné aurait pu sortir à l'un de ses pigeons, pour mieux le plumer. Ici pourtant, entre les murs de Kappa, ce conseil prenait une résonance particulière.

Sonali inspira profondément et déclama, d'une voix ferme et sonore :

— J'en appelle à la Reine d'Épées, dont la sagesse égale la beauté. Prête-moi ton pouvoir, pour faire de l'air mon allié.

La température baissa soudain de plusieurs degrés et l'air devint poisseux, annonçant l'orage. Vivi sentit un courant d'air lui effleurer la nuque, mais c'était forcément une illusion : tous les châssis de la serre étaient clos.

Pourtant, à son immense stupéfaction, les plantes se mirent à tanguer sous l'action d'une brise, légère mais bien présente, qui se renforça peu à peu et finit par décoiffer Sonali.

Personne ne dit mot. Les aspirantes retinrent leur souffle et Scarlett adressa un sourire à Sonali.

— Bien joué.

On aurait dit que Sonali avait simplement retourné un service sur un court de tennis, alors qu'elle venait de soumettre à sa volonté un phénomène naturel.

— Bailey ? À toi. Ta troisième carte.

Pour Bailey, ce fut la Reine de Bâtons – le signe de Feu qu'elle avait tiré lors de la cérémonie de sélection.

— Depuis la nuit des temps, les sorcières de Bâtons s'initient à la magie grâce à un sort très simple qui invoque l'élément feu, poursuivit Scarlett. Concentre à présent ton énergie sur l'une des bougies et répète après moi : « J'en appelle à la Reine de Bâtons. Exauce ma prière, donne-moi ta lumière. »

Bailey inspira.

— J'en appelle à la Reine de Bâtons. Exauce ma prière, donne-moi ta lumière.

L'incantation avait à peine franchi ses lèvres qu'un ruban de fumée s'éleva de la mèche de la bougie posée sous le nez de Bailey. Au bout de quelques secondes, la fumée céda la place à une flamme vive. Bailey posa dessus un regard incrédule, puis son visage se fendit d'un large sourire.

— Ça a marché. Comment voulez-vous que j'étudie la physique après ça ?

Le tour de Vivi approchait. Son cœur s'affola et elle se mit à respirer laborieusement, tiraillée entre l'envie dévorante de lancer son tout premier sort et la peur panique d'échouer, d'être démasquée et de finir avec un pan entier de sa mémoire effacé. Comment retourner à la vie normale après cet aperçu de l'extraordinaire ?

Au bout du compte, elle tira sa troisième carte et découvrit la Reine de Deniers. Elle s'y attendait, bien sûr, mais le pouvoir des tarots la fit frissonner malgré tout.

Scarlett plongea la main dans son panier et en tira une petite jarre remplie de terreau.

— En tant que Denier, tu puises tes pouvoirs dans la nature. J'ai planté une graine dans ce pot et je veux que tu la fasses germer en répétant après moi : « J'en appelle à la Reine de la Terre qui nourrit. Montre que tu peux de la même main donner et ôter la vie. »

— Compris, répondit Vivi en tâchant de garder son sang-froid. J'en appelle à la Reine de la Terre qui nourrit. Montre que tu peux de la même main donner et ôter la vie.

Rien. Aucun changement.

— Réessaie, ordonna Scarlett. Et prends ton temps. Tu jettes un sort, tu ne passes pas commande au McDo.

Vivi remplit ses poumons d'air, autant que le permettait sa nervosité, et répéta l'invocation, plus lentement cette fois-ci. Toujours rien.

Scarlett croisa les bras, la mine exaspérée.

— Tu as gardé en mémoire les sensations qui traversent ton corps quand tu te sers de tes pouvoirs ?

Vivi repensa au moment où le cierge magique s'était déclenché tout seul, à l'énergie qui circulait dans ses veines. Un autre souvenir affleura à son esprit et la prit au dépourvu. Mason, qui frôlait son bras. La même étincelle. La gorge serrée, inquiète à l'idée que Scarlett puisse lire dans ses pensées, Vivi répondit par un hochement de tête contraint.

— Dans ce cas, suggéra son Aînée, essaie de revivre cette sensation.

Fermant les yeux, Vivi espéra qu'elle n'avait pas l'air trop ridicule. Elle localisa dans les méandres de sa mémoire le souvenir du cierge magique, repensa au flux électrique qui lui avait chatouillé la pulpe des doigts. Un chatouillis similaire à celui qui s'était déclenché la veille, au moment de choisir son tarot, et qui lui rappela la fois où elle avait touché, par mégarde, la clôture électrifiée qui barrait l'accès à un étang, non loin de la maison qu'elle habitait avec sa mère dans l'Oregon. Soudain, elle sentit dans son cuir chevelu un fourmillement qui se propagea jusqu'à sa nuque et prit d'assaut ses bras, puis sa colonne vertébrale – comme si Vivi avait la chair de poule un peu partout, et en même temps.

— Maintenant, cette énergie, canalise-la, commanda Scarlett d'une voix qui semblait venir de très loin. Visualise ce que tu souhaites déclencher. Mets-y toute la foi que tu as en toi.

Vivi sentit sa poitrine vibrer et, lorsqu'elle récita l'incantation, ce fut sur un timbre volontaire et harmonieux.

— J'en appelle à la Reine de la Terre qui nourrit. Montre que tu peux de la même main donner et ôter la vie.

La petite jarre trembla et Vivi resserra les mains dessus. Elle eut l'impression de sentir sous ses doigts une légère pulsation, comme un cœur qui battait, et une image lui traversa l'esprit à une vitesse fulgurante : une graine qui déroulait, frémissante, de délicates radicelles dans l'humus.

Vivi ouvrit les yeux. Ses mains étaient parcourues de contractions et elle n'avait plus la moindre énergie. C'est alors qu'elle découvrit, à l'intérieur de la jarre, une minuscule pousse, à peine plus haute que son petit doigt, coiffée d'une unique feuille. Une plante à laquelle ses pouvoirs avaient donné vie.

Il fallut plusieurs heures à Vivi avant de redescendre sur terre. Même la froideur que lui témoignait Scarlett ne réussit pas à lui saper le moral. C'est une chose de s'entendre dire qu'on a des pouvoirs magiques, une autre de les mettre en pratique. Son sourire béat s'élargit lorsqu'elle imagina les prodiges désormais à sa portée. Pourrait-elle devenir un as des fourneaux sans avoir à suivre aucune recette ? Transformer sa chambre d'étudiante en cocon luxueux. Rendre sa colocataire invisible ?

En attendant le jour où elle accomplirait ces miracles, elle revint peu à peu à la réalité : il était trois heures du matin et elle se trouvait dans la bibliothèque de sciences avec les autres novices. Son euphorie refluait progressivement. Après la séance d'exercices menée dans la serre, Scarlett leur avait demandé de se plonger dans un vieux grimoire qui, grâce à un savant sortilège, passait aux yeux des non-initiés pour un innocent manuel de chimie organique aux pages cornées.

— Je vous laisse vingt-quatre heures pour apprendre par cœur la totalité des sortilèges contenus dans ce grimoire. Rendez-vous ici demain soir, même heure, pour l'épreuve suivante.

Le bâtiment qui abritait la bibliothèque de sciences faisait tache sur le campus : c'était un cube moderne, dépourvu de personnalité, qui comportait quatorze niveaux – autant que les degrés de l'échelle de pH, et à chaque niveau sa couleur associée. Les apprenties sorcières occupaient une table au rez-de-chaussée et, en dehors d'elles, il n'y avait pas un chat. Les cours n'avaient repris que depuis une semaine, trop tôt pour les marathons nocturnes de préparation aux partiels. Même la bibliothécaire avait tiré sa révérence.

— C'est humainement impossible d'apprendre tout ça en une nuit, se lamenta Reagan.

Elle referma son grimoire, abandonnant la partie.

— C'est nettement plus amusant que de la chimie organique classique, crois-moi, répondit Bailey.

De l'index, elle montra un enchantement inscrit à l'encre d'or au-dessus de trois lames d'un tarot dont les illustrations, admirables, évoquèrent à Vivi les enluminures d'un parchemin médiéval.

— Regardez, un sort pour réduire au silence la voix de ton ennemi. C'est pas génial, ça ?

— Je me demande si je pourrais m'en servir sur ma coloc', fit remarquer Reagan, son intérêt éveillé. Elle a un mec au Texas et elle lui téléphone chaque soir pendant des heures pour le bassiner avec les détails les plus insignifiants de son quotidien sans intérêt.

— Tu n'es pas un peu méchante, là ? commenta Sonali.

Reagan la fusilla du regard.

— Elle lui raconte tout ce qu'elle a mangé. Par le menu, sans exagérer. « Et alors je suis allée au resto U, et alors j'ai pris des céréales avec une demi-banane, et alors après pour le déjeuner je suis allée au comptoir à bagels mais ils n'avaient plus de petits pains raisins-cannelle alors… »

— Pitié, tais-toi, l'interrompit Sonali en se massant les tempes. Tu as raison. Insupportable.

— Je ne sais même pas dans quelle langue c'est écrit, avoua Ariana, à moitié assoupie. En grec ancien ?

— J'ai l'impression, répondit Sonali. Ma mère était une Aile d'Ombre mais elle ne m'a jamais raconté qu'elle avait dû apprendre le contenu d'un grimoire par cœur. Peut-être qu'elle a préféré effacer ce souvenir.

Au fil des heures sa nervosité était montée de plusieurs crans et elle survolait les pages en grommelant des choses inintelligibles.

— Peut-être aussi qu'elle n'a pas voulu te décourager ? suggéra Bailey en décrispant ses épaules.

Sonali lâcha un rire moqueur.

— Je ne crois pas, non. Kappa, elle ne parlait que de ça, tout le temps. Elle m'a bien fait comprendre que si je ne recevais pas d'invitation, elle allait me déshériter.

— On perd notre temps, là, fit Reagan avec un bâillement.

Elle s'étira et son crop top révéla son nombril.

— Ma mère et mes tantes sont toutes des sorcières géniales et je suis à peu près certaine qu'elles n'ont jamais appris aucun sort par cœur. Une fois que tu sais canaliser tes pouvoirs, plus la peine de remettre le nez dans un seul bouquin.

— C'était comment, grandir avec des sorcières ? lui demanda Bailey.

— Pour moi, c'était normal, répondit Reagan en haussant les épaules.

À cet instant le téléphone de Vivi vibra. Elle sursauta. Personne ne l'appelait, jamais. Encore moins au beau milieu de la nuit. À la vue du nom qui s'affichait sur l'écran, elle quitta la table et fila à l'autre bout de la salle de lecture, à côté d'un empilement de chaises.

— Maman ? chuchota-t-elle, s'enfonçant dans l'obscurité d'un couloir. Tout va bien ?

— Ma chérie, je viens d'écouter tes messages. Désolée de n'avoir pas pu t'appeler avant. Je me familiarise avec une nouvelle technique de méditation immersive et…

Des parasites se firent entendre sur la ligne, semblables au chuintement des vagues.

— Maman, la coupa Vivi. Pourquoi tu ne m'as pas dit que je suis une sorcière ?

Un long silence.

— Maman, tu es toujours là ?

Vivi s'approcha d'une fenêtre, avec l'espoir que son téléphone capte mieux. Ce côté-ci de la bibliothèque faisait face à un petit bosquet et une pelouse bordée de bâtiments administratifs.

— Je te l'ai dit, Vivi. Tu n'étais simplement pas encore prête à l'entendre.

Tu es spéciale, Vivi. Tu es pleine de magie. Des phrases de ce type, Daphné lui en avait répété toute son enfance. Vivi n'avait pas compris qu'il fallait les prendre au premier degré.

— Donc toi aussi, tu es une sorcière ?

— Certaines de mes aptitudes sont... exacerbées, mais sans commune mesure avec les tiennes, ma chérie.

— Pourquoi tu as préféré garder le secret ? lança Vivi, soudain furieuse. À Westerly il y a un clan de sorcières qui se fait passer pour une simple sororité, et je risque d'en être éjectée parce que je suis complètement larguée par rapport aux autres.

Daphné resta si longtemps sans réagir que Vivi se demanda si elle n'avait pas raccroché.

— Maman ? Tu es toujours en ligne ?

— Vivian, écoute-moi : il existe plus d'une façon de vivre sa magie. Ne tombe pas dans ce piège qui consiste à penser qu'il n'y a qu'un seul chemin possible.

— Leur chemin fait sacrément plus envie que ton chemin à toi.

Vivi savait qu'en disant cela, elle allait atteindre sa mère en plein cœur mais elle se laissa malgré tout entraîner par sa fureur.

— Ces filles sont incroyables, poursuivit-elle. Elles vont diriger le monde un jour. D'ailleurs ça ne m'étonnerait pas que certaines d'entre elles le dirigent déjà.

Un autre silence, interminable.

— Sois très prudente, Vivi. Le pouvoir change les gens. Tu l'ignores encore mais moi je l'ai vu de mes propres yeux. Ces sorcières qui se prétendent tes sœurs ne sont pas dignes de confiance.

Vivi sentit une vague de colère déferler et percer le brouillard de sa fatigue.

— Au moins elles ont pris le temps, elles, de m'expliquer qui je suis vraiment. On dirait bien que ce sont elles qui ont mes intérêts à cœur, lâcha-t-elle.

Exaspérée, elle mit fin à l'appel.

Le problème, ce n'étaient pas les Ailes d'Ombre. C'était Daphné. Encore et toujours.

Vivi s'apprêtait à rejoindre ses camarades quand un crissement strident lui parvint de dehors. Surprise, elle se tourna vers la fenêtre et fouilla l'obscurité du regard, mais elle ne distingua rien d'autre que la silhouette des arbres qui se découpaient sur le ciel nocturne.

Au bout de quelques secondes, le bruit se répéta. Pourtant, toujours aucun mouvement dans les branches.

— C'est quoi, ce truc ? marmonna Vivi en s'approchant de la fenêtre.

Un objet heurta le carreau avec un bruit à glacer les sangs. Vivi recula d'un bond, prise de panique. C'était un simple papillon de nuit, mais elle n'en avait jamais vu d'une taille pareille. Un vrai mastodonte. Il cognait frénétiquement la vitre, avec une violence telle qu'il la faisait vibrer. Ses ailes d'un brun clair encadraient une forme blanche.

Une forme qui rappelait furieusement un crâne grimaçant.

Vivi poussa un cri et lâcha son téléphone, lequel glissa sur le carrelage. Au même moment les plafonniers, qui répandaient une lumière indécise, clignotèrent et s'éteignirent. Les ténèbres envahirent le couloir.

— Et merde.

Vivi s'accroupit et chercha son téléphone par terre, à l'aveugle, en priant pour que ses mains ne fassent pas de rencontre déplaisante.

— Sonali ? Ariana ? Vous êtes là ?

Peut-être qu'elles étaient restées si longtemps assises à leur table que les capteurs de mouvement avaient décrété l'extinction des feux. Le problème, c'est qu'aucune lumière ne parvenait du dehors : les éclairages extérieurs s'étaient éteints dans la foulée, en même temps que les projecteurs qui mettaient le campanile en valeur. Vivi sentit un frisson d'angoisse courir le long de son échine tandis que sa vue s'adaptait à la pénombre. Mais la nuit était impénétrable et Vivi avait l'impression d'être enfermée dans un tombeau.

— Ariana ! s'écria-t-elle.

Dans la salle de lecture, les pieds d'une chaise raclèrent le sol et la voix d'Ariana arriva à ses oreilles.

— Vivi ? Tu es où ?

— Dans le couloir. Je... je crois que nous ne sommes pas seules, répondit Vivi, la voix chevrotante.

Elle se rappela cette fille qui avait débarqué à Kappa la veille, la folie inscrite dans ses pupilles dilatées.

— J'ai fait tomber mon téléphone, je n'y vois rien.

— Ne bouge pas. On arrive !

À cet instant, la porte de la bibliothèque vola sur ses gonds. Vivi se plaqua contre le mur.

— Qui est là ? hurla-t-elle. Qu'est-ce que vous voulez ?

Avec des gestes frénétiques elle chercha un appui, n'importe quoi, pour s'y accrocher, pour rétablir ses repères. Alors des mains l'attrapèrent par les épaules, sans ménagement, et Vivi poussa un cri désespéré.

Un chœur de voix retentit :

— Bienvenue dans la Semaine infernale, les novices !

Tout d'un coup, les plafonniers se rallumèrent. Scarlett, Tiffany, Mei et Dahlia apparurent, aux côtés des doyennes du clan, un sourire malicieux aux lèvres. Vivi, rejointe par ses camarades, se tenait là, les bras ballants, aveuglée par les lumières crues.

— Cette semaine, nous exigerons de vous l'impossible, déclara Scarlett avec un sourire spontané et sincère.

Même si elle avait frôlé l'infarctus, Vivi se sentit gagnée par la joie communicative de son Aînée, et elle se dérida.

— Si vous échouez, il vous sera à tout jamais interdit de prononcer le mot de magie, poursuivit Scarlett, braquant son regard sur Vivi. Mais, si vous survivez à la semaine qui s'annonce, peut-être que vous saurez vous montrer dignes des Ailes d'Ombre.

12

Scarlett

— Tu veux que je fasse *quoi* ? s'exclama Vivi, bouche bée.

Scarlett la toisa sans se départir de son calme.

— Le doyen de la fac, M. Sanderson, a passé un savon à Hazel parce qu'elle a dénoncé l'absence de femmes parmi les intervenants lors de la semaine d'accueil des anciens élèves, expliqua-t-elle.

— C'est bien nul de sa part, en effet, mais il y a forcément une autre solution… On ne pourrait pas, je ne sais pas, se contenter de repeindre en rose son bureau ? Ou boycotter l'inauguration ? suggéra Vivi.

Scarlett observa un silence stratégique avant d'asséner le coup de grâce.

— Nous protégeons nos sœurs coûte que coûte. C'est pour cela que je te demande de me rapporter le cœur du doyen.

Vivi choisit ses mots avec soin, comme si elle craignait de contrarier un tueur désaxé :

— Je croyais qu'il était interdit de faire du mal aux gens.

Le masque de Scarlett se fendilla. Un sourire moqueur releva les commissures de ses lèvres. Vivi poussa un soupir et piqua un fard d'anthologie.

— OK. Tu me fais marcher.

Scarlett partit d'un grand rire.

— Tu aurais dû voir ta tête, lâcha-t-elle.

Difficile de croire qu'une sorcière puisse être aussi naïve. Et, plus difficile encore, que Mason ait fait les yeux doux à une fille aussi insignifiante. Au fond d'elle, Scarlett se rendait bien compte qu'elle s'acharnait sur Vivi, mais elle n'avait pas une once de sympathie à son endroit, et pas seulement à cause de cet épisode malheureux avec Mason. Le défaut de Vivi, c'était qu'elle débordait d'enthousiasme. De candeur, de… liberté. Elle avait vécu sa vie sans entraves ni contraintes. Pour elle tout était nouveau, tout était source d'excitation. Scarlett oscillait entre jalousie et haine pure et simple. Ce qui ne faisait aucun doute, en revanche, c'était qu'elle allait lui concocter une Semaine infernale aux petits oignons.

Scarlett montra l'escalier du doigt.

— Premier étage, troisième porte sur la gauche. Et je veux que ce soit impeccable.

— Hein ?

— La salle de bains. C'est ta corvée du jour.

L'embarras peint sur la figure de Vivi s'effaça soudain. Scarlett perçut, dans son regard, de la colère.

— J'imagine que je dois la nettoyer avec une brosse à dents et rien d'autre ?

— Non, Vivian : avec tes pouvoirs magiques.

Vivi resta sans bouger quelques instants, hésitante.

— Ne t'inquiète pas, Mimi Geignarde ne t'a pas tendu d'embuscade, asséna Scarlett sur un ton pince-sans-rire.

Elle vit un éclair d'inquiétude traverser le visage de sa Cadette. Vivi était bien du genre à croire possible qu'un fantôme quitte les toilettes de Poudlard pour s'installer ici, à Westerly.

Scarlett attendit que Vivi atteigne le sommet de l'escalier avant d'échanger un sourire avec Tiffany qui, avachie en travers du canapé, applaudit au ralenti.

— Tu as un petit côté sadique, lança-t-elle.

— C'est pour ça qu'on est amies, non ?

— Qu'est-ce que tu lui as préparé, à notre chère Laura Ingalls ? Du sang ? Des cafards ?

— Des moisissures, avoua Scarlett, embarrassée d'avoir mis la barre si bas.

Si Gwen n'avait pas débarqué mardi soir, Scarlett aurait sans doute pimenté l'épreuve avec un enchantement beaucoup plus effrayant, par exemple en faisant jaillir des toilettes une araignée géante, ou une armée de cancrelats. Mais, après ce qu'elles avaient vécu, elle n'était tout simplement pas d'humeur.

Tiffany fronça le nez, déçue.

— Tu te ramollis, Winter.

— Pas du tout. Je veux simplement qu'elle ait l'illusion qu'elle ne risque rien, avant de passer à la vitesse supérieure.

Tiffany hocha la tête, mais elle n'avait pas l'air tout à fait convaincue.

— Et ta Cadette à toi, elle est où ? s'enquit Scarlett.

Elle n'avait pas vu Ariana de la journée. Les autres aspirantes couraient partout, se pliant en quatre pour leurs Aînées respectives – à l'exception de Bailey, qui avait décroché le jackpot avec Etta. Elles avaient passé la journée cloîtrées dans la cuisine, où elles préparaient une potion de lissage capillaire qu'Etta avait hâte d'essayer, et elles rigolaient déjà comme de vieilles copines.

— Je l'ai envoyée lancer une malédiction aux garçons d'Alpha Tau Pi, l'informa Tiffany.

— Ça, Dahlia ne va pas aimer, répondit Scarlett. À moins que ce ne soit en représailles ?

Dahlia faisait partie de ces présidentes qui exigeaient qu'on les tienne au courant de tout ce qui se déroulait entre les murs de Kappa. Les sorcières qui souhaitaient s'écarter du programme devaient d'abord obtenir son feu vert.

— Détends-toi. La malédiction que j'ai fournie est bidon, pouffa Tiffany. Elle va juste avoir des hallucinations et penser qu'elle a du sang plein les mains pendant une petite heure.

— C'est toi, la sadique, fit Scarlett avec un gloussement ravi.

Son amie afficha une façade de totale innocence.

— Moi, sadique ? J'essaie d'enseigner à ma Cadette l'importance des lois magiques, rien de plus, rien de moins. Si tu jettes un mauvais sort, tu te le reprends dans la figure, fatalement.

— Quand tu touches au mal, il te touche en retour, souffla Scarlett, répétant la maxime que Minnie aimait à réciter.

Après tout ce temps, la voix de sa nounou continuait à résonner sous son crâne.

Tiffany balaya le salon d'un regard furtif. Pas d'oreilles indiscrètes. Elles étaient bien seules.

— Scarlett, il faut que tu arrêtes de te prendre la tête avec cette histoire. C'est du passé.

— Sauf que ce n'est pas vrai, Tiffany. C'est toujours d'actualité. Gwen est revenue. Je n'arrive pas à oublier l'expression qu'elle avait sur la figure l'autre soir. Tellement incontrôlable, prête à tout.

Scarlett passa mentalement en revue les phénomènes étranges qui s'enchaînaient depuis son retour à Westerly. Le collier accroché à la balustrade. La sensation d'avoir été suivie dans la forêt. Les tarots cloués à la porte. Gwen l'avait-elle prise pour cible ?

— Après sa… crise, elle n'oserait pas revenir traîner dans les parages, déclara Tiffany d'une voix ferme, puis elle rajusta l'élastique de sa queue-de-cheval. Je ne comprendrai jamais pourquoi Kappa l'a acceptée. Elle était cinglée, ça sautait aux yeux dès le départ.

Scarlett fronça les sourcils. Au début, elle s'était prise de sympathie pour Gwen. Bien sûr elle n'avait pas ses manières raffinées, sa beauté, son éducation. Mais elle était intelligente, douée, et son humour caustique avait enchanté Scarlett – jusqu'au jour où Tiffany en avait fait les frais. Gwen était d'Épée, comme Tiffany, et une rivalité muette s'était instaurée entre elles. À la fin, le conflit larvé avait dégénéré en guerre ouverte.

— Pas moyen de me l'enlever de la tête ; on avait l'impression qu'elle allait s'étouffer, ajouta Scarlett, les traits crispés. C'est notre magie qui l'a mise dans cet état.

— Tu te rappelles ce qu'elle m'a fait, quand même ? grommela Tiffany.

— Oui, je n'ai pas oublié.

— Si on ne l'avait pas arrêtée, qui sait ce qu'elle aurait fait ensuite, à qui elle s'en serait prise ? Scarlett, ce qui est arrivé à Harper, c'est une tragédie, mais il faut voir le côté positif : personne d'autre n'a été blessé.

La mémoire de Scarlett la renvoya à une fête banale organisée par les garçons de Psi Delta lors de leur première année. À cette soirée qui avait marqué son cerveau au fer rouge. Au cours de laquelle Harper avait trouvé la mort. La soirée avait démarré comme une fête normale. Gwen se tenait sur le balcon qui surplombait le jardin des Psi Delta, Harper l'avait rejointe.

Tout s'était passé très vite. Tant de magie, tant d'effroi. Et puis…

Scarlett restait traumatisée par le visage d'Harper. Par son cri de terreur. Par la peur qui avait embrasé son regard lorsque le balcon s'était détaché du bâtiment pour s'écraser plusieurs étages plus bas.

Une minute plus tard, la malheureuse Harper avait rendu son dernier souffle.

Et les coupables étaient Scarlett et Tiffany.

— C'était un accident, Scarlett, murmura Tiffany. Rien n'aurait pu ramener Harper. Et on a pris les dispositions nécessaires pour que Gwen ne fasse plus de mal à quiconque.

Et qu'elle ne nous dénonce jamais.

Scarlett poussa un soupir.

— C'est juste que… parfois je me demande… s'il n'aurait pas mieux valu la garder au sein de Kappa.

Quand tu touches la mort, elle te touche en retour.

Tiffany lança à son amie un regard incrédule.

— La garder à Kappa ? Où ça ? Emprisonnée dans le sous-sol ? Tu as des idées de plus en plus tordues, ma sœur.

— Ce que j'essaie de dire, c'est qu'on aurait pu lui jeter un autre sort, la bannir complètement du campus. Ou alors...

— Si on lui avait jeté un autre sort, je ne sais pas si elle y aurait survécu.

— Mais peut-être qu'on a créé un monstre ? souffla Scarlett, donnant voix à sa peur la plus profonde.

— Impossible. Tu t'inquiètes trop, Scarlett. Peut-être que c'est toi qu'on devrait envoûter.

— Quoi ? s'indigna Scarlett.

— Tes cauchemars, clarifia Tiffany. Peut-être qu'un simple sortilège d'amnésie te rendrait les nuits plus douces.

Scarlett refusa d'un signe de tête. Même si elle n'avait qu'une envie, laisser cet épisode derrière elle, elle ne voulait pas être prise au dépourvu si Gwen débarquait de nouveau à Kappa.

La voix de Vivi se fit entendre en haut de l'escalier :

— J'ai fini !

Scarlett sursauta – elle avait complètement oublié l'épreuve de la salle de bains – et elle se mit debout.

— Allons voir ça.

Elle adressa un regard en coin à Tiffany qui quitta son canapé, sans doute pour aller laver les mains de sa Cadette, maculées d'un sang imaginaire.

— Hé, Scarlett. Détends-toi un peu, d'accord ? On ne risque rien.

Scarlett eut un mouvement de tête imperceptible, puis elle gagna l'étage où elle découvrit, stupéfaite, que sa Cadette s'en était parfaitement sortie. La salle de bains avait été briquée du sol au plafond. La baignoire sabot étincelait, la robinetterie en cuivre rutilait. Débarrassé des salissures habituelles – bavures de dentifrice et taches diverses et variées –, le lavabo était impeccable et, dans le miroir lustré, le reflet de Scarlett semblait rayonner.

À côté d'elle, Vivi faisait des petits bonds nerveux, impatiente d'être congratulée. C'était mal connaître Scarlett.

— Alors ?

— Tu as oublié un coin.

— Où ça ?

Scarlett canalisait déjà son pouvoir, demandant l'appui de ses sœurs Deniers. Tout en chuchotant une incantation, elle fit courir sa main sur le mur carrelé le long de la baignoire : une traînée vert mousse apparut sous sa paume et se déploya jusqu'à la porte.

— Tu vois, juste ici… Quand tu auras fini, va te préparer. La soirée PiKa démarre tout à l'heure, lança-t-elle par-dessus son épaule. Et pitié : ne te ramène pas avec les fringues de JoJo Siwa. Au-delà d'un certain degré, la mignonnitude donne des pulsions de meurtre chez les gens. Fais-moi plaisir et fais un effort, d'accord ?

En théorie, la responsabilité de préparer Vivi incombait à Scarlett. La soirée avait pour thème James Bond, d'où le code vestimentaire : smoking et robe de cocktail. Certaines Aînées choisissaient en personne la tenue de leur Cadette, comme si elles jouaient à la poupée Barbie, et Scarlett savait que c'était à elle de s'assurer que Vivi fasse honneur à l'élégance légendaire des Ailes d'Ombre. Mais elle voulait surtout que Vivi disparaisse de sa vue. La petite voix de sa conscience – la voix de Minnie – lui répétait que c'était mal. Que personne ne l'avait traitée comme elle traitait Vivi pendant sa propre période d'essai. Que son comportement n'était pas digne d'une future présidente de Kappa.

Lorsque Scarlett était sa Cadette, Dahlia l'avait fait monter dans sa chambre pour l'habiller avant sa première grande soirée étudiante. Elle s'apprêtait à utiliser un sort d'embellissement quand elle s'était ravisée.

— Ne le répète à personne mais, moi, je ne changerais rien à ton visage. Aucune tromperie sur la marchandise. Les Winter sont la perfection incarnée.

Après un court silence, elle avait ajouté :

— Le temps nous dira si tu es aussi puissante que jolie.

Si seulement Dahlia savait…

Scarlett abandonna Vivi dans la salle de bains, regagna sa chambre et se dirigea vers le petit autel installé sous sa fenêtre. Tiffany ne voyait peut-être pas la situation du même œil qu'elle, mais elle était certaine que le retour de Gwen cachait quelque chose. Une raison précise. Et Scarlett n'arrivait pas à oublier les gargouillis atroces qui s'étaient échappés de sa gorge.

Qu'essayait-elle de dire ? Qu'essayait-elle de… révéler ?

Scarlett prit son bol de divination en onyx, d'un noir pur. Elle gardait toujours à portée de main une cruche remplie d'une eau qu'elle avait puisée au ruisseau derrière Kappa et chargée à la pleine lune. Elle versa cette eau dans le bol et s'assit en tailleur devant l'autel, paupières closes, inspirant par le nez et expirant par la bouche, tout en visualisant une lumière dorée purifiant l'espace autour d'elle.

Au bout de plusieurs cycles, elle ouvrit les yeux et plongea son regard dans le bol calé entre ses mains. L'onyx se réchauffa lentement au contact de ses paumes et la surface de l'eau se rida sous son souffle.

— J'en appelle à la Reine d'Épées et à l'Étoile, chuchota-t-elle en s'adressant à la magie qui coulait dans ses veines, à l'énergie qui faisait grésiller l'air. Sur les intentions de mon ennemi, lève le voile.

Le temps d'une respiration, il ne se passa rien.

Puis, d'un coup, les lampes s'éteignirent. Dans le clair-obscur, éclairée par la lumière diffuse qui provenait du dehors, Scarlett assista à une scène terrible.

Quelque chose rampa hors de l'eau et lui happa les poignets.

Elle poussa un cri et lâcha le bol dont s'échappa un liquide, semblable à du sang, qui éclaboussa la moquette. Aussi sombre, aussi visqueux que des viscères. Elle le vit s'étaler, envahir la moquette puis atteindre les murs, ses mains, ses bras.

La gagna alors une sensation horrible, un froid intense, qui lui agrippa les poignets et s'insinua dans ses veines. Scarlett la reconnut aussitôt. Elle avait déjà croisé sa route. Cela s'enfonçait plus profond que la colère, plus profond que la haine – et c'était plus féroce.

De la *répugnance*. Une aversion à l'état pur.

— Il y a un problème ? fit une voix.

C'était celle de Vivi, en proie à un mélange de fascination et de peur.

Scarlett laissa échapper un cri de surprise et se débattit, cassant l'emprise magique. L'illusion se brisa. Les lampes vacillèrent avant de se rallumer pour de bon. Le froid se dissipa et Scarlett se mit à grelotter. Les éclaboussures ensanglantées sur la moquette et sur ses mains disparurent également, remplacées par une eau transparente. Et Vivi, plantée sur le seuil de la chambre, avait sans doute assisté à toute la scène.

Elle fit un pas en avant, les traits déformés par l'angoisse.

— Est-ce que ça va ? Tu veux que j'aille chercher de l'aide ?

— Ça va, répliqua Scarlett d'une voix rauque, presque animale.

Elle fut prise d'une quinte de toux, secoua la tête. Elle n'aurait pas dû céder à l'impatience. Elle aurait dû attendre que Vivi soit partie avant de démarrer sa séance de divination. C'était la seconde fois que Vivi était témoin d'un phénomène qui ne la regardait pas. Et cette fois-ci, cela aurait pu facilement être évité. C'était une erreur que Scarlett ne commettrait plus. Elle présenta son dos à Vivi.

— C'est bon, va te préparer.

— Scarlett…

Lorsque Scarlett se retourna, elle découvrit que Vivi n'avait pas bougé. Sans s'expliquer pourquoi, elle entra dans une colère noire. Peut-être parce que sa Cadette donnait un peu trop l'impression d'avoir *pitié* d'elle.

— Tu es sourde ? Va te préparer !

13

Vivi

La maison PiKa correspondait en tout point à l'image que Vivi se faisait d'un bâtiment occupé par une fraternité. Une demeure majestueuse à la façade de brique rehaussée de colonnes blanches, une devise en caractères grecs gravée sur le fronton. Il y avait dehors un banc vert, peint à la bombe, une balle de ping-pong cabossée perdue dans l'herbe ainsi qu'un bout de tissu qui pourrissait gentiment dans les buissons – sans doute les restes d'un caleçon. Par la porte laissée ouverte s'échappaient des relents de bière éventée mêlée de virilité juvénile, et de la musique crachée par les enceintes.

Vivi alla puiser dans ses réserves de courage. Officiellement, elle avait déjà une soirée à son compteur mais elle allait pour la première fois faire la fête avec des étudiants, des vrais – et de sexe masculin. Ici, quatre associations étudiantes parmi les plus en vue du campus allaient se mélanger : Psi Delta Lambda, Kappa Rho Nu, Theta Omega Xi et PiKa – PiKa dont, Vivi l'avait appris un peu plus tôt, Mason était président. La perspective de le revoir lui nouait l'estomac ; elle était tiraillée entre la fébrilité et une honte mal contenue. Avait-il deviné qu'elle avait essayé de lui sortir un numéro de charme ? Est-ce que cela expliquait la réaction étrange, presque paniquée, qu'il avait eue à l'arrivée de Scarlett ? Une fraction de seconde, Vivi se sentit plus intimidée par l'idée de franchir le seuil du club PiKa que par celle de s'initier à la magie – si elle était incapable de nouer conversation avec un représentant du sexe opposé sans se couvrir de ridicule, comment comptait-elle s'en sortir ce soir ?

Par chance elle avait tout Kappa derrière elle, en renfort. À la seconde où Vivi passa la porte en compagnie de ses sœurs, elle comprit l'effet que le pouvoir peut avoir sur les autres. Les conversations s'interrompirent et tous les regards se braquèrent sur les nouvelles venues. Pas de méfiance dans ces regards, cependant, ni de colère, contrairement à ce dont Vivi avait l'habitude : c'était de l'envie que Vivi lisait dans les yeux des étudiants. Comme s'ils avaient été prêts à vendre père et mère pour occuper leur place.

Scarlett étant aux abonnés absents pendant les préparatifs, Mei avait pris le relais : elle avait convoqué Vivi dans sa chambre pour l'étudier d'un œil critique.

— C'est sans espoir, c'est ça ? demanda Vivi en jetant un œil à la tenue qu'Ariana l'avait aidée à choisir. Utilise ta magie – corrige tout ce qui mérite d'être corrigé, avait-elle fait, nerveuse.

Mei avait ébauché un sourire.

— C'est loin d'être catastrophique. Crois-moi.

— Bien sûr, avait répondu Vivi, sceptique. À condition de ne pas rester trop longtemps à côté de toi.

Mei ferma les yeux ; sa coiffure et son maquillage sophistiqués s'effacèrent. Même sans fard, même sans embellissement, elle était magnifique. Elle mit la main sur le bras de Vivi.

— Voici la peau que j'ai reçue à la naissance, déclara-t-elle. Et ça, c'est la peau que tu as reçue *toi* à la naissance. Assume-la. Amuse-toi avec. Modifie-la au gré de tes caprices. C'est un instrument, mais ce n'est pas ce qui te définit – c'est toi qui la définis, parce que tu en fais ce que tu veux. C'est ça, être une Aile d'Ombre.

Au bout du compte, Mei avait effectué un rapide « polissage », pour reprendre son terme, recourant à des charmes simples pour allonger les cils de Vivi, lustrer ses cheveux et ajuster son jean, afin qu'il mette en valeur ses hanches et ses jambes. Vivi aurait pu obtenir un résultat identique en se rendant dans un salon de beauté ou dans une boutique branchée, mais elle n'avait ni le budget ni l'inclination nécessaires. Par ailleurs, elle ne savait pas avec qui partager ces activités typiquement féminines. Ces discrètes altérations suffirent à lui donner l'impression qu'elle avait laissé derrière elle son ancienne version. Au lieu de raser les murs les yeux baissés, Vivi se présenta à PiKa la tête haute.

Le petit groupe traversa la salle. Deux filles en période d'essai à Theta, inscrites au même séminaire de biologie qu'elle, lui adressèrent un sourire et un petit signe de la main, le regard agrandi par l'espoir. Lorsque Vivi leur rendit la politesse, elles gloussèrent et se mirent à chuchoter, réagissant comme si une célébrité venait de les distinguer. Reagan entreprit d'ignorer les frères PiKa qui la dévorèrent des yeux depuis leur canapé lorsqu'elle rejeta ses longues boucles rousses derrière son épaule avec un geste théâtral. Les yeux de Bailey brillaient derrière les verres de ses lunettes et même Sonali, d'ordinaire effacée, sembla mettre sa nervosité en sourdine.

— Je pourrais m'habituer sans problème à ce genre d'attention, chuchota-t-elle à l'oreille de Vivi.

— Moi aussi, répondit cette dernière, habitée malgré tout par le doute. Si Kappa ne veut pas de moi, j'espère me rappeler longtemps que j'ai été l'une des filles les plus cool du campus cette semaine.

— Arrête, rétorqua Reagan avec une mine exaspérée, il n'y a aucun risque que tu rates si près du but.

— Je n'en suis pas si sûre. Scarlett a décidé de me pourrir la vie.

— Elle n'a rien contre toi personnellement. C'est la Semaine infernale. Moi, Tiffany m'a fait halluciner du sang, gémit Ariana.

— Je serais curieuse de savoir comment elle s'y est prise, fit remarquer Bailey, songeuse.

Découvrir que la magie existait ailleurs que dans les livres avait provoqué un court-circuit dans son cerveau de scientifique et elle semblait considérer sa période d'essai comme une expérience grandeur nature.

— Et toi, Reagan, comment tu t'en sors ?

Parmi les aspirantes, Reagan était celle que Vivi avait le plus de mal à cerner. Elle appartenait à une influente famille de sorcières, originaire du sud des États-Unis, mais dont les membres, étonnamment, n'avaient pas étudié à Westerly.

— Pas trop mal, répondit sa camarade avec un haussement d'épaules, manifestement plus intéressée par les spécimens masculins qui l'entouraient que par les détails de sa période d'essai. Moi, des sorts, j'en jette depuis toujours.

— Veinarde. Scarlett m'a fait récurer une salle de bains pleine de moisissures.

Vivi aurait voulu décharger sa conscience et raconter ce qu'elle avait vu dans la chambre de Scarlett. La terreur qui s'était imprimée sur le visage de son Aîné, la tache étrange qui se diffusait sur ses bras… Vivi n'avait pas réussi à chasser ces images de son esprit. Les poils de sa nuque se hérissaient dès qu'elle y repensait – comme la fois où, laissée seule dans la demeure victorienne que Daphné avait louée un temps à Baton Rouge, Vivi avait entendu des bruits bizarres en provenance du grenier.

— J'ai assisté à une scène un peu… bizarre. Scarlett était en train de travailler sur un sortilège et je crois qu'il s'est retourné contre elle. Elle avait du sang qui lui remontait le long des bras…

Sonali écarquilla les yeux.

— Tu es certaine ? Ça ressemble à une forme de magie maléfique.

De la magie maléfique. Ces mots décrivaient à la perfection ce que Vivi avait ressenti dans la chambre de Scarlett, ce mélange inhabituel de malveillance et de puissance – comme si l'air grouillait de mille serpents invisibles, prêts à se jeter sur leur proie.

— Je n'en ai aucune idée. Scarlett est vraiment du genre à pratiquer la magie maléfique ? questionna Vivi.

Son Aînée était une garce tyrannique, il n'y avait aucun doute là-dessus, et elle consacrait plus de temps à se coiffer qu'à s'occuper de la formation de sa Cadette, mais cela ne faisait pas forcément d'elle une adepte des arts occultes.

— Seulement si ça me permet de trouver une robe en promo dans ma boutique préférée, lança une voix derrière elle.

Scarlett. *Et merde.*

Elle resplendissait, comme d'habitude. Le teint rayonnant. Le visage encadré par sa chevelure ondulée. Vêtue d'une robe en soie pêche qui marquait la taille. Elle tenait un verre à la main alors que les gens autour se contentaient de gobelets en carton rouge.

— Tu as raison, excuse-moi, lâcha Vivi, ravalant ses paroles. Je me posais des questions, c'est tout.

— Mmmmh, fit Scarlett. Eh bien, assure-toi que ce qui se passe à Kappa ne quitte pas les murs de Kappa – sauf si tu as d'abord lancé un sort de distraction. Mais tu ne maîtrises pas encore ce sort-là, si je ne m'abuse.

Vivi piqua un fard.

— Oui, bien sûr, je comprends. Ça ne se reproduira pas.

— Bien.

Scarlett pivota sur ses talons et s'éloigna, rejoignant Dahlia et Tiffany qui étaient entourées d'une meute d'admirateurs.

Parmi eux, Mason.

Vivi détourna la tête avant que leurs regards ne puissent se croiser.

— Quelle galère, marmonna-t-elle.
— Ça aurait pu être pire, la réconforta Ariana.
Reagan s'esclaffa sans retenue.
— Tu plaisantes ? Elle vient d'accuser son Aînée de pratiquer la magie noire. C'est la catastrophe.
Vivi se fourra la figure entre les mains.
— Viens. Il te faut un verre, fit Bailey en nouant son bras dans le sien. Et moi, il faut que je tape la discute avec le clone de Drake à côté de la table de ping-pong.
Vivi se laissa entraîner vers le bar. Elle s'attendait à une table en bois déglinguée ployant sous les bouteilles de vodka bon marché mais les PiKa avaient investi dans un authentique comptoir en chêne lustré qui occupait un coin de la pièce. On y proposait plusieurs bières à la pression, des dizaines de spiritueux et des liqueurs multicolores dont Vivi n'avait jamais entendu parler. Seuls les gobelets en plastique rouge indiquaient qu'elles étaient à une soirée étudiante et pas dans un bar huppé au centre de Savannah. Le service était assuré par trois PiKa en période d'essai qui remplirent à ras bord les verres de Hazel et d'Etta et se montrèrent moins généreux avec deux jolies filles membres de Theta.
— Qu'est-ce que je te sers ? demanda un mec mignon à la peau mate et aux prunelles noisette, en adressant un sourire espiègle à Vivi.
Vivi hésita, complètement perdue. Elle n'avait jamais passé commande auprès d'un serveur auparavant.
— Cinq shots de tequila, lança Reagan en répondant à son sourire.
— Reagan, non, protesta Ariana.
— Ah si, obligé. C'est notre première vraie soirée. C'est un rite de passage, fondamentalement.
— Quoi, se saouler et vomir ? lâcha Sonali.
— Ça tombe bien, j'ai appris l'art du récurage de toilettes, dit Vivi sur un ton amer.
— Cinq *mint juleps*, s'il te plaît, fit Ariana.

Le garçon entreprit de préparer les cocktails et elle distribua les gobelets, faisant mine de ne pas se sentir visée par les regards agacés de Reagan.

Vivi goûta, fit la grimace.

— Désolée, mais on croirait du dissolvant pour peinture.

— Attendez une seconde.

Ariana entraîna ses camarades un peu à l'écart. Dans cette salle, la déco consistait en une collection de pagaies sur lesquelles étaient gravées des dates qui remontaient au début des années 1900.

— On ne peut pas faire confiance aux garçons, ils ont les papilles gustatives en vrac, expliqua-t-elle. Je vais essayer un truc qu'Etta m'a appris.

De la main, elle recouvrit le gobelet de Vivi et murmura :

— J'en appelle à l'As de Coupe et à la Reine de Bâtons. Que ce vilain breuvage devienne délectation.

— Pas moyen que ce soit un vrai sort, fit Bailey.

Ariana haussa le sourcil lorsque le gobelet se mit à vibrer, puis elle fit signe à Vivi.

— Vas-y, retente.

Vivi s'attendait au pire, mais le cocktail rectifié par son amie lui laissa en bouche une saveur sucrée et rafraîchissante.

— Délicieux !

Ariana afficha un petit sourire suffisant.

— Pas de folie, conseilla-t-elle sur un ton désinvolte. Je suis à peu près certaine que ça a le même taux d'alcool que du dissolvant pour peinture.

— À mon tour ! réclama Reagan en tendant son gobelet.

Ariana pratiqua sa magie sur le cocktail de chaque aspirante. Bailey se tourna vers Sonali, pour lui demander :

— Est-ce que tous les sorts sont en vers ?

Puis elle haussa les épaules et avala une lampée.

Leur gobelet à la main, les novices se mêlèrent aux fêtards, circulant d'un groupe à l'autre. Difficile de rater les Ailes d'Ombre dans la foule : elles étaient soit assaillies de fans transis, soit admirées de loin.

Elles finirent par retrouver Jess, qui essayait d'entraîner Juliet, sa petite amie, sur la piste de danse.

— Allez, viens. Danse avec moi.

— Il faut bien que l'une de nous monte la garde, rétorqua Juliet avant de balayer la salle d'un regard méfiant.

— Oh, décoince-toi. Ce soir on n'a pas besoin de garde du corps. Mais moi, j'ai besoin d'une cavalière pour me déhancher sur la piste, sinon tu vas me forcer à gâcher ma soirée avec un PiKa aux mains baladeuses.

Juliet suivit Jess à contrecœur au centre de la salle mais, à l'instant où elle enlaça sa copine, ses épaules semblèrent se décrisper. Au bout d'un moment, les étudiants qui les entouraient se dispersèrent puis des couples se formèrent et envahirent la piste de danse improvisée. Même si les embellissements de Mei avaient dopé son amour-propre, Vivi se demandait si elle serait un jour assez sûre d'elle pour inaugurer la piste. Juliet dansait au même rythme que Jess ; elle souriait d'une oreille à l'autre et Vivi fut transpercée par la flèche d'un désir aussi douloureux qu'inédit. Que ressentirait-elle si quelqu'un la regardait comme Juliet regardait Jess ? Elle détourna les yeux, par respect pour l'intimité du couple, et le hasard voulut que son regard tombe sur Mason.

Il discutait avec deux étudiants, sans doute des membres de sa fraternité, un beau type à la peau caramel qui débordait d'assurance et un grand échalas aux cheveux blond filasse, presque gris, signe commun à tous ceux qui participent à des compétitions de natation. Au milieu d'un océan de smokings, Mason se démarquait par son jean et sa chemise blanche, parfaitement ajustée, le col déboutonné révélant un morceau de sa peau hâlée.

Comme averti par le poids de son regard, Mason tourna la tête dans sa direction. Leurs yeux se croisèrent et il lui adressa un sourire qui envoya une décharge électrique à travers tout son corps.

Alors que Vivi hésitait entre sourire en retour, lui faire coucou de la main ou prétendre qu'elle ne l'avait pas vu, Scarlett se matérialisa aux côtés de Mason. Le cœur battant la chamade, Vivi se détourna et avala quelques rasades de *mint julep* qui, en lui brûlant la gorge, lui arrachèrent une grimace. Ariana avait peut-être amélioré le goût du cocktail, mais elle n'avait pas corrigé la teneur en alcool. Debout au milieu de ses camarades, écoutant d'une oreille distraite Reagan qui racontait comment une sorcière de sa connaissance avait accédé à la finale du *Bachelor*, Vivi sentit une chaleur agréable se diffuser dans sa poitrine et les contours de la pièce se firent plus flous. Soudain, la piste de danse lui parut moins effrayante – elle lui tendait presque les bras.

Vivi explora la salle du regard et ses yeux se posèrent sur le serveur au sourire charmeur. Elle attendit quelques secondes mais, concentré comme il l'était sur ses cocktails, il ne leva pas la tête. Même éméchée, Vivi n'avait pas le culot nécessaire pour traverser la salle et engager la conversation avec un inconnu. Alors lui revint un sort croisé au détour d'un grimoire, un charme permettant d'attirer l'attention d'une personne occupée ailleurs. L'une de ces nombreuses incantations en langue étrangère, mais Vivi maîtrisait assez le français pour en saisir le sens. « J'en appelle à la Reine d'Épées et invoque la Force. *Que ma volonté soit exaucée** », récita-t-elle entre ses dents. La boule de chaleur au creux de sa poitrine se dilata et se propagea à ses membres tandis qu'une pression s'accumulait en elle, comme si l'énergie emmagasinée cherchait une issue. Un quart de seconde plus tard, le barman leva les yeux et leurs regards se percutèrent au-dessus de la foule des fêtards.

De la tête, Vivi montra la piste de danse et haussa le sourcil, en manière d'invitation – elle ne s'en serait pas crue capable –, il accepta d'un sourire et elle se sentit gagnée par la fébrilité lorsqu'ils se retrouvèrent au centre de la salle. Sans un mot il enserra sa taille du bras et l'attira contre lui. C'était le premier garçon qui la touchait depuis le collège – à l'époque, elle avait vécu une amourette d'une semaine qui s'était résumée à trois conversations et à un seul baiser. Pourtant, même si Vivi était relativement maladroite, elle tirait plaisir de cette nouvelle expérience. Beaucoup de plaisir.

Ils ondulèrent au rythme de la musique et Vivi fut parcourue d'un frisson délicieux sous la chaleur diffusée par ses mains. Et même si c'était la première fois qu'un garçon aussi beau s'intéressait à elle, elle ne put s'empêcher d'en imaginer un autre à sa place. Sauf que celui-là, elle avait interdiction d'y toucher.

Une heure plus tard, Ariana l'attrapa par la main et l'entraîna alors qu'elle se déhanchait avec un autre PiKa, qui l'avait abordée sans qu'elle ait eu besoin de se servir d'un enchantement. Il y avait un peu moins de monde mais l'ambiance n'était pas retombée pour autant : par couple ou en groupe, les fêtards reprenaient en chœur, et à tue-tête, une chanson de Lizzo.

— Qu'est-ce qui se passe ? lui demanda Vivi.

Elle était essoufflée, en nage, et le monde tanguait légèrement autour d'elle.

— Nico veut nous montrer la salle de billard, s'exclama Ariana, surexcitée.

— Nico ? Je le connais ?

— Le super beau mec avec qui je viens de danser. Tu ne l'as pas vu ? Là d'où je viens, on n'en fabrique pas dans ce modèle. Les garçons de Savannah savent porter le smoking. Allez, viens, insista Ariana en lui tirant sur le bras. Il nous attend en bas, avec toute sa bande.

Reagan, Bailey et Sonali les attendaient au fond de la salle, en haut d'un escalier. Même si elle était légèrement ivre, Vivi entendit toutes ses alarmes se déclencher.

— Je ne sais pas si c'est une bonne idée, Ariana. Scarlett nous a défendu de quitter la soirée.

— Oh, allez, lança Reagan, hésitant entre joie et agacement. Ce ne sont pas des inconnus. Ce sont les PiKa, nos voisins.

— Vivi n'est pas en train de dire qu'on court un risque, intervint Sonali, dont le regard trahissait la nervosité. Elle dit qu'on ne devrait pas désobéir à Scarlett.

— Évitons de mettre Scarlett en colère, ça vaut mieux, confirma Vivi en frissonnant.

— J'ai vu Dahlia, Tiffany et Mei disparaître à l'étage il y a une demi-heure, ajouta Ariana. Elles ne suivent même pas les règles qu'elles imposent aux autres.

— Alors les filles, vous venez ? lança un jeune homme blond aux cheveux savamment décoiffés, qui les dépassa et s'élança vers le sous-sol.

Aussitôt, Reagan s'engagea dans l'escalier. Ariana attrapa Sonali par la main.

— On arrive !

Vivi se tourna vers Bailey.

— Tu en penses quoi ? chuchota-t-elle.

— Je ne sais pas trop, répondit Bailey, mal à l'aise. Ça ne me plaît pas que Scarlett me dicte ma conduite, et c'est juste une partie de billard vite fait. En même temps, je n'ai pas envie de découvrir de quoi est capable une sorcière énervée.

L'escalier débouchait dans une pièce sans fenêtres, au sol crasseux, où quelques membres de PiKa jouaient au bière-pong. Vivi sentit son estomac faire une pirouette quand elle aperçut Mason. Un rictus narquois s'afficha sur son visage à l'instant où leurs regards se croisèrent, puis il retourna à sa partie.

Vivi fronça les sourcils. Bizarre. Ce sourire railleur et cruel ne cadrait pas avec le garçon attentionné et malicieux qui l'avait aidée à porter ses valises et à mater un gaufrier. Son regard était plus dur, aussi, et le rire qu'elle avait entendu en descendant les marches semblait appartenir à un autre. Alors Mason ouvrit la bouche, en grand, très grand, et sa mâchoire se décrocha. Sous le regard horrifié de Vivi ses traits s'avachirent et sa peau dégoulina, comme de la cire fondue. Tous ses amis subirent la même métamorphose.

— C'est quoi, ce délire ? marmonna Bailey tandis qu'Ariana lâchait un cri perçant.

Les visages et les corps des PiKa se désagrégèrent avant de reprendre forme, laissant place au bout de quelques secondes à Tiffany, Scarlett, Dahlia et Mei. Dahlia étudia les aspirantes d'un regard sévère, les bras croisés sur la poitrine, tandis que Mei faisait mine d'inspecter ses ongles, un sourire amusé flottant sur ses lèvres. Elle s'était sans doute servie de toute sa palette d'embellissement ; Vivi avait du mal à croire que la magie des Deniers soit assez puissante pour transformer d'élégantes sorcières en fêtards alcoolisés.

Scarlett prit la parole :

— Comme vous l'avez sans doute deviné à présent, ceci était un test. Et vous avez lamentablement échoué.

— Je vous l'avais dit, souffla Sonali.

— Vous êtes des sorcières. Certaines d'entre vous n'ont pas encore saisi l'envergure de leurs pouvoirs. Ces pouvoirs s'accompagnent d'une responsabilité, celle de vous protéger, vous et vos sœurs. Si on vous donne pour consigne de rester ensemble, restez groupées, ne discutez pas. Quelle que soit la tentation – une bande d'étudiants sexy ou un démon des temps anciens invoqué par accident en bâclant un sort.

— Pas si vite. Les démons, ça existe aussi ? demanda Bailey.

— Vous le découvrirez bien assez tôt, rétorqua Tiffany avec un sourire presque malsain. Vous avez bien mérité d'être de corvée de cimetière.

— Ça veut dire quoi ? s'inquiéta Ariana, toujours sous le choc.

Les quatre Aînées échangèrent des regards complices.

— Oh, vous verrez bien, fit Mei d'une voix chantante.

Scarlett réprimanda les aspirantes d'un index autoritaire puis elle regagna l'étage, les anciennes sur ses talons, jetant nonchalamment par-dessus son épaule :

— J'espère que vous n'avez pas peur du noir. Ni des morts.

14

Scarlett

Le lendemain de la soirée organisée chez les PiKa, Scarlett était étendue sur la pelouse principale du campus, la tête appuyée au torse de Mason. Autour d'eux les étudiants allaient et venaient, les uns se rendant à pas pressés à leur cours magistral ou à leur TD, les autres rejoignant leurs amis. Des garçons se lançaient un frisbee. Des filles accrochaient une banderole annonçant un vernissage. Scarlett puisa du réconfort dans la normalité de cette scène. Couchée dans l'herbe, bercée par la cadence apaisante des battements du cœur de Mason, elle était au septième ciel.

Elle avait à peine fermé l'œil de la nuit, ressassant ce qu'il s'était passé lors de la séance de divination avortée dans sa chambre. C'était la première fois qu'une formule se retournait contre elle. La magie contient une énergie, une effervescence. Elle peut vider celui ou celle qui la pratique mais jamais, au grand jamais, elle ne le ou la dévore de l'intérieur. Lorsque le sort lui avait explosé en pleine figure, une force déchaînée et avide s'était libérée, puis elle avait tenté de s'introduire dans son corps. Au lieu de dormir, Scarlett avait laissé ses inquiétudes la tourmenter mais ici, dans la lumière éclatante de cette journée ensoleillée, les doigts de Mason mêlés aux siens, cette rencontre avec une présence maléfique terrée à Westerly avait toutes les apparences d'un mauvais souvenir.

Et de la veille, elle ne tirait pas que du négatif. Elle allait se souvenir longtemps de la réaction des aspirantes quand leurs Aînées leur avaient tendu ce piège dans la salle de billard. Elle ébaucha un sourire lorsqu'elle se rappela la tête qu'avait faite Vivi.

— Qu'est-ce qu'il y a de si drôle ? demanda Mason.

— Je repense à la soirée. On s'est bien amusés, pas vrai ?

— On peut dire ça.

Elle le sentit hausser les épaules.

— Un divertissement de piètre qualité pour vos goûts raffinés, monsieur Gregory ? plaisanta-t-elle.

— C'était une soirée, rien d'original. Le truc habituel. Jotham a passé la moitié du temps à essayer de reconquérir Molly et l'autre moitié à emballer une de ses copines. Benjamin a vomi dans la piscine quand tout le monde est parti. Et les nouveaux sont des clones des membres de la promo. Il n'y a que la couleur de leur polo qui change. Ça devient monotone.

— Sympa de parler comme ça de la fête organisée par tes frères, contra Scarlett.

Elle avait mis un point d'honneur à danser avec Mason, pour qu'ils passent un peu de temps ensemble. Il lui avait donné l'impression de s'amuser, mais peut-être avait-elle mal interprété son expression ? Peut-être l'avait-elle mal interprété tout court ? C'est vrai qu'il s'était assis sur le code vestimentaire en faisant l'impasse sur le smoking, mais il avait oublié d'en glisser un dans sa valise après ses vacances, c'était l'explication qu'il lui avait donnée, et elle l'avait cru. Avec le recul, elle lisait autre chose dans son attitude. Il avait sans doute choisi, délibérément, de ne pas se plier aux règles. Alors oui, entendre les membres de PiKa se prendre pour James Bond et sortir « mon martini, au shaker, pas à la cuillère » à tout bout de champ, à force, ça peut devenir lassant. Mais les blagues éculées entre potes, ça fait partie intégrante de la vie d'étudiant. Scarlett aurait aimé que l'ennui soit le pire ennemi que les Kappa aient à affronter.

— Sincèrement, je ne sais pas si je vais faire de vieux os à PiKa, asséna Mason.

— Mais qu'est-ce que tu racontes ?

— Dis-moi, tu te souviens de la dernière fois que tu as lu un livre pour le plaisir ?

Scarlett se raidit. Elle avait l'impression d'avancer en terrain miné. Elle et Mason avaient depuis longtemps dépassé le stade des questions conçues pour « apprendre à se connaître » – c'était du moins ce qu'elle croyait.

— Pourquoi tu me demandes ça ?

Mason poussa un soupir.

— Jotham m'a tanné pendant une demi-heure parce que j'ai lu un bouquin qui n'est pas au programme.

— C'est du Jotham tout craché.

— C'est la mentalité PiKa, rectifia Mason.

— Je te trouve injuste avec tes frères.

— Le voilà, le problème – ce ne sont pas mes frères. Même pas forcément mes amis. Je me suis souvent demandé s'ils feraient partie de mon cercle si je les avais croisés en dehors de PiKa et, en toute honnêteté, je n'en suis pas convaincu.

Scarlett plissa les paupières, aveuglée par le soleil.

— Mais qu'est-ce qui te prend ? Tu adores Jotham.

— Et il restera mon ami, avec ou sans la fraternité.

— Sans PiKa ? répéta-t-elle, tous les sens en alerte.

Elle sentit la poitrine de Mason se soulever, puis s'abaisser.

— J'envisage de démissionner de PiKa.

— *Quoi ?*

D'un bond, Scarlett se redressa. Mason s'étira et se mit à son tour en position assise, passant une main dans ses boucles brunes.

— Qu'est-ce qui te prend ? Ce n'est pas une tragédie.

— Mason, et tes frères ? Et ton père ? Ça fait trois générations que tous les hommes de ta famille président PiKa.

Mason éclata de rire, puis il lui prit la main.

— Scarlett, j'admire ta loyauté, mais tu prends ces histoires beaucoup trop au sérieux. Je sais que Kappa a pour toi une connotation particulière, et je le respecte. Mais... les « frères », les « aspirants »... PiKa, ce n'est qu'un lieu d'échanges. Un moyen sympa d'agrandir son réseau, de faire des rencontres. Au départ, je m'y suis inscrit parce que mon père a insisté et, hier soir, pendant qu'on discutait pour la millième fois des mêmes sujets avec les mêmes gens, je me suis senti... blasé. Est-ce que c'est comme ça que j'ai envie de passer mes soirées jusqu'à la fin de mes études ?

— Avec tes meilleurs amis et ta copine, tu veux dire ? rétorqua Scarlett.

Elle repensa à leur première rencontre. La fête hawaïenne. La fleur de frangipanier. PiKa, c'était le décor de leur histoire d'amour. Et voilà que Mason souillait ce souvenir.

— Scarlett, notre relation ne dépend pas du fait que je sois président ou non d'une fraternité. Elle ne devrait pas, en tout cas, ajouta-t-il, l'expression assombrie.

— Bien sûr qu'elle ne dépend pas de ça. Mais je ne comprends pas. Il s'est passé quelque chose... tu t'es pris la tête avec un de tes frères ?

— Non.

— Où est le problème, alors ?

— C'est juste que... ça ne t'arrive jamais d'avoir envie de passer à autre chose ? De balancer par la fenêtre toutes ces contraintes et tous ces projets et de découvrir ce que la vie aurait en stock pour toi si tu prenais les chemins de traverse ?

Scarlett braqua son regard sur Mason. Quelle mouche l'avait piqué ? Pourquoi ce virage à cent quatre-vingts degrés ? Une image ressurgit dans son esprit – Vivi et Mason hilares au resto U, sa main à lui posée nonchalamment sur son épaule à elle. Ils ne s'étaient pas adressé la parole durant la soirée – Scarlett les avait surveillés du coin de l'œil – mais à un moment, elle avait cru sentir un courant passer entre eux, même si elle se demandait encore si ce n'était pas le fruit de son imagination.

Mason ouvrit grand les bras.

— Le monde ne se limite pas à PiKa. Il ne se limite pas à Kappa non plus. On vaut plus que ça. J'aimerais que tu t'en rendes compte, déclara Mason.

— Mais je m'en rends compte.

Est-ce qu'il portait sur elle un regard critique parce qu'elle restait fidèle à ses sœurs ? Est-ce qu'il allait la juger ? Était-ce la première étape avant qu'il exige d'elle un choix, lui ou les Kappa ?

Les émotions déferlèrent en Scarlett, un véritable raz-de-marée, et elle se mit debout, détournant le regard, avant que Mason ne voie la douleur au fond de ses yeux.

— N'oublie pas qu'on dîne chez mes parents ce soir. À moins que ce soit aussi le type de projet que tu as envie de balancer par la fenêtre.

Mason lui adressa un regard attristé.

— Scarlett… ne dis pas des horreurs pareilles. Reste.

— C'est l'heure de ton TD de socio, non ? Tu devrais y aller. Les partiels approchent.

Mason eut un moment d'hésitation. Scarlett savait qu'il voulait poursuivre la conversation mais elle sentit sa gorge se nouer, les larmes lui picoter les paupières. Elle refusait d'éclater en sanglots ici, sur la pelouse, à la vue du campus tout entier. Les Ailes d'Ombre ne se donnaient pas en spectacle de cette manière. Alors elle invoqua sa magie et la brûlure passa de ses paupières à ses doigts. *Va-t'en, Mason,* l'exhorta-t-elle. *Et vite.*

— Il faut que j'aille à mon TD, Scarlett, dit-il subitement, réagissant à son ordre subliminal.

Il déposa un baiser sur la joue de Scarlett puis il tourna les talons. Même si c'était elle qui lui avait demandé de partir, elle en eut le cœur brisé.

15

Vivi

— Tu comptes aller à l'observatoire habillée comme ça ? demanda Vivi, étudiant le mini-short que portait Reagan.

Elles lézardaient à l'ombre de l'un des chênes majestueux qui bordaient la pelouse de Westerly. Elles s'étaient inscrites à un séminaire d'astronomie et ce soir, elles allaient vivre leur première séance d'études à l'observatoire, un bâtiment flambant neuf situé en dehors du campus dont la construction avait été financée par une ancienne Kappa devenue milliardaire. Vivi ignorait combien de temps durerait la séance et elle profitait d'un battement pour avancer ses lectures. L'année universitaire venait de commencer et pourtant, elle avait déjà accumulé un certain retard – le revers de la médaille quand on a une vie sociale.

— Tu as peur que je fasse rougir les télescopes ? plaisanta Reagan en se couchant sur le ventre, les paupières closes – de toute évidence, elle n'avait pas l'intention de mettre à profit son après-midi pour étudier. D'après les informations glanées par Vivi, Reagan était d'une intelligence redoutable mais elle prenait les études par-dessus la jambe – Ariana lui avait appris qu'elle avait été mise à la porte de trois internats prestigieux. Malgré son parcours médiocre, elle était parvenue à intégrer Westerly, sans doute parce que les Ailes d'Ombre avaient tiré quelques ficelles

– avec l'objectif de s'attirer les bonnes grâces de sa mère et de ses tantes, de puissantes sorcières. Vivi ne s'était pas encore faite à l'idée que des sorcières vivaient partout aux États-Unis – et partout sur la planète. Des femmes dont les ancêtres avaient façonné l'histoire grâce à leurs pouvoirs... parfois au prix de leur vie.

— Ce ne sont pas les télescopes qui m'inquiètent, mais les bestioles qui vont te dévorer les fesses, répondit Vivi avec une désinvolture feinte. Il paraît que l'observatoire est construit à côté d'un étang.

— Tu soulèves un point important, Devereaux. Allez, je file me changer. À ce soir.

Reagan sauta sur ses pieds et s'éloigna à foulées élastiques. Vivi ouvrit son manuel de mathématiques mais elle n'alla pas loin : une ombre se projeta en travers de la page.

— Une lecture légère pour se changer les idées, je vois.

Elle leva les yeux. Mason se tenait au-dessus d'elle, un sourire chaleureux aux lèvres. Vivi observa la couverture de son manuel sans cacher son étonnement.

— C'est seulement de l'arithmétique. Donc oui, je vois ça comme une lecture légère.

— Par rapport à quoi ? De la neurochirurgie avancée ?

— Par rapport au cours d'algèbre non linéaire auquel j'assiste en auditrice libre. En tant que première année, je n'ai pas le droit de m'y inscrire.

— Je vois que nous avons affaire à un génie en herbe.

Le sourire de Mason s'élargit, révélant la fossette qui faisait battre plus fort le cœur de Vivi.

Reprends-toi, se réprimanda-t-elle. *C'est le mec de Scarlett, de ton Aînée. Ne lui fais pas de coup tordu.*

Vivi choisit l'angle de l'humour taquin sans entrer dans un jeu de séduction, même si elle reconnaissait la première qu'elle était mal équipée pour distinguer l'un de l'autre.

— N'essaie pas de me faire croire que tu ne prends pas tes études au sérieux. Lequel de tes profs a mis García Márquez au programme ?

De l'index, elle montra le livre qui sortait de sa besace en cuir, un exemplaire fatigué de *L'Amour au temps du choléra* hérissé de Post-it multicolores.

— Non, c'est pour le plaisir, répondit Mason, presque gêné.

— Donc tu es un intello inadapté, comme moi.

— Oh, tu ne trouveras pas plus inadapté que moi, je t'assure. Viens. J'ai quelque chose à te montrer.

Mason lui offrit sa main, pour l'aider à se mettre debout, et Vivi hésita à l'accepter. Elle brûlait d'envie de le suivre mais elle craignait la réaction de Scarlett, si jamais son Aînée apprenait qu'elle avait passé du temps seule avec son petit ami.

— Désolé, fit Mason en laissant retomber son bras. Tu es tout à fait capable de te lever sans qu'on t'aide. Les leçons de savoir-vivre de ma mère sentent un peu la naphtaline.

— Non, au contraire, répondit Vivi avant de se redresser. J'étais en train de réfléchir à mon planning mais j'ai du temps devant moi. Qu'est-ce que tu veux me montrer ?

Mason se mit à rayonner. On lisait en lui comme à livre ouvert ; Vivi se demanda si elle avait déjà vu un visage aussi expressif.

— C'est tout près d'ici. Suis-moi.

Mason lui fit traverser la pelouse et descendre l'allée arborée qui menait à la bibliothèque Hewitt, la plus renommée de Westerly. Lors de la visite guidée durant la semaine d'orientation, Vivi avait appris que cet endroit abritait une collection d'artefacts rares.

— C'est ouvert à tout le monde ? s'étonna-t-elle. Le guide nous a dit que c'était réservé aux étudiants en thèse et aux universitaires.

— Pour accéder aux archives, il faut une autorisation mais le musée est gratuit, et il accueille du public.

— Il y a un musée sur le campus ?

— Tss-tss. Soit ton guide était complètement à l'ouest, soit tu ne l'écoutais que d'une oreille. Je ne sais pas ce qui me rend le plus triste.

Tandis qu'ils gravissaient les marches du perron en marbre blanc, Vivi posa sur Mason un regard attendri.

— Si tu t'attristes aussi facilement, la vie va être un enfer pour toi.

— Vous n'avez pas idée à quel point je souffre, mademoiselle Devereaux.

— Tu connais mon nom ?

— Tu as failli m'assassiner dès ton arrivée. Je te l'ai dit, il faut que je te garde à l'œil, pour des raisons de sécurité publique.

Vivi haussa le sourcil. Elle essaya, en tout cas. Elle manquait d'entraînement, et il était fort possible que le résultat soit une grimace un peu bouffonne. Mason lui tint la porte et ce geste réchauffa le cœur de Vivi, même si elle se doutait qu'il se montrait aussi attentionné avec toutes les femmes qu'il croisait.

— Les archives sont par là, déclara-t-il en montrant des portes battantes en bois.

Ces portes étaient gardées par une femme à l'allure impérieuse, cheveux gris et lunettes cerclées d'acier, assise derrière un bureau sculpté.

— C'est ici qu'ils conservent la plus grosse partie de la collection, chuchota Mason. Seuls dix pour cent sont exposés dans une salle, juste de ce côté.

Il s'approcha du bureau avec un grand sourire.

— Comment allez-vous par cette belle journée, mademoiselle Irma ? On doit vous montrer nos cartes d'étudiant ?

— Ça ira, Mason, répondit la femme, soudain cordiale. Tu peux entrer.

Vivi pénétra dans une pièce tout en longueur, à peine plus large qu'un couloir, aux murs habillés de vitrines. Son regard s'attarda sur une carapace de tortue sertie de pierres précieuses, sur une vieille pipe à tabac puis sur un instrument de musique fabriqué à partir d'une défense d'éléphant.

— On est dans quel genre de musée, au juste ? chuchota-t-elle à l'adresse de Mason.

— Je crois que son nom officiel, c'est le « cabinet de curiosités Hewitt » mais c'est fondamentalement un méli-mélo d'objets hors normes, et très chers, dont les gens ont fait don au fil du temps.

Vivi s'approcha d'un diorama qui montrait des souris empaillées, affublées de vêtements, en train de prendre le thé.

— Ça m'étonne que quelqu'un ait eu envie de se débarrasser de ce chef-d'œuvre.

— On trouve des trucs très sympas, crois-moi. Viens – je vais te montrer l'objet que je préfère.

Mason conduisit Vivi tout au fond de la salle, vers une vitrine qui présentait, posé sur un coussin rouge, un petit livre relié de toile verte. Vivi se pencha dessus et, les yeux plissés, tenta de déchiffrer les caractères embossés à la feuille d'or sur la couverture.

— Un recueil de poèmes d'Emily Dickinson, souffla-t-elle.

— On l'a retrouvé dans la poche d'un soldat mort en France quelques semaines avant la fin de la Première Guerre mondiale.

— C'est tellement triste, répondit Vivi, la poitrine serrée, pensant au garçon qui était rentré au pays entre quatre planches. Pourquoi tu y es si attaché ?

— Je trouve touchant que ce soldat ait emporté un livre de poésie sur le champ de bataille. Malgré la boucherie, malgré les ravages de la guerre, il était toujours sensible à la beauté et au sens contenus dans les mots. Je trouve ça hyper inspirant.

Son regard mélancolique était empreint de sincérité.

— C'est à *toi* qu'ils devraient demander de faire visiter le campus, lâcha Vivi, effrayée par ce qui pourrait lui échapper si elle ne tenait pas sa langue.

— C'est déjà fait. Je suis l'un des guides les plus demandés.

— Ça ne m'étonne pas.

Ils quittèrent le musée. Vivi vérifia l'heure sur son téléphone, poussa un petit cri de surprise.

— Mince, je dois me sauver. Désolée. Je suis de corvée de cimetière demain soir et j'ai dû réorganiser tout mon emploi du temps.

— Ah oui, la corvée de cimetière. C'est l'excuse qu'elles me sortent toutes quand elles veulent se débarrasser de moi.

— Je ne plaisante pas. C'est un rite chez Kappa – je ne peux pas le rater. On se voit plus tard ?

— J'espère bien, répondit Mason avec une expression impénétrable.

Vivi sentit son cœur s'emballer et elle lui tourna rapidement le dos, de peur que son expression à elle ne trahisse ses sentiments.

Un nuage gigantesque traversa le ciel, projetant sur la pelouse des ombres étirées. Le campus s'était vidé – personne ne profitait du soleil sur un banc, personne ne se prélassait sous les chênes. Vivi descendit le perron en sautillant, portée par l'excitation.

Tandis qu'elle remontait à pas pressés le sentier qui menait à la grille du campus, elle repéra une silhouette à l'autre bout de la pelouse. Une silhouette solitaire, immobile, qui braquait ses yeux sur Vivi.

Gwen.

Dans le jour déclinant elle semblait presque spectrale avec ses cheveux sombres et son teint blafard ; dans son regard, Vivi lut une émotion que personne n'avait encore dirigée vers elle.

De la haine pure.

16

Scarlett

Installée à une table de la bibliothèque de Kappa, Scarlett avait définitivement lâché son manuel de psychologie. C'était ici, dans cette pièce, qu'elle se sentait le mieux. Des ouvrages reliés de cuir, certains datant du seizième siècle – bien avant que les Ailes d'Ombre ne se constituent en coven –, tapissaient les murs. Entre les rayonnages s'inséraient des meubles d'apothicaire aux tiroirs remplis de cristaux, d'herbes séchées, de parchemins jaunis, en lambeaux, sur lesquels étaient griffonnés les sorts élaborés par les sœurs qui les avaient précédées. Le plafond était peint en bleu et, sur ce fond lapis-lazuli, se détachaient les constellations tracées à la feuille d'or. Au centre de la pièce trônait une boussole, les points cardinaux désignés non par des lettres, mais par les symboles représentant les quatre éléments, le feu, l'air, l'eau et la terre. Passer du temps à la bibliothèque, c'était comme remonter le temps, rendre hommage à celles qui étaient venues avant – et prendre conscience de son insignifiance à l'échelle de l'histoire, à l'échelle de l'univers. Et Scarlett avait ressenti le besoin de se rafraîchir la mémoire.

Elle était rentrée une heure plus tôt. Le dîner chez ses parents s'était déroulé sans surprise : sa mère avait été aux petits soins pour Mason, son père l'avait pressé de questions sur ses projets post-diplôme et ses résultats aux partiels.

Eugenie s'était vantée de crouler sous les dossiers, puis elle avait interrogé Scarlett sur ses ambitions présidentielles. Et Mason les avait tous ensorcelés, comme d'habitude. Il avait également présenté des excuses à Scarlett avant de lui offrir une fleur de frangipanier.

La soirée s'annonçait sous de bons, sous d'excellents auspices. Pourtant… il y avait un hic. Dans une maison remplie de gens censés l'aimer inconditionnellement, elle se sentait seule. Personne en dehors d'elle n'avait remarqué que le sol se dérobait progressivement sous leurs pieds, et c'était en famille que l'absence de Minnie se faisait le plus cruellement sentir, là où tous les espaces qu'elle avait occupés restaient désespérément vides.

Aussi vide que la maison Kappa ce soir, ce qui n'arrangeait pas l'humeur de Scarlett. Ses sœurs étaient soit occupées à étudier, soit en train de faire la tournée des bars.

Scarlett poussa un soupir et reporta son attention sur le manuel. C'est alors qu'elle partit d'un grand rire. Quelqu'un avait dessiné dans la marge, grossièrement, un bonhomme qui dansait le floss, animé par une formule magique. C'était sans doute l'œuvre de Tiffany ; elle avait un don pour sentir quand son amie avait besoin qu'on lui remonte le moral. Scarlett se rappela avec un sourire toutes ces soirées consacrées à mettre au point des chorégraphies ridicules que Tiffany ressortait parfois en public, pour la faire sourire quand elle passait une mauvaise journée. Elle aurait payé cher pour que sa meilleure amie soit à ses côtés.

Elle vit par la fenêtre l'un des corbeaux de la volière perché sur une branche ; il ne remuait pas une plume. La lune aperçue par la lucarne était gibbeuse décroissante – la configuration idéale pour jeter des sorts de transformation personnelle et de perfectionnement, lui avait appris Minnie. La lune des nouveaux départs.

Que ce départ soit contraint ou consenti.

Scarlett détacha de son oreille la fleur de frangipanier et la posa sur la table, devant elle. Elle comptait la glisser un peu plus tard entre les pages de son registre Kappa, pour qu'elle accompagne la toute première, qu'elle avait fait sécher deux ans plus tôt. Mais l'effet n'était plus le même. La fleur originale symbolisait la promesse d'un avenir commun. Une promesse qu'elle et Mason semblaient avoir jetée aux oubliettes.

Des voix et des éclats de rire résonnèrent dans l'escalier et, quelques secondes plus tard, Dahlia, Mei et Tiffany débarquèrent dans la bibliothèque.

— Salut, fit Scarlett, un sourire plaqué sur son visage. Vous revenez d'où ?

— De la réunion budgétaire pour le gala des anciens élèves. Un cauchemar, expliqua Tiffany en roulant des yeux.

Kappa avait pour responsabilité d'organiser chaque année, en l'honneur des anciens élèves, un événement qui réunissait tout le campus. Et, chaque année, le Comité panhellénique constatait avec étonnement que Kappa respectait scrupuleusement le budget alloué à la déco. Entre ce qu'elles déclaraient à la comptabilité et ce qu'elles obtenaient grâce à la magie, les Ailes d'Ombre devaient ménager un équilibre précaire.

— Tu aurais dû entendre Maria. Elle a essayé de convaincre le Conseil panhellénique de refiler le gala des anciens à Theta et de laisser le bal d'hiver à Kappa – des miettes, autrement dit, raconta Mei, qui fulminait.

— Tout à fait le style de Maria, s'indigna Scarlett. Personne ne va au bal d'hiver.

Maria présidait Theta, une association qui voulait faire de l'ombre à sa grande rivale, Kappa, depuis belle lurette. Les sorcières trouvaient cette prétention hilarante.

— C'est exactement ce que je lui ai dit, renchérit Tiffany.

Elle se laissa en tomber dans un fauteuil en cuir, à côté de Scarlett, et lui demanda par transmission de pensée : *Est-ce que ça va ? Tu n'as pas l'air dans ton assiette.*

Décidément, elle ne pouvait rien cacher à sa meilleure amie. Scarlett lui répondit, par la même voie : *Je te raconterai tout à l'heure.*

Tiffany hocha la tête et lui serra discrètement le bras.

— Vous imaginez ce que diraient nos mères si on se faisait retirer l'organisation du bal des anciens ?

— Elles en mourraient, rétorqua Dahlia.

Mei émit un petit rire mais Tiffany perdit toute contenance.

— Ma mère va mourir de toute façon, souffla-t-elle.

Dahlia se décomposa.

— Oh non, Tiffany. Excuse-moi, je ne voulais pas... ce n'est pas ce que je pensais...

Pas le temps de finir sa phrase : une déflagration se fit entendre dehors, semblable à un coup de feu. Suivie d'un bruit sec, comme un ballon qui éclate, et d'une seconde explosion.

Les filles échangèrent des regards interloqués.

— Il se passe quoi, là ? s'exclama Tiffany.

— Ça sent la fumée, non ? fit remarquer Mei, en fronçant le nez.

— Je parie que ce sont ces demeurés de Sig Tau qui ont allumé des pétards, comme la dernière fois...

Scarlett referma son manuel et alla à la fenêtre, qui donnait sur le jardin en façade et sur la voie Grecque.

Devant la bâtisse, sur la pelouse, étaient plantés quatre pieux en bois et, ligotés à chaque pieu, des épouvantails affublés d'une cape et d'un chapeau pointu.

Et on leur avait mis le feu.

Une fraction de seconde, Scarlett resta sidérée. Puis elle poussa un cri et toutes passèrent à l'action. Elles dévalèrent les marches de l'escalier quatre à quatre et jaillirent dans l'air poisseux du crépuscule.

Des flammes avides dévoraient sans pitié les épouvantails ; la paille était réduite en fumée, le tissu des capes se consumait. Scarlett eut le temps d'apercevoir les sourires malveillants, dessinés au feutre rouge sur leur figure, avant que le brasier ne les emporte.

Elle leva les bras et, d'instinct, puisa dans sa magie, convoquant l'eau pour éteindre les bûchers.

— Scarlett, non ! siffla Dahlia.

Scarlett prit conscience qu'un attroupement s'était formé. Deux ou trois membres de Sigma Zeta Tau se tenaient à bonne distance, bouche bée, une bière à la main, déjà éméchés. Quelques filles de Beta Beta Beta, en tongs et pyjama short, faisaient des messes basses. Deux Theta traversaient la rue à toutes jambes, abasourdis.

— Un feu de joie ! s'exclama l'un des Sig Tau, le poing brandi.

— Besoin d'aide ? demanda un garçon qui lâcha sa bicyclette pour les rejoindre.

— C'est censé représenter des… sorcières ? s'étonna une fille – Scarlett reconnut la présidente de Gamma Theta Rho.

— On dirait que quelqu'un prend la Semaine infernale un peu trop au sérieux cette année, répliqua précipitamment Scarlett.

D'autres étudiants affluaient, les uns curieux, les autres inquiets. L'un sortit son téléphone, sans doute pour filmer toute la scène.

— Si c'est le fait d'une autre maison, il faut prévenir le Conseil panhellénique. Et appeler les pompiers, lança l'une des Tri Beta, ses prunelles noires reflétant les flammes orange, en cherchant son portable au fond de sa poche.

— On ne veut surtout pas attirer d'ennuis à une autre maison, même si elle le mérite, répondit Scarlett, tâchant de calmer le jeu.

Elle lança à Dahlia un regard paniqué et Dahlia récita une incantation à voix basse. Instantanément, les yeux de la Tri Beta se voilèrent, le silence s'abattit sur les badauds. L'attroupement se dispersa en quelques secondes.

— On a eu chaud, souffla Scarlett.

Sans hésiter plus longtemps, elle invoqua ses pouvoirs. La magie ruissela dans ses veines, lui picota le bout des doigts. Elle ouvrit les bras, de plus en plus grand, étendant sa toile, jusqu'à sentir que chaque goutte d'eau présente dans l'atmosphère chantait pour elle. Elle tricota les molécules, densifia leur maillage et les relâcha dans une grande explosion finale, déchaînant des trombes sur les flammes qui se cabrèrent, sifflèrent et s'éteignirent. Scarlett tomba à genoux, épuisée.

Les restes carbonisés restèrent là, comme pour se moquer d'elles. Mei se servit d'un charme pour qu'ils tombent en poussière, puis elle effaça les traces dans l'herbe roussie. Ses efforts la laissèrent, elle aussi, hors d'haleine.

— Ça aurait pu très mal finir, lança-t-elle.

— C'est un euphémisme, répliqua Scarlett tout en se remettant debout. Dahlia, on a vraiment un gros problème.

Elle essaya de décrire le malaise grandissant qui s'était emparé d'elle à la seconde où elle avait posé les yeux sur les quatre bûchers.

— D'abord les tarots cloués à la porte, maintenant ça. Ce n'est pas une simple coïncidence, ni un canular inoffensif. Quelqu'un nous a dans le collimateur et plus rien ne semble l'arrêter.

Scarlett s'attendait à ce que Dahlia s'offusque, mais sa présidente opina.

— Ce n'est pas le fruit du hasard, c'est certain. On veut nous nuire – ou nous exposer au grand jour.

— Dans ce cas, il faut qu'on se protège, déclara Tiffany. Nous sommes des sorcières. Nous sommes puissantes. Notre devoir, c'est de mettre nos sœurs – et notre secret – en sécurité.

— Est-ce qu'on maintient l'épreuve de demain soir au cimetière ? voulut savoir Scarlett. Il vaudrait peut-être mieux organiser autre chose ? On pourrait demander aux deuxième année de nous préparer un cimetière dans le jardin.

Dahlia réfléchit quelques instants avant de prendre sa décision.

— Non, on maintient. C'est la tradition. Et on ne va pas se laisser intimider par un taré qui rôde dans le coin. On t'accompagnera, Tiffany, Mei et moi, pour s'assurer que tout se déroule sans accroc.

Scarlett accepta d'un hochement de tête et Dahlia poursuivit :

— Mei, viens avec moi. Je veux qu'on passe en revue nos sorts de protection. Tiffany, Scarlett, vous voulez bien aller dire à nos sœurs de se tenir sur leurs gardes ?

Tandis que Mei et Dahlia regagnaient le foyer, Scarlett se tourna vers Tiffany.

— Je peux envoyer un SMS collectif pour leur dire…

Elle s'interrompit. Elle avait aperçu une tignasse noire sous un réverbère au bout de la rue.

Gwen.

Les pupilles étrécies, la bouche telle une balafre écarlate. À l'instant où le regard de Scarlett croisa le sien, elle quitta le cercle lumineux projeté par le réverbère et s'enfonça dans les ténèbres.

Scarlett attrapa Tiffany par le bras.

— Tu as vu ?

— Oui, j'ai vu.

Scarlett sentit un frisson courir le long de son échine.

— Il faut reconnaître que le timing est bizarre. Gwen débarque sur le campus après une longue absence, pile au moment où des phénomènes étranges se multiplient.

— Qu'est-ce que tu suggères, Scarlett ? Tu crois qu'elle est derrière tout ça ?

— C'est vraiment si difficile à croire ?

— Mais on a protégé le club avec un tout un tas de sorts ; elle ne peut pas mettre un pied dans le jardin sans avoir l'impression de marcher sur des braises, ou je ne sais trop quelle torture raffinée Dahlia a ajoutée à son envoûtement…

Scarlett savait que Tiffany essayait de nier l'évidence. Elle réfutait la seule explication qui tenait la route. La seule explication qui les faisait d'elles les seules et uniques responsables. Scarlett savait, au plus profond d'elle-même, que Gwen avait trouvé un moyen de contourner le sortilège et qu'elle allait exercer sa vengeance.

— J'ai consulté mon bol de divination hier soir, afin d'identifier les personnes mal intentionnées sur le campus.

Tiffany eut une réaction de surprise et son visage s'assombrit.

— Qu'est-ce qu'il t'a montré ?

— Rien de précis, avoua Scarlett. Ma formule m'a explosé à la figure, mais je sais ce que j'ai senti. C'était vraiment… *malveillant.*

Il existait un autre type de magie, plus sombre, plus dangereuse que la sorcellerie pratiquée par les Ailes d'Ombre. Cette magie-là ne laissait que mort et dévastation dans son sillage.

Elle laissait des cadavres d'innocents.

Au lieu de refléter la terreur grandissante de Scarlett, Tiffany parut se tranquilliser.

— Ça a l'air effrayant, dit comme ça, mais tu l'as reconnu toi-même – ton sort de divination n'a pas fonctionné. Et Gwen n'a plus aucun pouvoir. On a pris les dispositions qu'il fallait.

— Je ne plaisante pas, Tiffany. Si Gwen est revenue, c'est pour une bonne raison. Et si jamais elle était derrière tout ça ? Si jamais elle venait se venger d'avoir perdu ses pouvoirs ? Dans ce cas, on doit regarder la réalité en face.

Tiffany prit la main de Scarlett dans la sienne. Il était évident, à son expression, qu'elle pensait que Scarlett avait perdu la tête.

— Tu sais que je t'adore mais, même si Gwen est mêlée à ces histoires, tu crois vraiment qu'elle peut nous faire du tort ? C'est une sorcière ratée, frustrée d'avoir été dégagée d'un coven de tout premier plan et d'avoir laissé passer sa chance. Si on se désintéresse d'elle, elle va finir par lâcher l'affaire.

— Je n'en suis pas si convaincue. J'ai un terrible pressentiment. Peut-être que Gwen a découvert un moyen de recouvrer ses pouvoirs. Si elle cherche à se venger de ceux qui lui ont fait du mal, nous sommes toutes des cibles potentielles. Il faut qu'on l'empêche de mener ses projets à bien.

Tiffany plissa les yeux.

— Qu'est-ce que tu proposes, exactement ?

— Il faut qu'on raconte à Dahlia ce qu'il s'est passé ce soir-là – ce qu'il s'est vraiment passé, répondit Scarlett en se mordant la lèvre.

— Tu sais bien qu'on ne peut pas. On ne sait pas comment Dahlia risque de réagir. Au mieux, on aura un blâme ; au pire, elle nous bannira de Kappa et musellera nos pouvoirs. On ne peut pas prendre un risque pareil. On est des sorcières et *personne*, ni Dahlia ni Gwen, ne peut nous le retirer. C'était une erreur de jeunesse, une terrible bêtise. Je le reconnais volontiers. Mais réfléchis à ce que tu proposes.

Scarlett, qui avait la chair de poule, se frotta les bras. L'attrapant par les épaules, Tiffany vrilla son regard dans le sien.

— Hé. C'était un accident, un simple accident. Tout va s'arranger, Scarlett. Je te le promets. Toi et moi, on est les sorcières les plus cool du campus. On ne risque rien, et nos sœurs non plus. S'il le faut, on réglera le sort de Gwen nous-mêmes. Mais tu l'as vu de tes propres yeux : elle n'a pas récupéré ses pouvoirs. Le sort d'entrave a fonctionné. Elle n'arrive même pas à *prononcer* le mot *magie*, alors pour tuer quelqu'un, il y a de la marge. Je ne te laisserai pas perdre tes pouvoirs à cause d'elle.

Scarlett observa son amie, sa sœur. Tiffany posait sur elle de grands yeux sincères. Et il y avait une certaine vérité dans ses paroles, elle devait l'admettre. Elle ne se sentait pas prête à prendre le risque de perdre sa magie. Renoncer à ses pouvoirs ? Autant renoncer à son identité.

— Tu as raison, soupira Scarlett. Je pars dans mes délires.

Malgré cela, elle ne put se débarrasser de la sensation tenace qu'une pièce du puzzle lui échappait. Une pièce pourtant évidente. Et qui pourrait finir par causer la mort d'une autre de ses sœurs.

17

Vivi

Vivi se massa les avant-bras. Elle n'avait pas froid, elle essayait simplement d'atténuer les frissons déclenchés par le souvenir des événements inquiétants de ces derniers jours. Son face-à-face avec Gwen et l'épisode des épouvantails brûlés au bûcher avaient déclenché en elle une angoisse brutale que le soleil de Savannah n'avait pas réussi à dissiper, une angoisse qui s'aggravait depuis qu'elle était arrivée au cimetière Bonaventure.

Dans cette parcelle de la célèbre nécropole, les arbres étaient si denses que leur ramure formait une voûte dissimulant la lune. Les rubans de mousse espagnole pendus aux branches leur donnaient l'allure de veuves éplorées qui cachaient leur peine derrière un voile. Même les plantes chétives qui pointaient le bout de leur nez entre les pierres tombales semblaient écrasées de chagrin avec leur feuillage racorni et leurs pétales blêmes, bien loin de la végétation luxuriante que Vivi avait fini par associer à Savannah.

Les aspirantes avançaient, enveloppées d'un profond silence, zigzaguant entre les sépultures. Leurs Aînées avaient fixé rendez-vous à un endroit appelé le « mausolée du dieu à Cornes ». Aucune n'avait la moindre idée de ce qu'elles étaient censées chercher. Elles étaient revenues bredouilles de leurs investigations sur Internet.

— Regarde la pauvre petite, chuchota Ariana.

Du regard, elle montrait une statue qui représentait une fillette debout dans un carré de gazon délimité par un grillage. Le sculpteur avait soigné chaque détail, des rubans retenant ses anglaises aux boucles de ses souliers. Ses grands yeux inexpressifs semblèrent suivre Ariana et Vivi qui accélérèrent le pas pour rattraper leurs camarades.

— Ce ne serait pas par là ? fit Bailey, l'index pointé sur un imposant tombeau derrière un massif de chênes.

Leur attention fut attirée par un éclat de lumière qui éclaira l'entrée d'un caveau et des silhouettes regroupées autour.

— Bien vu.

Vivi n'avait pas particulièrement hâte de découvrir ce que les Kappa leur avaient préparé. Scarlett n'avait pas été impressionnée par ses performances et elle craignait de se faire recaler à l'issue de la Semaine infernale.

Arrivées au pied du mausolée, elles découvrirent Dahlia, Scarlett, Tiffany et Mei sous un portique sculpté qui présentait le visage grimaçant d'un homme coiffé de deux cornes. Elles étaient vêtues de pèlerines noires, le capuchon rabattu sur leur visage et chacune tenait à la main une bougie allumée.

Scarlett se détacha du groupe.

— Bienvenue, aspirantes Kappa. Nous vous avons demandé de nous rejoindre ici ce soir pour vous expliquer l'importance de la solidarité féminine et vous montrer les conséquences d'un serment pris à la légère.

Du bras elle montra une pierre tombale sans fioritures, qui lui arrivait au genou et qui portait un simple patronyme : WATERS.

— Je vous présente Evelyn Waters. Ou, pour être plus précise, la tombe vide dédiée à sa mémoire.

Scarlett observa une pause théâtrale. Bailey mordit à l'hameçon.

— Pourquoi vide ?

— Parce que Evelyn a disparu lors de sa dernière année d'études et son cadavre n'a jamais été retrouvé. Evelyn était présidente de Kappa. Elle a dirigé le coven un an avant de disparaître. Sous sa férule notre clan était encore plus puissant, plus influent, qu'à l'heure actuelle. L'une de vous a-t-elle entendu parler du talisman d'Henôsis ?

Vivi fit non de la tête ; Ariana, Reagan et Bailey avouèrent elles aussi leur ignorance. Seule Sonali écarquilla les yeux.

— *Hénôsis*, c'est un mot qui se traduit par « unité », ou « fusion ». Ce talisman a été forgé dans l'Antiquité, en Grèce, et découvert durant des fouilles à la fin du dix-neuvième siècle. Westerly l'a acquis pour son département d'histoire et une membre de Kappa a décodé la tablette trouvée à côté du talisman. Ce qu'elle a mis au jour, c'était un sort qui révélait non seulement comment mettre ses pouvoirs au service de son coven tout entier, mais aussi comment absorber les pouvoirs d'une autre sorcière.

À l'idée que quelqu'un puisse s'emparer de sa magie, Vivi tressaillit. Elle avait peine à imaginer la sensation de vide et de souffrance que cela pouvait engendrer. C'était ce qui rendait l'expérience proprement extraordinaire : les Kappa n'avaient pas agité de baguette pour faire de Vivi une sorcière, non : elles l'avaient simplement aidée à canaliser une aptitude qui ne demandait qu'à s'exprimer.

— C'est possible, ça ? s'étonna Bailey. Je pensais…

— Je croyais que la magie était innée, la coupa Reagan. On m'a toujours répété qu'une sorcière devait se satisfaire des pouvoirs reçus à la naissance.

— Bien entendu, répondit Scarlett. Naturellement. Mais si l'on se base sur des phénomènes qui vont à l'encontre des lois naturelles…

Elle laissa sa phrase en suspens. Tiffany se figea, aussi raide que les statues autour d'elles, tandis que Mei se dandinait de droite et de gauche. La seule Aînée qui semblait parfaitement à l'aise était Dahlia. Ses yeux rougeoyèrent dans la flamme dansante de sa bougie.

— C'est un sort compliqué, poursuivit Scarlett. Il n'est pas permanent, non plus – pas sans le talisman d'Henôsis, l'unique objet sur terre qui permet de conserver indéfiniment la magie que l'on a dérobée. Avec cette amulette, vous pouvez vous approprier le pouvoir d'une autre sorcière. Sans lui, les effets du sort sont limités dans le temps. Par ailleurs, ce type d'infraction au code de la magie exige d'immenses sacrifices.

Scarlett croisa le regard de sa Cadette. Au clair de lune, Vivi aurait pu jurer qu'elle avait des yeux différents. Plus foncés, presque noirs.

— Pour s'emparer des pouvoirs d'une sorcière, il faut la tuer, asséna Scarlett.

Vivi frémit des pieds à la tête tandis que le vent chuchotait dans les arbres, et les fins poils de sa nuque se hérissèrent. Un craquement se fit entendre au loin, dans les bois. Elle tourna vivement la tête. Dahlia et Mei restèrent impassibles mais Vivi crut voir un éclair de peur traverser le visage de Scarlett et de Tiffany.

— Donc… vous pensez qu'Evelyn Waters a été assassinée ? Qu'on lui a volé ses pouvoirs ? insista Reagan qui s'impatientait, indifférente à l'ambiance de plus en plus pesante.

— Les circonstances de sa disparition restent floues. Au printemps de sa dernière année d'études, Evelyn s'est volatilisée et on ne l'a plus jamais revue, répondit Scarlett en faisant courir ses doigts sur la pierre tombale. Le talisman s'est envolé avec elle.

Mei prit la parole pour la première fois de la soirée :

— Donc, quand nous mettons l'accent sur la sécurité…

— Nous ne plaisantons pas, conclut Scarlett.

Ses mots restèrent en suspens et le silence s'abattit sur le petit groupe. Alors, le flambeau qui marquait l'entrée du mausolée s'alluma avec une gerbe d'étincelles et un crépitement sonore. Les aspirantes lâchèrent un petit cri, eurent un mouvement de recul.

— Ce soir, nous vous offrons l'opportunité de travailler pour la première fois en équipe et de montrer de quoi vous êtes capables pour protéger vos sœurs.

Scarlett leva les mains et des flambeaux s'allumèrent, éclairant une volée de marches qui s'enfonçaient dans les entrailles du tombeau.

— Ce mausolée ouvre sur un réseau de souterrains qui relient le vieux Savannah au campus de Westerly. Nous allons vous enfermer à l'intérieur – et à clef.

— Nous avons laissé des indices à votre intention dans chaque antichambre, ajouta Mei. Vous allez devoir collaborer si vous voulez vous repérer dans ce dédale et regagner Kappa sans encombre.

— Sinon, vous êtes condamnées à rester coincées dans les souterrains pour l'éternité, ironisa Tiffany, des accents de jubilation morbide dans la voix.

— Vos téléphones, mesdemoiselles.

Dahlia récupéra les portables des aspirantes. Vivi lui confia le sien non sans une certaine appréhension. Elle avait déjà du mal à se repérer *avec* son téléphone. Scarlett lui donna un pendentif en argent terni, gravé d'étranges symboles.

— Il va vous aider à trouver votre chemin. Bonne chance.

— Vous en aurez bien besoin, renchérit Tiffany avant d'échanger un sourire complice avec Scarlett.

Reagan et Bailey s'engagèrent les premières dans l'escalier. Après une brève hésitation, Sonali leur emboîta le pas.

Vivi suivit Ariana dans les ténèbres. À peine avait-elle descendu deux marches qu'elle entendit un grincement métallique derrière elle. Elle se retourna à temps pour voir la lourde porte se refermer. Une fraction de seconde, son regard croisa celui de Scarlett, qui paraissait presque *inquiète*, et une obscurité impénétrable se referma sur les aspirantes.

En attendant que ses yeux s'habituent au noir, Vivi tendit le bras et chercha le mur. Sa main rencontra une masse humide et gluante, ce qui lui arracha une grimace. Le tunnel était en pente et même si le cerveau de Vivi lui signala qu'elles ne manqueraient pas d'oxygène, son instinct éperonné par la panique lui dicta d'avaler quelques goulées d'air. Bien malgré elle, elle repensa aux clochettes rouillées aperçues à côté de plusieurs tombes, vestige d'une époque où plus d'un malheureux avait découvert qu'il était enterré vivant – une époque où moniteurs cardiaques et électroencéphalogrammes étaient de la science-fiction.

La voix de Reagan résonna dans l'obscurité.

— Elles se foutent de notre gueule, là.

— D'accord avec toi, répliqua Ariana. Elles vont se retrouver avec cinq tombes vides de plus si on se perd là-dedans.

— Moi, je ne tombe pas dans leur panneau, intervint Bailey. Il y a des chances que ce soit une histoire inventée de toutes pièces pour nous effrayer. Je parierais même qu'Evelyn Waters n'appartenait pas au coven.

— Pourtant si, souffla Sonali. Ma mère la connaissait. Elle a vraiment disparu.

Sa remarque, prononcée d'une voix presque inaudible, fut accueillie par un silence consterné, troublé par des respirations haletantes et le gargouillis de l'eau qui tombait, goutte à goutte, quelque part plus loin.

— On essaie de trouver un moyen de sortir d'ici, ou on reste plantées là toute la nuit ? lâcha Ariana.

— Ce serait quand même bien de voir où on va, lâcha Vivi. J'imagine que personne n'a eu l'idée d'emporter une bougie ?

— Désolée, j'ai laissé ma collection de bougies dans mon autre sac, plaisanta Reagan.

— Peut-être qu'on peut s'en passer, suggéra Bailey. J'ai bossé mes sorts comme une malade. Laissez-moi une minute.

Il y eut un léger froufroutement, puis elle se lança dans une incantation :

— J'en appelle à la Reine de Bâtons. Exauce ma prière en nous donnant la lumière.

Deux flammèches orange jaillirent dans les ténèbres, flottant au creux des paumes de Bailey.

— Joli, la félicita Ariana. Tu as tes cartes sur toi ?

Son amie fit non de la tête, prudemment, comme si elle avait peur de perturber les flammes.

— C'est la pratique qui commence à payer.

— Ça fait mal ? demanda Sonali.

— Pas du tout, répondit Bailey, sa voix trahissant sa propre surprise.

— Il en faut plus pour brûler une sorcière, rétorqua Reagan avec un sourire espiègle, faisant jaillir à son tour deux petites flammes.

Les aspirantes progressèrent dans un cercle de lumière tremblotante, effleurant les pierres humides des parois qui semblaient se refermer sur elles.

Au bout de ce qui leur sembla une éternité, elles arrivèrent au pied de l'escalier et se retrouvèrent face à un pilier en pierre couvert de caractères évoquant des hiéroglyphes. Derrière ce pilier, trois tunnels s'enfonçaient dans des directions opposées.

— À mon avis c'est un charme, fit Sonali en passant la main sur les hiéroglyphes. Regardez, les symboles ne sont pas vraiment gravés dans la pierre. C'est juste une illusion d'optique. Sans doute l'un des indices dont a parlé Mei.

Bailey s'approcha du pilier et l'éclaira.

— Ce sont les éléments alchimiques. L'air, expliqua-t-elle en désignant du menton une flèche traversée d'un trait horizontal qui montrait le plafond. La flèche orientée vers le bas, avec la barre au milieu, c'est la terre. La flèche d'en dessous représente l'eau et celle de droite, le feu. J'ai appris ça l'année dernière en cours d'histoire des sciences.

— Qu'est-ce que ça signifie ? l'interrogea Ariana. Ça représente les points cardinaux ?

— S'il s'agissait d'une boussole, objecta Sonali, alors la terre serait en haut, et elle désignerait le nord.

Vivi sortit de sa poche le pendentif que Scarlett lui avait donné et montra à Bailey le caractère gravé sur le bijou – le signe féminin, coiffé d'un croissant de lune.

— Bailey, tu connais ce symbole ?

— C'est la planète Mercure, il me semble, mais je ne sais pas ce que ça représente dans ce contexte.

— C'est peut-être lié à la mythologie grecque ? suggéra Reagan. Peut-être que...

Elle se tut. Un chuintement remplissait la galerie, un bruit rappelant une averse au loin.

— C'est quoi, ce truc ?

Vivi se retourna et sentit son estomac faire un looping. Dans l'un des tunnels, une eau tourbillonnante, un véritable raz-de-marée, se dirigeait droit sur elles.

— Et merde, lâcha-t-elle, puis elle poussa ses amies vers l'avant. Courez ! Maintenant !

L'eau se rapprochait en rugissant.

— Mercure, c'était le dieu messager, le dieu ailé, expliqua Sonali le souffle court. Le dieu de la vitesse. Le symbole nous... disait... de... courir.

Bailey et Reagan laissèrent s'éteindre les flammes qui leur servaient de torches et les ténèbres les engloutirent. Vivi trébucha sur le sol inégal, sa cheville flancha, une douleur aiguë la traversa. Alors elle sentit des gouttelettes lui picoter la nuque et, poussée par une décharge d'adrénaline, elle se remit à courir, en retard sur le reste du groupe. Ariana s'exclama alors :

— C'est bloqué par là. Il y a un mur.

Les filles s'arrêtèrent net. Vivi ferma les yeux, prête à se prendre de plein fouet la masse d'eau qui déferlait mais, d'un seul coup, le rugissement s'interrompit et la vague reflua, comme une meute de chiens de chasse qu'on rappelle au pied. Le silence régna dans le boyau humide.

Vivi se mit à respirer lentement, posément, par le nez, tâchant d'apaiser son cœur lancé au galop. Il existait forcément un moyen de regagner Kappa sans avoir à franchir une rivière souterraine à la nage.

— Est-ce que l'une de vous connaîtrait un sort de localisation ?

— De mémoire, il y a un sort qui permet de retrouver le propriétaire d'un objet, fit Sonali, essoufflée. On pourrait se servir de ce collier pour remonter la piste de Scarlett mais c'est un sort d'arcane majeur. Il nous est interdit d'y recourir tant qu'on n'a pas intégré le coven, et qu'on n'a pas accès au pouvoir des quatre suites.

— Je suis pour tenter le coup, fit Reagan. Ça vaut mieux que de rester plantée dans le noir à attendre bêtement la prochaine attaque.

— D'accord, on essaie, répondit Ariana. Sonali, dis-nous comment procéder.

— D'abord on se met en cercle.

Quelques secondes s'écoulèrent tandis qu'elles se cherchaient, maladroitement, dans les ténèbres. Enfin, le cercle fut formé. Vivi s'accrocha fermement à Ariana et à Bailey.

— Vivi, tu as le collier ?

— Oui, autour du cou.

— OK, tout le monde, répétez après moi : « J'en appelle à l'Étoile et au Pape. Que votre sagesse nous éclaire à chaque étape. »

Vivi ferma les yeux.

— J'en appelle à l'Étoile et au Pape. Que votre sagesse nous éclaire à chaque étape, récita-t-elle d'une voix chevrotante.

Entendant celles de ses sœurs se mêler à la sienne, elle gagna en courage et en assurance. L'invocation se propagea à travers les galeries, avec une force telle qu'on aurait cru que les morts s'étaient réveillés pour y prendre part.

— J'en appelle à l'Étoile et au Pape. Que votre sagesse nous éclaire à chaque étape.

Vivi commença par sentir un fourmillement au bout de ses doigts, signe habituel que sa magie se réactivait. Quelques secondes plus tard, cette sensation agréable céda la place à de douloureuses secousses électriques qui lui ébranlèrent la poitrine et son sang fusa dans ses veines, si violemment qu'elle crut qu'elle allait exploser sous la pression. Le sol gronda et trembla sous leurs pieds ; poussière et fragments se détachèrent du plafond.

— *Vivi,* gronda Ariana, bride ta magie. Tu donnes trop de puissance au sort.

Vivi serra les dents et tenta de visualiser ses pouvoirs en train de retomber. Aussi facile que de dompter une tornade.

— Je n'y arrive pas, lâcha-t-elle.

Le tremblement gagna en intensité et il se mit à pleuvoir des pierres plus grosses. Vivi voulut lever les mains, pour se protéger, mais ses bras restèrent paralysés. Quelque chose de froid et d'acéré lui frôla le visage.

— Il faut que tu te forces ! s'exclama Sonali tandis que les parois de la galerie vibraient. Sinon on va être enterrées vivantes ! Les autres, continuez l'incantation.

Vivi serra les mains de ses amies ; elle s'y cramponna de toutes ses forces, y mettant le même désespoir que si elle essayait de soulever un 33-tonnes. À l'instant où elle faillit renoncer, la pression commença à diminuer dans ses membres et le grondement s'apaisa.

— J'en appelle à l'Étoile et au Pape. Que votre sagesse nous éclaire à chaque étape.

Les paroles de l'incantation ricochèrent contre les parois.

Au bout d'un moment, la chaîne que Vivi portait autour du cou réagit.

— J'en appelle à l'Étoile et au Pape. Que votre sagesse nous éclaire à chaque étape.

Le pendentif se décolla de la poitrine de Vivi, s'éleva dans les airs, donna une brusque saccade puis fit un virage complet et l'entraîna vers l'arrière, dans une autre galerie.

Elle poussa un petit cri lorsque la chaîne mordit dans la peau de son cou.

— Vivi ? Il y a un problème ? s'inquiéta Ariana, sentant son amie lâcher sa main.

Vivi voulut lui répondre mais, quand elle ouvrit la bouche, aucun son n'en sortit. Accablée, des étoiles devant les yeux, Vivi tira sur la chaîne. Elle puisa dans ses dernières réserves et réussit à s'en délivrer en la passant par-dessus sa tête. Retenant le pendentif à deux mains, elle avala une grande goulée d'air.

Bailey ralluma les flammes au creux de ses paumes. Elle éclaira quatre visages soucieux.

— Ça va, Vivi ? s'inquiéta Sonali.

Vivi rassura sa camarade d'un signe de tête et inspira profondément. L'effort la fit tressaillir.

— C'est par ici.

Elle prit la tête d'un défilé trébuchant, le pendentif en éclaireur, comme mû par une ficelle invisible. Elle entendit un petit bruit mat lorsque le pendentif percuta une paroi. Ariana se porta à son niveau et explora le mur à tâtons.

— C'est une porte !

Elle trouva la poignée, la fit tourner. La porte s'ouvrit en grand et la lumière inonda le souterrain.

Vivi mit sa main en visière tandis qu'Ariana se pendait à son bras avec un rire soulagé.

— On est arrivées, dit-elle d'une voix rauque.

— Arrivées où ? demanda Vivi.

Quittant le souterrain, elle déboucha dans une sorte de cave envahie de fioles poussiéreuses, dont certaines portaient d'étranges étiquettes : ADAM ET ÈVE, MAGNÉTISME, EMPLOI LUCRATIF, RETOUR À L'ENVOYEUR. Il y avait aussi des bouteilles de vin, plus faciles à identifier.

Le pendentif tira un bon coup et désigna une volée de marches à l'instant où s'ouvrit la trappe de la cave. Tiffany apparut en haut de l'escalier, Scarlett à ses côtés. Cette dernière posa sur les aspirantes un regard soupçonneux.

— Vous êtes déjà là ?

Vivi lâcha la chaîne, qui traversa comme à tire-d'aile le sous-sol. Scarlett l'attrapa au vol et inspecta le pendentif.

— Vous nous avez trouvées grâce à un sort de localisation ?

— Il fallait employer une autre méthode ? s'étonna Vivi.

— Les symboles gravés dessus servaient d'indices pour vous mener au plan qu'on a peint sur un pilier du souterrain. Jamais on n'aurait demandé à des débutantes de nous sortir un sort de localisation.

— C'est Vivi qui en a eu l'idée, et ça a marché, répondit Ariana, une pointe de défi dans la voix.

Sonali raconta aux deux Aînées comment elles avaient failli finir ensevelies.

— C'est la première fois que je vois à l'œuvre une magie aussi puissante, conclut-elle.

— Impressionnant, fit remarquer Tiffany.

Mais Vivi avait concentré son attention sur Scarlett qui la dévisageait, impassible. Au lieu de la sermonner, comme sa Cadette s'y attendait, Scarlett lui adressa un sourire.

— Bien joué, petite sœur. Allons fêter ça.

18

Scarlett

Seul un minuscule signe distinctif en façade, dissimulé parmi les enjolivures de l'enseigne et destiné aux yeux des initiés, indiquait que la boutique située dans le vieux quartier de Savannah proposait à sa clientèle plus que des fleurs classiques. Sur le trottoir étaient exposées des succulentes et des orchidées, des aromatiques et des arbres fruitiers nains. À l'intérieur, pour ceux qui osaient pousser la porte vitrée identique à mille autres…

— Incroyable ! lâcha Vivi.

Scarlett essaya, sans succès, de réprimer un sourire lorsqu'elle vit l'admiration se peindre sur les traits de sa Cadette, qui mettait pour la première fois les pieds chez Chaudrons & Chandelles. Des fagots d'herbes séchaient, accrochés au plafond. Des cristaux étaient exposés d'un côté, face à des bougies proposées dans une multiplicité de couleurs et de formes. Deux autres murs étaient couverts d'étagères qui croulaient sous un large choix de livres, allant des grimoires anciens aux manuels modernes de vulgarisation magique.

— Ça me fait penser à un speakeasy, en version sorcellerie, fit remarquer Vivi, au septième ciel.

Le centre de la boutique était occupé par un présentoir qui proposait des instruments rituels un peu plus imposants : balais, autels, statuettes représentant des divinités qui appartenaient à tous les panthéons possibles et imaginables. Sans oublier, bien évidemment, les chaudrons et les chandelles qui donnaient leur nom à l'échoppe.

— À quoi ils servent ? demanda Vivi en montrant une rangée de cristaux.

— Le quartz rose aide à panser les plaies du cœur, l'obsidienne à s'ancrer, le lapis à ouvrir son troisième œil. Les gens les portent sur eux pour bénéficier de leurs bienfaits, ou comme des amulettes de protection.

Scarlett montra alors les fagots d'herbes.

— Dans l'univers, tout contient de l'énergie. Certains végétaux, certains minéraux prêtent leur énergie spécifique à certains sorts, en vue d'augmenter leur efficacité. Les objets utilisés pendant les rituels, ajouta-t-elle en se tournant vers les chaudrons, t'aident à focaliser l'intention que tu y mets – et à amplifier tes pouvoirs.

C'était l'une des activités obligatoires de la formation des aspirantes : la sortie sur le terrain. Il s'était écoulé plusieurs jours depuis l'épisode des épouvantails et le coven avait besoin de matériel pour renforcer la barrière de protection qu'il avait mise en place. Scarlett devait reconnaître qu'elle ne regrettait pas d'avoir emmené Vivi faire des emplettes. Vivi laissait libre cours à toutes ses émotions. Elle s'émerveillait d'un rien, tout était nouveau à ses yeux. On aurait dit un enfant lâché pour la première fois dans une confiserie.

Scarlett devait aussi reconnaître qu'elle s'était trompée au sujet de sa Cadette : elle était puissante, très puissante. À en croire Sonali, Vivi n'avait pas été loin de déclencher un séisme dans le souterrain. Un pouvoir pareil, ce n'était pas donné à tout le monde – et, entre de mauvaises mains, cela présentait un risque. Mais Vivi travaillait d'arrache-pied pour dompter sa magie. Pas plus tard que ce matin, elle avait réussi un embellissement qui avait transformé la serre en forêt vierge.

Vivi lui montra une botte de rameaux de genévrier.

— C'est ça qu'il nous manque ?

— Oui. Prends-en au moins cinq. Ça disparaît à une vitesse folle.

Scarlett lui tendit un panier.

— On s'en sert pour purifier un lieu, pour faire des fumigations. Lorsqu'un sort réclame des feuilles de laurier ou du cèdre, tu peux y substituer du genévrier.

— Comment tu sais tout ça ? déclara Vivi tout en empilant les fagots dans son panier.

— C'est ma mère qui me l'a appris.

— Tu as de la chance. Moi, ma mère ne m'a même jamais dit que j'étais une sorcière.

— Je ne sais pas si le mot *chance* est adapté à ma situation. Je veux dire… je suis ravie d'être une sorcière. Mais il y a un revers à la médaille… – Scarlett s'interrompit, de peur de trop en révéler – Ma mère me met une pression de dingue.

— Je crois que j'aurais préféré ça, avoua Vivi en faisant courir ses doigts sur une rangée de cristaux. Ma mère ne m'a jamais rien expliqué. On n'arrêtait pas de changer de ville. À une époque, on vivait à Las Vegas et, un jour, je suis rentrée à la maison et j'ai découvert qu'elle avait balancé toutes mes affaires au fond d'un carton dans la voiture. On devait partir à San Diego, là tout de suite, parce qu'elle avait vu, et je cite, « une présence maléfique dans les feuilles de thé ».

— Et ça t'étonne que tu sois une sorcière ? Tu ne t'es jamais posé la question ? insista Scarlett.

— Eh non, répondit Vivi avec un petit rire. C'est vrai, j'imagine que les signes étaient là, sous mon nez. Mais j'ai passé mon enfance convaincue que ma mère était une arnaqueuse. Et peut-être que c'est vrai. J'en suis toujours à me demander si elle a de vrais pouvoirs ou si son principal talent, c'est de convaincre des ménagères à bout de nerfs que leur bon à rien de mari va enfin voir la chance tourner.

Scarlett haussa les sourcils. Voilà qui la prenait au dépourvu. Pour une raison qui lui échappait, elle s'était imaginé que Vivi avait vécu une enfance… eh bien, *normale.* Affranchie des contraintes de la magie. Affranchie du besoin constant de faire ses preuves, d'être la meilleure, la plus intelligente, la plus puissante.

— Il y a des chances qu'elle soit une authentique sorcière, elle aussi. Des pouvoirs comme les tiens ne sautent pas une génération.

Vivi resta songeuse quelques instants.

— Donc, toute sa vie, elle s'est cachée sans se cacher ? D'une certaine façon, je trouve ça pire.

— Tu trouves ça violent ? Au beau milieu de la fête de mon diplôme de lycée, ma mère a prononcé un discours pour dire à quel point elle était fière… de ma sœur.

— À chaque fois que je me retrouvais à la traîne dans mes études, ma mère mettait toujours mes lacunes sur le dos des enseignants. Elle prétendait que les tarots lui avaient révélé tous leurs secrets. Une fois, elle s'est même payé le principal en l'accusant publiquement d'accepter des pots-de-vin pour appuyer l'entrée de certains élèves à l'université. Et elle a décidé de le faire pendant que j'étais sur scène au beau milieu du spectacle de fin d'année.

Scarlett s'esclaffa.

— Je parie que ta popularité a explosé.

— J'avais tellement d'amis, je ne savais plus quoi en faire. Avec le recul, j'imagine qu'elle avait raison sur à peu près tout. J'ai refusé de la croire. Et regarde où j'en suis – sur le seuil de l'association d'étudiantes la plus influente du campus. Si je suis acceptée, ajouta Vivi précipitamment.

— On a vu se produire des phénomènes plus étranges, répondit Scarlett en sélectionnant quelques cristaux. Je vais être franche, au début je n'aurais pas parié un centime sur toi.

— Merci pour ce discours encourageant, grande sœur.

— Laisse-moi finir. J'ai eu de la chance. Il n'y a pas que ma mère qui m'a élevée. Il y avait aussi Minnie, ma nourrice.

— Tu avais une nourrice. Pourquoi ça ne m'étonne pas ?

— Elle a été pour moi beaucoup plus qu'une nourrice. Elle a accompagné ma famille sur deux générations. C'était une sorcière qui n'appartenait à aucun coven. Elle préférait pratiquer la magie en solo, édicter ses propres règles. De tout temps il y a eu des sorcières indépendantes, certaines qui fuient comme la peste les clans hiérarchisés, d'autres qui choisissent d'enseigner, de guider les jeunes générations. Minnie faisait partie de celles-là. Les sorcières électrons libres sont essentielles. Elles n'appartiennent à aucun bord, elles ne tournent pour aucun coven ; elles se préoccupent de la communauté dans son ensemble. Une défense supplémentaire, si jamais un clan est gagné par la gangrène.

— Tu crois que ma mère est un électron libre ?

— Peut-être. Tu lui as posé la question ?

— Pour obtenir une réponse claire et nette de ma mère, il faudrait faire appel à la magie d'Épées, soupira Vivi. Minnie a l'air géniale, en revanche.

— Elle *était* géniale. Nous n'étions pas liées par le sang, et elle n'a jamais intégré Kappa, mais elle se montrait beaucoup plus bienveillante que ma mère. Elle palliait certains manques. Pas uniquement dans le domaine de la magie, avoua Scarlett, la gorge serrée. Elle est décédée l'année dernière.

— Toutes mes condoléances.

— Même si elle pratiquait la magie dans son coin, Minnie répétait souvent : « Une sorcière seule est puissante. Un coven est indestructible. » Tu as de sacrés pouvoirs, Vivi. Tu es sans doute la Denier la plus puissante qui se soit présentée chez nous depuis pas mal d'années. Si j'arrive à le voir, Dahlia le verra aussi.

Vivi ébaucha un petit sourire, puis son expression se troubla.

— Scarlett, tous ces événements inexpliqués... ces épouvantails brûlés devant Kappa... les Ailes d'Ombre ne risquent rien, pas vrai ?

— Bien sûr que non, répondit sèchement Scarlett. Notre coven existe depuis des siècles. C'est le plus puissant des États-Unis. Rien ne peut nous arrêter.

Si seulement elle arrivait à s'en convaincre elle-même…

Elle montra les livres en vente dans la boutique.

— Si tu veux prendre un peu d'avance, je te suggère de jeter un œil au *Grand Dictionnaire des herbes*. Je le donnerai à lire lors de notre prochaine séance de travail.

Vivi se précipita vers les étagères.

Ce qui fournit à Scarlett l'occasion de fourrer dans son panier ce qu'elle était vraiment venue chercher. Certes, le bouclier de protection devait être renforcé. Mais elle avait besoin d'un objet très précis pour son usage personnel.

Jetant un coup d'œil par-dessus son épaule, elle s'assura que Vivi avait le nez plongé dans son ouvrage. Puis elle alla au fond de la boutique.

Là, sur une étagère couverte d'une étoffe cramoisie, l'attendait un crâne ricanant.

Scarlett resserra les pans de sa veste. Elle sentit son téléphone vibrer dans son sac à main.

Mason : Pause révisions ?

Scarlett : Peux pas. Boulot pour Kappa.

Mason : Allez, quoi. Tu me manques.

Scarlett : Tu me manques aussi. Je te contacte plus tard.

Elle rangea son portable, le cœur serré. Cela faisait trois fois en trois jours qu'elle envoyait promener Mason mais ses fonctions au sein de Kappa ne lui laissaient pas une minute. Elle avait consacré d'innombrables heures aux aspirantes : elle leur enseignait les phases de la lune, leur apprenait à lire l'avenir dans les tarots, faisait avec elles le tri dans leur garde-robe pour évacuer les vêtements indignes d'une Aile d'Ombre – celle de Vivi lui avait donné beaucoup de fil à retordre. Mais ce n'était pas la formation des nouvelles recrues qui l'occupait à cet instant...

Elle vérifia une nouvelle fois qu'elle n'avait pas perdu la bague, fourrée dans la poche de sa veste. La bague en argent qui avait glissé du doigt de Gwen devant le club l'autre soir.

Le sort de localisation pratiqué par Vivi dans les souterrains lui avait donné une idée. Elle y avait apporté quelques ajustements, pour qu'il retrouve l'endroit d'où venait la bague, pas Gwen en personne. Elle espérait découvrir ainsi le logement de Gwen : après avoir jeté un sort à la personne chargée des inscriptions, elle avait appris que Gwen ne vivait pas sur le campus – ni dans l'une des résidences étudiantes, ni dans aucune des maisons de la voie Grecque.

Scarlett était lasse de se ronger les sangs, de se perdre en conjectures. Si Gwen avait récupéré ses pouvoirs, si son retour expliquait les phénomènes étranges qui se multipliaient autour de Kappa, il fallait qu'elle en ait le cœur net.

Pourtant, tandis qu'elle s'aventurait dans les rues d'un quartier malfamé des faubourgs de Savannah, elle se demanda si son idée était si bonne que ça, après tout.

La bague la conduisit à un magasin de bricolage abandonné. Un écriteau qui annonçait FERMÉ, en rouge criard, était fixé à côté d'une étroite porte moustiquaire dont les gonds menaçaient de céder. Un cendrier posé devant l'entrée débordait de mégots, dont l'un fumait encore.

Prenant une profonde inspiration, Scarlett frappa au cadre de la porte. À travers la toile métallique elle distingua un couloir et, plus loin, un escalier.

— Bonjour ? Il y a quelqu'un ?

Grâce à la personne du service des inscriptions, elle savait que Gwen devait assister en ce moment même à une conférence d'histoire médiévale. Mais sécher un cours, cela n'allait pas empêcher une fille qui trempait dans la magie maléfique de dormir la nuit. Elle frappa de nouveau.

Pas de réponse.

Le cœur battant à cent à l'heure, Scarlett jeta un coup d'œil par-dessus son épaule. Pas un chat dans la rue. Elle poussa la porte moustiquaire. Ouverte.

Elle se risqua dans l'entrée, hésita un instant. La bague la guida jusqu'en haut de l'escalier et l'arrêta devant une porte sur laquelle s'affichait un *3* de travers. Elle frappa une nouvelle fois, plus fort, compta jusqu'à vingt puis récita une formule entre ses dents :

— J'en appelle à la Prêtresse et à la Force pour éclairer ma voie. Abattez les obstacles qui se dressent devant moi.

Elle avait appris cette invocation durant sa période de bizutage chez Kappa lorsque Dahlia, son Aînée à l'époque, l'avait mise au défi de s'introduire dans le bureau de la doyenne et de changer la disposition des meubles.

La porte de la doyenne lui avait donné du mal, beaucoup plus que celle-ci. La serrure résista, à peine, puis céda avec un grincement, le mécanisme grippé par la rouille. Scarlett étudia une dernière fois le couloir mal éclairé et pénétra dans l'appartement. Elle ne savait pas ce qui l'y attendait. Des animaux dépecés, un autel sacrificiel qui dégoulinait d'hémoglobine, peut-être des ossements, des tas de terre dérobée dans un cimetière. Une mèche de cheveux. Elle fut surprise de mettre le pied dans… un salon normal.

Un canapé troué, qui recrachait de la mousse. Un téléviseur massif qui semblait rescapé d'une brocante. Un tapis élimé et une étagère vide, en dehors de quelques livres de Philip Pullman.

Scarlett s'enfonça dans l'appartement sur la pointe des pieds. Elle trouva une petite salle de bains équipée d'une cabine de douche à peine plus grande qu'un mouchoir et du shampoing bon marché. Une chambre avec un lit double, aux draps défaits, et une commode Ikea dont la moitié des tiroirs, laissés ouverts, vomissaient des vêtements noirs.

Rien. Pas la moindre trace de magie maléfique, ni même de magie tout court. Pas de bougies, pas d'herbe, pas d'encens. Pas de cristaux protecteurs, non plus.

Scarlett avisa sur la table de chevet un livre, *Combattre la solitude*, qui avait été lu et relu jusqu'à tomber en lambeaux. À côté de ce livre, une photo présentée dans un cadre de mauvaise qualité : Gwen dans sa tenue de remise de diplôme, aux côtés d'un couple plus âgé, ses parents probablement, mais il n'était pas exclu qu'il s'agisse de ses grands-parents. Ils serraient Gwen dans leurs bras et tous trois offraient leur plus beau sourire au photographe.

Scarlett n'avait pas vu Gwen aussi heureuse depuis l'accident.

Gagnée par la culpabilité, elle détourna le regard et elle s'apprêtait à quitter la chambre quand ses yeux tombèrent sur un autre cliché. Celui-là était calé dans le coin d'un miroir, corné, zébré de pliures. Les visages se reconnaissaient immédiatement. Gwen, qui riait aux éclats. Près d'elle, le bras enroulé autour des épaules de son amie...

Harper.

Scarlett détacha son regard de la photo et regagna prestement le salon. Elle posa sans ménagement son sac par terre et chercha à l'intérieur les ingrédients nécessaires au rituel. Son bol en onyx, elle le plaça au centre du tapis élimé puis, écœurée, elle sortit un petit sac de congélation qui contenait ce qu'elle avait acheté chez Chaudrons & Chandelles. Un cœur de lapin, encore frais.

— Je suis désolée, Minnie, je ne peux pas faire autrement, chuchota-t-elle dans la pénombre.

Gagnée par la nausée, elle ouvrit le sachet. L'odeur du formol mêlée à celle du sang prit d'assaut ses narines et ses yeux se mirent à larmoyer. En matière de magie, qui se ressemble s'assemble. Pour détecter la magie maléfique, il ne fallait pas faire la dégoûtée. Scarlett bloqua sa respiration et versa le contenu du sachet, qui tomba dans le bol de divination avec un glouglou répugnant.

Surmontant son dégoût, elle approcha les mains du bol puis ferma les yeux et se concentra. La magie répondit à son appel et fit grésiller l'air. Les lampes s'éteignirent et se rallumèrent, par intermittence. Des bourrasques firent vibrer les carreaux.

— Cœur noir, cœur mauvais, entends mon ordre, chuchota Scarlett, osant à peine hausser la voix.

C'était la première fois qu'elle se risquait sur un territoire aussi dangereux. Sa mère l'écorcherait vive si elle l'apprenait. Elle chassa les pensées angoissantes de son cerveau. Il fallait qu'elle focalise son attention, son énergie mentale. Qu'elle ne dévie pas de l'objectif qu'elle s'était fixé.

— Sang à sang, ressemblantes donc rassemblées, que la magie maléfique me soit révélée.

Un silence. Très bref. Puis, à la seconde où elle commençait à se demander si elle s'était trompée, si elle avait employé le ton juste… *Boum. Boum. Boum.*

Scarlett risqua un regard, la paupière entrouverte, le cœur battant la chamade. Au fond du bol en onyx, le cœur de lapin s'était mis à palpiter. *Boum, boum. Boum, boum.* Elle vit un sang visqueux s'en déverser et remplir le récipient.

En toute hâte, elle laissa tomber dedans la bague de Gwen qui atterrit à la surface de l'épais liquide avant de s'enfoncer lentement, comme aspirée. Luttant contre un haut-le-cœur, Scarlett referma les yeux et répéta l'incantation.

— Que la magie maléfique me soit révélée.

Sa voix gagna en volume, en assurance. Les battements qui secouaient le petit cœur s'accélérèrent. Plus vite, toujours plus vite. *Boum-boum. Boum-boum-boum.*

Enfin, lorsque Scarlett sentit l'énergie réclamer qu'elle la libère, elle ouvrit vivement les paupières.

— Montre-moi, ordonna-t-elle d'une voix sourde.

Le sang brun qui remplissait le bol de divination se rida. Sous les yeux de Scarlett, une image se dessina à la surface. Le visage de Gwen – pas celui, souriant, qu'on voyait sur les clichés dans sa chambre, mais le masque qu'elle avait montré à Scarlett la dernière fois. Maigre, hagarde, les cheveux en bataille.

Ce sort devait révéler les mauvaises intentions et apporter la preuve que Gwen pratiquait la magie maléfique, un sujet qui l'intéressait déjà lorsqu'elle appartenait à Kappa. Sauf que le visage de sang ne bougea pas. Au bout de quelques instants, une lueur jaune effaça l'image et s'étala jusqu'à ce que le bol tout entier baigne dans une lumière dorée, si vive que Scarlett n'arrivait plus à voir le cœur qui battait en son centre.

Elle balaya la pièce du regard. Rien. Pas de nuage de fumée, pas d'apparition tapie dans un coin. Aucun signe de magie. Rien, en dehors de cette lumière.

Gwen n'avait pas eu recours à la magie maléfique. Elle n'avait jeté de sort à personne. À en croire l'état de son logement, la magie ne faisait plus partie de son quotidien.

Scarlett s'accroupit, oscillant entre soulagement et appréhension. À cet instant, elle entendit la moustiquaire se refermer au rez-de-chaussée.

— Et merde.

Elle se remit précipitamment debout, ramassa le sachet plastique dans lequel elle avait transporté le cœur et vida le bol de divination dedans, le nez froncé. Elle allait devoir s'en débarrasser en chemin. Pas le temps maintenant.

Ses déchets dans une main, son sac dans l'autre, Scarlett fila vers la porte d'entrée et attendit, l'oreille collée dessus, à l'affût. Rien de l'autre côté, aucun bruit suspect. Un voisin qui rentrait, sûrement. Au comble de l'angoisse, elle ouvrit prudemment la porte, tourna le verrou et referma. Elle descendit l'escalier à pas de loup et passa la moustiquaire, prenant soin de ne pas la claquer derrière elle.

— Qu'est-ce que tu fiches ici ? lança une voix dans son dos.

Scarlett fit un bond de deux mètres. Elle pivota sur ses talons et découvrit Jackson, appuyé au mur de briques près de l'entrée. Merde. Qu'est-ce qu'il fabriquait là, lui ? Ces derniers temps elle l'avait toujours dans les pattes. Il fallut un moment pour que son cœur se tranquillise. Une fois calmée, Scarlett contre-attaqua :

— Moi ? Qu'est-ce que *toi*, tu fiches ici ? Tu m'espionnes ?

— Ne va pas te faire de films. Je sais que ça va te choquer, mais le monde ne tourne pas autour de ton nombril, Scarlett.

— Tu vis ici ? demanda Scarlett sur un ton railleur.

— Pourquoi, tu me cherchais ? répliqua Jackson avec un grand sourire.

Elle le toisa de la tête aux pieds, impassible. Il portait un jean lacéré et un t-shirt bleu défraîchi. Son regard s'attarda une seconde de trop sur sa peau brune qu'une déchirure laissait deviner au-dessus du genou. Lorsqu'elle leva les yeux, Jackson passa une main sur ses cheveux coupés à ras et Scarlett se noya dans ses yeux bruns, au fond desquels brillait une étincelle malicieuse, soulignés par ses hautes pommettes. En toute bonne foi, elle devait bien reconnaître qu'il était agréable à regarder – même si elle n'était pas intéressée, pas le moins du monde. Elle avait Mason.

— Non, répondit-elle, la tête haute. Je venais voir Gwen.

— Elle n'est pas chez elle à cette heure.

— Vous sortez ensemble ou quoi ? lança Scarlett, haussant le sourcil.

Le sourire narquois qui s'affichait sur le visage de Jackson s'élargit.

— Jalouse ?

En guise de réponse, elle le fusilla du regard. Jackson cessa de sourire.

— Gwen et moi, nous avons en commun une personne qui nous est chère. Peut-être que tu te souviens d'elle.

Il fit quelques pas dans sa direction, une bouffée de son parfum arriva aux narines de Scarlett. Des notes boisées, fraîches. Scarlett eut un mouvement de recul.

— Qui donc, une des nombreuses conquêtes que tu as larguées ?

L'expression de Jackson s'assombrit ; il ne s'amusait plus.

— Ma demi-sœur. Harper Wilson.

Scarlett sentit le sol se dérober sous ses pieds. *Et merde.*

Jackson lut sa réaction sur son visage.

— Eh oui. Cette chère Harper, fit-il en croisant les bras, les dents serrées. C'était une Kappa. Et il y a deux ans, toi et tes sœurs, vous l'avez tuée.

19

Vivi

Vivi était enthousiasmée par les cours qu'elle avait choisis et, contre toute attente, elle se découvrit une passion pour l'histoire de l'art. Pourtant, elle n'avait pas été exposée à cet univers en grandissant. La dernière fois qu'elle avait mis les pieds dans un musée ou dans une galerie remontait à des années et les amateurs d'art qui s'ébahissaient devant les symboles cachés dans des barbouillages colorés lui rappelaient les clients de Daphné, ces pauvres âmes qui cherchaient un sens à l'existence malgré sa cruauté et ses avanies.

Assise dans une église du dix-neuvième siècle reconvertie en amphithéâtre, Vivi était émerveillée par les œuvres projetées au mur par le professeur Barnum, qui apportait aujourd'hui ses lumières sur l'utilisation du clair-obscur par le Caravage. L'étude de la magie avait modifié le regard qu'elle portait sur le monde. Le hasard y avait sa place, mais pas autant qu'elle le croyait à l'origine : des forces invisibles étaient à l'œuvre et laissaient des messages codés à l'intention de ceux qui savaient regarder. L'art en était un reflet fidèle.

Cette passion toute neuve passait après ses obligations au sein de Kappa, qui l'accaparaient, et elle savait qu'elle assistait à ce cours les mains dans les poches, sans l'avoir préparé – ce qui pouvait poser problème, car le professeur

Barnum prenait un plaisir sadique à mettre les première année sur la sellette. Tiffany lui avait demandé de l'aider à peaufiner un embellissement dont elle comptait se servir pour le bal des Anciens Élèves, programmé ce week-end et Vivi avait travaillé la veille jusqu'à quatre heures du matin sur la dissertation réclamée par Scarlett : expliquer les étapes d'un sort visant à rendre un objet lourd aussi léger qu'une plume, à déclencher un orage et à décoller les ongles des orteils de son ennemi. Elle s'était mis en tête de tester le dernier sur Zoe la prochaine fois qu'elle inviterait des amis à venir passer la nuit dans leur chambre à deux heures du matin.

Tout cela était étrange et fascinant, bien entendu, mais au fond d'elle Vivi aurait préféré voir ses sœurs consacrer un peu moins de temps aux doigts de pied et un peu plus à la pluie de catastrophes qui semblait s'abattre sur Kappa. Vivi avait beau être une novice, son petit doigt lui disait que les sorcières étaient dans le pétrin. Sa rencontre avec Gwen, les épouvantails brûlés sur le bûcher… tout ça avait de quoi glacer les sangs, même si Scarlett paraissait réticente à en parler.

— Vivian, vous voulez bien répondre à ma question ?

Arrachée à son monologue intérieur, Vivi se redressa sur son strapontin. Le professeur Barnum était planté devant elle. Pas content – pas content du tout. L'enseignant remportait l'adhésion générale mais l'homme était parfaitement odieux. D'après la rumeur, il avait sacqué un étudiant qui avait eu le malheur – ou l'audace – de rater un partiel parce qu'il avait dû se faire opérer en urgence.

Assise à côté de Vivi, Sonali la fixa les yeux écarquillés, comme si elle essayait de lui transmettre un message par le regard.

— Désolée, bafouilla Vivi…

Elle étudia l'image projetée sur le tableau blanc. Une fabuleuse peinture à l'huile qui représentait un jeune garçon vêtu en tout et pour tout d'un drap, un verre de vin à la main. Elle essaya de gagner du temps.

— Vous pourriez répéter, monsieur ?

— J'aimerais que vous m'expliquiez pourquoi Bacchus était une figure aussi populaire parmi les mécènes du seizième siècle. Élargissez un peu la perspective et ne vous cantonnez pas au contexte historique. Vu votre teint cadavérique et le peu d'intérêt que vous montrez pour mon cours, je vous recommanderais de tirer un trait sur vos activités nocturnes au sein de certaines coteries et de vous concentrer sur la raison de votre présence dans notre vénérable institution : les études.

Vivi sentit qu'elle virait au rouge tomate. Des ricanements moqueurs fusèrent des derniers rangs, très vite calmés par un regard noir lancé par le professeur Barnum.

Alors, la voix de Sonali résonna sous le crâne de Vivi, et elle s'y cramponna comme à une bouée de sauvetage. *Les mécènes commandaient souvent des portraits de Bacchus pour glorifier leur propre fortune et leur ascension sociale.*

Sans essayer de comprendre quelle technique employait son amie, Vivi lui lança un regard reconnaissant, puis elle s'adressa directement à l'enseignant.

— Excusez-moi, ça m'avait échappé la première fois, fit-elle avant de répéter mot pour mot ce que lui avait soufflé Sonali.

Vivi allait se radosser à son strapontin quand Sonali lui envoya une autre pensée par télépathie. Aussitôt, elle enchaîna.

— Ce portrait précis, réalisé à la demande du cardinal Del Monte, fait également allusion à la sexualité présumée du Caravage et de son mécène. Il contient des allusions païennes revêtues d'un symbolisme chrétien.

Le professeur Barnum fixa Vivi du regard, un bon moment, puis il hocha la tête.

— Excellent. À présent, en contrepoint, jetons un œil au *Bacchus et Ariane* du Titien…

Et il reprit le fil du cours.

Sans émettre un bruit, Vivi lança à Sonali un *Merci* accompagné d'un sourire. Elle allait devoir lui demander plus tard de la former à la transmission de pensée.

Pas de quoi, articula silencieusement Sonali.

Vivi sentit se diffuser dans sa poitrine une chaleur dont la source n'était pas, pour une fois, son embarras. Sonali n'avait pas hésité une seule seconde avant de voler à sa rescousse. Toute sa vie ou presque, Vivi avait cherché des amies sincères, sans les trouver. Voilà qu'elle avait l'embarras du choix. Mieux que des amies, à la réflexion. Des sœurs.

Le prof aurait besoin d'une petite bacchanale rien que pour lui, lui envoya Sonali. *Ça le décoincerait un peu.*

Une idée malicieuse, qui ne lui ressemblait pas, prit forme dans l'esprit de Vivi. Elle ouvrit un nouveau document Word et pianota sur le clavier de son ordinateur portable : *Peut-être qu'on pourrait lui filer un coup de pouce.*

Elle orienta son écran vers Sonali, qui lut ce qu'elle avait tapé et afficha un petit sourire moqueur. *Carrément.*

Vivi s'assura d'un coup d'œil circulaire que personne ne la regardait, puis elle ferma les yeux et récita tout bas le sort d'illusion qu'elle répétait assidûment, son murmure noyé par la voix de stentor du professeur Barnum.

Quelques instants plus tard, l'image projetée au mur se modifia et fut remplacée par un portrait qui montrait le professeur en train de siroter du vin perché sur le rebord d'une baignoire remplie d'eau chaude, en tenue d'Adam, l'entrejambe caché par une serviette stratégiquement placée. Cela déclencha dans l'assistance des réactions choquées. Barnum se retourna, découvrit l'objet du scandale et devint écarlate. Lâchant une bordée de jurons, il attrapa son ordinateur et se mit à cliquer furieusement sur le pavé tactile, sans résultat.

Des rires étouffés remplirent l'amphithéâtre. Vivi et Sonali échangèrent un sourire ravi.

— Nous rencontrons quelques soucis techniques. Le cours est terminé, lâcha Barnum avant d'accuser le service informatique de s'être infiltré dans ses fichiers, menaçant de déposer plainte contre eux.

Vivi réussit à contenir son hilarité jusqu'au moment où Sonali et elle quittèrent hâtivement l'amphithéâtre. Elle tomba dans les bras de son amie. Toutes deux riaient tellement qu'elles en avaient les larmes aux yeux.

— C'était génial, dit Sonali en s'essuyant les paupières.

— Non, c'est toi qui es géniale, répliqua Vivi.

À cet instant, son téléphone vibra. Son hilarité s'évapora à la lecture du texto qu'elle venait de recevoir. « Je dois te parler. Rendez-vous dans le bois derrière Kappa. Tout de suite. »

Vivi sentit son moral chuter dans ses bottines en cuir fauve – elle avait embelli ses Converse le matin même. Un SMS aussi péremptoire n'annonçait rien de bon. Elle coula un regard vers Sonali, qui avait les yeux fixés sur son propre portable.

— Toi aussi, tu l'as reçu ?

Vivi lui montra le message. Son amie opina, le front ridé par l'angoisse.

— Il y a deux secondes, c'est Mei qui me l'a envoyé. Tu crois qu'elles sont déjà au courant…

Sonali dirigea un regard éloquent vers l'amphithéâtre.

— Je ne sais pas…

Vivi laissa une vague de panique la submerger. Se servir de ses pouvoirs en public, à la vue de tous, c'était d'autant plus risqué qu'elle n'avait pas encore prêté serment. Peut-être que les Aînées les observaient de loin, pour s'assurer qu'elles restaient dans le cadre strict de ce qui était permis.

Vivi ne savait pas vraiment comment fonctionnait une expulsion de Kappa. Fallait-il que les sœurs organisent une cérémonie officielle qui réunissait le coven tout entier ? Ou Scarlett était-elle en mesure de la convoquer à tout moment pour lui annoncer que sa présence n'était plus désirée au sein de Kappa ? « Je dois te parler » et « J'ai une mauvaise nouvelle à t'annoncer » étaient-ils synonymes ? Que lui réservait la suite ? Scarlett effacerait-elle de ses souvenirs les plus belles semaines de sa vie, laissant à leur place une tache sombre, inexpliquée, dans un recoin de sa mémoire ? Pour la première fois, Vivi avait des amies ; son existence avait un sens. Elle n'allait quand même pas tout perdre ?

— Ne traînons pas, déclara-t-elle avec un soupir. On va aggraver notre cas si on arrive en retard.

Le soleil frôlait l'horizon à l'instant où Vivi et Sonali atteignirent Kappa. Au lieu de franchir le seuil du club, elles firent le tour du bâtiment et se dirigèrent vers le bosquet à la lisière du jardin. Dans l'air froid du soir, Vivi se mit à grelotter. Elle regretta de n'avoir pas eu le temps de retourner chercher un sweat dans sa chambre.

— Tu crois qu'on devrait attendre ici ? demanda Sonali.

Elles n'avaient pas échangé une phrase depuis qu'elles avaient quitté le campus, la langue nouée par le stress.

— Dans le message elles ont mis qu'elles nous donnaient rendez-vous *dans* le bois, alors j'imagine qu'on doit continuer.

Sans mot dire, elles s'enfoncèrent dans la pénombre de la forêt. Elles eurent l'impression d'accéder à un autre monde – en s'entrelaçant, les branches tissaient une voûte qui bloquait la lumière du soleil couchant. De loin en loin, une flaque de lumière s'attardait sur la mousse.

— Je crois que c'est par là, fit Sonali.

— Tu en es sûre ?

Sonali partit d'un petit rire et montra une plante grimpante ornée de fleurs roses qui s'entortillait autour d'un tronc pour tracer les lettres d'une consigne : *Aspirantes, par ici.* Sa tige se terminait sur une flèche. Pourtant fébrile,

Vivi s'esclaffa. Les Ailes d'Ombre aimaient s'envelopper de mystère, ce qui était parfois agaçant, mais elles mettaient de la classe dans tout ce qu'elles entreprenaient.

Elles poursuivirent leur marche. Au bout d'un moment les arbres s'éclaircirent, révélant par endroits le ciel indigo. Le vent leur apporta l'écho de murmures ; elles suivirent ces voix et débouchèrent dans une petite clairière. Le coven tout entier était rassemblé et, en dehors de Dahlia qui s'était vêtue d'une tunique rouge sang, les sorcières portaient toutes du noir. Elles s'écartèrent un instant pour laisser les nouvelles venues entrer à l'intérieur du cercle qu'elles avaient formé et où les attendaient, debout, les autres aspirantes. Ariana ouvrait des yeux grands comme des soucoupes et Bailey semblait tétanisée, son angoisse trahie par les regards furtifs qu'elle lançait à l'entour. Même Reagan, d'ordinaire désinvolte, se tortillait nerveusement.

Dans un silence à couper au couteau, les Aînées vinrent se placer auprès de leur Cadette respective. Scarlett présenta un visage impassible lorsqu'elle coiffa Vivi d'une couronne de fleurs blanches et drapa une cape noire sur ses épaules, imitée par les autres Aînées qui regagnèrent ensuite leur place dans le cercle. Chaque Cadette avait dans les cheveux des fleurs d'une couleur différente.

Dahlia, qui se tenait à côté d'un empilement de bûches, se plaça au centre.

— L'heure est venue, mes sœurs. Bienvenue, Vivi, Bailey, Reagan, Ariana et Sonali. Vous êtes entrées dans cette forêt aspirantes, vous en ressortirez sorcières. Nous vous ouvrons les portes de Kappa. Prenez la place qui vous revient parmi nous.

Malgré la solennité de l'événement, Vivi ne put retenir un large sourire. Sonali poussa un long soupir et chuchota « Merci, merci », tandis qu'Ariana lâchait un cri de joie et tapait dans ses mains.

— Donc, juste pour confirmer, intervint Bailey en détachant ses syllabes, ça signifie…

Dahlia éclata de rire.

— Oui, vous êtes acceptées au sein du coven. Toutes sans exception. C'est pour ça qu'on vous a convoquées.

Le cercle s'élargit pour intégrer les nouvelles recrues. Vivi eut toutes les peines du monde à ne pas sautiller de bonheur. Elle avait réussi. Pour la première fois, elle voyait un de ses rêves exaucé. Impossible de revenir en arrière. Elle était une sorcière, elle avait des pouvoirs magiques et, cerise sur le gâteau, elle était une Aile d'Ombre.

— Nous sommes rassemblées ici pour renforcer les liens qui nous unissent et accueillir les initiées dans le giron de notre grande famille, poursuivit Dahlia. J'aimerais avant toute chose remercier Scarlett, qui a fait un travail phénoménal. La formation qu'elle assure aux aspirantes est d'une qualité remarquable.

Scarlett sourit, une lueur de fierté dans le regard.

— Commençons le rituel.

Dahlia ramassa sur le sol moussu une brindille dont l'extrémité s'enflamma instantanément.

— Donnez-vous la main, et purifions cet espace.

Au septième ciel, Vivi prit dans les siennes les mains de Mei et de Scarlett, puis elle regarda Dahlia mettre le feu aux bûches empilées en laissant la brindille tomber dedans, à la façon d'une allumette. Les flammes prirent de l'ampleur et s'élevèrent, de plus en plus haut, faisant reculer l'obscurité qui se tenait en embuscade. Vivi crut voir dans le brasier des oiseaux prendre leur envol, des silhouettes féminines danser.

Les sœurs se mirent à psalmodier, produisant un son qui déclencha des décharges électriques sur son cuir chevelu. Une vibration se transmit par leurs mains jointes et Vivi eut la sensation qu'elles formaient un seul et même corps, respirant et palpitant à l'unisson. Les flammes projetaient une lumière surnaturelle qui donnait aux sorcières l'allure d'apparitions spectrales qui hantaient la forêt, les cheveux dépeignés par le vent.

— Par ma volonté, scanda Dahlia, je trace ce cercle. Par mes mots, il est consacré.

Mei et Scarlett lâchèrent la main de Vivi et se tournèrent ensemble dans la même direction, les bras levés. Vivi suivit leur exemple.

— Nous en appelons à la Reine d'Épées, esprit de l'Est, s'exclama Dahlia. Bienvenue à toi.

Elles pivotèrent pour faire face au sud. Une fraction de seconde le regard de Vivi croisa celui d'Ariana et elle sourit à son amie.

— Nous en appelons à la Reine de Bâtons, esprit du Sud. Bienvenue à toi.

Le vent redoubla de violence. Vivi sentit ses cheveux lui fouetter le visage, à la façon d'une mini-tornade.

Les sœurs pivotèrent à nouveau d'un quart de tour.

— Nous en appelons à la Reine de Coupes, esprit de l'Ouest. Bienvenue à toi.

Puis elles firent face au nord, d'un même élan. Vivi les copia scrupuleusement, les mains toujours en l'air.

— Nous en appelons à la Reine de Deniers, esprit du Nord. Bienvenue à toi.

Un éclair d'énergie crépitante parcourut Vivi, démarrant dans la plante de ses pieds et venant mourir dans ses paumes.

— J'invoque l'Impératrice et la Grande Prêtresse, esprits de magie, de sorcellerie et du divin féminin, lança Dahlia.

— Faites-nous l'honneur de votre présence ce soir pendant l'initiation de nos sœurs. Veillez sur elles et octroyez-leur votre force, vos connaissances… votre *pouvoir*.

Dahlia parlait sur un timbre grave, comme si elle avait emprunté au rituel une partie de son pouvoir. Vivi frissonna tandis que l'onde d'énergie se renforçait. Les poils de ses avant-bras se hérissèrent. Les flammes dansaient, hautes et fières, alors que les bûches formaient à présent des petits tas de cendres.

— Qui amène l'aspirante Sonali aux portes de notre coven ? demanda Dahlia.

Mei avança d'un pas. Ce soir, elle avait les cheveux coupés court, teints en gris et méchés de noir. Plus sorcière, tu meurs. Même sans maquillage, elle avait des yeux immenses et les lèvres parfaitement ourlées.

— Moi.

— Qui amène l'aspirante Vivi aux portes de notre coven ?

Scarlett se porta vers l'avant.

— Moi.

Dahlia appela les aspirantes, l'une après l'autre, ainsi que leurs Aînées. Toutes se postèrent à l'intérieur du cercle.

— À genoux, sorcières, ordonna Dahlia. À partir de maintenant, ce rituel tient lieu de serment. Lorsque vous vous remettrez debout, vous serez membres à part entière de notre coven, avec les droits et les responsabilités que cela implique. Acceptez-vous les lois de Kappa et vous engagez-vous à les honorer à partir d'aujourd'hui ?

— Oui, répondit Vivi en même temps que Bailey, Ariana, Sonali et Reagan.

— Alors, préparez-vous à recevoir le pouvoir de vos sœurs. Nous allons à présent élever notre magie et la transmettre aux nouvelles recrues. Si elle devient trop puissante, ou trop intense, Scarlett, tu interviendras pour les aider à libérer l'énergie en excédent. Y consens-tu ?

— J'y consens, répondit Scarlett.

Vivi frissonna des pieds à la tête, se rappelant sa mésaventure dans les souterrains du cimetière, où elle avait failli provoquer un séisme. Un événement d'une ampleur pareille pouvait-il se reproduire ce soir ? La sorcellerie ne se résumait pas aux enchantements et aux charmes : c'était un système relié aux forces universelles, capable de déclencher des catastrophes, de véritables désastres… comme la disparition d'Evelyn Waters.

Dahlia esquissa un hochement de tête et toutes les sœurs levèrent les mains, les paumes dirigées vers les recrues.

— Impératrice et Grande Prêtresse, accordez-leur votre pouvoir, psalmodia la doyenne. Impératrice et Grande Prêtresse, accordez-leur votre pouvoir.

Les autres reprirent la formule et le chœur se raffermit à chaque récitation.

Vivi sentit au bout de ses doigts des fourmis qui se diffusèrent le long de ses bras, comme des gouttelettes d'eau, et s'infiltrèrent lentement sous sa peau. Les voix devinrent si fortes qu'à un moment, elle sentit sa poitrine vibrer.

— Impératrice et Grande Prêtresse, accordez-leur votre pouvoir.

Ce fut comme une vague qui déferlait, un flot indompté. Une sensation qui rappelait un premier baiser, une balade dehors sous l'orage. Dangereux et excitant à la fois.

Vivi écarta les bras, absorbant la magie des Kappa. Ses cheveux se dressèrent et ondulèrent sur son front, comme si elle évoluait sous l'eau. Ses pieds se détachèrent du sol et elle se mit à flotter entre ciel et terre. Du coin de l'œil, elle vit que les autres vivaient la même expérience, et elle savait ce que ses sœurs ressentaient. À présent elles étaient toutes reliées par un fil unique et Vivi l'éprouvait plus fortement à chaque battement de son cœur. La fierté de Sonali, l'euphorie d'Ariana, le mélange d'angoisse et de joie qui s'était emparé de Bailey et, plus bizarrement, le soulagement absolu qui parcourait Reagan.

— Impératrice et Grande Prêtresse, accordez-leur votre pouvoir, récitèrent les sorcières, Impératrice et Grande Prêtresse, accordez-leur votre pouvoir.

À la seconde où Vivi pensa atteindre le point de non-retour, ne plus pouvoir tenir sous un tel déferlement d'énergie, Dahlia s'écria :

— Au ciel comme ici-bas. Ainsi soit-il !

Aussitôt, le vent retomba. Les flammes interrompirent leur danse endiablée et Vivi s'affaissa comme une poupée de chiffon, épuisée. Plusieurs Ailes d'Ombre la rattrapèrent avant qu'elle ne touche le sol. Parmi elles, Scarlett, qui offrit à Vivi un franc sourire – le sourire le plus franc qu'elle lui ait adressé jusque-là.

— Bienvenue à Kappa, ma sœur.

20

Scarlett

Sa meilleure amie s'était surpassée.

Chaque année, Kappa organisait le bal des Anciens Élèves. En tant que responsable de l'événementiel, Tiffany avait tout mis sur pied et, à la seconde où Mason ouvrit la portière de la limousine louée avec d'autres couples, Scarlett s'en prit plein les yeux.

Les remerciements officiels de Dahlia lors du rituel d'initiation lui avaient donné la certitude que son élection au poste de présidente ne serait qu'une simple formalité. Mais Tiffany avait frappé un grand coup ce soir, elle devait le reconnaître.

L'organisatrice vint à leur rencontre et leur fit la bise. Elle portait un fourreau doré qui créait un contraste saisissant avec la robe bleu nuit de Scarlett. Un soleil éblouissant face au ciel d'une nuit sans lune.

— Alors, tu en penses quoi ? souffla-t-elle à l'oreille de son amie.

La tenue de Tiffany était assortie aux arbustes qui scintillaient de mille feux. Pour cet événement phare de la saison mondaine, elle avait fait le choix de privatiser les jardins botaniques du littoral. Une idée de génie. Les Ailes d'Ombre avaient un certain standing mais elles n'oubliaient jamais à qui elles devaient leurs pouvoirs : la Terre-mère, la source fondamentale. Danser en robe de bal dans les jardins botaniques, c'était un peu rentrer à la maison.

Scarlett avait déjà visité ce parc, en journée ; elle le découvrait de nuit. Au clair de lune, à la lueur des myriades de lampions, c'était un décor de conte de fées.

Le problème, c'est que Scarlett ignorait de quelle façon ce conte de fées-là allait se conclure. Incarnait-elle la princesse ou plutôt la méchante sorcière ? C'était sans doute une question de perspective. Du regard, elle chercha Jackson dans la salle, même si les chances de le croiser étaient minces : les types dans son genre faisaient l'impasse sur ces soirées snobs.

Elle l'avait vu la dernière fois devant l'immeuble de Gwen, lorsqu'il l'avait accusée d'avoir causé la mort d'Harper. Elle avait farouchement nié, bien entendu, avant de s'éloigner à grandes enjambées. Depuis, elle était en proie à un malaise diffus. Que savait-il ? Que pensait-il savoir ?

Unique consolation : Gwen n'avait pas récupéré sa magie. Et aucun phénomène étrange ne s'était produit depuis les épouvantails brûlés au bûcher dans le jardin de Kappa. Tiffany avait sans doute raison : Gwen avait une dent contre les Ailes d'Ombre, mais pas les pouvoirs qui lui permettraient de concrétiser ses menaces. Qu'elle essaie donc de les défier. Une jeune fille seule, sans pouvoirs, était incapable de braver un coven entier.

Alors ? La voix de Tiffany résonna sous son crâne. Elle interrogea son amie du regard, attendant un compliment. Scarlett s'aperçut qu'elle était restée muette.

— Ma belle, je suis trop jalouse, lâcha-t-elle.

Tiffany lui répondit d'un sourire radieux. Hazel se matérialisa à leurs côtés, éblouie.

— Tu as fait un boulot incroyable, Tiffany.

Les guirlandes lumineuses accrochées à la ramure des chênes grâce à un coup de pouce magique ondulaient comme autant de serpents aux écailles mordorées. Des bougies bordaient l'allée centrale et Tiffany avait remplacé l'étroit sentier en terre battue par une épaisse plaque de glace, aussi transparente que le cristal, qui reflétait les lumières – un résultat impressionnant, vu que le mercure indiquait vingt-sept degrés.

— Dommage, j'ai oublié mes patins, plaisanta Mason.

— Pas de problème, fit Tiffany s'aventurant sur la glace, perchée sur ses vertigineux talons aiguilles. C'est un modèle spécial.

Un modèle enchanté, de toute évidence. Et le spectacle était loin d'être terminé.

Les feuilles des arbres frémissaient, arborant d'envoûtantes nuances automnales – jaune, rouge, orange vif –, elles se détachaient des branches et tombaient, transformées en flocons de neige, pour être remplacées par des bourgeons qui annonçaient le printemps. On aurait dit que la forêt traversait le cycle des saisons en accéléré ; la ronde reprenait au bout de quelques minutes.

Ils avancèrent sur le ruban de glace, aussi stable sous leurs semelles que le macadam d'un trottoir.

— Ces projecteurs ont dû coûter les yeux de la tête, fit remarquer Mason.

— Comment tu as réussi à obtenir un résultat pareil ? chuchota Scarlett.

— Mei m'a beaucoup aidée, expliqua Tiffany avec un haussement d'épaules. Dahlia et Etta aussi, bien sûr. J'ai même convaincu Juliet et une bande de deuxième année de venir me filer un coup de main. Ta Cadette a été très précieuse, d'ailleurs. Elle a de sacrés pouvoirs.

— Tu n'as pas eu besoin de moi ? demanda Scarlett, presque vexée.

Entre la Semaine infernale et la réapparition de Gwen, elle n'avait croisé Tiffany qu'en coup de vent. Pourtant, découvrir que son amie avait pu se passer d'elle et pas des autres… il y avait de quoi être piquée au vif.

— Tu avais déjà fort à faire avec la nouvelle fournée d'aspirantes, répondit Tiffany.

Scarlett saisit aussitôt le sous-entendu : *Tu avais déjà plein d'occasions de tirer la couverture à toi.*

Mason étudiait le cadre, le regard lointain, l'expression impénétrable. Elle lui serra la main.

— Tout va bien ?

Dans la limousine, il n'avait pas décroché un mot. Elle n'y avait pas accordé beaucoup d'attention durant le trajet mais, en y regardant bien, il semblait avoir la tête ailleurs.

— Mais oui, répondit-il avant de lui fausser compagnie.

Un groupe de jazz assurait l'ambiance devant une estrade en bois qui tenait lieu de piste de danse. Des tables étaient disposées autour et des serveurs en smoking circulaient entre les convives, proposant des amuse-gueules. Les étudiants en tenue de soirée se mêlaient aux anciens et aux figures les plus éminentes de l'université. Un arbre aux branches alourdies de mousse espagnole scintillait.

Scarlett aperçut sa mère, sculpturale dans une robe moulante en satin bleu saphir, elle était en grande discussion avec son mari et la mère de Tiffany, qui répondait au nom de Veronica. Marjorie et Veronica s'étaient côtoyées à Kappa, une année seulement – et de loin. L'amitié de leurs filles les avait rapprochées.

De la main, Marjorie intima à Scarlett d'approcher, un sourire crispé aux lèvres – le sourire qu'elle réservait aux avocats des cabinets rivaux lorsqu'elle était forcée de les côtoyer lors de dîners mondains. Son attitude surprit Scarlett : sa mère n'aurait raté le bal des Anciens pour rien au monde.

— Maman. Madame Beckett, fit Scarlett en serrant sur son cœur la mère de Tiffany. Tiffany ne m'a pas dit que vous seriez là ce soir.

La pauvre Mme Beckett était d'une maigreur à faire peur. Des poches sous les yeux, les joues creusées, elle portait un foulard enroulé autour de la tête. Lorsqu'elle l'avait prise dans ses bras, Scarlett aurait pu compter chacune de ses côtes. La culpabilité lui broya le cœur. Elle trouvait le moyen de se vexer sous prétexte que Tiffany l'avait exclue des préparatifs, alors qu'elle aurait mieux fait de prendre des nouvelles de sa mère.

Elle se tourna vers son amie. *Oh, Tiffany... pourquoi tu ne m'as rien dit ?* lui demanda-t-elle par télépathie.

Il n'y a rien à dire. Elle est plus forte que tu ne le crois, répondit Tiffany par le même canal.

Scarlett hocha la tête, entrant dans son jeu. Elles ne se faisaient d'illusions ni l'une ni l'autre.

— Veronica et moi, nous étions en pleine séance nostalgie, lança Marjorie d'une voix excessivement enjouée.

— Oui, nous discutions de l'intérêt de la solidarité féminine. Quand on arrive au crépuscule de sa vie, on comprend ce qui a de l'importance. Et qui sont les personnes qui comptent vraiment.

Le contenu des paroles de Mme Beckett tranchait avec son timbre, glacial. Scarlett observa les deux femmes, interloquée par la tension qui régnait entre elles. Elle tenta de détendre l'atmosphère.

— Je suis certaine que Tiffany est ravie que vous puissiez voir le résultat de ses efforts. Elle a fait un travail spectaculaire.

— Spectaculaire, en effet, lança derrière Scarlett une voix qu'elle connaissait trop bien.

Scarlett se retourna lentement, un sourire plaqué sur son visage. Eugenie, sa sœur, lui fit la bise, sa dernière conquête accrochée à son bras. Il en fallait plus pour déconcerter Scarlett. Eugenie enchaînait les petits amis au même rythme qu'une débutante se lassait de ses robes de bal.

— Je me doutais que c'était ton œuvre, lança Eugenie, s'adressant directement à Tiffany. Cela demande une imagination dont Scarlett manque cruellement.

Scarlett se raidit. Son amie lui enjoignit de garder son calme en posant une main sur son bras.

— En fait, Scarlett était très occupée ce trimestre : elle avait cinq aspirantes à former. Plus que toi durant tes années passées à la tête de Kappa, si je ne m'abuse, Eugenie ?

Tiffany conclut sa pique d'un sourire aussi coupant que la pointe d'un diamant.

Scarlett résista à l'envie de l'embrasser. Alors qu'elle-même traversait une dure épreuve, son amie assurait sa protection.

— Tu aurais dû entendre Dahlia pendant la cérémonie, ajouta-t-elle. Elle n'arrêtait pas de lui tresser des lauriers. C'est sûr, Scarlett sera notre prochaine présidente.

— Bravo ma fille, intervint Marjorie avec un sourire approbateur.

Elle prit congé pour aller saluer le doyen de l'université.

Scarlett remercia Tiffany d'un regard furtif.

— Bonne chance pour la suite, sœurette, lâcha Eugenie. Je parie toujours sur Tiffany.

Scarlett n'eut pas le temps de contre-attaquer : Mason lui adressait un signe. Un mouvement subtil, presque imperceptible, de la tête et de l'épaule. Ils avaient mis au point ce code secret des années plus tôt, lors d'une soirée organisée à Epsilon Omega Tau, la fraternité la plus « virile » du campus, où Scarlett s'était retrouvée coincée pendant près d'une heure avec un aspirant, à parler de bière-pong. Ce signe voulait dire : *Sors-moi d'ici, tout de suite.*

— Ne t'inquiète pas, Eugenie. Un de ces jours, tu vas réussir à garder un homme plus de trois soirs d'affilée, asséna Scarlett.

Là-dessus elle pivota sur ses talons et rejoignit Mason, le rire moqueur de Tiffany tintant à ses oreilles.

Elle le conduisit vers le bar et poussa un soupir, une fois certaine que sa sœur ne pouvait l'entendre.

— Merci d'être venu à mon secours, murmura-t-elle. J'en avais besoin.

— À vrai dire, c'est moi qui réclamais ton aide, expliqua Mason, l'air désabusé. Je déteste la façon dont ils te parlent. Personne n'a le droit de te traiter comme ça, pas même ta famille.

— Va expliquer ça à toutes les générations de Winter qui m'ont précédée. Les remarques passives-agressives, c'est dans notre ADN, rétorqua Scarlett sur un ton caustique.

— À toi de choisir quelle Winter tu comptes devenir, fit-il d'une voix douce.

À cet instant la foule des invités qui attendaient d'être servis au bar se fendit, comme toujours devant les Ailes d'Ombre, sur la suggestion subliminale de Scarlett.

Pourtant, Mason laissa passer un autre couple devant eux.

— Pourquoi tu fais toujours ça ? s'agaça Scarlett.

Il lui fallait un remontant, et vite, après sa discussion avec Eugenie.

— Je n'aime pas griller la queue, répondit Mason en montrant de la tête la file qui s'était lentement reformée derrière eux. On devrait attendre notre tour, comme tout le monde.

Scarlett éclata de rire. Mason, lui, resta très sérieux.

— Qu'est-ce qui ne va pas ce soir ?

— Rien.

— Je ne suis pas idiote, Mason. Je te connais depuis deux ans. Quand il y a un truc qui cloche, je le sens. Tu as été bizarre toute la soirée.

Elle s'approcha de lui, il recula d'un pas.

— Scarlett, c'est soir de bal. Essayons de passer un bon moment, on en discutera plus tard, protesta Mason, évitant soigneusement de croiser son regard. Ne gâchons pas tout, là.

Le cœur de Scarlett rata un battement et la peur jaillit dans ses veines. Elle avait vaguement conscience qu'un groupe de Theta les épiait, se délectant du spectacle qu'ils leur offraient. *Allez vous faire foutre*, pensa-t-elle, soudain hargneuse, et instantanément toutes les personnes qui se trouvaient dans un rayon de trois mètres leur tournèrent le dos.

— Écoute, je sais que ç'a été compliqué entre nous ces derniers temps.

Il fallait qu'elle garde son calme. Qu'elle fasse revenir Mason à la raison. Elle pouvait encore sauver leur couple. Elle était Scarlett Winter, après tout.

— On ne s'est pas vus de l'été et j'ai eu du pain sur la planche avec la formation des aspirantes. Mais on va se remettre sur les rails, promis. On est faits l'un pour l'autre. Tu le sais.

Mason inspira profondément, passa une main dans ses boucles brunes. Un tic nerveux. Le geste qui le trahissait systématiquement au poker. Et qui faisait craquer Scarlett à chaque fois. Jusqu'à cet instant. Parce qu'à cet instant précis, elle comprit.

Et son cœur se brisa en mille morceaux.

Il s'approcha d'elle et elle planta son regard dans le sien, la gorge nouée par la panique, comme une noyée qui avalerait une dernière goulée d'air avant de sombrer. Il posa les mains sur ses épaules avec une délicatesse infinie, comme s'il manipulait un bibelot fragile, que le moindre contact risquait de briser. Comme si elle était une inconnue.

— Je tiens à toi, Scarlett. Et je tiendrai toujours à toi. Ça, ça n'a pas changé. C'est moi qui ai changé, souffla-t-il.

Non, elle ne rêvait pas. Il lui déballait toutes les phrases creuses, toutes les répliques d'une mauvaise comédie romantique. Encore un peu et il allait lui sortir : *Ce n'est pas toi, le problème, c'est moi…*

— Je crois qu'on ne sera pas aussi compatibles à l'avenir qu'on l'a été par le passé, ajouta Mason en secouant la tête. Et au fond, tu le sais aussi bien que moi.

Non Mason, je ne le sais pas. Explique-moi, se retint-elle de hurler. Elle avait envie de le secouer, pour lui arracher un argument qui tienne la route. Mais elle voyait bien qu'il avait déjà pris sa décision. Depuis longtemps, peut-être, et elle n'avait rien remarqué parce qu'elle ne savait plus où donner de la tête.

— Tu n'es pas sérieux, Mason. Tu m'aimes, je t'aime. On est censés passer notre vie ensemble.

Les traits de Mason s'affaissèrent. Elle comprit alors ce qui le torturait – il ne croyait plus en leur couple, il ne croyait plus en un avenir commun. Rien de ce qu'elle pourrait dire ne l'atteindrait. Cela se voyait à son visage fermé, à ses épaules droites. Quand on pratique la magie, il suffit de prononcer le bon sort, de tenir les bonnes cartes, pour que l'être aimé vous aime en retour. Il existait des philtres, oui, des potions, dont Scarlett pouvait se servir pour reconquérir le cœur de Mason, pour qu'il se comporte comme un homme éperdu d'amour. Mais cet amour-là n'aurait été qu'une mascarade. Un cœur soumis par les voies magiques continue, derrière la façade, de battre à son propre rythme. C'est ainsi.

— J'ai beaucoup réfléchi, disait Mason. Et je suis désolé, je n'avais pas l'intention de faire ça ici, ce soir. Je t'aime, Scarlett, mais je pense qu'il vaudrait mieux qu'on reste amis.

Scarlett sentit sa gorge se serrer. Il vaudrait mieux qu'on reste amis ? *Je t'emmerde, Mason.* Elle fit un pas en arrière, trébucha.

— Scarlett, attends.

Il voulut la rattraper.

Elle leva la main, le bloquant à l'aide de sa magie.

— S'il te plaît, Scarlett… je…

Merde. Elle allait se mettre à pleurer, sous des dizaines d'yeux indiscrets.

— Plus tard, bredouilla-t-elle, et elle se jeta dans la foule.

Il fallait qu'elle sorte d'ici. *Tout de suite.* Avant de perdre pied pour de bon, avant de déchaîner le chaos autour d'elle.

Elle se fraya un chemin sur la piste de danse bondée, à grands coups de coudes et de sorts. La fête battait son plein ; les invités riaient aux éclats, se déhanchaient, s'enlaçaient, admiraient les réalisations de Tiffany. Pour eux, c'était une soirée mémorable. Pas pour Scarlett.

Elle aperçut la porte à l'instant où sa mère et Eugenie surgirent à la lisière de son champ de vision. *Il ne manquait plus que ces deux-là.* C'était au-dessus de ses forces de les gérer.

Pas maintenant. Pas quand elle touchait le fond. Elle était incapable d'encaisser la déception de sa mère, la jubilation mal déguisée de sa sœur. Elle ne savait même pas comment elle allait annoncer la nouvelle à Marjorie. Elle s'apprêtait à revenir sur ses pas lorsqu'on l'attrapa par le bras.

Jackson. Décidément. Ils s'étaient donné le mot ou quoi ?

— Jackson, tu veux bien me hurler dessus à un autre moment ? lança-t-elle, chassant d'une main rageuse une larme qui avait eu l'audace de s'échapper.

Jackson changea instantanément d'expression ; ses traits anguleux s'adoucirent et il posa sur elle un regard compréhensif, presque compatissant. Comme s'il avait l'habitude de se décomposer en public. Ce qui n'était pas étonnant dans la mesure où il avait récemment perdu sa demi-sœur. Scarlett sentit son cœur se serrer douloureusement, et cette fois-ci Mason n'y était pour rien.

Quelques jours plus tôt, elle ignorait encore que Jackson et Harper étaient de la même famille. Elle avait toujours eu de la sympathie pour Harper, sans forger avec elle de lien particulier. Après son décès, Scarlett s'était refusée à accorder la moindre pensée à sa famille, à ceux que son décès laissait endeuillés. Les dégâts collatéraux de cette soirée s'étendaient beaucoup plus loin qu'elle ne l'avait imaginé.

Jackson la prit par le coude et la guida à travers la cohue vers une issue de secours qu'elle n'avait pas remarquée et qui s'ouvrait sur un sentier serpentant au milieu de la forêt peuplée de ténèbres, parallèlement à la rue.

— Le chemin débouche sur une impasse, à quelques dizaines de mètres de l'entrée principale. Je suis passé devant tout à l'heure, il y avait pas mal de taxis qui attendaient des clients ; je suis certain que l'un d'eux acceptera de te conduire là où tu veux aller.

Scarlett garda quelques instants les yeux fixés sur Jackson.

— Pourquoi tu m'aides, tout d'un coup ?

Il haussa les épaules, aussi gêné qu'elle.

— Tu l'as dit toi-même, je peux te hurler dessus à un autre moment. Rentre chez toi, essaie de dormir.

Scarlett avança de quelques pas sur le sentier, puis elle se retourna pour remercier son bon Samaritain. Mais il s'était envolé.

21

Vivi

Forte de son expérience en matière de fêtes étudiantes – c'était la troisième soirée à son actif, après tout –, Vivi pouvait dire sans risque d'erreur que le bal des Anciens battait ce qu'elle avait vu jusqu'ici à plates coutures. Tout y contribuait : l'ambiance joyeuse et romantique assurée par le groupe de jazz, la bonne humeur générale, la leçon d'élégance des invités, la brise de cette fin de septembre qui caressait Vivi tandis qu'elle tourbillonnait sur la piste de danse au bras d'Ariana… mais elle savait aussi qu'à présent, grâce à son nouveau statut, elle était assurée de trouver des visages amicaux partout où elle allait, que ce soit de la part de ses sœurs ou de leurs innombrables admirateurs.

On aurait dit que tout le campus s'était réuni. Des étudiants inscrits comme elle au séminaire d'histoire de l'art papotaient au bar. Une jolie rousse avec qui elle avait engagé la conversation un jour au resto U se trémoussait, seule, sous un citronnier. Etta dansait, enlaçant une personne à l'allure androgyne, pommettes taillées au scalpel et sourire irrésistible. Juliet et Jess s'embrassaient sous les lampions et Tiffany sortait le grand jeu à un bellâtre que Vivi avait repéré à la soirée PiKa. Tout le monde avait répondu présent, jusqu'au professeur Barnum qui sirotait un whisky dans son coin. Elle n'avait pas vu Scarlett, mais son Aînée était sans doute perdue quelque part dans la foule, scannant les convives de ce regard implacable qui avait tant effrayé Vivi.

Entourée de danseurs déchaînés, elle cria dans l'oreille d'Ariana :

— Je reviens tout de suite. Il va falloir que j'apprenne un sort qui t'évite d'avoir à vider ta vessie toutes les demi-heures quand tu bois.

Elle quitta l'estrade et se dirigea vers les toilettes. Il y avait une longue file d'attente mais Vivi tua le temps en devisant avec une étudiante en anthropologie qui venait de rentrer d'un séjour d'un an au Pérou. Il y a encore quelques semaines, Vivi aurait été trop intimidée pour aborder une fille plus âgée, au parcours brillant, récompensée par une bourse du *National Geographic*, mais elle avait considérablement gagné en confiance et en assurance. Elle ne cherchait plus à s'attirer la sympathie des uns et des autres, à se faire des amis coûte que coûte. À présent, elle en avait plus qu'elle ne pouvait en compter.

Vivi touchait au but, enfin, quand elle fut rejointe par Tiffany qui s'approcha d'elle d'une démarche déliée, un verre dans chaque main. Elle titubait un peu mais elle était toujours d'un chic renversant dans sa robe de cocktail lamée.

— Un verre, ça te tente ? proposa-t-elle à Vivi. Le barman a tenu à m'en donner deux « pour me porter chance », même si je n'ai pas bien compris ce qu'il voulait dire.

— Merci, ça va, répondit Vivi avec un sourire. Si je bois une gorgée de plus, je ne sais pas si ma vessie va tenir.

— Hors de question, pouffa Tiffany. Il ne faudrait pas que notre nouvelle star de la sorcellerie se fasse pipi dessus.

— Star de la sorcellerie ? répéta Vivi. Je n'irais pas jusque-là.

— Crois-moi, Vivi. J'ai senti ton pouvoir durant la cérémonie. Et je sais ce qui s'est passé dans les souterrains. Ne te prends pas la tête avec ça. Il faut que tu assumes ta puissance. C'est OK d'être puissante. Tu comprends ce que je dis ?

— Euh, oui. Je comprends, répondit Vivi avec un petit mouvement de recul.

— Ne t'excuse jamais d'être puissante. Jamais.

— Jamais… promis.

— Très bien. Parce qu'on a besoin de sorcières dans ton genre. Beaucoup de gens vont te demander de mettre un couvercle sur tes pouvoirs mais n'oublie pas cette sensation que tu as éprouvée l'autre soir – ne l'oublie surtout pas. C'est de la magie *à l'état pur.*

Tiffany se retourna, perdit l'équilibre lorsque son talon s'enfonça dans l'herbe, se rétablit et s'éloigna à petits pas.

— Va boire de l'eau ! lui cria Vivi.

Lorsqu'elle sortit des toilettes, elle balaya les jardins du regard et repéra quelques bancs en bois, à peu à l'écart, disposés au bord d'un étang. Elle ôta ses escarpins, savourant la fraîcheur de l'herbe sous ses pieds échauffés, et elle alla s'installer sur l'un des bancs. La musique lui arrivait assourdie, les lampions scintillaient comme autant de lucioles. Un spectacle absolument féerique.

Vivi avait encore du mal à croire que sa vie avait pris cette direction. Le matin même, elle avait posé ses valises dans une adorable chambrette située au troisième étage de la maison Kappa. Il y avait un papier peint rose qui mettait de bonne humeur et des meubles baroques, parmi lesquels un secrétaire qui aurait trouvé sa place dans un palais français et un lit à quenouilles dont chaque colonne se finissait par une petite sphère en cristal noir. Dahlia lui avait donné la permission de redécorer l'endroit à son goût mais, aux yeux de Vivi, tout était déjà parfait. Pour une fois, les étoiles s'étaient alignées. Elle avait des amis. Elle avait des sœurs. Et elle avait des pouvoirs. *Si seulement maman pouvait me voir…*

Il y eut un toussotement à quelques pas d'elle et une silhouette remua sur le banc voisin. Vivi sursauta, surprise de découvrir qu'elle n'était pas seule.

— Bonsoir ? lança-t-elle d'une voix mal assurée.

Tu es une sorcière, se rappela-t-elle. *C'est toi qui devrais fiche la trouille aux trucs qui font des bruits bizarres la nuit.*

— Vivi ?

L'ombre se déplia et entra dans la lumière diffuse de la clairière.

— Oh, c'est toi, Mason.

Le cœur de Vivi continua à battre follement, pour une tout autre raison.

Mason avait les cheveux en pagaille et son nœud papillon flottait librement au niveau du col. Il apportait avec lui des effluves de tabac et tenait à la main un verre de whisky dont il ne restait que les glaçons fondus.

— Qu'est-ce que tu fais ici toute seule ? demanda-t-il.

Quelques mois plus tôt cette question aurait plongé Vivi dans l'embarras, en lui rappelant sa timidité, son absence d'amis. Mais la Vivi nouvelle version était le genre de fille qui pouvait rester assise seule sur un banc en lisière de la forêt et se donner un air mystérieux et introspectif.

— Oh, je prends un peu l'air.

Une chouette hulula, tout près. Un bruissement dans les fourrés trahit la présence d'un petit animal. La fête n'était plus qu'une bande-son lointaine.

— Où est Scarlett ? s'enquit Vivi.

— On vient de rompre, l'informa Mason avec un sourire peiné.

— Quoi ? Ce soir ?

Il confirma de la tête.

— Merde. Je veux dire… désolée. Est-ce que ça va ?

— Oui, ça va.

De la main, Mason montra la place libre à côté d'elle.

— Tu permets ?

Lorsque Vivi accepta d'un mouvement de tête, Mason se laissa tomber lourdement sur le banc. L'épaisse étoffe de son pantalon frôla la jambe de Vivi. L'air de la nuit était doux et pourtant, elle fut parcourue d'un frisson.

— J'aime Scarlett et je tiendrai toujours à elle mais, pour être franc, nous n'étions pas faits pour être ensemble.

— De l'extérieur, on aurait dit le couple parfait, commenta Vivi.

S'il y avait une personne qui savait que les apparences étaient souvent trompeuses, c'était bien elle.

— C'est ce que je pensais aussi, avant. Mais les choses ont… changé cette année pour moi.

Il se tourna vers Vivi. La lune éclaira la moitié de son visage, accentuant ses pommettes.

Vivi prit une rapide inspiration lorsque leurs regards se croisèrent. Les yeux noisette du jeune homme renvoyèrent la lueur de la lune et Mason sembla chercher une réponse dans les siens. L'air était saturé d'électricité et, une fraction de seconde, elle résista à la pulsion de lui demander si elle était la cause de leur rupture. C'était parfaitement idiot, elle le savait. Ils avaient échangé trois phrases en tout et pour tout. Ses sentiments étaient à sens unique. Si elle avait flashé sur lui, l'inverse n'était pas forcément vrai.

Mason sourit, comme s'il avait hâte de changer de sujet.

— Alors, il paraît que tu es une Kappa à part entière maintenant.

— C'est vrai, oui, répondit Vivi sur un ton qu'elle espérait léger alors que son cœur jouait du tambour dans sa cage thoracique.

Il battait si fort qu'elle était presque tentée de le réduire au silence au moyen d'un sort, de peur que Mason ne comprenne à quel point il la troublait.

À nouveau il changea de position et son genou effleura le sien. C'était la première fois qu'ils étaient si près l'un de l'autre ; elle aurait pu tendre le bras et le toucher, si elle l'avait osé.

— C'est dommage, lâcha-t-il avec un sourire mélancolique.

— Pourquoi ?

— Parce que je ne peux plus te proposer de cours particulier en cuisson de gaufres. Par pur altruisme, bien entendu mais… je pense que ça enverrait un mauvais message.

Vivi fut foudroyée par le sens caché de cet aveu. *J'y crois pas… il m'aime bien.* Elle dut se faire violence pour ne pas se mettre debout et hurler à pleins poumons, sauter dans tous les sens, envoyer un texto à Ariana. N'importe quoi pour libérer la joie effervescente qui bouillonnait au creux de son estomac. Ou alors passer le relais à la Vivi nouvelle version et embrasser Mason, à pleine bouche. Pour la première fois de sa vie, un garçon pour lequel elle avait un coup de cœur s'intéressait à elle. Et pourtant – cette prise de conscience s'abattit sur ses épaules comme une chape de plomb – leur histoire allait devoir rester à l'état de fantasme.

Les choses avaient changé cette année pour elle aussi. La magie avait mis sa vie sens dessus dessous. Vivi avait désormais le pouvoir de modifier son apparence, de dévier le vent, d'invoquer les forces les plus anciennes et les plus mystérieuses du cosmos. Mais aussi le pouvoir de trouver sa place au sein d'un clan de femmes hors du commun. Ce qui ne changeait rien au fait que Mason était l'ex d'une de ses sœurs.

Il avait raison. Vivi était une Kappa à présent. Et si elle devait choisir, la réponse s'imposait d'elle-même…

— Oui, ce serait sans doute une mauvaise idée.

Mason s'adossa au banc et poussa un profond soupir, la tristesse affichée sur ses traits.

— Le lien Kappa est solide, pas vrai.

— Indestructible… et j'ai une chance immense d'en faire partie.

Mason opina du chef avant de se réfugier dans le silence.

— Prends soin d'elle, tu veux bien ? dit-il enfin.

— Compte sur moi.

Vivi se décolla difficilement du banc.

— Au revoir, Mason, lâcha-t-elle avant de repartir en direction des jardins.

Il faudrait qu'elle se mette à la recherche d'un sort pour réparer les cœurs brisés.

22

Scarlett

— Et c'est reparti pour un tour, murmura Scarlett. Les bras croisés, elle tenta de chasser le froid qui la faisait grelotter dans sa nuisette. Elle se trouvait au premier étage de Kappa, dans le corridor. Les portes qui menaient aux chambres de ses sœurs étaient fermées, mais elle entendait le fracas du tonnerre et elle vit les nuages qui s'amoncelaient par la fenêtre au bout du couloir.

La lumière diffusée par les appliques murales vacilla. Scarlett entendit des rires, rauques et graves, dans son dos. Mais, lorsqu'elle se retourna… personne.

Les portraits, comprit-elle. Les photos fixées au mur se moquaient toutes d'elle. Des rangées entières de visages, les Ailes d'Ombre des temps anciens, ricanaient en la montrant du doigt. Elle était glacée d'effroi et pourtant, son regard fut irrésistiblement attiré par les figures qu'elle connaissait, pour vérifier si elles aussi lui riaient au nez. Sa mère. Sa sœur. Dahlia. Mei. Gwen. Et, enfin, Harper.

Scarlett chancela. Se mit à courir. Mais les rires se firent plus bruyants. Plus cruels.

Elle arriva au bout du couloir et percuta un panneau de bois. Ici, pas de porte. Elle était prise au piège. Elle se retourna vivement avant de se figer, paralysée par la terreur. Elle n'était pas seule. Il y avait une présence dans la maison. Une présence qui s'approchait d'elle. Une silhouette vêtue d'une cape – un long habit flottant autour d'elle, les manches en lambeaux – qui tendait la main, les ongles comme des griffes écarlates. Une chevelure noire, des braises au fond des orbites. Sous sa capuche une bouche rouge, très rouge, et pleine de dents, s'ouvrit en grand. Harper. Toujours Harper.

Scarlett se réveilla en sursaut, arrachée à son rêve par son propre hurlement. *Un cauchemar, c'est seulement un cauchemar. Encore un.* Elle se cramponnait à ses draps, en nage, même s'il faisait frais – moins de vingt degrés. Dehors, la foudre se déchaînait sous un ciel de plomb. Son cœur martelait sa poitrine, infatigable, refusant de la laisser trouver le repos. Elle se demanda si c'était elle qui avait déclenché l'orage, ou si c'était la toile de fond parfaite pour une nuit sans sommeil.

Tremblant de tous ses membres, elle chercha le verre d'eau qu'elle gardait à portée de main la nuit mais elle ne trouva rien sur la table de chevet. C'est alors que la soirée lui revint par flashs : le retour en taxi, seule. La maison qu'elle avait retrouvée vide. La crise de larmes dans la salle de bains avant de s'effondrer dans le lit, la tête la première, sans même prendre la peine de se démaquiller.

Elle devait avoir une de ces têtes ! À en juger par l'état de son oreiller, strié de traces noires, son mascara avait dû dégouliner.

Elle s'extirpa du lit, frissonnant dans l'air de la nuit. Elle évita du mieux possible le miroir de la salle de bains et s'aspergea la figure d'eau fraîche. Elle frotta jusqu'à s'en brûler la peau, puis elle enfouit sa figure dans une serviette. Lorsqu'elle risqua un coup d'œil à son reflet, elle découvrit ses paupières enflées et bouffies, ses yeux injectés de sang.

Un autre coup de tonnerre. Assourdissant. Dehors, l'orage approchait.

Scarlett regagna la chambre, consulta son téléphone. Trois heures passées de quelques minutes. Elle se laissa tomber sur le lit avec un grognement, l'avant-bras barrant son front.

Aucune importance. Elle n'allait pas fermer l'œil de la nuit de toute façon. Cela lui démangeait les doigts de retourner sur son portable. Messages récents. Réseaux sociaux. Peut-être que Mason lui avait envoyé un texto. Ou qu'il l'avait appelée. Qu'il avait posté quelque chose.

Non, hélas.

Scarlett se mit péniblement debout et enfila un peignoir puis elle remonta le couloir en traînant les pieds, en direction de la cuisine. Peut-être pourrait-elle se faire du thé. Se concocter une petite potion somnifère. Lorsqu'elle passa devant la chambre de Tiffany, elle distingua un bruit sourd à l'intérieur – un bruit de pas ? Scarlett hésita. La maison était endormie, plongée dans le silence.

Elle colla son oreille à la porte.

— Tiffany ? chuchota-t-elle.

Pas de réponse. Le bruit de pas fut remplacé par un *tap-tap, tap-tap,* suivi d'un raclement, comme quelqu'un qui déplacerait des meubles. Elle frappa discrètement et tourna la poignée, qui céda sans protester.

La porte s'ouvrit.

— Tiffany ?

Le lit était défait… et vide. Les sourcils froncés, Scarlett appuya sur l'interrupteur. Enfin, elle poussa un cri strident.

Du sang. Partout. Un vrai carnage.

Il maculait les draps froissés. Éclaboussait les murs, comme de la peinture qui avait giclé. Des flaques entières s'étalaient sur le tapis. Des traînées zébraient le miroir brisé. La porte-fenêtre du balcon était grande ouverte ; les battants grinçaient sur leurs gonds et, malmenés par les bourrasques, cognaient sur le cadre. Et près de l'appui de fenêtre, une empreinte de main sanguinolente sur le papier peint écru.

Scarlett se remit à hurler.

Cette fois-ci, des portes s'ouvrirent. Il y eut une galopade autour d'elle, des éclats de voix, des questions paniquées qui retentirent. Mais Scarlett n'entendait rien : les battements de son cœur affolé la rendaient sourde au reste. Elle remarqua à peine les visages qui remplirent l'encadrement de la porte derrière elle, encore moins les clameurs horrifiées qui firent écho aux siennes.

C'est alors qu'un objet incongru attira son regard… Posée soigneusement sur l'oreiller, à la façon d'un carton d'invitation, une enveloppe rouge. Il était écrit dessus *Aux Ailes d'Ombre,* d'une main soignée, en caractères attachés. Une écriture qui n'était pas familière à Scarlett.

Elle s'en saisit et l'ouvrit à l'instant où la voix de Dahlia résonna dans son dos.

— Les filles, retournez dans vos chambres. Scarlett, viens. Tu ferais mieux de sortir.

La présidente posa une main, ferme et réconfortante, sur son épaule. Scarlett resta figée sur place, plongée dans la lecture de la lettre :

Si vous voulez revoir votre sœur, trouvez le talisman d'Hénôsis. N'appelez pas d'aide extérieure au coven. N'impliquez pas la police. Je viendrai récupérer l'amulette la nuit de la nouvelle lune. Échouez, et votre sœur mourra. Échouez, et je vous emporterai l'une après l'autre – jusqu'à ce que j'obtienne gain de cause.

— Qu'est-ce que c'est que ça ? demanda Dahlia en lui prenant la feuille des mains.

Dans un silence de mort, les Kappa écoutèrent Dahlia lire la lettre de demande de rançon à voix haute, posément, les épaules droites. Seuls les tremblements qui parcouraient ses mains trahissaient sa nervosité. L'air devint irrespirable, comme si leurs cris avaient brûlé jusqu'au dernier atome l'oxygène qu'il contenait, et elles suffoquèrent.

Jess prit la parole en premier.

— C'est l'œuvre d'une sorcière. Seule une personne dotée de pouvoirs magiques parviendrait à franchir notre bouclier de protection.

Hazel acquiesça, la terreur visible au fond de ses yeux écarquillés, et annonça d'une voix assourdie :

— La nouvelle lune, c'est dans deux jours.

Juliet et Etta échangèrent un regard éloquent.

— Il faut qu'on se bouge, lança Mei depuis le couloir. Qu'on appelle la police, ou…

— Non, l'interrompit Dahlia, les yeux mi-clos. Personne n'appelle la police.

— On ne peut pas faire autrement, Dahlia, protesta Scarlett.

Tiffany avait été kidnappée et, de toute évidence, elle s'était violemment débattue. Elles n'avaient pas le luxe de se préoccuper du protocole, pas quand sa meilleure amie avait perdu autant de sang.

— Pour leur dire quoi, Scarlett ? Une sorcière a enlevé l'une des nôtres en se servant de ses pouvoirs ?

— On peut passer sous silence l'aspect magique. Il faut qu'on la retrouve.

Scarlett tenta de chasser de son esprit l'image d'une Tiffany au visage ravagé de larmes, poussant des cris de douleur. Ou, pire, une Tiffany au teint cadavérique, qui agonisait lentement.

— Comment veux-tu passer cet aspect sous silence ? La magie, c'est le mobile, l'arme et la victime. Espérons que la magie finira par sauver Tiffany, déclara Dahlia. Contacter la police, c'est perdre vingt-quatre heures à répondre à des questions sans intérêt au lieu de mener nous-mêmes l'enquête.

— Dahlia a raison, affirma Juliet. La police ne saura pas quoi faire – et on ne peut pas prendre le risque de se mettre à découvert. On n'est pas préparées à cela.

Scarlett hésita, puis elle laissa échapper un long soupir et lâcha le téléphone qu'elle gardait dans sa poche.

— Alors, on fait quoi ?

Pas de réponse, en dehors de la pluie qui frappait les carreaux.

Du regard Dahlia embrassa le chaos qui régnait dans la chambre. Ses yeux se posèrent sur une mare de sang et, une fraction de seconde, son masque de stoïcisme se fissura. Sa détermination flancha, elle fut secouée par un sanglot. Scarlett avait vu sa présidente craquer en une seule occasion, le jour où sa grand-mère était décédée. Cela prouvait à quel point la situation était désespérée. Mais cet instant de faiblesse passa aussi vite qu'il était venu : Dahlia recouvra son sang-froid et, la mâchoire serrée, elle étudia les membres du coven, ses sœurs : Juliet et Jess, qui s'accrochaient l'une à l'autre. Vivi, aussi pâle qu'un linge, et Ariana, qui pleurait à chaudes larmes. Scarlett savait que Dahlia sentait sur ses épaules tout le poids de leurs angoisses.

— On trouvera le talisman d'Hénôsis, comme le réclame le kidnappeur, conclut-elle en repliant proprement la lettre. Je ne vois pas d'autre solution.

— Mais ce talisman n'existe pas, souffla Mei.

— Les sorcières non plus. Jusqu'à preuve du contraire.

— On n'a que deux jours devant nous, gémit Scarlett, les doigts appuyés aux tempes. Et si on ne le trouve pas…

— Ce ne serait pas la première fois que les Ailes d'Ombre accompliraient l'impossible. Cela fait des siècles que nous triomphons de nos ennemis. Même la plus maléfique des magies ne peut vaincre nos pouvoirs combinés. Tiffany est notre sœur. Nous allons la retrouver ensemble.

La tête haute, Dahlia interrogea du regard chacune de ses sœurs. Hazel pinça les lèvres, hocha la tête. Vivi montra un visage blafard mais résolu. Sonali avait quelque chose de dur au fond des yeux.

— Ensemble, répéta Mei avant de prendre Scarlett par la main.

— Ensemble.

Le mot ricocha sur les murs du couloir, comme une incantation.

Ensemble.

Scarlett plaqua un sourire sur son visage, puis elle se tourna vers Dahlia.

— Je veux consulter mon bol de divination. Pour m'assurer que Tiffany va bien. La lettre nous interdit de faire appel à une aide extérieure, pas de nous servir de nos pouvoirs.

— Peut-être qu'on peut essayer d'en trouver l'auteur, suggéra Vivi. Il existe forcément un sort adapté.

— Je vais préparer la cuisine, déclara Etta.

D'un signe, elle demanda à Hazel et Juliet de la suivre.

— Et moi, je vais consulter mon grimoire, lança Mei.

— Rendez-vous dans la serre dans un quart d'heure, suggéra Dahlia.

Elle attrapa la main de Scarlett tandis que les autres se mettaient à la tâche.

— Scarlett, tu es avec moi ?

— Dahlia, je n'arrive pas à sentir sa présence, chuchota-t-elle.

— C'est une dure à cuire, Tiffany. Une battante. Tu te souviens de la fois où elle est restée coincée dans un cercueil pendant la Semaine infernale ? Quand ses sorts n'ont pas fonctionné, elle a gratté la terre avec ses ongles et elle a réussi à se libérer, et sans une once de magie. Elle n'abandonne jamais.

— Tu as vu tout ce sang, gémit Scarlett avec un geste désabusé. Ce serait un miracle si elle était toujours consciente, encore plus si elle avait gardé assez de forces pour se défendre. On le répète à longueur de temps aux aspirantes : ce n'est pas parce que tu as la magie en toi que le mal ne peut pas t'atteindre.

— Tiffany a du cran, Scarlett. Et elle a besoin de ta force en ce moment même.

— Il faut qu'on la sauve, Dahlia.

— Et on la sauvera. Mais si cette personne cherche le talisman… On se souvient toutes du sort qu'a connu Evelyn Waters. Il faut qu'on se montre prudentes, Scarlett. Si les choses se passent mal…

— Alors nous aurons la force de livrer bataille, ensemble, répliqua Scarlett, moins confiante qu'elle ne s'en donnait l'air.

Oui, les Ailes d'Ombre allaient devoir être fortes. La vie de sa meilleure amie en dépendait.

23

Vivi

L'averse qui tambourinait sur le châssis de la serre donnait l'impression que des milliers d'oiseaux au bec acéré tentaient de briser les carreaux. Il faisait encore nuit noire, les étoiles étaient masquées par d'épais nuages. Parfaitement réveillées, les Ailes d'Ombre se tenaient en cercle, protégées par des cierges blancs. Sur certains visages se lisait l'effroi, sur d'autres la colère, mais la plupart affichaient une mine déterminée, presque guerrière, puisant en elles la force et la concentration nécessaires pour mener à bien leur mission : retrouver Tiffany.

Vivi se tenait près d'Ariana, qui lui broyait presque la main.

— Dire qu'il y a à peine quelques heures, ici même, elle nous enseignait des techniques pour progresser en arcanes mineurs. Et voilà qu'elle a… disparu, bredouilla Ariana, ravalant ses larmes.

— Elle n'a pas disparu – il faut juste qu'on la localise, répondit Vivi sur un ton qui n'admettait aucune contradiction.

Ariana était la Cadette de Tiffany et les deux sorcières s'étaient liées d'amitié au cours de la période d'essai. Mais sa détresse n'avait rien de comparable avec celle de Scarlett, qui regardait d'un air hagard Juliet allumer les bougies, tremblant des pieds à la tête. Vivi aurait voulu qu'une des

Kappa propose de charmer les mèches pour qu'elles produisent une lumière plus vive, car leur flamme n'arrivait pas à dissiper les ténèbres à l'extérieur. Bien qu'entourée d'une puissante assemblée, elle se sentait mise à nu, vulnérable, entourée de fragiles baies vitrées. Quelqu'un avait réussi à s'introduire dans leur foyer, en faisant sauter tous leurs verrous magiques. Il n'était pas impossible que cela se reproduise. Était-ce ce danger que sa mère avait vu dans les tarots ? Ou devait-elle s'attendre à affronter pire encore ?

La décision de laisser les forces de l'ordre en dehors de cette affaire lui laissait un arrière-goût amer. Elle comprenait la logique que suivait Dahlia. Mais malgré tout l'une des leurs était portée disparue et le coupable était en liberté. Quelqu'un qui avait promis de frapper à nouveau.

Dahlia se posta au centre du cercle magique et s'agenouilla pour inspecter le contenu d'un chaudron. Etta avait préparé une décoction à base de vin rouge, issu de vignes sauvages en Bourgogne, d'armoise et de cèdre – un breuvage qui avait pour vertu de rendre les visions plus claires.

Dahlia se redressa.

— Mes sœurs, dit-elle. Joignez-vous à moi.

Les sorcières se pressèrent autour de leur présidente. L'orage qui se déchaînait au-dessus des têtes faisait vibrer les vitres de la serre.

— Ce soir, nous nous mettons en quête de celle qui nous a été enlevée.

Dahlia leva la main, révélant un objet qu'elle tenait dans son poing serré. Vivi eut un haut-le-cœur. C'était un morceau de tissu, maculé de sang séché, presque noir, découpé dans le dessus-de-lit en satin blanc de Tiffany.

— Nous sollicitons un signe de notre sœur – de celui ou celle qui l'a enlevée. Pour savoir si elle est toujours en danger.

Dahlia ouvrit le poing et laissa le lambeau d'étoffe tomber en voletant dans le chaudron. Le blanc vira au rouge foncé lorsque le satin absorba la décoction.

Les autres filles se mirent à chantonner, bouche fermée, et Vivi sentit la vibration caractéristique de la magie s'éveiller au creux de sa poitrine. Pour la première fois, elle appréhenda le moment où elle se diffuserait dans ses membres. Elle avait découvert la part sombre de la magie ce soir et elle n'était pas disposée à s'ouvrir à une force aussi dangereuse. Pourtant, agrippée à la main d'Ariana, elle se rappela que retrouver Tiffany valait la peine de prendre certains risques.

— J'en appelle à toutes les Reines, aussi anciennes que l'aube, chuchota Dahlia. Montrez-nous la sœur qui à notre vue se dérobe.

La pluie redoubla de violence, la mélodie fredonnée faillit être étouffée par le hurlement du vent qui secouait sans ménagement les panneaux de la serre. Au bout d'un moment le liquide rouge sombre que contenait le chaudron devint luminescent avant de se mettre à bouillonner, puis il se fit aussi noir et aussi épais que du goudron. Une image s'imprima sur la surface inégale : un visage aux traits déformés par les bulles qui crevaient – un visage qu'elles reconnurent aussitôt.

Scarlett lâcha un cri angoissé à la vue de sa meilleure amie. Elle avait les joues labourées de griffures écarlates, des lacérations qui couraient de ses tempes au menton. Bâillonnée, les pupilles dilatées par la terreur, elle semblait ligotée, même si on ne voyait que son visage.

— Quelle horreur, souffla Ariane, les joues baignées de larmes. Il faut qu'on l'aide. Tout de suite.

— Montre-nous le coupable, ordonna Dahlia, des accents de désespoir dans sa voix grave et sonore.

Un tortillon de fumée s'éleva du chaudron, une infâme odeur de putréfaction frappa Vivi avec la force de la marée montante. Elle se couvrit les narines et fit quelques pas en arrière tandis que ses sœurs s'étranglaient à moitié.

La fumée s'épaissit et, au bout d'un moment, le chaudron se fendit avec un craquement assourdissant, aspergeant de la potion brûlante une partie des sœurs. Dahlia émit un couinement et grimaça avant de marmonner un sort de guérison ; à côté d'elle Mei apporta son aide à Jess qui se tenait le poignet, les traits tordus par la douleur. Vivi se retourna pour aider Hazel et Reagan à éteindre les cierges qui étaient tombés et menaçaient d'enflammer les plantes les plus sèches.

— Qu'est-ce qui s'est passé ? demanda-t-elle une fois tout danger écarté.

La voix éraillée de Dahlia résonna dans l'obscurité.

— Ça, c'était de la magie maléfique.

24

Scarlett

— Où que tu sois, Tiffany… nous venons te chercher…

Scarlett contemplait la lumière matinale qui se déversait par la porte-fenêtre. Elle s'était calfeutrée lorsqu'elle avait regagné sa chambre après le sort collectif. La tentative de sort, plutôt. Dahlia avait raison : la magie maléfique était venue parasiter leurs efforts, exactement comme la fois où Scarlett avait tenté de percer les intentions de Gwen.

Elle se blottissait contre l'éléphant en peluche réchappé du magasin d'antiquités. Il lui manquait une patte, un défaut qu'elle aurait pu régler par un simple embellissement, mais c'était ainsi qu'il les avait conquises, elle et Tiffany : réduit en charpie par l'affection de son précédent propriétaire. Scarlett aurait voulu maîtriser une formule pour permettre à la peluche de la conduire à son amie. Malheureusement, si le sort collectif n'avait pas fonctionné, il y avait peu d'espoir que d'autres aboutissent. Le ravisseur de Tiffany avait érigé autour de lui une solide barrière de protection – une barrière que même les Ailes d'Ombre semblaient incapables de percer.

Mei dormait paisiblement dans son lit ; ni elle ni Scarlett n'avait voulu passer la nuit seule. À chaque fois qu'elle fermait les paupières, Scarlett revoyait la scène. Le papier peint éclaboussé d'écarlate. Le sang partout. Une quantité telle qu'il était difficile d'imaginer Tiffany encore en vie – même si le sortilège les avait rassurées sur ce point.

Elles étaient désormais condamnées à trouver un grigri ésotérique dont rien n'indiquait qu'il existait vraiment. Scarlett était incapable de dire où démarrer leurs recherches. Tout ce qu'elle savait, c'était que des sorcières – ses sœurs – étaient en danger.

Par sa faute.

Tout ce qu'on met dans l'univers nous revient trois fois. Et le crime dont elle s'était rendue coupable avec Tiffany – ce secret si longtemps dissimulé – avait fini par les rattraper. Tiffany le payerait peut-être même de sa vie.

Scarlett se glissa hors de son lit, sans un bruit, en essayant de ne pas réveiller Mei, et elle rangea l'éléphant sur son étagère avant de descendre à la cuisine, le poids du monde sur ses épaules. La demeure était plongée dans le silence. Elle se demanda combien de ses sœurs avaient dû se jeter un sort pour trouver le sommeil et combien d'autres s'étaient jeté le sort inverse – pour garder les yeux ouverts, rester aux aguets. Exceptionnellement, Scarlett n'avait aucune envie de se servir de sa magie ; elle l'économisait, pour la suite. Ses sœurs et elle devaient être au summum de leur puissance si elles voulaient sauver Tiffany.

Dans la cuisine elle prit un mug et lança la machine à expresso. Pendant que l'appareil sifflait et crachotait, elle regarda par la fenêtre le campus se réveiller doucement. Des étudiants passaient à vélo ou à pied, des écouteurs fichés dans les oreilles, chargés de leur sac à dos. Cela paraissait presque surréaliste que la terre continue de tourner alors que Tiffany était séquestrée quelque part, peut-être torturée, implorant l'aide de ses sœurs.

Une voix interrompit sa méditation.

— Pas trop dur ce matin ?

Vivi se tenait sur le seuil de la cuisine, les cheveux en pagaille, les paupières rouges et bouffies.

— À ton avis ? riposta Scarlett.

Elle alla se servir du café. Quelques gouttes tombèrent à côté et lui brûlèrent le pouce, mais elle accueillit la douleur sans broncher. Elle la méritait, et mille fois.

Vivi cligna des yeux.

— Excuse-moi. C'était une question stupide. Je peux te laisser seule si tu préfères…

— Non, désolée. C'est juste que j'ai les nerfs à vif.

— Pas étonnant.

Vivi hésita un instant puis prit Scarlett par surprise en l'enlaçant.

— Je suis hyper triste de ce qui est arrivé. Je sais combien Tiffany comptait… combien elle compte pour toi, corrigea-t-elle précipitamment. Et je sais que ça ne pèse pas lourd par rapport à ce que tu vis avec Tiffany mais j'ai appris pour toi et Mason, et ça m'attriste profondément aussi.

Mason. Merde. Scarlett n'avait pas pensé à lui une seule seconde depuis le moment où elle avait fait irruption dans la chambre de Tiffany. Elle s'assit à la table de la cuisine, le mug entre les mains et le regard noyé dans le café, comme si le breuvage détenait les réponses à ses questions. En l'espace d'une nuit, Scarlett avait perdu les deux personnes auxquelles elle tenait le plus au monde : d'abord son copain, sa meilleure amie ensuite.

— Il a eu raison de me larguer, lâcha Scarlett.

Elle ne méritait pas d'être heureuse, de bâtir sa vie avec un conjoint aussi formidable que Mason. Harper n'aurait jamais cette chance, elle. Tiffany non plus, peut-être.

— Il trouvera mieux que moi, conclut-elle.

— Scarlett, jamais il ne trouvera mieux que toi, répondit Vivi, parfaitement sincère. Tu es… parfaite.

— Tu n'es pas obligée.

— Obligée de quoi ?

— De me flatter. Tu es une Aile d'Ombre à présent.

— Crois-moi, je le pense.

Scarlett laissa échapper un petit rire sans joie.

— Eh bien, Mason peut revoir ses critères à la hausse. Et il finira par trouver la fille idéale. Il faut que je me fasse à cette idée. Je ne suis pas quelqu'un de bien, Vivi. J'ai profité de la situation et j'ai été odieuse avec toi.

Vivi s'assit à côté d'elle.

— Tu m'as apporté ton aide. Tu as assuré ma formation alors que tu ne m'appréciais pas forcément. Et tu veux retrouver ton amie, quel qu'en soit le prix. Même si ça implique de te jeter dans la gueule du loup.

— Bien sûr que je veux la retrouver. C'est entièrement de ma faute si elle a été kidnappée.

— Scarlett, tu n'y es pour rien.

Vivi voulut prendre ses mains dans les siennes, mais Scarlett se déroba à son contact.

— Mais si, insista-t-elle, gagnée par la colère – une colère dirigée contre elle-même. J'en suis seule responsable.

— Tu ne crois pas que tu exagères ? Ce n'est pas comme si…

Scarlett explosa :

— On a tué quelqu'un.

Vivi s'adossa à sa chaise, livide.

— Quoi ?

Scarlett enfouit son visage entre les mains, les paumes appuyées aux paupières, puis elle déchargea sa conscience. Enfin, la vérité sortait. Enfin, elle s'autorisait à repenser à cette soirée fatale dans les moindres détails.

Cela s'était passé au mois de mars, durant leur première année d'études, en cette période où l'hiver cède doucement la place au printemps. La fraternité Psi Delta Lambda avait organisé une soirée et tout le monde était déchaîné. L'alcool coulait à flots et la foule avait envahi le jardin où étaient installés les fûts de bière. Dahlia, qui occupait déjà un poste éminent au sein de la hiérarchie de Kappa, dansait avec Sadie Lane, la présidente de l'époque, et d'autres doyennes tandis que des garçons de Psi Delta s'affrontaient dans le cadre d'un concours – c'était à celui qui buvait le plus de bière tout en faisant le poirier sur un fût. Postée sur le balcon du premier étage, Gwen observait ces bacchanales sans cacher son mépris.

Tiffany avait chuchoté au creux de l'oreille de Scarlett :

— Regarde-moi cette sale jeteuse de sorts. Elle se croit littéralement au-dessus de tout le monde. Et si on la faisait un peu tomber de son piédestal ?

— Je ne sais pas trop, Tiffany.

Gwen et Tiffany venaient de se quereller, une fois encore – Scarlett ignorait la raison de cette énième dispute – et la colère de Tiffany n'était pas retombée.

— Allez, ça va être marrant, insista Tiffany, une étincelle au fond du regard.

Scarlett eut un moment d'hésitation. Elle non plus ne portait pas Gwen dans son cœur, surtout après l'avoir vue de ses propres yeux être cruelle avec Tiffany. Mais l'attaquer au grand jour, sous le nez de leurs sœurs et de leurs homologues masculins de Psi Delta, c'était prendre un risque immense.

Tiffany en remit une couche :

— Je dois vraiment te rappeler qu'elle nous a traitées, pas plus tard que la semaine dernière, de « poufiasses écervelées, infoutues de contrôler leurs pouvoirs et de réciter un simple charme » ?

Scarlett sentit la fureur s'abattre sur elle comme la foudre : personne n'avait le droit d'insulter sa technique magique.

— Tu as raison, elle est vraiment atroce. Nos sorts sont absolument nickel, répliqua-t-elle.

Peut-être était-ce l'alcool, ou le regard hautain que Gwen avait posé sur elles à cet instant, mais Scarlett se laissa convaincre. La joie espiègle de Tiffany était contagieuse et Scarlett devait reconnaître que les sermons de Gwen commençaient à lui taper sur les nerfs.

— Tu as une idée précise ?

Sans se départir de son sourire, Tiffany mima avec ses doigts une bestiole rampante. Scarlett éclata de rire. Bien sûr. L'unique fêlure dans la cuirasse de Gwen, c'était sa peur panique des araignées. Elles avaient découvert son talon d'Achille durant la Semaine infernale, une nuit où leurs Aînées les avaient chargées d'aller au cimetière et de récupérer des toiles d'araignée, un ingrédient courant dans la composition des potions. Gwen avait hurlé et sangloté comme une gamine de trois ans.

— Vilaine sorcière, va, souffla Scarlett, incapable de contenir son hilarité.

Les deux amies se prirent par la main et récitèrent la formule entre leurs dents.

Au début, il ne se passa rien. Enfin, Gwen lâcha un cri à glacer le sang et sautilla sur le balcon en se mettant de grandes claques. Aux yeux des spectateurs, son comportement était parfaitement irrationnel mais elle voyait des araignées partout ; c'était un déferlement, un raz-de-marée. Tous les regards se braquèrent sur elle.

— Enlevez ça de moi ! s'égosilla-t-elle.

— Il y a un problème ? s'inquiéta Dahlia, entourée de garçons hilares.

L'un d'eux sortit son téléphone et entreprit de filmer la scène. Pliée en deux de rire, Tiffany se fraya un chemin à travers la foule, Scarlett sur les talons. Gwen les aperçut. Elle comprit aussitôt et, les yeux mi-clos et les poings fermés, elle récita rapidement une incantation à voix basse, leur préparant un sort à sa façon. Scarlett et Tiffany firent front. Dès qu'elle sentit la magie de Gwen l'atteindre, Scarlett la repoussa, de toutes ses forces, et faillit lui faire perdre l'équilibre.

Gwen vrilla sur Scarlett un regard qui la tétanisa, un regard qui exprimait une haine pure, puis elle serra les poings, puisant de plus belle dans ses pouvoirs. Tiffany et Scarlett lui envoyèrent une nouvelle vague magique, afin de neutraliser le sort suivant. Ce fut cet instant qu'Harper choisit pour débouler sur le balcon et poser une main sur l'épaule de Gwen, sans doute dans l'espoir de la calmer. Harper avait beaucoup d'affection pour Gwen et elle tenait à l'image que donnaient ses sœurs en public.

Les mots manquaient à Scarlett pour décrire ce qui s'était produit ensuite. Gwen avait dû perdre le fil de sa concentration et sa magie se déversa d'elle avec la violence d'une avalanche, percutant de plein fouet l'ultime sort que Tiffany et Scarlett avaient dirigé vers leur ennemie. Les sortilèges se télescopèrent et produisirent une déflagration qui emporta tout ce qui se trouvait à proximité immédiate.

Le grincement du métal qui se tordait fendit l'air. Le balcon se détacha de la façade et s'écrasa au sol dans un fracas tonitruant. Incapables de se rattraper à quoi que ce soit, Gwen et Harper basculèrent dans le vide.

Harper mourut sur le coup. Scarlett voyait encore la mare de sang qui s'était répandue sur le ciment du patio. Elle avait voulu jeter un sort pour arrêter l'hémorragie mais Tiffany l'avait stoppée en plein geste, les yeux écarquillés par la panique.

— On va te voir, avait-elle sifflé.

— Il faut qu'on les aide, avait protesté Scarlett.

Sans se soucier des apparences, uniquement préoccupée de la survie de ses sœurs, elle leva à nouveau la main et entreprit de proférer une incantation – aussitôt interrompue par Tiffany.

— Elles sont mortes, avait-elle chuchoté, et elle avait pris son amie dans ses bras.

À cet instant, un étudiant qui s'était porté au secours de Gwen s'écria :

— Elle respire encore !

Une ambulance avait emmené la blessée à l'hôpital toutes sirènes hurlantes. Le pronostic vital était engagé.

La culpabilité avait plongé Scarlett dans un affolement extrême. Elle essaya de tenir le coup, pour Tiffany. C'était la première fois qu'elle voyait son amie dans un état pareil.

Plus tard dans la soirée, avant la réunion d'urgence à Kappa, Tiffany lui avait fait une confession.

— Scarlett, tu sais pourquoi Gwen et moi, on se prenait autant la tête ? J'ai trouvé dans sa chambre un cœur de cerf et un grimoire de magie maléfique. Elle m'a demandé de ne rien dire à Sadie et, même si je ne peux pas l'encadrer, je ne suis pas du genre à balancer une sœur. Mais elle préparait un sale coup. Si Harper ne l'avait pas arrêtée en pleine formule, qui sait le sort qu'elle nous aurait jeté ! avait avoué Tiffany, en pleurs.

Scarlett avait à son tour fondu en larmes. Accablée de regrets. Si seulement Tiffany lui avait confié ses soupçons plus tôt. Si seulement elles n'avaient pas eu l'idée de cette blague idiote… mais le mal était fait. En dépit de leurs pouvoirs, elles étaient incapables de ramener Harper d'entre les morts.

— On s'est mis dans de sales draps, Scarlett. Ce n'est pas nous qui avons commencé, mais il faut qu'on y mette un terme. Il faut qu'on arrête Gwen.

— Gwen ne peut plus nuire à personne, avait répliqué Scarlett, repensant au corps inanimé emporté sur une civière par les ambulanciers.

— C'est une sorcière. Elle est plus puissante que moi. Tu crois vraiment qu'elle nous laissera nous en sortir impunément ? avait contré Tiffany.

Scarlett s'apprêtait à protester mais Tiffany tremblait tellement que l'air dans la chambre s'était mis à tourbillonner, en phase avec son tourment intérieur. La fenêtre s'était refermée dans un grand claquement.

— On ne doit le dire à personne. Et on ne doit pas permettre qu'elle fasse du mal aux autres !

Scarlett avait fini par céder.

— On ne le dira à personne, promis. Et on ne permettra pas qu'elle fasse du mal aux autres.

Instantanément le vent était retombé et Tiffany s'était effondrée sur son lit, exténuée.

À la sortie de la réunion, elles étaient allées voir Sadie et Dahlia, Tiffany leur avait raconté ce qu'elle avait découvert dans la chambre de Gwen et, le soir même, Gwen avait été bannie de Kappa.

Scarlett avait passé les deux années suivantes à essayer de se convaincre de son innocence. Elle n'avait pas voulu ce qu'il s'était produit. C'était Gwen qui avait perdu le contrôle. C'était Gwen qui était corrompue, Gwen qui s'engageait sur une pente dangereuse. Scarlett et Tiffany pouvaient se féliciter d'avoir déjoué ses plans.

Mais au fond d'elle, elle n'était pas dupe.

À présent Scarlett relatait ce chapitre de sa vie d'une voix sans timbre. Lorsqu'elle eut terminé, elle posa les yeux sur Vivi, qui semblait frappée de stupeur.

— Il faut te faire un dessin ? On a accusé Gwen à notre place. Harper est morte par notre faute. Si on avait été moins puériles ce soir-là…

— Cette histoire est horrible. Une vraie tragédie. Mais tu n'as pas *tué* Harper. Tu l'as dit toi-même : c'était une blague inoffensive.

— Mais c'était tout sauf ça. À l'époque on s'est dit qu'on protégeait le coven des agissements de Gwen. En réalité, c'est nous qui avons créé ce monstre, rétorqua Scarlett. Sans notre bêtise, Harper serait toujours vivante. Et Gwen…

— Et Gwen aurait toujours ses pouvoirs, compléta Vivi, avec la sensation d'avoir trouvé la dernière pièce du puzzle. Tu crois qu'elle essaie de les récupérer ?

— Tu n'essaierais pas, toi ?

— Et maintenant elle est de retour sur le campus.

Vivi prit appui quelques secondes contre le dossier de sa chaise, le temps de digérer cet afflux d'informations.

— Et Tiffany a été kidnappée. Par un détraqué qui est à la recherche d'une puissante amulette, poursuivit Scarlett avant de jeter à Vivi un regard lourd de sens. Le genre d'outil magique qui viendrait probablement sans peine à bout d'un sort de blocage…

Vivi émit un long sifflement.

— Scarlett, je pense que tu dois dire la vérité à Dahlia.

De la tête, Scarlett protesta vigoureusement. Elle avait déjà envisagé le soulagement exquis d'avoir la conscience enfin propre. Mais ce n'était pas le bon moment – pas encore. La vie de Tiffany était en jeu. Sa respiration s'accéléra.

— Dahlia me mettrait à la porte de Kappa. Elle me retirerait tous mes pouvoirs – et j'en ai besoin plus que jamais. Pour retrouver Tiffany. Impossible de faire autrement. C'est ma meilleure amie ; je ne peux pas renoncer à la magie pile quand j'en ai le plus besoin. Tu ne comprends pas ? Gwen est venue réclamer vengeance et je ne peux m'en prendre qu'à moi-même. Tu dois me promettre de garder le secret, Vivi.

— Respire, Scarlett.

Vivi posa la main sur le bras de son Aînée. Elle attendit qu'elle inspire puis expire lentement, plusieurs fois, avant de reprendre la parole.

— Personne ne va te retirer tes pouvoirs, d'accord ? Je serai muette comme une tombe, promis. Qu'est-ce que tu sais de ce talisman d'Hénôsis ? C'est la clef pour récupérer Tiffany.

Scarlett laissa échapper un rire sans joie. Quelle ironie que son ancien bouc émissaire puisse faire preuve d'une telle gentillesse à son égard. Si, dans cette histoire, elle était la méchante sorcière, Vivi tenait sans doute la baguette de la magicienne au cœur d'or.

— Pourquoi tu rigoles, Scarlett ?

— Ce talisman, c'est mission impossible. Il a disparu de Kappa il y a des dizaines d'années et on ne l'a plus revu depuis. À supposer qu'il ait vraiment existé.

— Il existe quantité de sorts pour retrouver des objets perdus, fit remarquer Vivi.

— Des sorts que les sorcières qui nous ont précédées ont forcément essayés.

C'est dans ces moments-là que Scarlett souffrait le plus de l'absence de Minnie. Minnie connaissait sur le bout des doigts l'histoire des sorcières ; elle était capable de retrouver des enchantements jetés dans les oubliettes du temps ou effacés des grimoires, des envoûtements transmis oralement. Scarlett aurait aussi aimé avoir sa nourrice à ses côtés pour une raison plus égoïste : elle avait besoin de quelqu'un à qui parler. De quelqu'un qui la prenne dans ses bras, qui lui serve une tasse de sa tisane mystère et qui lui remonte le moral – sans utiliser forcément de formule magique. Mais Minnie n'était pas là ; il n'y avait plus que Vivi. Et elles allaient devoir se débrouiller seules si elles voulaient se tirer de ce pétrin.

— Il est possible qu'un détail ait échappé à leur vigilance, suggéra Vivi avec un haussement d'épaules. On peut aller jeter un œil aux archives, sans oublier la collection de livres rares à la bibliothèque. Au départ, le talisman appartenait à l'université, si j'ai bien compris ?

Scarlett opina. Vivi soutint son regard.

— On va la retrouver, Scarlett. On fera les efforts qu'il faut. On va mettre la main sur ce talisman et on va ramener Tiffany parmi les siens.

Scarlett esquissa un mouvement de la tête. La fougue de Vivi lui allait droit au cœur mais une nouvelle idée germait déjà dans son esprit. Peut-être qu'elles pouvaient se passer du talisman.

Peut-être qu'il leur suffisait de débusquer la personne qui le convoitait.

25

Vivi

— C'est absurde, lâcha Ariana tandis que Vivi et Sonali faisaient pour la troisième fois le tour du cabinet de curiosités. Bien sûr qu'on ne va pas trouver le talisman ici. Vous ne pensez pas que tout le monde serait au courant si un bijou aussi puissant se baladait sur le campus ?

— À mon avis, ce n'est pas un endroit où les Ailes d'Ombre passent beaucoup de temps. C'est moi ou il y a des trucs carrément flippants ? s'enquit Sonali, le nez froncé – son regard avait croisé une tête réduite exposée dans une vitrine.

Vivi n'était pas loin de penser la même chose. Alors que la collection, exposée au rez-de-chaussée de la bibliothèque Hewitt, lui avait paru enveloppée d'une aura de mystère et de romantisme lors de sa première visite avec Mason par un après-midi ensoleillé, les artefacts créaient une atmosphère macabre dans la lumière déclinante du soir.

— Tu trouves ça flippant ? Tu n'as pas vu les orteils de crapaud séchés dans le placard à fournitures de Kappa ? demanda Ariana.

— Rien à voir. Ils ont un usage pratique. Ce ne sont pas des « curiosités ».

— Si tu le dis. En tout cas on perd notre temps. Je ne vois pas comment cette amulette aurait pu rester dans l'enceinte du campus.

— Scarlett m'a raconté qu'elle était reliée d'une façon ou d'une autre à Westerly, expliqua Vivi. Allons voir aux archives. Ariana a raison, si le talisman était exposé ici, à la vue de tout le monde, le ravisseur de Tiffany ne se serait pas donné autant de mal.

Mason lui avait appris que dix pour cent seulement de la collection étaient présentés dans cette salle ouverte au public mais Vivi ne pouvait le révéler à ses sœurs. Elle voulait s'épargner l'humiliation de devoir expliquer ce qu'elle pouvait bien faire en tête-à-tête avec le petit ami de Scarlett dans la pénombre d'un musée.

Douze heures s'étaient écoulées depuis le rituel de divination et l'enquête semblait patiner. Il restait désormais aux jeunes sorcières moins de quarante-huit heures pour localiser le talisman avant que le ravisseur de Tiffany ne mette ses menaces à exécution. Elles avaient tenté trois sorts de détection collectifs et, à chaque fois, elles avaient fait chou blanc. Jess, Juliet et Mei avaient passé au peigne fin l'inventaire des bibliothèques et des musées dans le monde entier tandis que Dahlia, Hazel et Etta contactaient des alliés de confiance pour leur demander de déployer leurs antennes tout en usant d'une discrétion maximale. Si certaines personnes apprenaient que les Kappa s'étaient lancées en quête du talisman d'Hénôsis, elles pourraient l'interpréter comme une déclaration de guerre. Les jeunes recrues avaient été chargées de la besogne la plus ingrate : chercher le talisman sur le campus dans l'éventualité, hautement improbable, qu'il n'ait pas quitté les environs.

Par acquit de conscience, elles devaient absolument examiner chaque centimètre carré du bâtiment, y compris les archives. Vivi jeta un regard méfiant à la bibliothécaire qui les surveillait du coin de l'œil, assise à son bureau. C'était Mlle Irma, la même qui avait réservé un accueil chaleureux à Mason lors de leur première visite.

Vivi s'inspira de l'attitude de Mason et s'approcha, le visage fendu d'un large sourire. Elle intégrait peu à peu les bonnes manières à la sauce sudiste.

— Veuillez m'excuser, madame. Je suis navrée de vous déranger mais on prépare un dossier pour un cours et on se demandait s'il était possible de descendre consulter les archives.

Le sourcil haussé, la bibliothécaire posa un regard éloquent sur l'horloge en cuivre fixée au mur.

— On baisse le rideau dans un quart d'heure. L'accès aux archives n'est plus permis une heure avant la fermeture.

Vivi allait protester quand Sonali posa une main sur son bras et récita une incantation à voix basse. Aussitôt les traits de Mlle Irma se détendirent, son regard se fit vitreux.

— Vous voulez bien nous ouvrir les archives, s'il vous plaît ? demanda Sonali d'une voix sucrée.

— Bien entendu, murmura la bibliothécaire. Suivez-moi, je vous prie.

À cet instant Sonali regarda l'écran de son téléphone.

— Fait chier, lâcha-t-elle.

C'était la première fois que Vivi entendait Sonali jurer. Si la sorcière modèle ne surveillait plus son langage, l'heure était grave.

— Reagan a besoin d'aide pour ensorceler le responsable de la collection des manuscrits rares. Il faut que j'y aille. On se retrouve tout à l'heure à Kappa ?

Vivi acquiesça de la tête. Ariana la tira par la main, cherchant à rattraper la bibliothécaire qui s'était éloignée à petits pas pressés.

La magie d'Épées avait son utilité, une utilité indéniable, mais Vivi se sentait mal à l'aise avec. Maintenant qu'elle était une Aile d'Ombre à part entière, elle pouvait ajouter cette magie à son arsenal mais il fallait d'abord qu'elle fasse taire ses scrupules. La frontière était mince entre suggestion et contrôle mental… mais si cela pouvait aider à identifier le ravisseur de Tiffany, cela valait la peine de s'aventurer dans une zone grise, où la boussole morale ne montrait pas toujours le nord.

Vivi n'avait pas encore totalement assimilé les aveux de Scarlett. Le sort qu'avaient connu Gwen et Harper était tragique, personne ne prétendait le contraire, et Vivi se demandait si elle serait capable de se regarder dans le miroir avec un meurtre sur la conscience. D'un autre côté, il s'agissait d'un malheureux accident, d'un coup du sort. Scarlett ne s'était pas réveillée ce matin-là avec l'intention de faire du mal à ses sœurs ; elle n'avait pas l'âme d'une criminelle. Vivi ne pouvait pas dire la même chose de Gwen.

Vivi et Ariana suivirent Mlle Irma, longèrent un couloir et prirent l'ascenseur.

— Dites-moi, comment sont organisées les archives ? lui demanda Vivi.

— C'est un vrai capharnaüm, malheureusement. Vous faites des recherches pour quel cours ?

Il y eut un long silence gêné.

— Ça traite des religions et du mysticisme à travers les âges, hasarda Ariana. C'est, euh, une sorte de projet en dehors du cursus.

Par chance, Mlle Irma parut accepter cette explication extrêmement vague.

— Un sujet absolument fascinant. Les prières et les sortilèges ouvrent une fenêtre très intéressante sur l'esprit des pénitents. On peut s'en servir pour déduire leurs désirs et leurs orientations, les grands désastres ou les changements sociétaux qu'ils subissaient en leur temps.

Un carillon retentit et les portes de l'ascenseur s'ouvrirent pour révéler une salle sans fenêtres, presque un caveau, qui semblait coupée du monde. Des lumières tamisées produisaient un effet de clair-obscur et le centre était occupé par des rayonnages en métal équipés de roulettes facilitant leur déplacement. Le long des murs, des vitrines livraient au regard une multitude d'objets : statues de bronze, assiettes en céramique, vieux volumes poussiéreux.

Il leur faudrait des heures pour explorer cette caverne.

— Le talisman d'Hénôsis, ça vous dit quelque chose ? demanda Vivi, à tout hasard.

Mlle Irma fronça les sourcils.

— Non, mais vous n'êtes pas la première à me poser la question. Une personne est passée il y a quelques semaines, elle cherchait le même objet.

Ariana et Vivi échangèrent un regard catastrophé.

— Une drôle de coïncidence, relança Vivi sur un ton faussement désinvolte. Vous vous souvenez du nom de cette personne ?

— Ou de quoi elle avait l'air ? ajouta son amie.

— Je ne sais plus trop… je crois…

Soudain, Mlle Irma donna l'impression de se déboîter les vertèbres cervicales.

— Est-ce que ça va, madame… ?

Vivi poussa un petit cri lorsque la femme se tourna vers elle. Ses yeux étaient devenus deux lacs noirs.

— Personne, murmura-t-elle. Je ne vois personne.

— C'est quoi, ce délire ? souffla Vivi en interrogeant Ariana du regard.

— Je crois que la personne qui cherchait le talisman a essayé de supprimer ses souvenirs. Il faut qu'on le signale aux autres. Je vais appeler Dahlia.

— Ramenons-la en haut, pour garder un œil sur elle le temps que Dahlia nous donne ses consignes.

— Je m'en occupe. Toi, reste ici et cherche le talisman. Le temps nous est compté.

Ariana jeta à Mlle Irma un regard inquiet, nerveuse à la perspective de se retrouver seule dans une cage d'ascenseur avec la bibliothécaire ensorcelée, aux pupilles dilatées. Prudemment, elle la prit par le coude et la guida.

— Venez avec moi, madame. On va vous trouver de l'aide.

Tandis que les portes de l'ascenseur se refermaient, Vivi se dirigea vers la première colonne d'étagères. Elle ne savait même pas ce qu'elle était venue chercher. Aucune des Ailes d'Ombre n'était capable de dire à quoi ressemblait le talisman.

Par chance, des cartels décrivaient la plupart des objets exposés : URNE FUNÉRAIRE (301 av. J.-C.) ; DAGYDE (75 av. J.-C.). Lorsque Vivi posa les yeux sur cette poupée d'argile au cou et au cœur percés de clous en métal, elle sentit un frisson courir le long de sa colonne vertébrale tandis qu'un engourdissement gagnait ses membres soudain glacés. C'était l'exact contraire de la sensation qui l'envahissait lorsqu'elle invoquait ses pouvoirs : une léthargie, pas un bouillonnement. Cela ressemblait à la fois où les Kappa avaient pratiqué un sort collectif dans l'espoir de localiser Tiffany – cet instinct infaillible qui leur avait soufflé que la magie maléfique était à l'œuvre. Vivi se demanda de quelles extrémités Gwen était capable pour mettre la main sur ce talisman, combien d'Ailes d'Ombre elle allait torturer pour arriver à ses fins.

Le fait que le kidnappeur soit passé aux archives augmentait la possibilité de trouver le talisman d'Hénôsis sur le campus, même si Vivi ne savait toujours pas par où commencer. Scarlett lui avait enseigné un sort qui avait pour fonction de révéler les traces de magie, jusqu'aux plus infimes, mais il ne lui serait utile que si l'amulette n'avait pas quitté le bâtiment. Cela valait malgré tout la peine d'essayer.

— J'en appelle à la Reine de Bâtons, chuchota-t-elle. Que la magie qui a été pratiquée soit par toi dévoilée.

Au début, il ne se passa strictement rien. Puis Vivi se rendit compte que la poignée d'une dague diffusait une pâle lueur. Elle s'approcha de la vitrine et découvrit ce qui ressemblait à des empreintes digitales. On aurait dit que le sort avait révélé l'identité de la dernière personne qui avait manipulé cette arme.

Vivi lut le cartel.

— Poignard, quinzième siècle. Probablement utilisé à des fins de sacrifice rituel.

Est-ce que cela voulait dire qu'une sorcière s'en était servie pour faire un sacrifice humain ?

Vivi poursuivit son exploration, passant aux rayonnages suivants. Elle repéra une coupelle qui brillait d'un éclat si vif qu'on aurait pu croire qu'elle contenait une ampoule électrique.

— « Bol de cérémonie, troisième siècle av. J.-C. Exhumé dans le temple d'Apollon », lut-elle à voix haute.

Un peu plus loin, dans une vitrine, une autre source de lumière attira son regard. Sur un petit coussin rouge, semblable en tout point à ces présentoirs qui mettent en valeur les joyaux dans les musées, se dessinait l'ombre impalpable d'un collier.

Une ombre qui rayonnait.

Vivi consulta le descriptif.

— « Pendentif ornemental. Origine incertaine. Appelé également talisman d'Hénôsis. Introuvable depuis 1997, selon toute vraisemblance volé. » J'y crois pas.

Le cartouche proposait une photo du pendentif : un cabochon en verre bleu, entouré de pierres plus modestes. Comme un œil malveillant dont la pupille n'était pas un point noir mais une petite étoile rouge à sept branches.

Le cœur lancé au galop, Vivi sortit son téléphone pour prendre le cartouche en photo. Elle était sur le point de l'envoyer à Ariana quand l'écho d'un éclat de rire la fit sursauter.

— Ariana, c'est toi ?

Un ricanement sardonique lui répondit.

Et les plafonniers se mirent à clignoter.

Allumé-éteint.

Allumé-éteint.

Allumé-éteint.

— Ariana ? répéta Vivi.

Le froid qui l'avait tétanisée à l'instant où son regard s'était posé sur la poupée vaudoue se referma soudain sur elle, inondant ses poumons à chacune de ses inspirations.

Elle chercha un interrupteur à tâtons sur le mur et, au lieu de rencontrer une surface plane et lisse, ses doigts frôlèrent une masse dure et bosselée qui semblait palpiter. Le mur *bougeait.* Vivi retira vivement la main, lâchant un petit cri.

— Mais c'est quoi ce...

Elle mit son téléphone en mode lampe de poche, braqua le faisceau lumineux sur le mur... et hurla à pleins poumons.

L'endroit était infesté d'énormes cafards bruns. Ils se grimpaient dessus, se déversaient des rayonnages, s'agglutinaient par centaines – non, par milliers – et se dirigeaient inexorablement vers Vivi, magma grouillant prenant les archives d'assaut.

Vivi recula d'un pas, prise entre terreur et vertige, forçant son cerveau en surchauffe à chercher une explication rationnelle. Un autre rire couvrit quelques secondes le bruissement des blattes. *On lui a jeté un sort pour qu'elle hallucine des araignées,* avait dit Scarlett, en parlant de Gwen. Peut-être qu'il s'agissait là aussi d'une simple hallucination.

Vivi piqua un sprint en direction du rire, contenant mal son aversion, écrasant des cafards sous ses semelles. *Pas réel. Pas réel. Pas réel,* scandait-elle en son for intérieur.

Elle concentra son énergie sur les plafonniers, débitant de façon machinale une incantation pour qu'ils se rallument et, au bout de plusieurs tentatives, le sort fonctionna. Elle cligna des paupières, aveuglée par la lumière crue, et vit une silhouette coiffée d'une tignasse noire disparaître au coin d'un mur.

Une silhouette qui présentait une ressemblance frappante avec Gwen.

26

Scarlett

Scarlett traversait au pas de course la pelouse du campus, sentant peser sur elle le regard des étudiants. Était-ce sa précipitation, ou sa tenue, qui avait aiguisé leur curiosité, elle n'aurait su le dire. L'une et l'autre tranchaient avec son élégance habituelle : c'était la première fois qu'elle se montrait vêtue d'un simple jean et elle avait déterré d'un placard des ballerines qui n'avaient plus vu le jour depuis que la mode des ballerines était passée. Pour une fois, elle n'avait pas le temps de se préoccuper de son apparence.

Trente-six heures s'étaient écoulées depuis le kidnapping de Tiffany et leurs recherches piétinaient. Les Ailes d'Ombre avaient exploré les archives, tenté plusieurs sorts et incantations, appelé d'anciennes élèves susceptibles de les aiguiller dans la bonne direction – y compris la mère de Scarlett – mais elles étaient à chaque fois rentrées bredouilles. De son côté Scarlett avait tenté, en toute discrétion, de remonter la piste de Gwen mais cela faisait plusieurs jours que l'appartement de son ennemie jurée restait vide. Quand elle avait tenté de localiser Gwen à l'aide d'un rituel de divination, elle ne l'avait détectée *nulle part*, ce qui lui paraissait extrêmement préoccupant. Deux solutions : soit Gwen était morte, soit… elle avait trouvé un moyen de couvrir ses traces. Chaque minute qui s'égrenait était autant de poignards fichés dans le cœur de Scarlett. À chaque seconde qu'elle gâchait, elle abandonnait Tiffany à sa terreur et à sa souffrance.

La sensation d'impuissance qu'éprouvait Scarlett était nouvelle pour elle, et profondément déplaisante, mais l'impasse dans laquelle elle se trouvait l'obligeait à faire quelque chose qui lui répugnait au plus haut point : réclamer de l'aide. Voilà pourquoi elle traversait le campus comme une flèche, plus déterminée que jamais. Le cours auquel assistait Jackson s'achevait d'ici quelques minutes et elle ne voulait pas le rater à la sortie.

Dès l'instant où les portes de l'amphithéâtre s'ouvrirent, elle repéra Jackson, qui étudiait les alentours de ce regard grave et pénétrant qui le distinguait de la foule des étudiants insouciants.

— Suis-moi, ordonna-t-elle avant de l'attraper par le poignet.

Elle le conduisit vers un sentier retiré qui traçait une boucle autour des bâtiments de l'université.

— Est-ce que tu tentes de me kidnapper ? lança Jackson sur un ton mêlant lassitude et amusement, comme s'il réprimandait un chiot un peu trop collant.

Scarlett ne put retenir un tressaillement, perturbée par son choix sémantique. Jackson parut se radoucir.

— Il y a un problème ?

L'inquiétude sincère que Scarlett distingua dans sa voix faillit percer ses défenses et elle sentit les larmes lui monter aux yeux. Catastrophe. *Ressaisis-toi,* s'exhorta-t-elle intérieurement. Chialer comme une fontaine devant quelqu'un ? Hors de question. Devant Jackson ? Plutôt mourir.

— Écoute, je sais que tu ne m'apprécies pas particulièrement, et c'est réciproque. Mais je crois qu'on pourrait s'aider mutuellement.

— Hé, j'ai jamais dit que je ne t'appréciais pas, protesta Jackson, levant les mains pour appuyer son innocence. C'est juste que je ne fais pas confiance aux Kappa. À aucune Kappa.

Scarlett ne lui demanda pas pourquoi. Ses raisons, elle les connaissait. Les remords qui la rongeaient depuis deux ans ressurgirent au creux de sa poitrine et sa carapace bricolée à la hâte se fissura.

— Je suis vraiment désolée, Jackson. Pour Harper. À un point que tu n'imagines pas, dit-elle en se forçant à maintenir un contact visuel avec Jackson, qui s'était décomposé. Et tu as raison… c'était un accident horrible. Si elle n'avait pas intégré Kappa, elle serait encore là, parmi nous.

La tristesse lui noua la langue.

Jackson resta muet de longues secondes, les traits tendus. Lorsqu'il desserra les dents, il donna l'impression qu'il se retenait de hurler, au prix d'un effort surhumain.

— Le problème, Scarlett, ce n'est pas seulement la façon dont elle est morte. Il y a aussi tout ce qui s'est passé avant. Harper et moi, on était hyper proches. C'était ma sœur ; on se disait tout. Et puis un jour elle a rejoint votre petite clique et soudain… impossible de la reconnaître. Elle avait tout un tas de secrets, elle s'est mise à cacher des choses. Des histoires de traditions impénétrables, des réunions tard le soir, confidentielles. Les mots qu'elle employait pour parler de votre sororité… Désolé de dire les choses comme elles sont… on aurait dit qu'elle avait été enrôlée dans une secte.

Le nœud dans l'estomac de Scarlett se propagea et lui coupa la respiration. Son propre engagement au sein des Ailes d'Ombre avait repoussé les limites de son monde, chassant les ténèbres ; jamais elle ne s'était penchée sur le sort de ceux qui étaient laissés sur le côté, relégués dans l'obscurité.

— C'est vrai qu'on est très soudées, lâcha-t-elle.

— C'est plus que ça, et tu en as parfaitement conscience. La manière dont vous avez fermé les rangs après l'accident… même Gwen, sa soi-disant meilleure amie, daignait à peine m'adresser la parole. C'est pour ça que je suis venu faire mes études ici, tu sais. Au risque de t'étonner, ajouta Jackson sur un ton sarcastique en montrant son jean effiloché et son t-shirt à l'effigie de Jimi Hendrix, mon premier choix, ce n'était pas cette fac de bourges accrochée à ses traditions sudistes. Au départ, je m'étais inscrit à Columbia. Mais je savais que je devais venir ici pour faire la paix un jour avec mon passé.

L'expression sardonique qu'il affectait en temps normal s'effaça pour laisser entrevoir, une fraction de seconde, le gamin perdu et apeuré qui avait tiré un trait sur ses rêves pour se cramponner au souvenir de sa sœur défunte. Pour s'attacher aux pas d'un fantôme. Alors, une peur panique s'empara de Scarlett.

— Est-ce que Gwen t'a dit quelque chose ?

— On a eu une conversation, une seule. Mais elle n'a pas arrêté de… je ne sais pas, de s'étouffer. Ça ne lui était jamais arrivé. Je sais qu'elle a subi un énorme traumatisme. C'est vrai, elle était *sur place*. Elle a failli mourir. Mais je la connais, et je sais qu'elle essayait de me parler. Mais elle était en stress total, terrorisée… de quoi avait-elle peur ?

Scarlett passa mentalement en revue toutes les excuses possibles et imaginables avant de comprendre que Jackson n'attendait pas de réponse : il était plongé dans ses souvenirs.

— Après ça, elle a commencé à m'éviter… enchaîna-t-il.

— Alors tu as décidé de l'espionner.

Sur la défensive, Jackson croisa les bras.

— Et toi, tu t'es introduite chez elle sans sa permission.

— Je plaide coupable. C'est juste que… eh bien…

Scarlett ne savait sur quel pied danser. Chez Kappa, la règle était très claire : interdiction formelle de se confier à une personne extérieure au coven. Mais Jackson était le seul à pouvoir la mettre sur la piste de Gwen et retrouver Tiffany saine et sauve passait devant le respect des lois magiques.

Scarlett prit une profonde inspiration avant de se lancer :

— Écoute, c'est un secret…

— Sans déconner, l'interrompit Jackson.

— Je ne plaisante pas du tout. L'une de mes amies a de gros problèmes. Elle a disparu après le bal des Anciens Élèves. On ne peut pas faire intervenir la police – la personne qui a fait le coup nous a laissé une lettre, et elle insistait bien sur ce point. À mon avis, Gwen est mêlée à cette affaire. Je sais que tu la tenais à l'œil, alors, si tu as découvert ou remarqué un truc inhabituel dans son comportement, il faut absolument que tu me le dises.

— Tu crois que Gwen a enlevé ton amie ? récapitula Jackson avec un scepticisme qui frôlait le dédain. Ce serait quoi, son mobile ? Qu'est-ce que vous lui avez fait, au juste ?

Scarlett se força à garder son sang-froid. Jackson considérait Gwen comme une petite chose fragile, traumatisée, qui avait vécu une expérience terrifiante. Il était très loin de se douter de quoi elle était capable.

— C'est… compliqué. Mais je t'assure, je ne veux faire aucun mal à Gwen. Ce que je veux, c'est aider mon amie.

— Il va falloir que tu sois un peu plus convaincante. Si elle se planque, elle a sans doute une très bonne raison.

Ses doigts commencèrent à la démanger. Mais par respect pour Harper, Scarlett décida de donner à Jackson une nouvelle chance de coopérer, tout en se tenant prête à se servir de ses pouvoirs en cas de refus. Pirater le libre arbitre d'un individu était formellement interdit par le code de la sorcellerie mais tant pis : à situation désespérée, mesures désespérées.

— C'est risqué pour elle de rester seule. Elle peut se faire du mal, et faire du mal aux gens autour d'elle.

— Pour quelle raison ?

— Je ne sais pas trop, mais je refuse de perdre une autre sœur.

Jackson ferma les paupières et, une fraction de seconde, Scarlett paniqua, croyant avoir franchi la ligne rouge. Le jeune homme avait beaucoup plus souffert qu'elle.

— Il y a une cabane sur Skidaway Island, déclara-t-il d'une voix lasse. Je l'ai déjà suivie là-bas. Elle s'y rend au minimum une fois tous les quinze jours.

Scarlett chercha ses clefs de voiture au fond de son sac.

— Cette cabane, tu crois que tu peux m'y conduire ?

— Je viens de capter qu'on fait l'exact inverse de tout ce que nous ont appris les films d'horreur, fit remarquer Jackson.

Il avait passé plusieurs minutes à zapper entre les stations sur l'autoradio tout en indiquant à Scarlett, qui conduisait, la route à suivre.

— On n'est pas dans un film d'horreur, rétorqua-t-elle. Et on est deux, alors que Gwen est toute seule.

— Facile à dire pour toi. Tu es la fille qui survit à la fin, moi le pauvre type qui occupe le siège passager. Si j'ai bonne mémoire, ça tourne toujours au vinaigre pour mon personnage.

— Ça dépend du film. Dans certains le mec survit aussi.

— Par exemple ?

— Cary Elwes dans *Saw*, Bruce Campbell dans *Evil Dead*, Corey Feldman dans...

— *Vendredi 13 : chapitre final.*

Jackson émit un long sifflement admiratif.

— Scarlett Winter, incollable sur les films qui foutent les jetons. On est dans le Monde à l'Envers, maintenant ?

— Tu ne me connais pas, Jackson. Tu t'es simplement mis des trucs dans la tête à mon sujet.

— Alors éclaire-moi.

Scarlett poussa un soupir ; le moment était mal choisi. Mais Jackson avait accepté de l'aider, elle lui devait bien ça.

— Ma nounou adorait ces films-là. Son petit plaisir, c'était de hurler devant l'écran après les personnages, de leur dire d'arrêter d'être aussi bêtes quand, systématiquement, ils faisaient n'importe quoi pour que l'intrigue avance, du genre se séparer pour explorer une maison ou se rouler une pelle alors qu'un détraqué rôde dans le coin.

Jackson explosa de rire.

— J'ai toujours voulu écrire un film d'horreur. Dans ma tête, je me voyais déjà comme le nouveau Stephen King mais c'est ma vie réelle qui a connu un rebondissement, en un sens.

— Tu écris ? s'étonna-t-elle.

Tout bien réfléchi, ça tombait sous le sens. Jackson était intelligent – ses prises de parole au cours de philo rivalisaient d'éloquence avec les siennes – et il ne manquait pas de repartie, il fallait bien l'admettre.

— Plus maintenant, répliqua Jackson avec un haussement d'épaules.

— Je suis certaine qu'Harper aurait voulu que tu poursuives ta passion.

Les traits du jeune homme se durcirent.

— Ce qu'Harper aurait voulu, c'est vivre. Mais comme elle n'a pas eu cette chance, ça lui aurait surtout tenu à cœur que je démasque le responsable et qu'il moisisse en prison. Voilà ce qu'elle aurait voulu.

— Tu as raison. C'est déplacé de ma part de faire ce genre d'hypothèses, reconnut Scarlett.

Elle-même s'était braquée à chaque fois qu'une bonne âme lui avait prodigué des conseils malvenus après la mort de Minnie.

— J'ai toujours cru qu'une fois ce chapitre refermé, une fois que j'aurais levé le voile sur la vérité, je pourrais me remettre à l'écriture, reconnut Jackson. Mais mes ambitions d'avant n'ont plus du tout la même saveur.

Scarlett se prit son aveu de plein fouet et le rapprocha de sa propre situation. Ses ambitions personnelles. Mason. La présidence de Kappa. Tout cela perdait de son éclat face à l'épreuve que traversait Tiffany. Et face à l'injustice qu'Harper avait subie.

— Je suis désolée, Jackson.

— Tu n'y es pour rien. Tu te bats pour ta sœur, c'est tout. J'ai perdu la mienne, mais ça ne me donne pas le droit de me défouler sur toi.

Scarlett ravala ses remords. Une part d'elle – la part lumineuse, encouragée par Minnie – aurait voulu dire la vérité à Jackson. En parallèle, sa part obscure – celle qui se cramponnait à ce secret tragique depuis deux longues années – jubilait. Elle se réjouissait d'être muselée par les règles en vigueur à Kappa, par le serment qui la liait à ses sœurs. C'était céder à la facilité, elle s'en rendait compte, mais comment le mettre dans la confidence tout en passant sous silence sa véritable nature ?

Lorsque Scarlett reporta ses yeux sur Jackson, il regardait le paysage défiler par la vitre, la mine pensive. Ils se réfugièrent dans le silence durant le reste du trajet.

— Peut-être qu'on devrait frapper ? suggéra Jackson d'une voix mal assurée.

Ils s'étaient enfoncés dans la forêt du parc national de Skidaway Island, à proximité de Savannah, et se trouvaient à deux mètres de la porte d'une des bicoques les plus délabrées que Scarlett ait jamais vues. Un vrai décor de série Z. Au cœur de la forêt, on aurait cru que la nuit était déjà tombée. Les arbres projetaient leur ombre sur le sentier gravillonné et le porche en bois qui s'affaissait.

Dans cette lumière crépusculaire, l'ambiance était encore plus lugubre. Une pelote d'épines était clouée au-dessus de l'entrée. Les carreaux étaient barbouillés d'une substance noire. La peinture se détachait des bardeaux par lambeaux, comme si la bicoque pelait. Une tache sur le perron évoquait une mare de sang. *Tu es là-dedans, Tiffany ?* lança Scarlett par voie télépathique. C'était plus une prière qu'une question. Les yeux fermés, elle tenta de détecter une trace de magie, un indice, mais l'air était sec, privé d'oxygène – ce qui n'arrivait jamais quand Tiffany était là.

Scarlett prit alors conscience de la distance qui les séparait des secours – ou d'une route qui leur permettrait de prendre la fuite. Ils avaient laissé la voiture à côté d'un embranchement, à une dizaine de minutes de marche. En chemin ils n'avaient longé aucune habitation, aucun bâtiment. Les arbres étaient rabougris et difformes, le terrain évoquait une friche. Seuls signes de présence humaine : les bouteilles de bière brisées et les mégots qui jonchaient le sentier. À un endroit, l'herbe calcinée avait été remplacée par un tas de cendres qui dessinait un rond parfait. On avait presque la sensation que la terre elle-même avait été maudite.

La cabane semblait sans vie, comme les environs. Pas de véhicule garé devant, pas de lumière à l'intérieur.

— Frapper ? Et dire quoi ? s'énerva Scarlett. Bonjour, vous n'auriez pas vu une fille bizarre traîner dans le coin, avec une autre fille qu'elle séquestre ?

— Et qu'est-ce que tu proposes à la place ? lança Jackson. Peut-être qu'on ferait mieux partir. J'ai un mauvais pressentiment.

Scarlett avait elle aussi un mauvais pressentiment : tous ses capteurs magiques étaient en alerte.

— Si tu ne veux pas venir, attends-moi ici, asséna-t-elle, et elle se dirigea à grands pas vers la porte, pour ne pas se laisser le temps de changer d'avis.

Elle avait le cuir chevelu parcouru de fourmillements, la plante des pieds percée de mille aiguilles. Le signe qu'un sortilège de protection tentait de la forcer à rebrousser chemin, à fuir. Lorsqu'elle se planta sur le porche, des ombres se mirent à danser à la périphérie de son champ de vision, lui donnant l'impression que des araignées cavalaient le long de l'avant-toit.

Ce n'est pas réel, se rappela-t-elle. Un simple sort pour repousser les visiteurs indésirables. Rien de plus. Rien qui pourrait lui faire concrètement du mal.

Derrière elle les lames du porche grincèrent. Lâchant un petit cri, elle pivota sur ses talons. Jackson avait décidé de la rejoindre.

— Je ne peux pas te laisser affronter seule une maison hantée.

— Crois-moi, je peux me débrouiller sans toi, rétorqua Scarlett en étudiant la serrure.

Un verrou tout simple. Parfait.

— Je n'en doute pas une seconde, répondit Jackson.

Il s'appuya au mur de la cabane, les bras croisés. Scarlett retira une épingle de ses cheveux et s'agenouilla devant la porte, prenant soin de lui cacher ce qu'elle traficotait. Très concentrée, elle fit mine de forcer la serrure qui produisit un léger *clic.* Levant les yeux, elle vit la mine approbatrice de Jackson puis elle essaya la poignée, qui tourna sans se faire prier. Elle espérait que ses talents de comédienne l'avaient convaincu qu'elle savait crocheter les serrures alors qu'elle s'était servie de la magie. Elle prit une profonde inspiration et poussa la porte.

Quelques secondes s'écoulèrent avant que ses yeux s'accoutument à la pénombre. Des rideaux occultants fixés au-dessus des fenêtres empêchaient la lumière extérieure d'entrer. Pour tout mobilier, une table en bois bancale et deux chaises. La kitchenette, qui disparaissait sous les toiles d'araignée, semblait inutilisée et il y avait un trou béant à l'emplacement du poêle. Scarlett risqua un coup d'œil dans une chambre à coucher exiguë : elle n'y trouva qu'une caisse posée par terre. Une alcôve était occupée par un canapé marronnasse dont le rembourrage avait sans doute été grignoté par des souris.

L'attention de Scarlett fut attirée par un carton relégué dans un coin, entre le canapé et le mur. Par rapport au reste il paraissait neuf et en bon état, et il avait échappé à la voracité des rongeurs. Scarlett traversa rapidement la pièce. Son pouls s'accéléra lorsqu'elle en découvrit le contenu : une cape de mauvaise qualité en polyester noir et un chapeau de sorcière, identiques à ceux que portaient les épouvantails livrés aux flammes. Caché sous ces accessoires, un tarot aux couleurs criardes. Scarlett parcourut les lames. Les Reines d'Épées, de Bâtons, de Deniers et de Coupes manquaient à l'appel. La Mort aussi, ce qui était un mauvais présage.

Un frisson de triomphe parcourut son échine. Son intuition ne l'avait pas trompée. Gwen manigançait tout, depuis le début. Mais sa satisfaction s'évapora très vite pour être remplacée par la sombre réalité : elle ne savait toujours pas où se cachait Gwen, et Tiffany courait un grave danger.

Il régnait dans cette cabane un silence de tombeau. Pas âme qui vive.

Scarlett souleva un rideau et tenta un regard dehors. À une centaine de mètres, masquée par la végétation, se dressait une autre cahute, à peine plus grande qu'un appentis.

— Jackson, chuchota-t-elle, et le jeune homme hocha la tête, la mine sombre.

Ensemble ils sortirent à pas de loup, fendirent les hautes herbes et s'approchèrent sous le couvert des arbres qui, à cet endroit, avaient poussé de façon anarchique. Le sol disparaissait sous un tapis de feuilles mortes et de terre sablonneuse. Un écureuil sautilla le long d'une branche, un oiseau fit entendre un trille strident. Le cœur de Scarlett s'emballa.

C'était une construction battue par les intempéries, faite de longs panneaux en bois hérissés d'échardes et maintenus par des clous rouillés. La porte tenait à peine sur ses gonds et il y avait sur la gauche une fenêtre sale avec un carreau cassé.

C'est alors que Scarlett entendit un bruit assourdi.

Elle se retourna vivement, attrapa Jackson par le bras et lui intima le silence, l'index collé aux lèvres, avant d'approcher de la fenêtre sur la pointe des pieds. Jackson lui emboîta le pas. Elle sentit son souffle chaud sur sa nuque.

De cet angle, elle n'avait qu'une vue partielle de l'intérieur – mais cela suffisait.

La pièce était sombre, éclairée à la bougie. Un pentacle était dessiné sur le parquet dans une encre rouge, presque brune – Scarlett aurait pu jurer que c'était du sang. Un cierge se dressait à la pointe de chaque branche. Et, agenouillée au centre, en train de lever une petite créature gigotant au-dessus de sa tête...

Gwen. Scarlett aurait reconnu cette chevelure noire entre mille.

La bestiole se débattit de plus belle et Scarlett sentit la bile remonter au fond de sa gorge. La longue queue qui cinglait l'air, les yeux rouges remplis de crainte. *Un rat.* Alors, avec un bruit sec, comme des brindilles qu'on piétine, Gwen brisa la nuque de l'animal.

Une onde d'énergie traversa la cabane, qui vibra comme un haut-parleur surmené, et leur agressa violemment les tympans. Scarlett eut la sensation que les molécules qui constituaient l'air ambiant lui hurlaient dessus.

Gwen se servait de sa magie.

Mais il s'agissait d'une magie dont Scarlett n'avait jamais fait l'expérience, une force enragée, pleine de colère et de hargne, *affamée.* Elle lui envoya un uppercut en plein estomac, serra ses poumons dans son étau. Les fragments de verre qui tenaient encore au cadre de la fenêtre s'envolèrent – et Scarlett fut projetée vers l'arrière. Dans sa chute elle percuta Jackson et ils retombèrent, ensemble, de tout leur poids, sur le mur de la cabane.

— Qui est là ? s'écria Gwen.

Scarlett n'avait pas le souvenir que son timbre de voix était aussi caverneux, aussi menaçant, mais il n'était pas impossible que sa mémoire lui joue des tours. Gwen parlait presque comme si elle n'était pas seule à l'intérieur de son propre corps.

Scarlett n'eut pas besoin d'en voir plus. Elle saisit Jackson par la main, l'aida à se remettre debout et piqua un sprint. Jackson ne perdit pas non plus de temps en questions oiseuses. Il prit ses jambes à son cou, éperonné par l'affolement, et ils remontèrent le sentier gravillonné avant de couper à travers bois, comme s'ils avaient le diable aux trousses, sans se préoccuper des ronces qui leur griffaient la figure et lacéraient leurs habits.

Jackson attendit d'arriver au niveau de la route pour demander, hors d'haleine :

— C'était quoi… ce bordel ?

Scarlett fut incapable de lui répondre. Elle arrivait à peine à admettre ce qu'elle venait de voir.

Son pire cauchemar s'était réalisé. Gwen avait récupéré ses pouvoirs. Et elle était prête à faire le mal.

27

Vivi

Le regard de Vivi se perdit à l'horizon. Elle était confortablement installée dans l'un des fauteuils en cuir de la Tour Ouest, un snack situé sur le campus qui évoquait davantage un country club chic qu'une cafétéria d'étudiants – le genre d'endroit qui avait déclenché les quolibets de sa mère durant leur bref séjour en Nouvelle-Angleterre. Il était situé au point culminant du campus, au sommet du campanile, et ses immenses baies vitrées proposaient une vue panoramique des pelouses entretenues avec soin par les jardiniers. Vivi avait passé une bonne partie de l'après-midi à consulter les archives numériques de la *Gazette* sur son ordinateur portable, espérant y trouver ne serait-ce qu'une toute petite, une minuscule allusion au talisman. Vingt-quatre heures après sa découverte au musée de la bibliothèque Hewitt, Jess, journaliste d'investigation hors pair, avait pris le relais et chargé les nouvelles recrues de disséquer journaux et périodiques pendant que leurs Aînées cherchaient des indices sur le terrain. Il leur restait moins d'une journée pour dénicher le talisman et, même si elles savaient à présent qu'il avait été volé à Westerly, elles n'avaient pas avancé d'un pas entre-temps.

Après avoir épluché l'intégralité des articles traitant de vols de bijoux à Savannah sur les cent dernières années, Vivi s'offrait une petite pause, sa tasse de café à la main. Elle avait l'impression de faire du surplace et elle baissait lentement les bras, comme beaucoup d'autres. Dahlia arpentait les couloirs du club en marmonnant on ne savait trop quoi et restait longtemps plantée devant la chambre de Tiffany. Mei, qui ne s'était pas embellie depuis plusieurs jours, avait les ongles rongés jusqu'au sang et Scarlett semblait au bord du gouffre. C'était la première fois que Vivi la voyait négliger son apparence : cet après-midi, par exemple, elle était sortie en jean et débardeur. Du jamais-vu. Elle avait même du mal à croire que Scarlett avait un jean dans sa garde-robe.

Scarlett n'avait pas caché sa terreur lorsque Vivi lui avait raconté sa mésaventure à la bibliothèque et elle avait abondé dans son sens : c'était du Gwen tout craché. Mais elle avait aussi soulevé un point pertinent : si Gwen voulait que les Ailes d'Ombre trouvent le talisman, pourquoi s'acharnait-elle à leur mettre des bâtons dans les roues ? Peut-être parce qu'elle savait par avance que les archives étaient une piste qui ne mènerait à rien ?

— Il y a un ovni dans le ciel ou quoi ? lança une voix à côté d'elle.

Vivi sursauta et renversa le café froid qu'elle buvait à petites gorgées, d'un air absent, depuis des heures.

Elle leva la tête. Mason.

— Excuse-moi, fit-il, soudain penaud. Je ne voulais pas t'effrayer.

Malgré la fatigue et le café qui imbibait la manche de son t-shirt, Vivi ne put s'empêcher de sourire. Il y avait quelque chose d'irrésistible dans l'emploi du mot « effrayer » là où d'autres auraient dit « faire peur » ou « foutre les jetons ». À chacune de leurs conversations, Mason révélait une particularité inattendue qui ajoutait à son charme et détonnait par rapport à son physique de beau gosse membre d'une fraternité.

— Tu ne m'as pas vraiment effrayée, répondit-elle. *Non, ce qui m'a effrayée, c'est tout ce que j'ai vu ces derniers jours.*

Mason se passa la main dans les cheveux, passablement agité.

— Voilà, je respecte à fond ce que tu m'as dit – enfin, ce que j'ai cru comprendre – l'autre soir, au bord du lac. J'ai bien compris que tu aimerais éviter toute ambiguïté par rapport à Scarlett. Ne va surtout pas me prendre pour un gros lourd qui ne pige pas que quand c'est non, c'est non.

Vivi sentit son cœur se serrer ; elle tenta d'en faire abstraction.

— Ne t'en fais pas. Je veux qu'on reste amis. C'est sincère.

— Tant mieux, fit-il avec un sourire. Dans ce cas, montre-moi l'ovni que tu étais en train de regarder, parce que si je poste une photo sur Reddit, je deviendrai leur dieu vivant.

— Pas d'ovni, malheureusement. J'avais le regard dans le vide, c'est tout. Tu es un utilisateur de Reddit ?

— J'aime bien les *subreddit* axés sur l'histoire. Ça fait trois ans que je me bats avec un enseignant vacataire en Alaska qui est convaincu que les confédérés ont gagné la guerre civile.

— Une façon très productive d'occuper son temps.

Mason afficha un large sourire et montra de la main le fauteuil vide à ses côtés.

— Ça te dérange si je me joins à toi ?

— Au contraire. Mais qu'est-ce que tu viens faire ici ? Tu n'as pas une fête au bord d'une piscine prévue dans ton planning ?

— Que de soupçons ! s'esclaffa Mason avant de s'asseoir. Tu crois que je suis monté exprès pour pervertir d'innocentes étudiantes ?

— Non ! Tu n'as pas une tête de pervers… Désolée, je n'aurais pas dû dire ça, fit Vivi en se mordant la lèvre.

— Pas de souci. *Tu n'as pas une tête de pervers*, c'est sans doute le plus beau compliment que j'ai entendu. Pour répondre à ta question, ma conseillère académique rédige en ce moment même un bouquin sur les femmes de Savannah à la période coloniale. Je suis allé consulter des lettres et des journaux intimes dans plusieurs bibliothèques municipales et il faut que je lui rende une synthèse de mes découvertes. Lundi dernier délai.

— Tu étudies l'histoire ?

— Ça a l'air de te surprendre ?

Vivi retourna quelques instants sa question. Elle savait que Mason nourrissait une passion pour l'histoire mais elle était loin d'imaginer qu'il y consacrait ses études. Sans doute à cause de ses préjugés : dans sa tête, les historiens portaient des vestes en tweed et grommelaient dans leur barbe ; Mason, lui, ressemblait à un mannequin Ralph Lauren tout juste sorti d'un shooting photo avec son t-shirt blanc moulant et son short en serge de coton vert.

— Tu me sembles trop sociable pour étudier l'histoire. Tu ne préfères pas te spécialiser en relations publiques ou, je ne sais pas, en marketing sportif ?

— *Marketing sportif* ? Mais cette filière n'existe même pas à Westerly !

— Désolée, contra Vivi, je n'ai pas appris par cœur le listing des cours.

— Marketing sportif, répéta Mason avec une consternation feinte. Tu sais que Westerly accueille l'un des tout meilleurs départements d'histoire du pays ? Je te conseille de t'inscrire au cours « Histoire des nécropoles ». Ils organisent une sortie chaque semaine dans un cimetière différent. Je sais que ça paraît macabre, dit comme ça, mais c'est fascinant. Mince, ajouta-t-il après une pause, je vais encore te faire flipper.

— Pas du tout, protesta Vivi, même si elle avait eu son compte en matière de cimetières.

Elle voyait Mason sous un autre jour. C'était bien la première fois qu'elle entendait un garçon comme lui parler histoire avec autant de fougue. Réflexion faite, c'était la première fois qu'elle entendait quiconque parler histoire avec une telle passion dans la voix. Une fraction de seconde, elle s'imagina en robe d'été blanche, se promenant au bras de Mason dans les allées d'un cimetière envahi de mousse espagnole, puis elle piqua un fard et secoua la tête pour chasser de son esprit ce fantasme ridicule. Elle avait déjà essayé d'emprunter cette route, elle savait qu'un panneau ENTRÉE INTERDITE en barrait l'accès.

— Plus sérieusement, pourquoi tu t'es enfermée ici ? demanda Mason. Tu devrais être dehors, avec tes sœurs. On doit être les seuls étudiants sur le campus à revoir nos notes.

— Je travaille sur mon projet d'histoire personnel, répondit-elle en lui montrant l'écran de son ordinateur. Je suis à la recherche des anciennes membres de Kappa.

C'était une demi-vérité qui ne présentait aucun risque.

— Ah, traquer des gens sur Internet, l'une de mes activités préférées, déclara Mason.

— Ça, pour le coup, ça fait carrément pervers.

Mason éclata de rire et s'adossa à son fauteuil.

— Désolé, tu as raison. Je vais allumer mon ordi et on peut passer le reste de la soirée à travailler ensemble en silence. À moins que tu ne préfères rester seule ?

— Non, ça me ferait plaisir.

Après le tumulte et l'angoisse des jours précédents, ce serait un changement salutaire. Vivi pensait que Mason allait continuer sur le même registre, léger et badin, mais il scruta ses traits et son expression se fit grave.

— Tu te sens bien ? Tu as l'air un peu... – il hésita, cherchant le terme le moins vexant – ... à plat.

— Ça va. J'ai pris un peu de retard pendant la semaine d'intégration, j'essaie de le rattraper.

— Il n'y a pas autre chose ? Tu peux me parler, tu sais.

Vivi tenta d'imaginer ce qu'elle ressentirait si elle se confiait à Mason, s'il lui offrait une oreille attentive et bienveillante. Il pourrait peut-être mettre ses compétences d'historien et de chercheur au service des Ailes d'Ombre...

mais il était hors de question de faire courir encore plus de risques à ses sœurs.

— Ça va bien, je t'assure. Il faut croire qu'étudier nuit et jour ne convient pas à ma constitution délicate, plaisanta Vivi.

— Ce n'était pas une critique, s'empressa d'ajouter Mason. Désolé, je te trouvais l'air fatigué, c'est tout. Mais toujours très belle.

Vivi se rendit compte qu'il regretta cet adjectif à la seconde où il sortit de sa bouche. Le rouge au front, il secoua la tête.

— Bon, je crois que cette histoire de « rester amis », ça ne va pas le faire. Je vais te laisser tranquille.

Il se mit debout et rangea son ordinateur dans une sacoche. Vivi lui saisit le bras.

— Mason, attends. Tout va bien. Tu n'es pas obligé de partir.

Le compliment du jeune homme s'était déposé sur sa peau comme un papillon qu'elle n'osait caresser, de crainte qu'il ne s'envole. Personne, en dehors de sa mère, ne lui avait jamais dit qu'elle était belle.

Mason se figea, puis il se rassit avec un soupir.

— Tu es certaine que je ne t'ai pas mise mal à l'aise ?

— Au contraire. C'est gentil de m'avoir dit ça.

— Je ne sais pas mentir.

Puis il se tut, plongea son regard dans celui de Vivi et se pencha légèrement vers l'avant ; elle vit en gros plan les paillettes dorées dans ses prunelles, ses cils noir de jais, la cicatrice à peine visible qui lui barrait le sourcil gauche.

Il fallait qu'elle change de position. Qu'elle s'arrache à son emprise. Mais elle resta sans bouger, tétanisée, la respiration bloquée, et fut parcourue d'un frisson lorsqu'il lui caressa la joue de la main. Il s'approcha d'elle, ses lèvres effleurèrent les siennes.

Un éclair la traversa, embrasant toutes ses pensées pour les réduire au seul plaisir de ce baiser, au seul désir de s'abandonner à ce contact.

Pourtant, elle se détacha de lui.

— Mason, on ne peut pas. Je suis navrée.

Non, elle ne pouvait pas embrasser l'ex de son Aînée, surtout à un moment où Scarlett était au plus mal.

Mason se rencogna dans le fauteuil et enfouit son visage entre ses mains.

— Je sais. Tu as raison, Vivi. C'est juste que j'aimerais...

Il la regarda et un sourire affligé s'imprima sur ses traits. Inspirant profondément, il enchaîna avec une joie fausse dans la voix :

— OK, très bien, dans ce cas. On retourne au boulot.

Son regard tomba sur l'écran de l'ordinateur de Vivi et il fronça les sourcils.

— C'est moi ou cette fille te ressemble comme deux gouttes d'eau ?

— Quelle fille ?

Vivi mit quelques instants avant de comprendre ce que Mason observait parmi tous les onglets ouverts. Dans un coin, elle découvrit une photographie en couleurs, un peu floue, légendée « Membres de Kappa au gala des Anciens Élèves ». Sans doute prise dans la salle de bal du bâtiment principal. Sur ce cliché sept jeunes demoiselles, ravissantes, prenaient la pose, vêtues de robes noires à l'élégance intemporelle. L'une d'elles était Evelyn Waters ; Vivi, qui avait vu un portrait accroché au mur de Kappa, la reconnut à ses cheveux blond vénitien et à ses pommettes saillantes.

Mais c'est la personne qui occupait le centre du cliché qui attira son attention. La seule qui fixait l'appareil photo. Le bras enserrant la taille d'Evelyn, elle portait autour du cou, en sautoir, un pendentif ovale en verre bleu, presque une géode, qui présentait en son cœur ce qui ressemblait fort à un œil malveillant. Sur ses lèvres flottait un demi-sourire ; elle détenait un secret qu'elle ne comptait révéler à personne. Ce sourire, Vivi le reconnut aussitôt. Elle l'avait vu pour ainsi dire tous les jours de sa vie.

— Ta mère aussi a étudié à Westerly ? s'étonna Mason.

Vivi était frappée de stupeur. Les yeux braqués sur Daphné Devereaux qui la saluait depuis le passé.

Non seulement sa mère était une sorcière… mais elle était aussi une ancienne Aile d'Ombre.

Et elle portait autour du cou le talisman d'Hénôsis.

28

Scarlett

Il faisait déjà nuit lorsque Scarlett se gara devant Kappa. Elle coupa le moteur et, le regard dans le vague, observa les réverbères qui dispensaient une lumière indécise.

— Scarlett, il faut qu'on parle de ce qui s'est passé, lança Jackson.

Scarlett fit la sourde oreille. Elle n'avait pas décroché un mot du trajet. Concocter une excuse alambiquée lui demandait trop d'énergie. Elle avait dû puiser dans ses dernières réserves pour ne pas envoyer la voiture dans le fossé, ne pas laisser les larmes remplir ce gouffre béant qui s'était ouvert en elle. Elle avait échoué ; elle avait abandonné Tiffany à son triste sort.

À supposer que sa meilleure amie n'ait pas encore rendu son dernier souffle. Scarlett n'avait qu'une envie, retrouver ses tarots, consulter les grimoires à la bibliothèque. Vite, une invocation, un sort pour lever cette terrible incertitude, pour savoir si le cœur de Tiffany battait encore. Pour obtenir une preuve que la partie n'était pas jouée, même si Gwen avait récupéré ses pouvoirs, même si elle semblait plus puissante, plus hostile que jamais. Si elle n'avait eu aucun scrupule à nuire à Tiffany avant l'accident, qui savait de quoi elle était capable pour se faire justice ?

Scarlett avait eu envie de se précipiter dans la cabane et d'affronter Gwen sans perdre une seconde, en profitant de l'effet de surprise, pour qu'elle la conduise à Tiffany. Mais comment s'y prendre ? En faisant tomber la pluie ? Quelques gouttes d'eau ne suffiraient pas à éteindre le feu malveillant que Scarlett sentait brûler dans le cœur de Gwen. Elle avait besoin du pouvoir de ses sœurs pour venir à bout d'elle.

— Tu as déjà vu un truc pareil ? Tu sais ce que faisait Gwen ? insista Jackson.

— Bien sûr que non, mentit Scarlett. Ça ressemblait à des délires de tueur en série taré.

— Tu connais des tueurs en série qui dessinent des pentacles et qui allument des bougies ? On aurait dit un rituel, plutôt. On aurait dit… – Jackson hésita un instant, cherchant le mot juste – de la sorcellerie.

Scarlett se retourna pour le scruter. Il avait une mine épouvantée, les yeux injectés de sang. Elle l'avait vu se mettre en colère, se montrer hautain. Elle l'avait vu lui tendre la main, par pure bonté d'âme. Mais c'était la première fois qu'elle le voyait en proie à la peur.

— Ça n'existe pas, la sorcellerie, répliqua-t-elle sans conviction.

Jamais elle n'avait eu à dire ces mots à voix haute. Une grande partie de l'humanité traverse l'existence dans une petite bulle d'ignorance et d'apathie – l'horizon limité par des œillères, l'imagination trop bornée pour sentir la présence de la magie là, tout près, à portée de main. Ils lui faisaient pitié, ces esprits obtus, coincés dans un monde en noir et blanc alors qu'il suffisait de lever le voile pour découvrir une palette de couleurs vertigineuses. Pourtant, à cet instant, elle aurait échangé sa place contre la leur sans hésiter une seule seconde, si ce sacrifice avait pu faire revenir Tiffany. Quel est l'intérêt de la magie si elle ne sert pas à protéger les êtres qui nous sont chers ?

— Arrête, Scarlett, s'irrita Jackson. On a vu la même chose. On a senti la même chose. Cette explosion qui t'a projetée sur moi – comment tu l'expliques ?

Scarlett haussa les épaules.

— Il n'y a pas eu d'explosion. J'ai trébuché quand j'ai vu Gwen, c'est tout.

— N'essaie pas de m'enfumer, Scarlett.

Jackson changea de position et, l'attrapant par l'épaule, il la força à se tourner vers lui. Scarlett serra les dents. Pourtant, un seul regard sur son visage et sa réticence fondit comme neige au soleil. Ce qu'exprimaient ses traits, elle ne le reconnut que trop bien : c'était le désespoir. Un désespoir qu'elle commençait tout juste à comprendre, depuis que Tiffany avait été enlevée.

— Voilà un an que je vous observe, vous, les Kappa, expliqua Jackson. Vous n'êtes pas comme les autres étudiantes. Vous êtes bizarres. Et j'ai bien vu la tête que tu faisais tout à l'heure après la scène avec Gwen. Tu n'étais pas surprise, pas vraiment. Tu étais inquiète.

Il marqua une pause, les sourcils froncés.

— Gwen était l'une des vôtres. Ma *sœur* était sa meilleure amie. Et j'ai trouvé des choses après son décès – ce pentacle par terre ? Elle dessinait souvent ce symbole dans ses cahiers. Alors... dis-moi dans quoi elle trempait.

La détresse que trahissait sa voix faillit avoir raison de Scarlett. Jackson avait souffert tout autant que ses sœurs sorcières. Plus, à bien des égards, puisqu'il n'avait personne à qui se confier. Personne pour se libérer du tourbillon mental alimenté par les fragments de son chagrin. Mais elle ne pouvait lui dire la vérité sans mettre en danger le coven tout entier.

— On est une simple sororité, fit-elle d'une voix éraillée.

— Et moi, je suis le pape. Est-ce qu'Harper était... une sorcière ? C'est *ça* qu'elle faisait ? s'indigna-t-il, horrifié. Elle tuait des animaux, elle bouffait des bébés, elle faisait des trucs dégueulasses...

— Non ! Bien sûr que non. Ce dont tu parles, c'est de la magie maléfique. Pas du tout notre style.

Les mots coulèrent naturellement avant que Scarlett puisse les retenir.

Jackson lui lâcha l'épaule et s'affaissa sur son siège.

— Merde alors. Donc c'était bien une sorcière. Vous êtes toutes des sorcières.

Scarlett le fixa, frappée d'horreur. Elle venait d'enfreindre toutes les règles magiques, tout ce que Minnie et sa mère lui avaient inculqué, tous les serments qui la liaient à Kappa. Interdiction absolue de révéler la vraie fonction de Kappa à quiconque était dépourvu de facultés magiques. De révéler leur vraie nature.

Elle avait férocement protégé ce secret pendant des années, au point d'en écarter Mason. Alors que Mason était la seule personne en dehors de Kappa digne de connaître la vérité. Et voilà qu'elle déballait tout à Jackson, un mec qu'elle ne pouvait pas voir en peinture à peine quelques jours plus tôt – quelques heures, même. Peut-être avaient-ils vraiment atterri dans le Monde à l'Envers. La réalité lui parut soudain totalement chamboulée.

Scarlett attrapa le volant à deux mains, appuya son front dessus.

— Tu dois le garder pour toi, Jackson. Ça ne peut que mal se finir, pour nous deux, si d'autres venaient à savoir.

Jackson était pétrifié, et mutique, mais elle savait que son cerveau travaillait à toute vitesse pour analyser l'information qu'elle avait révélée par étourderie. Enfin il lui demanda, la gorge nouée :

— Est-ce que Gwen… Gwen a tué Harper ?

Une série d'images lui traversa l'esprit : le mépris au fond des yeux de Gwen lorsqu'elle avait toisé Tiffany et Scarlett depuis son perchoir. L'odeur âcre de la magie maléfique qui brûlait les atomes d'oxygène. La terreur imprimée sur le visage d'Harper à l'instant où le balcon s'était effondré. Le sang sur sa peau pâle. Lentement, Scarlett secoua la tête :

— Pas intentionnellement. Mais je suis certaine que Gwen a kidnappé Tiffany. C'est à cause de nous qu'elle a été bannie de Kappa…

Un sanglot s'échappa de sa poitrine.

— Je ne sais pas ce que je vais faire si elle lui fait du mal, Jackson. Sérieusement. J'aurais préféré qu'elle me kidnappe moi.

Elle s'adossa à son siège et Jackson lui caressa la joue.

— Je ne la laisserai pas faire, souffla-t-il.

Il mêla ses doigts aux siens, lui serra la main ; ce contact suffit à tenir un instant la panique à distance. Quelle serait sa réaction s'il découvrait que Tiffany et Scarlett avaient attaqué Gwen en premier – que c'était à cause d'elles qu'elle avait perdu le contrôle ?

Scarlett sourit à travers ses larmes.

— Sans vouloir te vexer, tu serais le dernier à pouvoir arrêter Gwen.

— Quoi, tu mets en doute mes pouvoirs de mec normal ?

— Je suis certaine qu'ils nous seront très utiles quand Gwen te jettera un sort de contrôle mental.

— Une petite minute. Vous manipulez le cerveau des gens ? s'alarma Jackson, les yeux écarquillés.

À cet instant quelqu'un frappa à la vitre de la portière. Scarlett sursauta, lâcha un petit cri. Elle découvrit Dahlia plantée, les bras croisés, à côté du véhicule. Sa peur ne retomba pas pour autant.

— Merde, jura-t-elle entre ses dents.

Est-ce qu'elle sait que j'en ai trop dit ? Vite, elle essuya ses larmes et baissa la vitre.

— Salut, fit-elle, d'une voix qu'elle espérait normale.

La présidente de Kappa posa un regard insistant sur sa main droite. Scarlett réalisa, trop tard, qu'elle n'avait pas lâché Jackson. Elle se détacha précipitamment de lui avant de plaquer sur son visage un sourire innocent.

— Tu étais fourrée où ? aboya Dahlia. J'ai besoin de toi immédiatement, Scarlett, pour affaires internes. Tu as bien choisi ton moment pour déguerpir avec… un type.

Un type dans son genre, se retenait-elle de dire. Sa voix dégoulinait d'un dédain presque palpable.

— Désolée. J'ai du nouveau. Quelque chose de sérieux.

Scarlett se tourna vers Jackson et affecta un ton désinvolte :

— Merci encore pour ton aide. Tes informations m'ont été très précieuses.

Jackson rentra aussitôt dans son jeu.

— Pas de souci. Si tu as besoin de quoi que ce soit, je te laisse mon numéro.

Il sortit un papier de sa poche, griffonna quelques chiffres, le fourra dans la main de Scarlett et quitta la voiture. Puis il salua les deux Kappa de la main et descendit la rue à pas pressés, s'enfonçant dans les bois, et dans la nuit.

— Tu m'expliques ? s'énerva Dahlia en calant une mèche blonde derrière son oreille. Tu te cherches un mec pendant notre enterrement ?

— Bien sûr que non. Je te raconterai.

Scarlett descendit à son tour, claqua la portière et balaya les environs du regard. Elle frissonna dans la brise du soir.

— Et on n'est pas encore mortes, ajouta-t-elle.

Pas tant que Scarlett avait son mot à dire sur la question. Son idée fixe, c'était Gwen. Elle avait récupéré ses pouvoirs. Elle pouvait se tapir n'importe où. Elle pouvait planifier sa vengeance. Elle pouvait les éliminer l'une après l'autre.

— Il faut qu'on discute de tout ça à l'intérieur, conclut Scarlett.

Elle voulait que le bouclier de protection dresse une muraille impénétrable entre ses sœurs et celle qui les avait prises pour cibles.

29

Vivi

Vivi traversait le campus au pas de course, indifférente aux regards amusés ou interloqués des fêtards qu'elle croisait. Elle laissa dans son sillage des filles qui gloussaient, chancelant sur des talons hauts, des garçons qui s'étaient aspergés d'après-rasage et des couples amoureux, en balade ou assis dans le halo romantique des réverbères.

Le sentiment de culpabilité qui s'était emparé d'elle dans les secondes qui avaient suivi le baiser avait été effacé, gommé par une décharge d'adrénaline et de fureur. Enfin elle avait fait une percée, enfin elle avait trouvé un indice digne de ce nom. Sauf que cet indice la menait directement à sa mère et ouvrait une véritable boîte de Pandore.

Vivi sortit son téléphone et essaya de joindre Daphné – sa troisième tentative depuis qu'elle avait quitté le snack. Cette fois-ci, sa mère décrocha.

— Tout va bien, mon sucre d'orge ? Je suis au beau milieu d'une séance de lithothérapie mais j'ai vu que j'avais raté tes appels.

Vivi ralentit, passant du triple galop au trot.

— C'est toi qui as le talisman d'Hénôsis ? demanda-t-elle, essoufflée.

Daphné resta silencieuse, un peu trop longtemps, puis elle répondit :

— De quoi tu parles, ma puce ? Quel talisman ?

— Je t'ai vue sur une photo, tu l'avais au cou. Pourquoi tu t'obstines à me mentir ? Tu étais une Aile d'Ombre, je le sais, et je sais aussi que tu as le talisman.

— Je ne t'ai jamais *menti*, Vivi. Je t'ai protégée, nuance.

— Eh bien, tu as raté ton coup, parce qu'il y a un taré qui menace de tuer les Ailes d'Ombre l'une après l'autre si on ne lui refile pas ce foutu talisman.

— Il faut que tu quittes Westerly. Tout de suite, l'implora Daphné. Je vais te trouver un endroit sûr et je viendrai te récupérer.

— Quoi ? Tu veux rire ? Je n'abandonnerai pas mes sœurs comme ça, hors de question. Il me faut ce talisman. Tu l'as avec toi ? Je ne dirai à personne que tu l'as volé, promis.

— Je n'ai rien volé, répliqua Daphné sur un ton glacial. La situation est beaucoup plus compliquée que tu ne sembles le penser…

— Ce n'est pas une raison ! Mentir par omission, ça n'écarte pas le danger. C'est si dur à comprendre ? Où es-tu, en ce moment ? Laisse-moi venir récupérer le talisman, tu en profiteras pour tout m'expliquer en même temps.

Un long silence.

— Je ne peux pas, Vivi. Désolée.

— Très bien… dans ce cas, apporte-le-moi. C'est une question de vie ou de mort. Mon amie Tiffany ne va pas s'en sortir sans ce talisman.

— Désolée, répéta Daphné d'une voix sourde, mais ce n'est pas en mon pouvoir. Fais attention à toi, d'accord ? Je t'aime.

Là-dessus, elle raccrocha.

Vivi lâcha un juron et jeta son téléphone dans l'herbe, puis elle le ramassa avec un grognement. Très bien, si Daphné s'obstinait à faire des cachotteries, Vivi allait devoir la retrouver, elle aussi.

VIVI

Avant même d'atteindre l'allée qui menait à la maison, Vivi comprit qu'il se tramait quelque chose. Elle s'arrêta pour reprendre haleine devant Mei, qui purifiait l'air grâce à un fagot d'herbes séchées. À l'autre bout de la pelouse, Etta plantait un arbuste piqueté de fleurs blanches. Elle portait de robustes gants de jardinage et prenait mille précautions pour éviter qu'une partie de la plante n'entre en contact avec sa peau.

— Il se passe quoi ? demanda Vivi, toujours essoufflée.

— Gwen, l'informa Mei sans détacher le regard de son bâton de fumigation. Scarlett l'a vue pratiquer un rituel de magie maléfique, Gwen s'est libérée du sort d'entrave.

— Alors c'est vrai ?

— Oui, apparemment elle s'est débrouillée je ne sais comment pour récupérer ses pouvoirs. Et après l'épisode avec Tiffany, on ne prend plus aucun risque. Dahlia m'a donné pour consigne de renforcer le bouclier de protection pendant qu'Etta plante un pied de berce. C'est une plante qui camoufle l'énergie magique et qui complique les choses pour un intrus qui voudrait identifier les sorts qu'on a utilisés.

Du revers de la main, Vivi essuya la sueur qui perlait à son front.

— Je vois. Où est Scarlett ? demanda-t-elle. Il faut que je lui parle.

— Je crois qu'elle est avec Dahlia, dans son bureau.

Vivi remercia Mei et, sans s'attarder, gagna le foyer, dressant une liste dans sa tête. Primo, informer Scarlett et Dahlia de sa découverte. Secundo, remonter la trace de Daphné.

Tertio, avouer à Scarlett que tu viens d'embrasser son ex, lui rappela sa petite voix intérieure. Une perspective presque plus effrayante qu'une guerre ouverte contre une sorcière malveillante.

Vivi monta l'escalier quatre à quatre, arriva au troisième étage, descendit le couloir à petites foulées et s'arrêta en face du bureau de Dahlia. Des éclats de voix jaillissaient à travers la porte fermée.

— ... irresponsable. T'acoquiner avec une personne extérieure au coven au lieu de collaborer avec tes propres sœurs !

Dahlia semblait *furieuse.* Scarlett lui répondit sans hausser le ton, presque contrite.

— Je t'ai déjà expliqué ; il suit Gwen depuis pas mal de temps. Il avait des informations utiles.

— Mais il n'a rien vu, rassure-moi ? Tu ne lui as rien dit ?

— Bien sûr que non, rétorqua Scarlett sur un ton hautain – après une courte hésitation.

À en juger par le silence qui suivit, cela n'avait pas échappé à Dahlia non plus. À l'immense surprise de Vivi, la présidente se contenta de pousser un soupir.

— Scarlett, ton comportement actuel n'est pas digne d'une présidentiable. J'attends de notre future dirigeante qu'elle donne priorité à Kappa et à nos besoins. Et arrête de nous épier, Vivian, lança Dahlia. Entre.

Vivi rougit jusqu'au blanc des yeux et son embarras s'accrut lorsque Scarlett ouvrit la porte.

— Il y a un problème ? Tu vas bien ? demanda son Aînée, une inquiétude sincère dans la voix.

L'embarras de Vivi fut remplacé par le remords.

Non, je ne vais pas bien du tout, parce que ma mère me ment depuis que je suis gamine et même ça, ça ne pèse pas lourd par rapport à ce que je viens de te faire.

— Je crois que je tiens une piste, déclara-t-elle en mettant un pied dans le bureau.

C'était une pièce de dimensions modestes mais décorée avec goût : papier peint grenat aux murs, table de travail en bois sculpté et bibliothèques aux étagères ployant sous les grimoires, les bougies et les squelettes d'animaux.

— Vraiment ? Formidable. Qu'est-ce que tu as trouvé ? s'exclama Scarlett.

Sa fébrilité contrastait avec l'expression indéchiffrable de Dahlia, qui gardait ses yeux braqués sur Vivi. Scarlett les dévisagea, perplexe.

— Il se passe quoi, là ?

— Demande à ta Cadette, fit la présidente sur un ton glacial. Ça m'étonne que tu n'aies pas entendu. Ses pensées font tellement de bruit qu'elle donne l'impression de hurler.

— Tu sais bien que lire dans les pensées, ce n'est pas mon fort. Dis-moi, s'il te plaît, pour qu'on puisse passer à la suite ?

Dahlia haussa un sourcil.

— Il serait préférable que Vivi te l'explique de vive voix.

Pas possible qu'elle soit au courant, songea Vivi, consternée. Elle avait le plus grand mal à se convaincre que Dahlia était assez puissante pour éplucher le contenu de son cerveau, à chaud, sans même la toucher.

— Très bien, lâcha Dahlia. Vivi a la trouille que tu découvres qu'elle vient de se rapprocher de Mason.

Scarlett tituba en arrière, comme si elle venait de se prendre un coup de poing.

— De quoi tu parles ? Vivi ? lâcha-t-elle dans un filet de voix.

— Je…

Vivi chercha une excuse, une explication, voire un mensonge, en catastrophe, dans un recoin de sa tête, mais rien ne lui vint. Les mots se déversèrent de sa bouche, extorqués par la magie ou la culpabilité.

— Je ne l'ai pas fait exprès, je t'assure. Et ça ne se reproduira pas. Je suis désolée.

— Qu'est-ce qui ne se reproduira pas ? gronda Scarlett.

— Je… c'est arrivé comme ça… un accident. Rien qu'un baiser…

— Tu as accidentellement embrassé mon mec ?

Scarlett posa sa question d'une voix glacée mais la chaleur qui émanait de sa personne chargeait l'air de colère et de vibrations magiques.

— C'était complètement stupide et j'y ai tout de suite mis un terme. Je suis vraiment, vraiment désolée.

— Oh, donc tu y as mis un terme, cracha Scarlett. Tu veux me faire croire que Mason ne sait plus se contrôler quand il te voit ?

— Non, bien sûr que non. Excuse-moi, Scarlett.

— Arrête tes conneries. Tu le lorgnes depuis que tu es arrivée. Et tu as profité d'un moment de vulnérabilité parce que tu sais que tu n'as aucune chance autrement, regardons les choses en face. Les idiotes sans expérience dans ton genre, ce n'est pas vraiment son style.

Même si Vivi se doutait que c'était la colère qui aiguillonnait Scarlett – une colère plus que justifiée –, son attaque lui fit l'effet d'une gifle. Elle savait déjà qu'elle n'était pas le genre de Mason. Cela défiait toute logique qu'il s'intéresse à elle après avoir fréquenté une fille aussi séduisante, aussi classe, aussi talentueuse que Scarlett. Pris dans l'onde de choc de la rupture, il cherchait un moyen commode de se changer les idées. Et quoi de plus facile que d'embobiner une pauvre fille à qui le moindre compliment, la moindre marque d'attention, faisait perdre la tête ?

— C'est bon, Scarlett, ça suffit, intervint Dahlia.

Son sourire narquois donnait l'impression qu'elle jubilait intérieurement. Venant d'une personne d'ordinaire aussi posée et pleine d'empathie, sa réaction était étrange ; elle ne collait pas avec son caractère. La pression des derniers jours avait dû mettre tout le monde sens dessus dessous.

— On a des sujets plus importants à traiter, ajouta-t-elle.

— Je ne traite rien devant elle. Cette situation illustre ce que je répète depuis le début – une pincée de magie arrive à compenser certaines lacunes, pas toutes.

Scarlett lança à Vivi un sourire cruel avant d'asséner le coup de grâce :

— On sait l'une et l'autre que tu n'as pas ta place ici, alors je te suggère de retourner à Reno ouvrir un cabinet de voyance dans une galerie marchande.

Sans laisser à sa Cadette le temps de répondre, elle se dirigea à grands pas vers la porte.

Vivi n'essaya pas de la retenir. Elle ne pouvait supporter de passer une seconde de plus dans la même pièce que Scarlett. Elle n'avait qu'une envie, se rouler en boule sur son lit et essayer d'oublier ces mots qu'elle allait forcément ressasser : elle n'avait pas sa place ici. Les Ailes d'Ombre avaient commis une lourde erreur en l'intégrant au coven. Malgré tout, elle devait absolument informer ses sœurs de ce qu'elle venait de découvrir.

— Attends, Scarlett. J'ai un truc à te dire. Ma mère était une Aile d'Ombre. J'ai trouvé une photo d'elle avec Evelyn Waters et je crois...

— Va raconter tout ça à Mason ! lança Scarlett par-dessus son épaule. Il pourra sans douter t'aider. Ou vous pourrez vous rouler des pelles pendant que ma meilleure amie est séquestrée par un psychopathe.

Et elle claqua la porte derrière elle. Vivi tressaillit. Comment recoller les morceaux ? Même si le talisman était retrouvé, même si Tiffany était sauvée, jamais elle n'arriverait à rafistoler leur relation. Enfin, le destin lui avait donné des amies, une famille, un foyer, et elle avait tout gâché en faisant preuve d'une stupidité et d'un égoïsme suprêmes.

Dahlia posa une main sur son épaule.

— Elle va finir par se calmer. Maintenant, dis-moi ce que tu as appris.

Vivi prit une profonde inspiration. Après les retombées du baiser, les retombées de ce qu'elle s'apprêtait à révéler. Quelle réaction auraient les Ailes d'Ombre en apprenant que la mère de Vivi avait volé le talisman d'Hénôsis ? Qu'elle-même avait appartenu au coven, ce qu'elle avait soigneusement caché à sa propre fille ? Tout cela était très suspect et entacherait irrémédiablement la réputation de Vivi.

Dahlia l'écouta jusqu'au bout.

— Quelle histoire, lâcha-t-elle. Tu as déjà parlé de tout ça à ta mère ? Elle aurait une idée de l'endroit où se cache ce talisman ?

— Je l'ai eue au téléphone mais elle n'a rien voulu me dire. À part que j'étais en danger et que je devais faire très attention.

— En danger, on l'est toutes, ce n'est pas un scoop. Elle habite où ? Il faudrait peut-être lui rendre une petite visite et chercher le talisman chez elle.

— Je ne sais même pas dans quel coin des États-Unis elle a posé ses valises. Encore un truc qu'elle a refusé de me dire.

Vivi sentit la honte lui étreindre le cœur. Non seulement sa mère avait dérobé un joyau inestimable, mais elle était en cavale. Dahlia se montra imperturbable.

— Essaie encore une fois. Dis-lui que tu es complètement paumée, que tu as besoin d'aide.

— J'ai déjà tenté. Ça n'a pas marché.

— Dans ce cas, il va falloir mettre le paquet. Prends-toi pour Jennifer Lawrence, offre-nous une performance qui mériterait un Oscar.

— Si tu veux…, consentit Vivi, mal à l'aise.

Contrairement à sa mère, Vivi ne savait pas jouer la comédie et Daphné la perçait systématiquement à jour quand elle mentait.

— Si j'arrive à récupérer le talisman, on en fait quoi ensuite ? voulut-elle savoir. On le donne directement au ravisseur de Tiffany ?

— Une fois qu'il sera en notre possession, je devrais pouvoir créer une amulette factice grâce à un sort de réplication. Comme ça, la magie ne tombera pas entre les mauvaises mains. Les pires qu'on puisse imaginer, conclut Dahlia après un court silence.

Vivi hocha la tête, sortit son téléphone et composa le numéro de sa mère. Ça sonna quelques instants dans le vide. Au moment où Vivi pensait tomber sur la messagerie vocale, elle entendit un « Allô » prononcé d'une voix lasse.

— Maman, c'est moi. Écoute, je sais que tu préfères éviter le sujet mais c'est vraiment, vraiment important. Il faut que je te voie.

Vivi tâcha d'injecter autant de panique que possible dans sa voix, alors qu'elle était déjà sur des charbons ardents – la vie de Tiffany ne tenait plus qu'à un fil.

Daphné resta longtemps sans répondre, puis elle finit par suggérer :

— Il y a un hôtel à deux ou trois kilomètres du campus qui s'appelle La Rose et l'Épine. Rendez-vous là-bas dans une heure.

Debout à côté de Vivi, Dahlia récita une incantation :

— J'en appelle à la Lune et à la Tour, source des ténèbres qui tout dévorent alentour.

Vivi s'en écarta.

— Maman, je ne peux pas rester à Savannah, enchaîna-t-elle. Tu ne comprends pas, c'est trop risqué...

Elle s'interrompit, catastrophée. Elle venait d'apercevoir son reflet dans le miroir rococo derrière le bureau. Méconnaissable. Son teint avait viré au vert et elle avait la même figure, bouffie et boursouflée, que le cadavre en décomposition d'un noyé. Un bruit lui échappa, entre le sanglot et le râle d'effroi, lorsqu'un asticot sortit en se tortillant de l'oreille de son reflet.

— Vivi ? s'inquiéta Daphné. Tout va bien ?

Vivi détacha son regard du miroir et respira à fond.

— Vivi ? insista sa mère. Dis-moi ce qui ne va pas.

— Tu avais raison, je ne suis pas en sécurité ici, répondit Vivi d'une voix chevrotante. S'il te plaît, maman, il faut que je parte. Dis-moi où tu te trouves.

Cette fois, sa mère répondit sans se faire prier :

— Sur Jekyll Island, au sud de Savannah. L'adresse c'est 38, Wisteria Lane. Ici tu ne craindras rien, je te le garantis.

— À tout à l'heure.

Vivi raccrocha et se tourna vers Dahlia, qui souriait.

— Beau boulot.

— C'était vraiment nécessaire, cette mise en scène ?

Du bras, Vivi montra le miroir – Dieu merci, son reflet était redevenu normal. Elle avait du mal à se remettre de ce face-à-face avec sa charogne : elle tremblait de tous ses membres et son cœur galopait.

Dahlia balaya sa question d'un haussement d'épaules.

— Ça a marché, non ? Alors, prête pour une petite virée en voiture ?

30

Scarlett

— On essaie d'arrêter Gwen, pas de faire de la tisane, grommela Scarlett en franchissant la porte.

Sa remarque acerbe fit sursauter Mei, qui semait par poignées entières du genièvre, du patchouli et de la camomille sur les marches du perron, barrière végétale contre la magie maléfique. Leur parfum monta aux narines de Scarlett, qui revit Gwen briser le cou de ce pauvre rat dans la cabane. Ce n'était pas quelques plantes séchées qui réussiraient à les protéger de cette énergie-là.

— Tu vas où, comme ça ? lança Mei. On est censées rester ensemble.

Sans lui faire l'aumône d'une réponse, Scarlett s'engagea dans l'allée pavée. C'était, depuis son arrivée à Westerly, la première fois qu'elle éprouvait la sensation que le monde extérieur était plus sûr, plus accueillant que Kappa.

Le cœur serré elle longea le bâtiment de PiKa, avec ses majestueuses colonnades. Son imagination ne se priva pas de donner vie, avec une débauche de détails, à une multitude de scènes impliquant sa Cadette et son ex – le jeune homme qu'elle considérait encore, deux jours plus tôt, comme l'amour de sa vie.

Au cours des deux dernières années, Scarlett n'avait pas quitté une seule seconde son avenir des yeux. Elle s'en était forgé une image si précise, si claire, qu'il lui semblait à sa portée, comme si Mason et elle n'avaient qu'à tendre la main pour s'en saisir. Le kidnapping de Tiffany lui avait enlevé la possibilité de faire le deuil de ces projets désormais sans lendemain, remplacés par un immense point d'interrogation. À cet instant, alors qu'elle remontait la voie Grecque à vive allure en enjambant les racines noueuses qui fissuraient le trottoir, le chagrin et la colère s'emparèrent d'elle à parts égales.

Comment accepter que leur rencontre pourtant mémorable à la soirée Pikiki soit désormais déclassée, simple anecdote parmi les ruines d'une relation ratée ? Comment accepter que ce qu'ils avaient bâti pendant deux longues années, chaque petite blague comprise d'eux seuls, chaque conversation, chaque « Je t'aime », se désagrège et tombe en poussière ? Comment accepter qu'à partir d'aujourd'hui, ils se croisent sur le campus comme deux étrangers ? Comment accepter qu'ils aient échangé leur dernier baiser sans se douter qu'il n'y en aurait pas d'autres ?

Et comment, songea Scarlett en essuyant rageusement une larme trop téméraire, Mason avait pu la remplacer aussi vite ? Comment avait-il pu lui infliger ça, à elle – et, humiliation suprême, avec sa Cadette ? Et Vivi, qui avait trompé sa confiance ?

Vivi n'était pas la seule Aile d'Ombre à l'avoir trahie, d'ailleurs. Au lieu de prendre son parti, Dahlia s'était permis d'en rire, ce qui ne lui ressemblait pas. La présidente de Kappa savait ce que Mason représentait pour Scarlett. Elle savait que leur couple était solide comme le roc. Elle savait aussi qu'on se remettait difficilement d'un coup de poignard pareil.

Scarlett avait vu s'effondrer ses repères, les bases de son univers, mais elle s'accrochait à deux certitudes : l'une, c'était que Tiffany pouvait compter sur elle ; l'autre, qu'elle saurait se passer de ses prétendues sœurs.

Scarlett sortit de sa poche le petit papier plié en deux. Le numéro que lui avait laissé Jackson. Elle l'entra dans son téléphone, retint son souffle.

Il décrocha au bout d'une seule sonnerie.

— Scarlett ?

Voilà qui lui coupa l'herbe sous le pied. Impossible qu'il ait reconnu son numéro : elle ne le lui avait pas donné.

— Comment tu sais que c'est moi qui appelle ?

— J'ai deviné. Et j'attendais ton coup de fil. Je suis un peu perdu. C'est assez compliqué de sortir voir des potes, comme si de rien n'était, après avoir découvert que les sorcières existent et qu'il y en a une, pas très sympa, lâchée dans la nature.

Quelques heures plus tôt, ses paroles auraient déclenché en Scarlett un torrent de remords et de peur. Les sorcières avaient traversé les siècles avec une seule et unique crainte : qu'on découvre leur existence. L'obscurantisme les avait envoyées sur le bûcher, au fond d'une rivière, entre les murs d'un asile ou d'une prison. Les histoires qui circulaient n'étaient pas des fables ; sa mère et Minnie s'étaient assurées qu'elle connaisse son histoire occulte sur le bout des doigts.

Aujourd'hui, Scarlett trouvait presque réconfortant de savoir qu'un autre portait le même fardeau qu'elle, qu'elle pouvait placer sa confiance en lui. Même s'il n'avait aucun pouvoir magique.

— Dans ce cas, ça te tenterait de m'aider à traquer la sorcière « pas très sympa » ? proposa-t-elle.

— Ça m'a l'air dangereux.

— Très dangereux.

— Elles en pensent quoi, tes sœurs ?

— Aucune idée.

Scarlett jeta un coup d'œil par-dessus son épaule. Elle avait mis Kappa loin derrière elle. La maison était dissimulée par les rideaux de mousse espagnole pendus aux branches des chênes plantés dans la rue. Elle savait au plus profond d'elle-même que Dahlia n'avait pas tort. Partir en mission solo, sur un coup de tête, ce n'était pas un comportement digne de la future présidente de Kappa. D'un autre côté, une Aile d'Ombre se devait de faire passer ses sœurs avant tout. Tiffany était sa meilleure amie, sa sœur, et elle était en danger de mort. Scarlett n'avait pas le temps, ni l'énergie, d'endosser le costume de la présidentiable propre sur elle. Elle mettait l'amitié avant tout le reste. Et une amie avait besoin de son aide.

— Il faut faire vite. Une de mes sœurs ne peut pas se permettre d'attendre, ajouta-t-elle.

Le silence s'éternisa. Jackson se tâtait. Scarlett ne pouvait pas lui jeter la pierre ; à vrai dire, elle ne l'en respectait que davantage. Il avait pris la mesure du danger et il ne se lançait pas dedans tête la première.

Enfin, Jackson prit la parole :

— Tu viens me chercher ? On peut aller voir si Gwen est retournée à son appartement, ou si elle est restée dans cette foutue bicoque en pleine forêt.

— Tu es sûr que tu n'as pas du sang de sorcier qui coule dans les veines ? l'interrogea Scarlett, ses clefs de voiture à la main. Parce que tu viens de lire dans mes pensées.

Lorsqu'elle débarqua chez Jackson, elle fut surprise par le mobilier minimaliste et par la présence d'un immense tableau en liège couvert de photos et de Post-it, comme dans les films policiers. Et également par le fait qu'il ouvrit la porte torse nu.

— Juste une seconde, lança-t-il.

Il attrapa un t-shirt qu'il enfila par-dessus des pectoraux étonnamment saillants, puis il disparut dans sa chambre.

Scarlett découvrit sa photo punaisée sur un plan de Savannah, à côté de clichés qui présentaient les autres Ailes d'Ombre, toutes reliées par des bouts de ficelle entrecroisés. Jackson avait tracé autour un cercle au feutre rouge.

— Je suis le suspect numéro un, c'est ça ?

À l'adresse du club Psi Delta figurait un portrait d'Harper. La gorge nouée, Scarlett étudia son sourire. Elle avait l'air tellement… vivante.

Jackson la rejoignit, habillé d'un sweat.

— Désolé, il faut que je mette ce tableau à jour.

— Pas de souci, répondit Scarlett.

Elle était toujours en proie à la culpabilité. Le plan, le logement pour ainsi dire vide… c'étaient les conséquences du chaos qu'elle et Tiffany avaient laissé dans leur sillage.

— Je peux te demander un truc ? lança Jackson.

— Je t'en prie. Tu l'as amplement mérité.

Scarlett s'attendait à une énième question sur les sorcières. Il parvint à la surprendre.

— Quand on s'est croisés pendant le bal des Anciens Élèves… c'était à cause de Gwen que tu étais au bord des larmes ? Elle s'en était prise à toi ?

— Non. Ça, c'était à cause de mon copain. Il venait de me plaquer.

Jackson émit un long sifflement.

— Quoi, pendant le bal ?

— Franchement, ça n'a aucune importance par rapport à ce qui nous occupe, rétorqua Scarlett, vexée et gênée tout à la fois.

— On est vraiment dans le Monde à l'Envers, si un mec t'a larguée.

— Il y a quelques jours tu aurais jugé que je le méritais.

— Personne ne mérite de se faire larguer comme ça, pendant une soirée, devant sa famille et ses amis.

— Pas même une sorcière ?

— Certaines, oui, peut-être. Mais tu n'as rien à voir avec l'image que je m'étais faite de toi.

— Ne dis pas ça. C'est insultant. Je ne suis pas comme les autres, c'est ça ? Pas comme mes sœurs ? répliqua Scarlett, refusant qu'il rabaisse les autres filles pour la mettre elle sur un piédestal.

— Étant donné qu'on vient de voir Gwen zigouiller Ratatouille, je le vois plutôt comme un compliment. Mais je me suis mal exprimé. Quand je t'ai vue la première fois au cours de philo, je ne savais pas que tu étais une Kappa. Je t'ai trouvée intelligente, et hors d'atteinte. Tu ne t'en rends peut-être pas compte mais tu tiens les gens à distance. C'est agréable d'avoir accès à ta bulle.

— Même si ma bulle est remplie de sorcières et de tueurs psychopathes ?

— Personne n'est parfait, répondit Jackson en souriant.

— Toi aussi, tu es différent de l'image que je m'étais faite de toi.

— Beau mec de près, spirituel, cultivé…

— Pas le connard total et absolu que j'avais envisagé, rétorqua Scarlett.

Mais, dans un coin de sa tête, elle ajouta : *drôle, gentil, à l'écoute.*

— Et plutôt courageux, poursuivit-elle à voix haute.

Elle n'en connaissait pas beaucoup, des hommes qui auraient admis l'existence des sorcières presque comme si c'était la chose la plus naturelle au monde et qui seraient partis à la chasse en sa compagnie.

— Tu n'as pas l'air plus flippé que ça par cette histoire, fit remarquer Scarlett. Tu me donnes ta recette ?

— En fait, je flippe à mort. Mais je pense aussi qu'au fond de moi, je le sais depuis toujours. J'étais juste dans le déni.

— Dans le déni ? Qu'est-ce que tu veux dire par là ?

— Crois-le ou non, quand j'étais gamin et qu'Harper est venue vivre avec nous, je n'étais pas ce superbe spécimen débordant d'assurance que tu as devant toi. J'étais ce qu'il convient d'appeler un petit intello binoclard.

Scarlett simula la stupéfaction et, pour la première fois depuis plusieurs jours, afficha un sourire.

— Il y avait deux ou trois racailles qui s'étaient mis en tête de faire de ma vie un enfer et, un beau jour, Harper les a chopés dans un coin après l'école. Quelques minutes plus tard, ils sont tous revenus avec un œil au beurre noir. Harper m'a juré qu'elle n'avait pas touché à un seul de leurs cheveux, mais je me rappelle leur mine terrifiée. Lorsque je lui ai demandé comment elle avait réussi à leur foutre une telle trouille, elle m'a expliqué que c'était grâce à la magie. Avec le recul, je me rends compte qu'elle disait la vérité. Mais ce n'est pas le seul exemple. Il y avait plein de petites choses. Des portes qui s'ouvraient et se refermaient toutes seules. Des orages qui éclataient sans préavis. Des détails, de l'ordre de la sensation ou de l'intuition. Quand j'étais petit, je la croyais à moitié. À présent je sais que j'aurais dû la croire à cent pour cent.

Scarlett sentit le vertige la gagner. Elle avait déjà trahi son coven, ses sœurs, en révélant son secret. C'était une profonde bêtise de poursuivre dans cette voie. Mais elle avait Jackson devant elle, elle voyait bien à quel point il était attaché à Harper. Il voulait comprendre, et elle seule détenait les informations qu'il appelait de ses vœux...

— Harper était une Coupe, comme moi. Ses pouvoirs étaient associés à l'eau mais sa magie ne se limitait pas à cet élément. C'est notre cas à toutes. Nous sommes plus fortes ensemble. C'est en tout cas ce que je croyais...

Scarlett laissa sa phrase en suspens, repensant à Dahlia et à son manque de soutien, à la trahison de Vivi.

— Pourtant Gwen est seule, et elle a l'air hyper puissante, fit remarquer Jackson.

— Oui, parce qu'elle invoque la magie maléfique. Cela, mon clan, celui des Ailes d'Ombre, l'interdit – formellement. C'est pour cette raison qu'on l'a bannie et qu'on a entravé ses pouvoirs.

— Des pouvoirs qu'elle a récupérés – et elle en a découvert d'autres.

— En effet, confirma Scarlett avec des accents sinistres dans la voix.

Jackson marqua une pause, afin de digérer ces révélations.

— Merci. Merci de m'avoir raconté tout ça.

— Pas sûr que tu me remercieras quand ça sera fini.

— À ce propos, dit Jackson en lui tenant la porte, les sorcières d'abord. Je suis peut-être courageux, mais je ne suis pas idiot.

La façade de l'immeuble où vivait Gwen était plongée dans le noir lorsqu'ils se garèrent devant. Stores fermés, lumières éteintes. Mais la cabane aussi avait semblé inoccupée au premier abord.

Scarlett coupa le moteur.

— Tu vois des signes de vie ? souffla-t-elle, sans trop savoir quel genre de réponse elle espérait.

Jackson secoua la tête.

— Rien d'allumé chez le voisin du dessus, on n'entend pas le chien qui aboie non-stop dans le magasin à côté. C'est totalement mort.

— Peut-être qu'elle est restée à la cabane, suggéra Scarlett, même si elle n'y croyait pas vraiment.

Elle voulait éviter coûte que coûte de retourner dans cet endroit cauchemardesque mais, pour sauver Tiffany, rien ne l'arrêterait.

— Il y a sa voiture, fit Jackson, montrant du doigt une vieille berline déglinguée.

— Je n'ai pas vu de voiture près de la cabane, s'étonna Scarlett.

— Peut-être qu'elle s'est garée sur la route, comme nous.

Scarlett s'enfonça dans son siège.

— Ça sent mauvais, tu ne trouves pas ? Elle récupère ses pouvoirs, ce qui est déjà *énorme*. Et ensuite… elle revient gentiment faire dodo chez elle ?

— Peut-être que toute cette magie maléfique l'a fatiguée… suggéra Jackson.

Scarlett le fusilla du regard.

— Hé, je ne sais pas comment ces trucs fonctionnent, se défendit-il les mains levées. C'est ton domaine. Je dis juste que ça fait quoi ? trois ou quatre heures qu'on a quitté Skidaway. Ça lui laisse largement le temps de revenir ici.

Ou largement le temps d'aller là où elle garde Tiffany prisonnière pour la torturer, songea Scarlett. Plus de deux jours s'étaient écoulés depuis l'enlèvement. Tiffany avait-elle survécu à son calvaire ? Scarlett grimaça, s'imaginant dans la peau de sa meilleure amie : défigurée par l'angoisse et les yeux écarquillés par la peur, elle regardait Gwen approcher, un poignard à la main ou un maléfice aux lèvres. Il existait des sorts qui vous donnaient l'impression que votre colonne vertébrale se cassait en deux. Des enchantements qui remplissaient vos poumons de lave à chaque inspiration. Des formules magiques pour vous démembrer ou broyer vos articulations. Gwen était-elle assez cinglée pour s'en servir sur Tiffany ?

— Est-ce que ça va ? s'inquiéta soudain Jackson.

Scarlett s'agita sur son siège.

— Oui, ça va. Peut-être que je vais monter jeter un œil. Juste pour vérifier.

— Oui, parce que ça s'est super bien passé la dernière fois.

— Hé, la dernière fois je ne me doutais pas que j'allais tomber sur elle. Là, je suis prête.

— Loin de moins l'intention de mettre en doute ta sorciéritude. Permets-moi seulement de lancer une idée : peut-être qu'on ne veut pas que la méchante découvre qu'on est ici et nous transforme en bouts de bidoche grillée.

— Elle ne nous grillera pas, grommela Scarlett. J'y vais seule.

— Désolé, ça ne va pas être possible. Ça ne serait pas très galant de ma part.

— Personne ne t'a appris que la galanterie, c'est de la misogynie sous des airs présentables ? Par ailleurs, je suis la seule qui ait les compétences pour lancer une malédiction.

— Raison de plus pour m'accrocher à toi et nettoyer après.

Scarlett leva les yeux au ciel.

— C'est ta façon de me dire que tu aimes mater ?

Alors Jackson entreprit de la dévêtir du regard. Elle s'était habillée à la va-vite ce matin, ce qui n'était pas dans ses habitudes. Sa tenue se résumait à un jean et à un débardeur. Jamais elle ne sortait dans la rue dans un style aussi décontracté. Pourtant, sous le regard du jeune homme, elle eut l'impression de porter une robe qui soulignait toutes ses formes.

— Seulement quand la personne en face vaut la peine qu'on la mate, dit Jackson d'une voix sourde.

Scarlett tenta de chasser de son esprit une ribambelle de pensées coquines. Foutue adrénaline. Pas moyen de réfléchir posément. Pas moyen d'avoir les idées claires.

— Écoute... sois très prudent. Si tu vois se produire un phénomène bizarre, le mieux, c'est encore que tu t'écartes. Si je dois te protéger en plus du reste, ça va compliquer les choses.

Jackson fit le salut militaire et lui adressa un sourire dont l'arrogance manquait de naturel. Scarlett le regarda longuement. Elle l'avait mal jugé. Il avait vécu une après-midi éprouvante – il avait appris que la magie existait, il avait surpris une sorcière dans sa tanière – et cela n'avait pas effacé sa bonne humeur, même s'il souriait par bravade, uniquement pour lui remonter le moral.

Jackson se redressa et mit un point final à la discussion en ouvrant la portière. Scarlett éprouva l'envie de le retenir par le bras, mais elle se maîtrisa. Ils sortirent de la voiture et traversèrent la rue déserte.

En chemin, Jackson pinça les lèvres ; il avait vu quelque chose. Scarlett suivit son regard.

Des tentacules de fumée s'échappaient par les interstices de la porte de l'immeuble. Une épaisse fumée rouge vif, d'un rouge presque aveuglant, qui devint compacte et dessina, sous les yeux ébahis de Scarlett, une énorme croix qui leur barra la porte – ENTRÉE INTERDITE, en langage magique.

Ils échangèrent un regard.

— Dernière chance de faire demi-tour, chuchota Scarlett.

À sa grande surprise, Jackson l'attrapa par la main et mêla ses doigts aux siens.

— Je ne te laisserai pas affronter ça seule, Scarlett.

Une fraction de seconde, leurs regards se scellèrent l'un à l'autre. La chaleur de la paume de Jackson se propagea à la sienne, son cœur se mit à battre follement et l'adrénaline atteignit un pic. L'air était saturé d'électricité, Scarlett sentit la tête lui tourner. Le moment était mal choisi pour tomber en pâmoison.

Elle lâcha sa main, approcha la sienne de la fumée écarlate. Un bel échantillon de magie maléfique. Elle le déduisit d'après la démangeaison éprouvée au niveau des doigts, aux picotements au fond de sa gorge.

Scarlett posa les paumes à plat sur la porte, ferma les paupières et alla puiser au creux de sa poitrine le pouvoir que ses sœurs mettaient en commun durant leur rituel mensuel. Elle se représenta alors une lumière dorée qui jaillissait d'elle et chassait les ténèbres.

Elle entendit Jackson pousser une légère exclamation. La porte s'était ouverte.

Ils franchirent prudemment le seuil et empruntèrent l'escalier. Le couloir était plongé dans l'obscurité, aucun rai de lumière n'était visible sous la porte de l'appartement de Gwen. Scarlett colla son oreille contre le bois, guettant le moindre bruit, le moindre mouvement.

Rien.

Elle tourna la poignée. Le verrou n'était pas tiré. Elle coula un regard furtif à Jackson par-dessus son épaule. L'inquiétude qu'elle vit sur son visage reflétait la sienne. Retenant son souffle, elle poussa la porte de quelques millimètres, dans un grand silence.

Un panache de fumée surgit de l'entrebâillement, des serpentins gris et rouges qui s'enchevêtraient. Cela empestait la mort, la putréfaction et les cauchemars, comme ces nuits où l'on s'arrache à un mauvais rêve, la respiration bloquée. Scarlett se mit à suffoquer à la seconde où l'odeur arriva à ses narines. Jackson fut pris d'une incontrôlable quinte de toux.

— C'est quoi, ce truc ? s'étrangla-t-il.

— Aucune idée.

Il ne faisait pas particulièrement chaud. Si cette fumée provenait d'un feu, il ne s'agissait pas d'un feu « normal ».

Avaient-ils déclenché un mécanisme défensif ? Un gaz toxique ? Scarlett avança d'un pas, glissa et se rattrapa avant de s'étaler par terre, posant la main en plein dans une flaque poisseuse. Elle baissa les yeux et un haut-le-cœur la secoua.

Du sang. Une mare entière. Plus grande, et plus glauque, que celle qu'elle avait vue dans la chambre de Tiffany.

Scarlett ravala un cri et balaya la pièce du regard. Un corps gisait sur le plancher, face contre terre, elle n'avait qu'à tendre le bras pour le toucher. Elle lâcha un gémissement. *Pas Tiffany, par pitié, pas Tiffany.*

À côté d'elle, Jackson lâcha une bordée de jurons. Il fut plus rapide qu'elle. Il attrapa la fille par l'épaule – car c'était une fille, Scarlett le déduisit d'après son pantalon de yoga et son top à bretelles. Difficile de distinguer ses traits avec cette fumée…

Une fumée qui semblait jaillir du corps inerte. Ou de son visage, toujours collé au plancher.

Jackson fit rouler la fille sur le dos. Scarlett, qui se préparait au pire, sentit la peur lui tordre les entrailles.

Ce furent les yeux éteints de Gwen qui se fixèrent sur eux. Des rubans couleur de cendre s'échappaient de ses narines, de sa bouche béante, et même de ses oreilles.

— Gwen ? souffla Jackson d'une voix émue.

Scarlett était foudroyée. Frappée de stupeur. Elle regarda Jackson palper le poignet de la jeune sorcière et se répandre en invectives. Il voulut prendre son téléphone. Scarlett l'en empêcha.

— On ne peut pas rester là, chuchota-t-elle. Quand les policiers la trouveront…

Jackson ne se le fit pas répéter deux fois. Il attrapa Scarlett par la main et l'aida à se remettre debout.

— Allez, viens.

Ils quittèrent l'appartement sans demander leur reste. Scarlett tremblait d'effroi, incapable de détacher les yeux de sa paume rougie du sang de Gwen.

Dans sa tête tournait en boucle une seule question.

Si Gwen est morte… alors qui séquestre Tiffany ?

31

Vivi

Cramponnée au volant de la voiture de Dahlia, Vivi se demanda s'il existait un sort assez puissant pour mettre en sourdine l'angoisse qui lui vrillait la poitrine. Pour l'instant, elle était livrée à elle-même. La nouvelle du baiser échangé avec Mason avait sans doute fait le tour de Kappa, propagée par le bouche-à-oreille, les téléphones et la transmission de pensée, car bon nombre de sorcières semblaient communiquer par ce biais.

Lâchant un grognement, Vivi frappa le volant. Elle avait passé une bonne partie de sa vie à courir après l'amitié, à chercher sa place dans le monde ; à peine ses souhaits étaient-ils exaucés qu'elle devait tirer un trait dessus. Tout ça pour les beaux yeux d'un étudiant en histoire qui l'avait fait fondre avec son accent et lui avait jeté quelques miettes d'attention. Elle valait mieux que ça, non ?

Si Vivi avait occupé le siège passager, elle aurait pu savourer les parfums que transportait l'air marin, pour calmer ses nerfs. Mais elle conduisait – elle était seule au volant pour la troisième fois de sa vie. Les déménagements successifs l'avaient empêchée d'acquérir une solide expérience dans ce domaine et cela ne faisait que quelques mois qu'elle avait décroché son permis.

Un poids lourd la dépassa à tombeau ouvert.

— Ça va bien se passer… tout va bien, marmonna-t-elle, comme si elle cherchait à apaiser un animal craintif.

Survivre au trajet, ce n'était que la première étape. Une fois chez sa mère, elle allait devoir trouver un moyen de fouiller son logement. À supposer que le talisman soit encore en sa possession. Daphné avait quelques heures d'avance, ce qui lui laissait largement le temps de le cacher ailleurs.

Dahlia n'avait pas pu l'accompagner ; elle devait rester à Kappa pour préparer le sort de réplication, une formule compliquée qui réclamait toute sa concentration. Vivi était incapable de dire quel scénario l'effrayait le plus : remettre la puissante amulette aux mains du ravisseur de Tiffany ou le rouler dans la farine et déclencher sa fureur, qui allait forcément se déchaîner.

Vivi poussa un soupir de soulagement quand son GPS lui donna pour consigne de prendre la prochaine sortie, direction l'île de Jekyll, une langue de terre à une heure de route au sud de Savannah. Daphné avait dû lui répéter mille fois qu'elle détesterait Savannah, et elle lui en avait voulu terriblement de venir étudier à Westerly, et pourtant elle avait eu le culot de s'installer dans la région. C'était tout à fait le genre de sa mère : faites ce que je dis, pas ce que je fais.

Intégrer Kappa, par exemple, tout en l'interdisant à Vivi.

Quelques minutes plus tard, Vivi se garait devant un bungalow égayé d'une porte bleue et de volets jaunes, à une ou deux encablures de la plage. Une nappe de brouillard s'était déposée sur le quartier pavillonnaire et le carillon éolien fixé au porche émettait une mélodie étrange, cacophonique. Vivi coupa le moteur, sortit du véhicule, balaya les environs du regard et descendit l'allée bordée de rosiers qui faisaient triste mine.

Avant même qu'elle atteigne les marches du perron, la porte s'ouvrit et Daphné apparut sur le seuil. Dans l'ensemble, en dehors des fils d'argent qui se mêlaient, plus nombreux, à ses cheveux noirs et de ses cernes plus prononcés, Daphné Devereaux n'avait pas changé depuis le jour où Vivi lui avait dit au revoir à Reno.

— Quel soulagement, lâcha-t-elle en serrant sa fille dans ses bras, de toutes ses forces, avant de l'examiner de la tête aux pieds. Les cartes m'ont assuré que tu étais saine et sauve, mais… si tu savais à quel point je suis heureuse de te voir !

Maintenant que Vivi connaissait le pouvoir réel des tarots, les intuitions de sa mère lui parurent moins absurdes.

— Je peux entrer ?

Daphné eut un instant d'hésitation.

— Le moment est mal choisi, chérie. J'ai des cartons partout. Un vrai bazar. On pourrait se balader et aller en ville, non ? Il y a un petit café très sympa qui te plaira, j'en suis sûre.

— Des cartons partout, c'est ça ? Il n'y en aurait pas un qui contiendrait le talisman d'Hénôsis, par hasard ?

— Vivi, s'il te plaît…

— L'une de mes sœurs a été kidnappée et si on ne lui donne pas le talisman, le ravisseur la tuera.

Daphné blêmit et porta une main à sa poitrine.

— C'est précisément pour ça que tu ne peux pas retourner à Kappa. Cet endroit, c'est un paratonnerre qui attire le danger.

Elle s'écarta de quelques centimètres, comme si elle ne s'était pas encore totalement décidée, puis elle ouvrit la porte en grand avec un soupir affligé.

— Allez, tu ferais mieux d'entrer.

Vivi ne se fit pas prier. Elle patienta pendant que Daphné refermait la porte, poussant tous les verrous qu'elle avait installés le jour même de son emménagement, comme elle en avait l'habitude. Elle était infichue de changer un pneu ou de brancher un climatiseur, mais sa paranoïa avait fait d'elle un serrurier hors pair. Une paranoïa que Vivi saisissait mieux, à présent.

— Je vois que tu n'as pas fait de vieux os à Louisville, fit-elle avec un sourire qui contredisait l'agacement contenu dans sa voix.

Une bouilloire siffla dans la pièce d'à côté.

— Il y a beaucoup d'énergie négative dans le Kentucky, expliqua Daphné en frôlant Vivi sur son passage. Du thé ? Je suis en train de peaufiner la recette d'une tisane fortifiante. Camomille, basilic...

Vivi la suivit dans la cuisine, dont les murs peints en jaune tournesol et le carrelage noir et blanc stimulaient la bonne humeur. Il y avait tellement peu de place qu'elles se cognèrent quand Daphné versa l'infusion dans deux tasses. Elle en fourra une dans les mains de Vivi, qui l'accepta à contrecœur.

— Tu comptais me dire un jour, que tu t'étais installée à une heure en voiture de la fac ?

— Je ne voulais pas te déranger pendant tes études.

— Donc tu ne réponds à aucun de mes messages, limite, tu me zappes parce que je vais à Westerly, et ensuite tu t'installes dans la même ville ?

— Je voulais être dans les parages. Au cas où, répondit Daphné avec un haussement d'épaules faussement désinvolte.

— Au cas où quoi ? Au cas où j'aurais des ennuis ? jeta Vivi avec un petit rire amer. La raison pour laquelle les Ailes d'Ombre sont en danger, c'est que tu as volé un objet inestimable quand tu étais étudiante et que tu refuses de le restituer. Je sais que rien ne compte en dehors de ton nombril, mais une innocente va mourir demain si tu ne nous le rends pas.

Daphné ferma les yeux, accablée.

— Je crois qu'on devrait s'asseoir et discuter de tout ça, dit-elle à voix basse.

Elle conduisit Vivi au salon, une pièce exiguë remplie d'innombrables objets familiers. Le plaid en laine dans lequel sa mère aimait tant se blottir était drapé sur un coffre en velours bleu que Vivi voyait pour la première fois. L'unique étagère fixée au mur présentait les livres, triés sur le volet, que sa mère traînait avec elle à chaque déménagement. Dans une coupelle en verre, le pot-pourri de lavande et de cèdre que Daphné posait toujours sur une table basse. L'espace d'un instant, Vivi huma le parfum réconfortant des objets qui l'avaient entourée toute sa vie, la seule stabilité qu'elle ait connue enfant.

Daphné prit place sur le canapé et l'invita à s'asseoir à côté d'elle. Vivi préféra s'installer dans un fauteuil jaune au tissu rêche.

— Pourquoi tu ne m'as pas parlé une seule fois de tout ça ? voulut-elle savoir. Ça ne tient pas debout.

— Je n'ai jamais caché ce que j'étais vraiment. Mais je ne pouvais pas te forcer à croire en la magie, Vivi. Tu devais en faire l'expérience par toi-même.

— Dans ce cas, pourquoi tu as essayé de m'empêcher d'aller à Westerly ?

— Pas besoin d'intégrer Kappa pour embrasser ta vraie nature. Ces filles ne sont pas l'image qu'elles projettent. Quand il s'agit d'étendre leur pouvoir, elles sont capables du pire.

— Comme voler le talisman d'Hénôsis ?

— Qui t'a raconté ça ?

— Personne. J'ai vu une photo dans les archives de la *Gazette.* Tu étais dessus avec le talisman autour du cou, à côté d'Evelyn Waters, la fille qui a disparu.

Daphné serra sa tasse si fort que ses phalanges blanchirent.

— Qu'est-ce qui lui est arrivé, à cette pauvre Evelyn ? insista Vivi.

— Elle est morte, Vivi. Parce qu'elle s'est compromise dans quelque chose qui la dépassait. La même chose dans laquelle tu fourres ton nez en ce moment.

Vivi n'en crut pas ses oreilles.

— Je rêve ou c'est une menace ?

— Ne dis pas n'importe quoi, rétorqua sa mère en posant sa tasse sur la table basse. Tout ce que j'ai fait, je l'ai fait pour te protéger.

— Me protéger en me maintenant dans le noir ? Un plan génial, c'est sûr.

— C'était la seule solution !

Vivi sauta sur ses pieds, tremblant d'une fureur mal contenue.

— On a passé toute notre vie à fuir, mais à fuir quoi au juste ? Il ne nous est jamais rien arrivé de mal.

— Parce que personne ne l'a jamais retrouvé, répliqua Daphné.

Toute son enfance, vécue tambour battant, lui revint par images kaléidoscopiques. Les départs sans préavis, les déménagements à la cloche de bois, les longs trajets de nuit en voiture, les routes secondaires que sa mère empruntait pour gagner une destination inconnue. Petite, elle avait vécu tout cela comme un jeu grandeur nature. Elles étaient des espionnes pourchassées par un ennemi très méchant, et elles traversaient incognito le pays, dans leur petit monde à elles. Puis elle avait grandi et le jeu avait perdu de son attrait. Il la forçait à quitter ses amis, les garçons pour lesquels elle avait le béguin, les gens auxquels elle s'était attachée. Il l'arrachait à ses petites habitudes dès qu'elle commençait à se sentir chez elle quelque part.

Cette vie en vrac… Enfin, au bout de tant d'années, tout s'expliquait. La faute à Westerly, la faute au drame qui s'était noué à Kappa.

— Alors c'est vrai, articula Vivi. C'est bien toi qui as le talisman.

Daphné confirma d'un signe de tête.

— J'ai pour responsabilité d'empêcher qu'une personne malintentionnée s'en empare et c'est une mission que j'ai prise très à cœur.

— Donc cette vie sans attaches, les déménagements – c'est à cause de ce qui est arrivé à Evelyn ?

— Tu ne comprends pas…
— Tu l'as tuée ?
La question franchit les lèvres de Vivi avant que son cerveau n'en analyse la portée.
Les émotions défilèrent sur le visage de Daphné. Choc. Tristesse. Indignation. Puis la tristesse, à nouveau, un chagrin insondable qui la vieillit soudain de dix ans.
— Comment tu peux penser une horreur pareille ?
— Je ne sais pas. Je ne sais plus ce que je dois croire. Ce que je sais, c'est qu'il me faut le talisman pour sauver la vie d'une amie mais, pour une raison qui m'échappe, tu t'en moques éperdument.
— Je ne m'en moque pas du tout, mais il faut que tu prennes un peu de recul. Tu veux vraiment que le ravisseur mette la main sur l'un des objets magiques les plus puissants au monde ? Tu ne te rends pas compte du nombre de vies que tu mettrais en danger.
— Donc je dois la laisser mourir en restant les bras croisés ?
— C'est la réalité de la magie, Vivi. Il n'y a pas que les enchantements, les soirées, la chirurgie esthétique à coups de sortilèges avec tes sœurs. C'est de ça que j'essayais de te protéger.
La colère qui frémissait au fond de Vivi entra en éruption.
— Eh bien, tu as peut-être joué avec ma vie, mais je ne te laisserai pas jouer avec celle de Tiffany.
La magie jaillit d'elle à flots. En tant que Denier, Vivi était reliée à la terre, au corps, au monde matériel. Localiser un objet qui attirait autant les convoitises n'allait pas lui réclamer beaucoup d'efforts. *Trouve le talisman*, ordonna-t-elle intérieurement.
Sa magie réagit avec enthousiasme, presque avec empressement. Fébrile, Vivi sentit une vibration parcourir ses doigts, un frisson courir le long de ses paumes et de ses bras. Cela lui fit l'effet d'une bouffée d'oxygène dans des poumons vidés d'air, d'un baume sur une plaie. Enfin, elle reprenait

le contrôle. *Trouve-le*, répéta-t-elle, et la magie arriva aisément au bout de ses doigts.

— Arrête, Vivian, la somma sa mère, et Vivi sentit autour d'elle une magie rivale. Daphné contrecarrait son sort par un sort personnel.

— Montre-moi le talisman d'Hénôsis, commanda-t-elle.

Une bourrasque se leva qui fit voler des feuilles de papier posées sur une table. Les cadres fixés aux murs tremblèrent, le bungalow tout entier parut vibrer.

— Arrête, répéta Daphné.

Les feuilles volantes s'immobilisèrent et les cadres revinrent à leur place avec une violence telle que le verre se fêla.

— Tu ne le trouveras pas de cette façon, ajouta-t-elle. J'ai pris les précautions nécessaires.

Vivi se racla les méninges, essayant de deviner quelles barrières magiques sa mère avait pu édifier. Elle balaya la pièce des yeux et son regard tomba sur une paire de gants de jardinage à côté de la porte. Aussitôt elle pensa à Etta et à la berce qu'elle avait plantée. Sans dire un mot Vivi pivota sur ses talons, se dirigea vers la porte, défit chaque verrou et courut dehors. Son instinct ne l'avait pas trompée : là, au bord d'une plate-bande, un arbuste aux fleurs blanches. La terre à son pied semblait fraîchement retournée, signe que c'était un ajout récent au jardin. Voilà qui expliquait pourquoi le sort de Vivi n'avait pas fonctionné – la berce l'avait empêché de chercher le talisman. Elle savait à présent où concentrer ses pouvoirs et cette plante ne se dresserait pas sur son chemin – après tout, elle avait pour alliée la magie des Deniers, la magie de la Terre-mère.

Vivi leva les bras, la terre fut parcourue d'un léger mouvement.

— Vivi, ça suffit, s'énerva Daphné en se précipitant vers elle.

Au pied de la berce le sol fut soudain éventré, révélant des racines, des cailloux et quelques vers de terre qui se contorsionnaient.

À cet instant Daphné posa une main sur l'épaule de Vivi mais elle la retira aussitôt en poussant un cri de douleur. Vivi vit que sa paume était devenue écarlate, comme brûlée par l'énergie qui circulait en elle au moment où elles étaient entrées en contact.

Gagnée par la culpabilité, Vivi baissa les bras mais elle repensa à Dahlia, à Scarlett et à la plus importante de toutes, Tiffany. Alors elle serra les mâchoires et leva les bras, plus haut, luttant contre une force invisible. Un grondement déchira l'air et une pierre ovale jaillit du sol. Le verre était plus bleu que sur la photo, l'œil plus menaçant encore.

— Tu cours un grave danger à Westerly, souffla Daphné, qui se tenait toujours la main. Je l'ai vu dans les cartes. J'essaie de te protéger.

— Dans ce cas, j'ai une suggestion à te faire, rétorqua Vivi en raflant le talisman qu'elle fourra dans sa poche. Si tu veux me protéger, reste en dehors de tout ça.

32

Scarlett

Le téléphone de Scarlett vibra au fond de sa poche : Vivi essayait de la joindre, encore une fois. Elle appuya sur Ignorer. *T'as pas compris, petite sœur ? Fiche-moi la paix.* Elle avait des choses sur le feu. Trop occupée pour écouter cette traîtresse se répandre en excuses. D'ailleurs, il lui suffisait de voir son nom s'afficher sur l'écran pour remettre du sel sur la plaie. Mason qui l'éjecte de sa vie. Mason et Vivi, ensemble. Mason et Vivi qui s'embrassent.

Scarlett ferma les yeux, mettant en sourdine la douleur de l'abandon, au prix d'un immense effort. Elle était une Winter. Elle était une sorcière. Elle avait peut-être le cœur brisé, mais elle allait rebondir. Et, surtout, elle avait d'autres chats à fouetter. Elle jeta un regard furtif à Jackson qui se trouvait sur le trottoir opposé, les épaules voûtées, dans une cabine téléphonique qu'ils avaient fini par trouver au terme d'une demi-heure d'errance.

Une ambiance irréelle pesait sur cette soirée, qui semblait directement sortie d'un des cauchemars de Scarlett. Un mauvais rêve dont elle ne se réveillerait jamais… car c'était la réalité. Les voitures qui passaient dans la rue, leurs amortisseurs malmenés par les nids-de-poule, tout ça était bien réel. Le bar tout au bout, dont l'enseigne lumineuse agonisait, était bien réel. La chair de poule sur ses bras, aussi. L'angoisse qui montait. Réelle aussi, la triste fin de Gwen. Et Tiffany…

Stop, ordonna Scarlett à sa voix intérieure.

Le ciel au-dessus d'eux était noir, d'un noir de sépulcre. C'était une nuit de nouvelle lune : la Terre, le Soleil et la Lune étaient alignés de telle façon que le disque lunaire était invisible à l'œil humain. Minnie lui avait raconté qu'à l'époque antique, les Grecs appelaient ce phénomène « néoménie ». Le symbole était toujours resté le même. Le moment idéal pour semer la destruction et le désordre, jeter des malédictions imparables, affermir sa part sombre.

Il n'était pas surprenant que le ravisseur ait choisi cette nuit-là, précisément, pour pratiquer un rituel dangereux. Et Scarlett n'avait plus que quelques heures devant elle pour le devancer – quelques heures pour sauver sa sœur.

Un mouvement attira son attention et, d'instinct, elle banda tous ses muscles. Ce n'était que Jackson, qui raccrochait le combiné. Il traversa la chaussée à petites foulées, les mains fourrées dans les poches de son jean.

Scarlett s'appuya au toit de la voiture, inquiète.

— C'est bon, tu as appelé ?

— J'ai essayé d'imiter la voix de Batman, pour les mettre sur une fausse piste.

La plaisanterie arracha un petit sourire à Scarlett. Elle avait conscience qu'il injectait un peu de légèreté dans ses paroles pour l'empêcher de sombrer dans le désespoir.

Ils avaient conclu qu'il était trop risqué d'appeler la police depuis leurs portables. Autant éviter d'avoir à expliquer ce qu'ils traficotaient sur la scène de crime – comment justifier leur présence ? « Vous voyez monsieur l'agent, on venait de forcer la serrure pour vérifier si cette fille est une sorcière qui pratique la magie noire et si elle a kidnappé une membre de mon coven – désolée. »

Mieux valait laisser un message anonyme. Jackson leur avait raconté qu'il suspectait une fuite de gaz dans l'appartement. Une voiture de patrouille allait sans doute faire un tour sur place. Et découvrir… ce qu'il y avait à découvrir. Scarlett avait effacé les traces de magie et les empreintes qu'elle et Jackson avaient pu laisser derrière eux – tout ce qui pouvait inciter les enquêteurs à fureter, à s'intéresser d'un peu trop près à eux. Ensuite ils avaient allumé le four et ils s'étaient éclipsés.

Scarlett chassa de son esprit le souvenir de Gwen et de ses yeux vitreux, de sa bouche affaissée, et concentra ses pensées sur Tiffany. *Elle ne peut pas être morte ; non, c'est impossible.* Elle ne s'imaginait pas retrouver sa meilleure amie dans le même état : un corps inanimé, sans vie.

Jackson posa délicatement la main sur son épaule. Elle sursauta. Elle n'avait pas remarqué qu'il était venu se poster à côté d'elle.

— Tu préfères que je conduise ? proposa-t-il.

Elle lui tendit les clefs, trop lasse pour discuter, puis elle gagna le côté passager.

— Et tu peux passer la nuit chez moi si tu veux, ajouta Jackson.

Elle lui jeta un regard. Un regard qu'il interpréta de travers.

— Non, pas dans ce sens-là. Je te laisse le lit. Moi, je dormirai sur le canapé, rectifia-t-il, mal à l'aise.

Un autre regard, furtif celui-ci. Non, elle ne se faisait pas de film : elle l'attirait, autant que lui l'attirait. Au milieu de toute cette folie, la nature de leur relation avait changé. Voir Jackson Carter troublé à ce point, c'était une situation inédite. Et même si, au-dedans, elle se sentait à vif, le sourire penaud du jeune homme perça une brèche dans son armure – une brèche qui se referma aussitôt, laissant le désespoir l'envelopper de nouveau.

— Jackson, c'est très gentil… mais il faut que je sois avec mes sœurs ce soir.

Il fallait qu'elle leur raconte les derniers rebondissements. Et il fallait aussi qu'elles mettent un plan au point. Soit Gwen avait bien enlevé Tiffany, et elle l'avait tuée avant de... *Avant quoi, Scarlett ? Avant de se jeter des malédictions jusqu'à ce que mort s'ensuive ?*

L'épaisse fumée qui ondulait, l'absence de blessures sur le corps de Gwen alors qu'elle gisait dans une flaque de sang... aucun doute possible : c'était l'œuvre d'une sorcière. Une sorcière qui l'avait maudite.

Ce qui signifiait que Gwen n'était sans doute pas impliquée dans la disparition de Tiffany. Retour à la case départ.

Qui est derrière tout ça ?

Scarlett tira sur le fil de la pelote. L'instigateur de l'enlèvement était une personne puissante. Une autre sorcière. Peut-être l'une des filles qui n'avait pas pu intégrer Kappa, et qui avait recouvré la mémoire. Ou une sorcière qui n'avait jamais posé sa candidature. Dans ce cas, pourquoi cibler spécifiquement les Ailes d'Ombre ? En dehors de Gwen, Scarlett ne connaissait personne qui avait une dent contre elle, et voilà que la principale suspecte était mise hors de cause. Scarlett et Tiffany se moquaient souvent de ces filles qui auraient tué père et mère pour rallier Kappa, mais jamais elle n'aurait imaginé que certaines iraient jusqu'à semer des cadavres dans leur sillage.

Scarlett avait besoin de la force combinée de ses sœurs pour percer ce mystère. Elles pouvaient mettre leurs pouvoirs en commun pour tenter, ensemble, un autre sort de lecture divinatoire, semblable à celui qu'elles avaient pratiqué le lendemain du kidnapping. L'important, c'était de ne pas rester les bras croisés.

Elle étudia le ciel, cherchant la lune qui se dérobait à son regard mais qui était bien là, quelque part – comme Tiffany. Son amie avait laissé dans son cœur un trou béant. Le lien qu'elles avaient tissé était indestructible ; parfois elles communiquaient sans échanger une parole. Mais ce lien s'était rompu, comme coupé par des ciseaux magiques. Si seulement Scarlett arrivait à la contacter. Si seulement Tiffany pouvait lui dire où elle se trouvait...

Alors, une idée germa dans son cerveau. Elle se redressa sur son siège, comme frappée par la foudre. Et si elle s'adressait directement à son amie...

Jackson interrompit le fil de ses pensées.

— Tu es certaine que tu seras en sécurité là-bas ? l'interrogea-t-il. C'est vrai... si celui qui a fait ça à Gwen prend les sorcières pour cibles...

L'impatience eut raison de Scarlett et elle lui lança un regard noir. Jackson ne voulait que son bien, elle le savait, mais il avait cette manie agaçante de mettre à chaque fois le doigt sur ce qui fâchait.

— Donc je suis censée me planquer gentiment dans un coin et laisser cette ordure s'en prendre à mes sœurs – c'est ce que tu suggères ?

— Ce n'est pas du tout ce que j'ai dit. En fait ce serait peut-être une bonne idée que vous vous mettiez toutes à l'abri. Que vous alliez chez vos parents par exemple, ou...

— Pas avant de retrouver Tiffany, fit Scarlett, et elle serra les poings, si fort que ses ongles s'enfoncèrent dans ses paumes.

Jackson posa dessus une main rassurante. Elle se détendit, difficilement. Un regard lui suffit pour comprendre qu'il se retenait d'argumenter de nouveau. Au bout de quelques secondes d'un silence pesant, il hocha la tête et démarra.

— Fais-moi confiance, Jackson. Je peux m'en sortir toute seule. Celui qui a fait ça ne sait pas à qui il s'en est pris.

Lorsqu'ils se garèrent devant Kappa, la bâtisse était plongée dans le noir. Scarlett avait mauvaise conscience de laisser Jackson se débattre seul avec sa nouvelle vision du monde – un monde vaste et étrange, peuplé de créatures monstrueuses. Mais les circonstances exigeaient que ce soir, elle soit aux côtés de ses sœurs.

De toute façon, plus Jackson était loin d'elle, moins il courait de risques.

Scarlett ouvrit la portière, quitta le véhicule et remonta l'allée en retenant son souffle. Le silence planait sur les environs. Un silence complet, inexplicable alors que les Ailes d'Ombre traversaient la pire épreuve que le coven ait connue depuis sa création. Le cœur martelant sa cage thoracique, elle revit Gwen, encore et toujours, dans une flaque de sang.

Et si le tueur était passé chez Kappa après s'être débarrassé de Gwen ?

Sans un bruit, Scarlett referma la porte derrière elle et s'engagea dans le couloir. Elle osait à peine respirer. Les lames du parquet grincèrent sous ses pieds. À chaque pas, elle avait l'impression d'annoncer sa présence avec un porte-voix : *Viens me chercher.*

Elle arriva sur le seuil du salon – silence et ténèbres – et, les yeux mi-clos, étudia l'escalier dont le haut était éclairé d'une unique lampe.

— Scarlett ?

Elle faillit avoir un infarctus. Elle se retourna et découvrit Mei, la mine soucieuse et les bras croisés sur la poitrine.

— Où elles sont toutes passées ? demanda-t-elle d'une voix qui résonna dans le silence.

Mei fronça les sourcils, comme si c'était Scarlett qui avait un comportement étrange.

— Elles dorment. Ou elles essaient, en tout cas. Même si je crois que Sonali est toujours debout, elle parcourt les archives à l'étage avec deux ou trois autres sœurs.

— Et Dahlia ? Je dois absolument lui parler.

— Elle prépare un nouveau sort, elle est sortie chercher vite fait un dernier ingrédient.

Scarlett était à deux doigts de perdre ses nerfs. Dahlia était sincèrement convaincue qu'en cueillant assez de plantes magiques, en se tenant la main et en psalmodiant, elles allaient survivre à cette épreuve. Puis elle pensa à son téléphone, et à l'appel de Vivi qu'elle avait ignoré.

— Et Vivi ?

— Elle est partie dans l'après-midi. Une histoire avec sa mère.

Mei sembla hésiter puis elle posa une main, doucement, sur l'avant-bras de Scarlett.

— Hé, je sais que ça ne va pas te consoler, mais je trouve que Vivi a déconné avec Mason.

— Merci, fit sobrement Scarlett.

Même si entendre parler de Mason ravivait la douleur, elle éprouva une immense reconnaissance à l'égard de Mei qui prenait son parti alors qu'elle appréciait beaucoup Vivi, pour l'unique raison qu'elle était une publicité ambulante pour ses sorts d'embellissement et ses talents de relookeuse. En un sens, elle lui offrait le soutien que Tiffany n'avait malheureusement pas pu lui offrir.

— Comment tu te sens ? s'inquiéta Mei. Tu devrais monter te reposer. Tu as l'air claquée.

— Je ne peux pas.

Scarlett prit une profonde inspiration, espérant calmer son cœur affolé.

— Mei… Gwen est morte. Je viens de trouver son cadavre. Tout indique qu'elle a été victime d'un maléfice.

Éberluée, Mei écarquilla les yeux. Ses sourcils disparurent sous sa frange taillée au cordeau. Scarlett vit des émotions extrêmes se bousculer sur son joli visage : le déni. La résignation. La confusion totale.

— Bon sang… elle était odieuse mais quand même… quelle fin horrible. Alors, ça veut dire qu'elle n'a pas pu…

— Kidnapper Tiffany ? On dirait bien que non. À ce propos, une idée m'est venue pour la localiser. Mais j'aurais besoin des pouvoirs combinés du coven.

En proie à un dilemme, Mei détacha son regard de Scarlett et le dirigea vers la porte.

— Dahlia n'est pas là.

— Mais si elle était là, je suis certaine qu'elle donnerait son feu vert. Réveille tout le monde. On se retrouve dans la serre. De toute urgence.

— On fait quoi, là ?

Juliet balaya la serre d'un regard assoupi, les paupières lourdes, sa main dans celle de Jess. À cette heure de la nuit, et à la lueur des bougies dont la moitié seulement étaient allumées, les plantes projetaient des ombres sinistres sur le visage des filles tirées de leur lit.

C'était la première fois que Scarlett prenait les rênes d'un sort collectif. Elle sentait la responsabilité peser de tout son poids sur ses épaules. *Aide-moi, Minnie,* implora-t-elle en son for intérieur, regardant les autres sorcières. Elle espérait qu'elles se montreraient à la hauteur de la tâche qui les attendait.

— Mes sœurs, j'ai besoin de votre aide. Pour sauver Tiffany. Mais je ne veux contraindre personne. C'est une requête que je vous adresse. Celles qui n'y sont pas disposées sont libres de partir.

Scarlett observa les visages qui l'entouraient. Personne ne bougea.

— Très bien. Nous allons à présent pratiquer une magie d'un degré avancé, qui requiert une concentration maximale. Un rituel pour localiser Tiffany. Reagan, tu veux nous donner un peu de lumière ?

De la main, Scarlett montra une bougie posée par terre. Reagan s'en approcha, la main tendue. Quelques secondes plus tard, la mèche s'enflamma. Scarlett remercia Reagan du regard et la laissa allumer les autres bougies avant de prendre sa place dans le cercle.

— On n'attend pas Dahlia et Vivi ? s'étonna Jess, son téléphone à la main. On a aussi besoin de leurs pouvoirs, non ?

— On n'a pas le temps. Dahlia veut retrouver Tiffany tout autant que nous.

Scarlett croisa les bras et étudia, une à une, les filles autour d'elle.

— Ici, à Kappa, déclama-t-elle, rien ne compte plus que nos sœurs. En ce moment même, l'une des nôtres est en danger de mort. Il est de notre devoir de l'aider ou d'essayer, au moins, de lui porter secours. Je peux toujours compter sur vous ?

Répercutée par l'écho, sa voix résonna dans le volume de la serre. Mei fit un pas vers l'avant, le regard planté dans celui de Scarlett.

— Je te fais confiance, affirma-t-elle.

À son tour, Etta inclina la tête.

— Tu as ma confiance aussi, Scarlett.

Toutes l'assurèrent de leur loyauté, l'une par un hochement de tête, l'autre par quelques paroles sincères. À la fin, même Juliet acquiesça brutalement après avoir consulté Jess du regard. Jess qui lui serra la main, une fois.

— Tout à l'heure, reprit Scarlett, j'observais le ciel et j'ai compris que la lune est peut-être invisible ce soir, mais elle est toujours là. Elle n'a pas disparu ; il ne reste que l'ombre.

Quelques filles opinèrent. Un sourire étira lentement les lèvres d'Etta ; elle avait déjà compris où Scarlett voulait en venir.

— Quand une chose disparaît, elle ne se volatilise pas. Elle a une histoire. Elle laisse une trace. Une ombre.

Minnie avait souvent raconté à Scarlett la magie telle qu'elle était pratiquée autrefois, à une époque où la sorcellerie n'avait pas de structure – pas de grimoires, pas de clans hiérarchisés, pas de formules consignées par écrit. Les sorts permettaient de canaliser cette énergie mais, en parallèle, ils réduisaient le champ d'action de la magie, ils l'affaiblissaient – étouffant l'*émotion* à l'œuvre en filigrane, les désirs qui échappaient au langage humain. Tout ici-bas possède une énergie, une essence fondamentale, et les gens laissent un peu d'eux-mêmes dans tout ce qu'ils touchent. La personne qui avait kidnappé Tiffany avait rendu inopérant chacun des sorts communément utilisés pour localiser son corps physique mais il était possible qu'elle ait négligé de faire la même chose avec son corps subtil, cette substance invisible, impalpable, qui constituait l'identité de Tiffany. Scarlett misait tout sur cette négligence.

Elle ouvrit le sac qu'elle avait à la main et disposa par terre les affaires qu'il contenait, des affaires qui appartenaient à Tiffany. Une paire de bottines en cuir. Une jupe de tweed. Un chemisier en soie crème. Et un pendentif en rubis qu'elle avait trouvé dans le tiroir de la table de chevet. L'un des bijoux que Tiffany préférait. *L'un des bijoux que Tiffany préfère, au présent,* rectifia Scarlett.

Au moyen des vêtements, elle dessina grossièrement une silhouette par terre – cela lui rappela Minnie lui préparant ses tenues quand elle était petite – et elle en traça le contour avec du sel fumé, un ingrédient assurant force et protection.

— Ce soir, nous cherchons notre sœur qui nous a été enlevée, déclara-t-elle d'une voix forte.

Elle sentit un courant d'air frais lui caresser les bras, comme si un souffle de vent avait pénétré dans la serre pourtant hermétiquement close.

— Par les Coupes, nous l'appelons.

Les sorcières de Coupe répétèrent l'invocation.

— Par les Bâtons, nous l'appelons.

Les Bâtons firent de même, les novices guidées pas à pas par leurs Aînées.

— Par les Deniers, nous l'appelons.

Scarlett finit avec la suite de Tiffany :

— Par les Épées, nous l'appelons.

Elle sentait le tourbillon de la magie gagner en puissance et l'envelopper à mesure que ses sœurs puisaient dans leurs pouvoirs.

— Ailes d'Ombre, prêtez-moi votre puissance, commanda-t-elle.

Une énergie la frappa avec la violence de la foudre, de tous côtés, et circula à travers ses membres. Elle dut serrer les mâchoires pour rester ancrée dans l'instant.

— Révélez l'ombre, éclairez le chemin, récita-t-elle. Montrez-nous ce qui nous échappe enfin.

Les autres joignirent leur voix à la sienne. En tout cas, elle crut les entendre. La magie qui coulait dans ses veines était un flot déchaîné et Scarlett avait le plus grand mal à détacher son attention des mains de Juliet et d'Etta, qui s'étaient connectées à elle. Elle exhorta cette énergie, par sa seule volonté, à lui montrer où était Tiffany. À la conduire jusqu'à son amie.

— Révélez l'ombre, éclairez le chemin. Montrez-nous ce qui nous échappe enfin.

Soudain, les vêtements posés par terre parurent animés d'une vie propre. Froufroutant sous les assauts de ce vent surnaturel, venu de nulle part, ils allèrent de droite puis de gauche puis ils gonflèrent, comme s'ils s'adaptaient aux formes d'un corps humain. Une fumée noire se déversa dans la serre, insinuant ses tentacules par les fentes du plancher et les interstices du châssis vitré, chuchotant entre les plantes. Elle enveloppa les sorcières, leur lécha les chevilles, s'enroula autour de leurs jambes.

— Révélez l'ombre, éclairez le chemin, murmura Scarlett. Montrez-nous ce qui nous échappe enfin.

Le pendentif en rubis se mit à vibrer. La fumée tourbillonna plus vite et se densifia au point de former un écran impénétrable. Scarlett ne vit plus rien, ni les vêtements disposés par terre ni les sœurs en cercle autour d'elle. Les vapeurs devinrent aussi âcres, aussi suffocantes, que les exhalaisons toxiques qui avaient envahi l'appartement de Gwen. À cet instant Scarlett sentit une brûlure se propager dans ses veines. Une autre volonté s'opposer à la sienne. Une force – ou *une personne* – refusait que les sorcières arrivent au terme de ce sort.

Bien tenté, mais l'acharnement d'un individu ne pesait pas lourd face à la force cumulée de tout un clan. Les yeux plissés, Scarlett riposta.

Montre-moi ma sœur, ordonna-t-elle, et les filaments de fumée s'agglutinèrent pour former une colonne qui tournoya au centre de la serre comme une tornade cotonneuse avant de jaillir jusqu'au plafond à la façon d'un geyser puis de retomber en direction du sol.

Hazel poussa un grand cri. Scarlett se prépara au choc. Pourtant, la colonne s'immobilisa et resta suspendue à quelques centimètres du plancher, comme la brume matinale qui flotte au-dessus d'un champ. Puis elle s'introduisit en douceur dans les vêtements et remplit les vides, créant une silhouette rudimentaire, l'ébauche d'une personne. Scarlett comprit à cet instant qu'il s'agissait d'une ombre, pas de fumée.

L'ombre se mit en position assise, impalpable, presque spectrale, image rémanente de la sœur qui avait disparu deux nuits plus tôt.

Scarlett lâcha un cri de surprise. Juliet lui serra très fort la main, à lui broyer les os. Dans les yeux de Reagan se lisait l'émerveillement.

— Tiffany ? murmura Scarlett.

L'ombre leva la main. Puis, sans un soupçon d'hésitation, elle désigna les portes de la serre, qui ouvraient sur le jardin. Et sur la forêt qui se déployait au-delà.

Scarlett échangea avec Mei et Etta un regard interloqué. Le déclic se fit dans son cerveau.

Tiffany n'avait pas quitté le campus. Elle était *ici*, tout près.

33

Vivi

Pour la première fois de sa vie, Vivi se servit de son téléphone au volant. Cela allait totalement à l'encontre de ses principes mais il n'y avait pas une seconde à perdre. Les yeux fixés sur la route, elle appela Scarlett. Elles s'étaient brouillées mais Scarlett était toujours son Aînée, et la meilleure amie de Tiffany. Au bout de plusieurs sonneries, elle atterrit sur la boîte vocale.

— Fait chier.

Vivi raccrocha et frappa rageusement l'appuie-tête, puis elle actionna son clignotant et emprunta la sortie qui menait à Savannah.

Pas étonnant que Scarlett laisse sonner dans le vide. Vivi ne lui avait pas seulement causé une peine immense : elle l'avait trahie. Après avoir dit et répété à quel point les Ailes d'Ombre et le coven comptaient pour elle, elle avait planté un poignard dans le dos de son Aînée. Elle allait devoir trouver un moyen de lui présenter des excuses et de rafistoler leur relation, du mieux possible, plus tard. Pour l'instant, la priorité, c'était rendre le talisman et sauver Tiffany.

Un œil sur la route, Vivi fit défiler ses contacts et composa un autre numéro. Au contraire de Scarlett, Dahlia accepta l'appel dès la première sonnerie.

— Comment ça s'est passé ?

— Je l'ai récupéré, annonça Vivi sans tourner autour du pot.

À l'autre bout de la ligne Dahlia, d'ordinaire imperturbable, prit une soudaine inspiration.

— C'est ta mère qui l'avait ?

— Apparemment c'est elle qui l'a volé, avoua Vivi. Je pourrai tout expliquer à mon retour.

— On n'a pas le temps pour ça.

— Pas le temps pour des explications ?

— Non, pas le temps de retourner à Kappa. Je suis en train de rassembler les ingrédients nécessaires au sort de réplication. Je ne vais pas tarder à convoquer les autres.

Le cœur de Vivi s'emballa lorsqu'elle entendit la dernière phrase et l'avertissement de sa mère résonna encore à ses oreilles : *Tu ne te rends pas compte du nombre de vies que tu vas mettre en danger.*

— On ne va pas vraiment le donner au ravisseur de Tiffany, si ?

— Bien sûr que non, répliqua Dahlia. Le talisman nous donnera le pouvoir nécessaire pour remonter seules la piste de Tiffany. Fais-moi confiance.

Vivi lui faisait confiance ; elle faisait aveuglément confiance aux Ailes d'Ombre. C'était sa nouvelle famille, après tout.

— Tu veux qu'on se retrouve où ?

— Je t'envoie l'endroit par message tout de suite. Dépêche-toi. On n'a plus beaucoup de temps.

Durant le trajet du retour, Vivi ne rencontra aucune difficulté sur l'autoroute. La magie qu'elle avait invoquée pour localiser le talisman coulait encore dans ses veines, donnant un coup de fouet à son assurance. Elle vérifia une nouvelle fois le lieu indiqué par Dahlia sur le plan mais elle avait beau recharger la page, il n'y avait aucun changement. Dahlia lui avait donné rendez-vous au cœur d'une forêt, ce qui lui paraissait bizarre. Peut-être était-ce un sort qu'il fallait pratiquer en pleine nature ?

Elle prit la sortie signalée par le GPS et s'engagea sur une route étroite, à deux voies, bordée d'arbres impressionnants. Dahlia lui demandait de regagner Kappa, mais par l'arrière, et le plan signalait toujours un endroit perdu au milieu des bois. Elle parcourut ainsi quelques kilomètres, jusqu'à ce que le bitume cède la place à des gravillons. Là, la végétation était si dense qu'elle cachait les étoiles.

La route débouchait sur un petit parking en terre battue. Aucun autre véhicule en vue et, une fraction de seconde, Vivi se dit qu'elle allait attendre Dahlia ici. Mais le lieu du rendez-vous se trouvait, à en croire le plan, à un peu moins d'un kilomètre. Il n'était pas impossible que Dahlia se soit garée ailleurs et attende déjà Vivi sur place. Pas de réseau pour vérifier si elle avait envoyé un autre message. Et pas de temps à perdre non plus.

Pour aller à la rencontre de Dahlia, Vivi gravit une colline escarpée, contournant prudemment rochers et racines, guidée par l'itinéraire affiché sur son téléphone. La nuit l'enveloppait ; au début, elle aperçut le firmament criblé d'étoiles, par pans, à travers le feuillage, mais plus elle s'enfonçait dans la forêt et plus les arbres masquaient le ciel.

Le talisman d'Hénôsis pesait une tonne au fond de sa poche. À chaque pas, elle le sentait qui lui rentrait dans la cuisse. Il lui rappelait constamment ce qu'elle était venue faire ici.

Westerly n'est pas un endroit sûr, pas pour les gens comme toi.

Tu ignores l'effet que le pouvoir a sur les gens. Ces sorcières qui se prétendent tes sœurs ne sont pas dignes de confiance.

Son cerveau jouait en boucle les plus grands tubes de Daphné Devereaux – tout ce qu'elle avait pu dire à Vivi pour lui saper le moral, pour instiller le doute en elle, au sujet de ses sœurs, de ses amies.

Et pourtant, tout ce temps, c'était Daphné qui avait berné tout son petit monde, Daphné qui avait trahi ses propres sœurs et dérobé, il y avait des lustres, un objet appartenant à Kappa.

Il fallait tourner la page. Vivi allait réparer les torts causés par sa mère.

Le point bleu, qui marquait son avancée, n'allait pas tarder à rejoindre la petite épingle rouge matérialisée sur le plan.

— Dahlia ? lança Vivi. Tu es là ?

Sa voix retentit dans le noir. Elle se sentait un peu bête. Elle prit conscience qu'il régnait un calme inaccoutumé autour d'elle. Aucun oiseau pour faire entendre son chant, aucun vent pour faire bruisser les feuilles.

Vivi tourna lentement sur elle-même, fouillant les environs du regard. La lumière faiblarde projetée par son téléphone, en mode lampe de poche, n'éclairait pas grand-chose.

— Dahlia ? répéta-t-elle, tâchant de ne pas laisser la peur transpirer dans sa voix.

La batterie allait bientôt la lâcher.

Faisant un second tour sur elle-même, Vivi remarqua une clairière un peu plus loin. Le sol était tapissé de feuilles rouges et brunes. L'automne n'en était qu'à ses prémices mais ces feuilles-là semblaient déjà tomber en pourriture, comme à la fin de l'hiver. Vivi fourra son téléphone dans sa poche et chuchota :

— J'en appelle à la Reine de Bâtons. Exauce ma prière en nous donnant la lumière.

Presque aussitôt, une petite flamme tremblotante surgit au creux de sa paume. Le bras tendu, Vivi se dirigea vers la clairière ; elle sentit le froid la gagner et elle se mit à grelotter. Après sa marche à travers la forêt elle était en nage et son t-shirt imbibé de sueur lui collait au dos.

En s'approchant, elle découvrit que Dahlia n'avait pas menti : tout était préparé dans la clairière pour pratiquer un rituel. Sauf que Vivi ne reconnut aucun des objets utilisés. Il y avait des bougies, oui, mais pas les cierges dont se servaient traditionnellement les Ailes d'Ombre : c'étaient de grands cylindres en cire qui délimitaient le tapis de feuilles sèches.

Elle aperçut un chaudron, très semblable à celui qu'utilisait Etta pour concocter ses potions et ses philtres, gravé de symboles qu'elle ne parvint pas à identifier – pas des pentagrammes, c'était à peu près certain. Plutôt des marques gravées dont les motifs évoquaient des hiéroglyphes.

Elle frissonna à nouveau, soudain submergée par cette angoisse étrange qui l'avait étreinte le jour où elle était tombée sur la poupée vaudoue aux archives.

— Dahlia ? fit-elle, dans un filet de voix. Où es-tu ?

Elle avança d'un pas, faisant craquer des feuilles sous son pied. Il n'y avait pas que des feuilles ; elle sentit un objet dur, une brindille peut-être, se casser en deux. Elle baissa les yeux et son sang se glaça dans ses veines. *Des os.* Elle était en train de marcher sur des os, des piles d'os blanchis. Des petits, provenant sans doute de squelettes de rat ou de lapin, mais d'autres d'une taille plus importante. Des fémurs, trop gros pour appartenir à un petit animal. Beaucoup trop gros…

Crac.

Un bruit, juste derrière elle. Vivi se raidit. Son cœur donnait l'impression qu'il allait jaillir de sa poitrine, comme un animal pris au piège.

— Vivian, lança Dahlia. Je suis ravie que tu aies accepté mon invitation.

Vivi se retourna à temps pour apercevoir le sourire railleur de la présidente de Kappa.

Alors un sort la percuta en pleine poitrine et les ténèbres l'enveloppèrent.

34

Scarlett

Scarlett était incapable de détacher le regard de l'ombre qui se dressait devant elle, oscillant légèrement de gauche et de droite. Les filaments de fumée noire se désagrégeaient pour se retisser aussitôt, le pendentif en rubis étincelant au creux de la gorge de l'ombre.

Par le passé, Scarlett avait déjà senti sa magie atteindre une crête, à la façon d'une vague, mais c'était la première fois qu'elle était traversée d'un courant aussi puissant. Voyant ce qu'elle et ses sœurs avaient engendré, voyant ce que la magie et leur volonté avaient réussi à créer, elle fut prise d'un vertige ébloui.

Elle inspira profondément et s'autorisa à espérer que l'étape suivante fonctionne aussi bien que le sort.

— Je viens avec toi, dit Mei sans lui laisser le temps de protester. Tiffany est ma sœur, à moi aussi.

Scarlett et Mei étaient désormais les seules rescapées de leur promotion à Kappa. Scarlett comprenait ce qui poussait Mei à l'accompagner, même si elle n'avait pas envie qu'une autre de ses sœurs y laisse sa peau.

Les sorcières étaient restées en cercle, les yeux grands ouverts, fascinées par l'ombre qui continuait à montrer la porte de l'index. À montrer où se trouvait Tiffany.

— Je viens aussi, proposa Etta.

Scarlett refusa de la tête. Reagan, les bras croisés et la mine renfrognée, fit entendre son avis :

— On devrait toutes y aller. Les Ailes d'Ombre restent unies ; ce n'est pas ce que tu viens de nous dire ?

— Non, vous ne bougez pas d'ici et vous vous concentrez sur le sort, expliqua Scarlett. Je ne sais pas combien de temps il fait effet et il faut que ça tienne jusqu'à ce que l'ombre me mène à Tiffany.

— Pour ma part, je pense que personne ne devrait quitter Kappa, intervint Sonali. Attendons au moins le retour de Dahlia.

— Je vais trouver Tiffany. Sans perdre une minute de plus, répliqua Scarlett, et elle jeta un regard à Reagan. Je dois faire ça pour moi, pas seulement pour Kappa.

Dans un recoin de son cerveau la voix de Dahlia refit surface : *Ton comportement actuel n'est pas digne d'une présidentiable.* Pas faux. Partir en pleine nuit en laissant ses sœurs livrées à elles-mêmes ? Mais à cet instant, la présidence de Kappa ou le protocole, c'était vraiment le cadet de ses soucis.

L'essentiel était de suivre ce que sa *conscience* lui dictait.

Elle échangea un regard avec Mei qui hocha la tête, la mine grave.

— Ombre, fais-moi confiance. Conduis-moi à Tiffany, demanda Scarlett.

Mei répéta sa requête et ses sœurs l'imitèrent, emplissant la serre de leurs voix.

La porte encastrée dans le châssis pivota sur ses gonds, comme douée d'une volonté propre, et l'ombre se déplaça dans sa direction. Le sortilège fonctionnait. Scarlett donna ses dernières instructions à Mei :

— Restez ici, fermez tout à clef et ne laissez entrer personne, sauf les membres du coven.

La pression augmenta d'un cran. Il fallait que sa stratégie porte ses fruits. Il fallait absolument que l'ombre trouve Tiffany.

Scarlett s'aventura dans le jardin, à la suite de l'ombre. Elle entendit la porte de la serre se refermer derrière elle avec un cliquetis.

D'épais nuages s'étaient amoncelés à l'horizon, annonçant l'orage. L'air était lourd, poisseux. Elle eut l'impression de le traverser à la nage tandis que l'ombre longeait le labyrinthe végétal soigneusement entretenu pour arriver à la lisière de la forêt qui ceinturait le campus de Westerly.

Les chênes grinçaient, malmenés par le vent. En frottant l'une contre l'autre, les branches produisaient un son qui rappelait la plainte de violons désaccordés. À bonne distance, le tonnerre gronda. Trop loin pour que la pluie tombe, alors qu'une bonne pluie aurait fait le plus grand bien à tout le monde.

L'ombre fit signe à Scarlett, l'index braqué droit devant, montrant les ténèbres sous le couvert des arbres. D'épaisses vrilles de brume se déroulaient au niveau du sol. Scarlett distinguait à peine le sentier et elle voulait éviter de trébucher à cause des broussailles et des racines. Elle progressait difficilement derrière l'ombre qui, elle, avançait sans toucher terre, le rubis rougeoyant à la façon d'un flambeau autour de son cou.

Au bout de quelques dizaines de mètres, Scarlett jeta un coup d'œil par-dessus son épaule. Les lumières de Kappa avaient disparu, avalées par les arbres. Elle n'y voyait rien. Elle sortit son téléphone, le mit en mode lampe de poche et, du faisceau, balaya le sol à la recherche de… quoi exactement ?

Du cadavre de Tiffany ?

Scarlett s'interdisait de mettre « cadavre » et « Tiffany » dans la même phrase. Elle aurait considéré cela comme une trahison. *Le sort de divination nous l'aurait dit. Il nous aurait donné un indice si elle était morte.* À moins que l'ombre ne conduise Scarlett au corps de sa propriétaire.

Elle est saine et sauve. Forcément, elle est saine et sauve. Scarlett repensa à Gwen. Cette image la taraudait. Les yeux sans expression, terrifiants. La vapeur qui jaillissait, écarlate, de sa bouche.

La brume s'était épaissie, laissant la place à un brouillard grisé. Et l'ombre avançait toujours, le pendentif comme une torche, pénétrant plus profondément dans la forêt – et entraînant avec elle Scarlett, qui distinguait à peine la silhouette dans l'air tourbillonnant, l'ombre se mêlant aux tortillons du brouillard. Le faisceau lumineux du téléphone se fragmentait dessus, comme des phares pendant un orage, et le regard était incapable de le percer. Scarlett arrivait à peine à voir sa propre main. Elle ne pouvait compter que sur le pendentif qui montrait obstinément la même direction, s'enfonçant dans les entrailles de la forêt. Le sang lui martelait les tempes. La sueur avait plaqué son t-shirt sur son dos.

Alors, sans avertissement, le rougeoiement s'éteignit. Scarlett lâcha un juron. Est-ce que le sort avait cessé de fonctionner ?

— Tiffany ! s'écria-t-elle d'une voix forte, mettant sa peur en sourdine.

Seul le silence lui répondit.

Elle appela Tiffany par transmission de pensée. *S'il te plaît, Tiffany.*

L'ombre ne se manifestait toujours pas. Mentalement, Scarlett implora l'aide de Minnie, sans se faire d'illusions, même si elle avait désespérément besoin de sa nourrice. *Par pitié, aide-moi.*

Elle tourna plusieurs fois sur elle-même. Elle ne savait même plus par où elle était arrivée. Ni où porter ses pas.

Où diable l'ombre était-elle passée ? Et Tiffany ? Scarlett se tint immobile, sur le qui-vive. Toujours aucun bruit. Aucun bruissement pour indiquer qu'elle n'était pas seule, aucune voix chuchotante. Elle resta longtemps plantée au même endroit et la bande-son de la forêt se déploya autour d'elle. Les arbres craquaient, le tonnerre gronda longuement.

Une fraction de seconde, la forêt s'éclaira. La foudre avait frappé. Depuis l'instant où elle s'était aventurée dans le brouillard, Scarlett se demandait si c'était elle qui déchaînait les éléments. La foudre était-elle une réponse à son appel désespéré ? Ses pouvoirs devenaient-ils incontrôlables ? Soudain, elle entrevit une lumière au loin, devant elle.

Un nouvel éclair mit en évidence un sentier qui serpentait entre les arbres, vers la source lumineuse. Un feu, supposa-t-elle, à la façon dont la lueur tremblotait et ondulait. Des flammes d'un rouge doré se découpèrent dans les ténèbres.

Il y avait une autre personne dans la forêt. Une personne qui avait la force d'allumer un feu. *Tiffany*. L'espoir afflua en Scarlett ; son cœur faillit exploser.

J'arrive, Tiffany. Elle se concentra sur cet espoir, ignorant la peur qui commençait à monter. Son intuition lui disait : *Ce qui se passe ici n'est pas normal. Pas normal du tout.*

Elle progressa entre les arbres, le regard braqué sur cette flamme qui dansait. Exposée à l'inconnu, mais plus près de son amie.

Ou de ce qu'il en restait.

35

Vivi

Lorsque Vivi revint à elle, elle sentit le coin d'un objet enfoncé dans son flanc – comme si elle s'était endormie sur son téléphone. Alors le froid la submergea. Elle se mit à grelotter, ce qui déclencha une douleur fulgurante sous son crâne.

Ce fut comme un électrochoc lorsqu'elle releva vivement la tête, soudain réveillée, et en proie à une panique totale. Impossible de se mettre debout. Elle avait la sensation que des lests invisibles retenaient au sol ses bras et ses jambes.

Vivi tourna la tête, avec difficulté, et sentit l'herbe rêche lui piquer la joue. Elle se trouvait toujours dans la clairière, sous un ciel parfaitement noir. Les bougies disposées autour d'elle, en cercle, étaient l'unique source de lumière. Cet élément du décor aurait dû la rassurer mais ces bougies-là ne lui étaient pas familières : elles étaient plus grandes, plus massives, et leur disposition évoquait une mâchoire hérissée de crocs ensanglantés. Les os blanchis qu'elle avait aperçus à son arrivée étaient eux aussi arrangés à l'extérieur du cercle, imitant une couronne sinistre.

Agenouillée à quelques mètres de Vivi, Dahlia faisait courir ses mains sur les brins d'herbe. Dans la lumière indécise, Vivi aperçut ses paumes barbouillées de rouge. Sa respiration se bloqua dans sa gorge lorsqu'elle comprit ce qu'elle faisait. Elle dessinait une étoile à cinq branches. Un pentacle de sang.

Et Vivi allait être sacrifiée au centre de ce pentacle.

Elle tenta de se redresser mais une force invisible entravait ses poignets et ses chevilles. Elle marmonna un sort d'évasion que lui avait appris Scarlett, sans le moindre résultat – pas de flux magique le long de ses bras, pas de picotements au bout des doigts. Elle essaya une nouvelle fois, toujours sans succès. Aussi futile que de passer l'index sur l'écran d'un téléphone dont la batterie était à plat.

— Oh, tu es réveillée, fit Dahlia d'une voix affable.

À l'entendre, on aurait pu croire que Vivi était descendue prendre le petit-déjeuner à la cuisine de Kappa, pas qu'elle reprenait conscience au milieu de la forêt.

— Dahlia ? Qu'est-ce qui se passe, là ?

C'était naïf de sa part mais, au fond d'elle, Vivi espérait encore une explication logique. Un bizutage qui aurait mal tourné ? Mais alors son regard se posa sur la gorge de Dahlia et une peur panique s'empara d'elle.

Dahlia portait autour du cou le talisman d'Hénôsis.

— C'est pour toi que tu le voulais, et pour toi seule, dit Vivi d'une voix mourante.

Lui revint alors en mémoire la description que Scarlett avait faite de l'amulette : *Pour s'emparer du pouvoir d'une autre sorcière, il faut la tuer.*

Dahlia haussa les épaules.

— Surtout, ne va pas croire que je t'en veux personnellement. Gwen, en revanche… Les épouvantails… les tarots… elle s'entêtait. Elle trouvait toujours un moyen de brailler, même les lèvres cousues. J'ai dû me débarrasser d'elle avant qu'elle ne détruise Kappa, et tous les membres du coven.

— Tu as tué Gwen ?

Vivi savait que Dahlia disait vrai mais, à cet instant, sa voix trahit malgré tout son incrédulité. La présidente de Kappa avait *assassiné* une autre sorcière.

Dahlia ramassa par terre un objet qu'elle brandit : une dague rouillée, des feuilles mortes collées à la lame.

— Oui, et j'y ai pris beaucoup de plaisir. Mais avec toi ce n'est pas pareil, je t'assure. À vrai dire, je n'ai même pas envie de te tuer.

— Dans ce cas, ne me tue pas. Rien ne t'y oblige.

Vivi fit de son mieux pour paraître rationnelle, même si elle doutait qu'une meurtrière puisse être sensible à ses supplications.

— Navrée, Vivi, répondit tristement Dahlia. Tu es la Denier la plus puissante que j'ai croisée jusqu'ici. Il me faut tes pouvoirs.

Elle passa le doigt le long de la lame, décollant les feuilles, puis elle s'approcha de Vivi et pressa la pointe contre son cou.

— Mais je te le promets, ce sera rapide et sans douleur... enfin, rapide au moins, rectifia-t-elle, les sourcils froncés. Je doute qu'il soit possible de prélever le cœur encore battant d'une personne encore en vie sans que ça lui fasse un peu mal.

La terreur que Vivi s'efforçait de tenir en bride la transperça de part en part et elle poussa un hurlement. Son cri résonna à travers la forêt avant d'être couvert par le grondement du tonnerre.

Dahlia poussa un soupir et éloigna la dague du cou de Vivi.

— Crie autant que tu veux. Au beau milieu de la forêt, personne ne risque de t'entendre.

Débrouille-toi pour qu'elle n'arrête pas de parler, songea Vivi, au comble du désespoir. Si elle retardait le moment de la mise à mort, peut-être que cela laisserait aux Ailes d'Ombre le temps de la retrouver.

— Tu veux faire quoi avec mes pouvoirs ?

— J'ai besoin de l'énergie des quatre suites pour pratiquer certains sorts. J'en ai marre de devoir me régler sur la pleine lune pour des rituels mollassons. Marre d'emprunter ou de quémander leurs pouvoirs aux autres.

— Alors tous tes beaux discours sur la solidarité entre sorcières, c'était du flan ? Tu ne crois pas qu'on est plus fortes ensemble ?

— La solidarité ? répéta Dahlia avec un rictus moqueur. Quand j'ai demandé leur soutien à celles qui se prétendent mes sœurs, elles m'ont abandonnée. Quand je les ai implorées de me prêter leur magie, elles m'ont tourné le dos. Ce sont elles qui m'ont forcée à prendre cette voie.

— Les Kappa te vénèrent. Et même dans le cas contraire… ça n'est pas une excuse pour tuer des gens. Et Tiffany ? demanda Vivi, se préparant à entendre l'horrible vérité. Tu l'as sacrifiée elle aussi ? Tu lui as pris ses pouvoirs ?

L'idée que la magie de sorcières décédées coule dans les veines de Dahlia lui remua l'estomac ; c'était comme si quelqu'un avait arraché l'œil d'une autre personne pour le fourrer au fond de son orbite.

— Tu sais quoi ? Je crois que j'ai eu ma dose de bavardages ineptes pour aujourd'hui.

Dahlia claqua des doigts et la bouche de Vivi se referma. Elle voulut crier, ce qui provoqua une douleur insoutenable. Elle leva les bras, aussi haut que possible, et passa maladroitement le dos de ses mains entravées sur sa bouche. Elle découvrit alors qu'elle avait les lèvres cousues au moyen d'une épaisse ficelle.

— Allez, détends-toi, chantonna Dahlia, qui tenait la dague au-dessus d'une bougie. Ça ne prendra qu'une toute petite minute. J'ai juste besoin de tenir ton cœur assez longtemps pour pratiquer le transfert. Ensuite je te donnerai le coup de grâce. Ça ne m'intéresse pas de prolonger tes souffrances, je t'assure.

Une vague de terreur et de nausée mêlées s'abattit sur Vivi tandis qu'elle s'imaginait au centre du pentacle, pieds et poings liés, à la merci de Dahlia plongeant la dague dans sa poitrine avant d'en extraire son cœur palpitant.

Est-ce qu'elle s'évanouirait sous l'effet de la douleur ? Ou resterait-elle consciente jusqu'au bout tout en se vidant de son sang, seule au milieu des bois, orpheline de ses sœurs qu'elle avait trahies ?

Elle imagina sa mère décrocher son téléphone et écouter, à l'autre bout, un officiel de Westerly lui présenter ses condoléances à la suite d'une terrible tragédie. Un sanglot lui déchira la poitrine lorsqu'elle vit Daphné murmurer « Non, non, non » en s'effondrant contre le mur, défigurée par le chagrin. Sa mère passerait la nuit à pleurer sur le canapé, cramponnée à l'une des peluches que Vivi avait laissées derrière elle, le seul souvenir qui lui resterait de sa fille.

Elle pensa aux autres Kappa, ses sœurs, avec qui elle n'aurait jamais l'occasion de se réconcilier. Et, malgré elle, elle se représenta l'expression de Mason à l'instant où il apprendrait son décès, dans la version que les Kappa décideraient de lui donner. Son chagrin teinté de regrets parce qu'il avait perdu la fille qui avait refusé son amour.

Dahlia tendit le bras, présenta son visage au ciel étoilé et se mit à psalmodier dans une langue que Vivi ne connaissait pas.

Tandis que sa voix prenait de l'ampleur, les flammes des bougies grandirent, évoquant des torches qui crachèrent soudain de la fumée. Vivi regarda, fascinée, les filaments grisâtres s'agréger pour former trois oiseaux aux yeux noirs et au bec pointu.

Des corbeaux.

Les oiseaux prirent leur envol, tracèrent un cercle au-dessus de la clairière et fondirent sur Vivi, des effilochures de fumée se détachant de la pointe de leurs ailes.

Elle essaya de crier, mais c'était peine perdue. Elle n'avait plus de voix. Elle ne pouvait plus se servir de ses pouvoirs. Elle était impuissante… et elle allait mourir d'une minute à l'autre.

Le premier corbeau se posa sur son ventre ; il pesait étonnamment lourd. *Ce n'est qu'une illusion d'optique*, se rappela Vivi. *Il ne peut pas te faire mal pour de vrai.* Alors l'oiseau prit de l'élan et, d'un coup de bec, lui entailla la peau. Un autre se percha sur son épaule et entreprit de lui picorer la poitrine.

Vivi se tortilla, espérant les chasser, les effrayer, mais ses efforts eurent pour seul résultat de les rendre plus agressifs, plus acharnés. À chaque coup de bec, ils faisaient des ravages.

Ils allaient lui ouvrir la poitrine et mettre son cœur à nu.

J'en appelle à l'Empereur et à l'Impératrice, récita Vivi, hurlant en son for intérieur. *Aidez-moi à endurer ce supplice.* C'était un sort que Scarlett lui avait appris et qui pouvait s'appliquer à toutes sortes de situations. Mais privée de ses tarots, et privée de sa voix, Vivi ne pouvait rien faire. Elle manquait d'expérience. Et elle n'avait aucun moyen de briser les entraves magiques qui la gardaient attachée.

Dahlia écarta les bras et les corbeaux redoublèrent de violence. La douleur était insoutenable. Vivi sentit le sang imprégner son t-shirt tandis que les becs fouaillaient sa poitrine.

La sorcière récitait son incantation d'une voix stridente. Elle adressait ses exhortations au ciel nocturne. La flèche orange d'un éclair déchira les nuages et, quelques secondes plus tard, le tonnerre fit trembler le sol. L'air était saturé des vapeurs âcres et suffocantes de la magie maléfique.

Un autre éclair laboura le firmament et une lueur apparut au bout des doigts de Dahlia. Elle éclata de rire et virevolta sur elle-même, les cheveux fouettant son visage.

— J'en appelle à la Mort et à la Tour, s'exclama-t-elle, le poing crispé sur le talisman d'Hénôsis. Acceptez mon sacrifice et accordez-moi ses pouvoirs en retour.

Un flot d'énergie jaillit de Vivi. Au début, elle crut qu'elle perdait du sang, mais la sensation provenait de parties de son corps que les corbeaux n'avaient pas touchées. Elle essaya de tourner la tête, pour comprendre ce qu'il se passait, mais elle était déjà trop faible.

Elle allait rendre son dernier souffle, et Dahlia lui dérobait ses pouvoirs.

— J'en appelle à la Mort et à la Tour. Acceptez mon sacrifice et accordez-moi ses pouvoirs en retour, répéta Dahlia.

Alors elle remarqua que la lueur orangée au bout de ses doigts s'atténuait. Elle laissa retomber ses bras et se retourna, fouillant les ténèbres du regard.

Un nouvel éclair embrasa le ciel et Scarlett surgit au milieu du pentacle. Elle semblait émettre de la lumière ; la fureur et le déferlement de magie faisaient flamboyer ses pupilles. Elle se planta face à Dahlia, sans se laisser intimider par le décor sinistre.

— Alors c'était toi, depuis le début.

Pour la première fois de la soirée, une émotion semblable à de la crainte s'imprima sur les traits de Dahlia.

— Scarlett, attends…

Scarlett l'interrompit en levant haut les mains. Instantanément, le vent se leva. Les branches des arbres s'entrechoquèrent dans un concert de craquements et la pluie se mit à tomber, timidement d'abord, puis par trombes, éteignant d'un coup les bougies.

Les corbeaux se désintégrèrent et Vivi poussa un soupir de soulagement.

— Qu'est-ce que tu as fait à Tiffany ? aboya Scarlett avec une grimace de dégoût.

D'un geste, Dahlia ralluma les bougies, créant des flammes deux, voire trois fois plus grandes qu'au début du rituel. La lumière qu'elles projetaient déformait ses traits, les modifiait, les réagençait.

— Tu ne comprends pas, cria-t-elle pour être entendue malgré le déluge et le vent. Laisse-moi t'expliquer.

Elle semblait presque implorer Scarlett.

— Expliquer quoi ? Tu as tué ma meilleure amie, et tu crois que je vais accepter une explication ?

Scarlett replia ses mains et Dahlia fut projetée vers l'arrière.

Aussitôt Vivi sentit ses membres rigides s'assouplir et les cordes invisibles qui l'entravaient disparurent. Le temps de se remettre debout, chancelante, sa magie était revenue, réintégrant son corps avec la violence d'un raz-de-marée qui emportait tout sur son passage.

Elle sentit la terre réagir. Le sol vibra sous ses pieds et le tapis de feuilles frémit comme s'il n'avait qu'une hâte, qu'elle fasse appel à ses pouvoirs. Sauf que Vivi était fascinée par le visage de Dahlia, qui se métamorphosait de façon spectaculaire.

Son nez rétrécit, la couleur des yeux et des cheveux changea ; Dahlia était trop déconcentrée pour maintenir son masque et les altérations magiques s'effaçaient à toute allure.

Vivi poussa un cri de surprise et Scarlett recula, abasourdie. Haut dans le ciel, un nuage particulièrement inquiétant se dirigea vers elles, comme si une tornade se préparait. Aucune ne le remarqua. Ce qui se passait sur terre accaparait toute leur attention.

Ce n'était pas Dahlia que Vivi et Scarlett avaient face à elles.

C'était Tiffany.

36

Scarlett

Si Scarlett n'avait pas assisté à la métamorphose de ses propres yeux, elle ne l'aurait jamais cru. Mais il n'y avait aucun doute possible sur l'identité de la jeune fille blonde qui se tenait devant elle. C'était bien sa meilleure amie.

— Qu'est-ce que… ? Je te croyais morte.

Scarlett sentit des gouttes d'eau rouler le long de ses joues – pluie ou larmes, elle n'aurait su dire.

— Je sais, fit Tiffany d'une toute petite voix, presque contrite, et je te présente mes excuses.

Le vent hurlait toujours et les branches cinglaient l'air. Des feuilles trempées, des brindilles et des bouts de bois s'abattaient sur la tête des sorcières. Un entonnoir semblable à l'œil d'un cyclone s'était formé au-dessus d'elles, entraînant dans son tourbillon les débris végétaux qui jonchaient le plancher de la forêt.

— Il fallait que je fasse croire que c'était moi qui avais disparu, ajouta Tiffany, pour que personne ne la trouve.

Que personne ne trouve qui ? La confusion de Scarlett se transforma en dégoût lorsqu'elle repensa au sang dans la chambre de Tiffany. Si Tiffany était saine et sauve, et si elle avait emprunté le visage de Dahlia pour agir incognito des jours durant, cela voulait dire que…

— Tu as tué Dahlia, lança Vivi.

Elle était arrivée en même temps que Scarlett à l'horrible conclusion.

— Il me fallait ses pouvoirs, justifia Tiffany, qui ne détachait pas son regard de Scarlett. Laisse-moi t'expliquer, tu comprendras.

— Moi, comprendre ?

Scarlett faillit devenir hystérique lorsqu'elle comprit que son amie trouvait tout naturel d'avoir assassiné leur présidente. Dahlia, belle, intelligente, intrépide, dévouée corps et âme au coven. Qui ne reculait pas devant une nuit blanche pour vous aider à préparer une potion sédative avant le stress des partiels, ni devant quatre heures de voiture pour vous arracher à une tempête de neige – que vous aviez provoquée vous-même. Dahlia, l'une des sorcières les plus douées et les plus investies de sa génération, disparue. Soufflée avec autant de désinvolture qu'une bougie à la fin d'un rituel, et sans le moindre remords.

— Il n'y a aucun argument qui puisse justifier un truc pareil, reprit Scarlett.

— Oh, tu crois ? D'accord, écoute : pendant des années je me suis tapé tous ces beaux discours sur la solidarité entre les Ailes d'Ombre mais quand moi, j'ai demandé de l'aide, tout le monde m'a lâchée.

— De quoi tu parles ?

— Mon seul but, c'était de l'aider, ajouta Tiffany d'une voix altérée. Les médecins étaient dans une impasse, mais j'ai trouvé un sort dans un grimoire. Un arcane majeur hors de ma portée, alors je suis allée demander à Dahlia l'autorisation de pratiquer le rituel en tant que collectif.

Sa mère. Bien sûr. La boule au ventre, Scarlett se rappela la maigreur de Veronica Beckett lors du bal des Anciens. Tiffany avait tenté de faire bonne figure mais elle savait que Veronica était en phase terminale, qu'il ne lui restait que quelques mois à vivre.

— Mais Dahlia n'a rien voulu entendre, poursuivit Tiffany. Elle m'a sorti que c'était un sort obsolète, conçu à une époque où personne ne savait vraiment comment fonctionnaient les maladies, et que cela « perturberait l'ordre naturel ». Comme si c'était une bonne raison pour *laisser ma mère mourir.*

La douleur qu'exprimait la voix de Tiffany transperça le cœur de Scarlett. Elle ne pouvait imaginer le martyre qu'avait enduré son amie – et sa famille avec elle. Néanmoins, il existait des forces sur lesquelles les sorcières n'avaient aucune prise et la mort en faisait partie.

— Tu crois que c'est ce que ta mère voudrait ? Que tu deviennes une meurtrière ? souffla Scarlett.

Les cheveux plaqués par la pluie sur son visage, la toge trempée, Tiffany offrait un triste spectacle mais il émanait d'elle une grande puissance. Scarlett la sentait qui remplissait l'air d'une forte odeur de charogne. C'est ce qui se produisait quand on corrompait sa magie. Tiffany avait peut-être décuplé ses pouvoirs par des moyens contre nature, mais elle allait en payer le prix fort.

Un nouvel éclair zébra le ciel et, une fraction de seconde, Scarlett fut éblouie. Lorsque ses yeux se réhabituèrent aux ténèbres, elle vit que Tiffany l'observait avec un sourire triste. Son sang se glaça dans ses veines.

— Il est trop tard à présent, déclara son amie en passant la main sur l'amulette pendue à son cou. J'ai déjà absorbé le pouvoir de trois suites. La mienne, celle de Dahlia, et celle d'une Coupe que j'ai rencontrée cet été. Il ne me reste plus qu'une Denier à sacrifier, et je serai toute-puissante.

Alors Tiffany posa un regard avide sur Vivi.

Scarlett s'interposa entre elle et sa Cadette.

— Hors de question. Tu ne toucheras pas à un seul de ses cheveux.

Tiffany haussa un sourcil moqueur, puis elle écarta vivement les bras et elle hurla en direction du ciel :

— J'en appelle à la Mort et à la Tour. Acceptez mon sacrifice et accordez-moi ses pouvoirs en retour.

Lorsqu'elle entendit les paroles de l'incantation, Scarlett sursauta. C'était un sort qu'elle connaissait bien sans l'avoir jamais entendu prononcer – l'arcane majeur le plus néfaste de l'arsenal magique – elle réclamait la coopération d'un coven tout entier. Les chances étaient minces que les pouvoirs dérobés à deux sorcières suffisent à Tiffany pour le mener à bien seule. Mais à cet instant le talisman d'Hénôsis émit un flamboiement et une odeur curieuse envahit la forêt. La pluie qui se déversait sur le visage de Scarlett se fit épaisse, visqueuse. Scarlett regarda son bras et poussa un petit cri d'effroi puis elle étudia le ciel, la main en visière.

Il pleuvait du sang.

— Tiffany, non !

Le tonnerre étouffa son cri et une bourrasque la frappa de plein fouet, lui faisant perdre l'équilibre. On entendit un craquement et elle s'écarta maladroitement, évitant de justesse la branche massive qui s'était détachée d'un arbre. L'ouragan que Tiffany avait fait naître déshabillait la cime des arbres. Si elles ne se mettaient pas à l'abri avant qu'il atteigne le sol, elles seraient catapultées à travers la clairière comme ces branches.

— J'en appelle à la Mort et la Tour. Rappelez cette sorcière auprès de vous et accordez-moi ses pouvoirs en retour ! rugit Tiffany.

Scarlett pivota sur ses talons et découvrit que Vivi flottait à plusieurs mètres du sol, comme retenue par une corde invisible, aussi avachie et aussi fragile qu'une poupée de chiffon. L'horreur ne s'arrêtait pas là : Scarlett s'aperçut au même moment, révulsée d'horreur, que les contours d'une masse sombre se dessinaient sous le t-shirt de sa Cadette.

Son cœur.

— Tiffany, arrête ! s'exclama-t-elle, mais son cri fut étouffé par le grondement du tonnerre. J'en appelle à la Justice et au Jugement, qui voient dans la durée, lança-t-elle hors d'haleine. Faites que les torts soient réparés !

Plus une supplique qu'un sort à proprement parler : une prière millénaire adressée à deux figures parmi les plus puissantes du tarot. Un arcane majeur, qui également, réclamait l'engagement d'un coven au grand complet.

Le t-shirt de Vivi était devenu écarlate, peut-être à cause de la pluie battante... ou à cause de son cœur qui cognait contre son sternum, aimanté par l'énergie de Tiffany.

Scarlett remplit ses poumons d'air et s'exclama :

— J'en appelle à la Justice et au Jugement, qui voient dans la durée. Faites que les torts soient réparés !

Mais la magie refusa de se soumettre. C'était peine perdue. Tiffany était désormais capable de pratiquer en solo des arcanes majeurs ; dans ses veines coulaient les pouvoirs dérobés à d'autres sorcières et amplifiés par le talisman d'Hénôsis. Scarlett n'était pas de taille. D'ici quelques minutes, elle allait devoir assister à l'agonie de Vivi.

Scarlett sentit quelque chose se racornir en elle. Jamais elle n'avait éprouvé une telle impression de vide, d'impuissance. Tout était fini. Elle n'avait pu sauver Vivi. Elle n'avait pu sauver Dahlia. Elle baissa les bras.

Alors elle perçut une pression sur son épaule, semblable au contact rassurant d'une main. Scarlett se retourna mais elle ne vit personne ; pourtant, la pression s'intensifia et une onde de chaleur se propagea dans ses membres. Des picotements parcoururent son épiderme et elle sentit en elle un regain d'énergie, ce qui se produisait à chaque fois qu'elle pratiquait la magie avec les Kappa.

Quelques secondes plus tard, les Ailes d'Ombre la trouvèrent. Mei fut la première à jaillir dans la clairière, Juliet sur les talons. L'une après l'autre ses sœurs la rejoignirent, leur confusion ou leur lassitude supplantées par la fureur à l'instant où elles découvraient la scène.

Tiffany lâcha un cri rageur lorsque Mei et Hazel attrapèrent Scarlett par la main, dissipant sa peur. Soudain, cette dernière ne se laissa plus atteindre par le froid et l'humidité de l'air nocturne. Rien ne comptait en dehors de cet afflux de vitalité qu'elle sentait surgir en elle, alimenté par ses sœurs. Elles étaient là, à ses côtés. Scarlett sentit la puissance brute, sans filtre, de Juliet, et le courant homogène de Jess, tout en discrétion mais capable d'une précision chirurgicale. Elle sentit la fraîcheur douce et apaisante de Mei. Elle eut même l'impression de sentir la présence de Dahlia, impalpable, dont l'intensité magique laissait toujours dans son sillage un parfum de bois brûlé, surtout lorsqu'elle y mettait tout son cœur.

— J'en appelle à la Justice et au Jugement, qui voient dans la durée. Faites que les torts soient réparés, répéta-t-elle et, cette fois-ci, sa voix ne fut pas avalée par le mugissement de la tornade. D'autres voix – les voix de ses sœurs – se joignirent à la sienne, injectant dans l'invocation une profondeur et une richesse qu'elle était incapable de lui donner seule.

Les nuages s'effilochèrent ; un seul et unique éclair déchira la nuit. Le visage de Tiffany se retrouva illuminé une fraction de seconde et Scarlett vit ses traits déformés par la douleur, la bouche ouverte en un cri silencieux.

Elle cherchait à récupérer, sans y parvenir, le talisman qui s'éloignait d'elle, attiré par Vivi. Soudain la chaîne qui retenait le pendentif se relâcha comme l'élastique d'un lance-pierre ; Tiffany s'effondra en arrière et Vivi tomba de plusieurs mètres.

Scarlett dirigea une partie de la magie collective vers Vivi, afin d'amortir sa chute, mais elle flottait déjà au-dessus du sol, indemne. Son t-shirt retrouvait peu à peu sa couleur d'origine et son cœur avait réintégré sa place, à l'intérieur de sa cage thoracique.

Elle ouvrit les yeux à la seconde où ses pieds touchèrent l'herbe. Personne n'aurait pu croire qu'elle avait frôlé la mort. En fait, elle paraissait plus vivante que jamais. Sa peau rayonnait et ses yeux brillaient de mille feux lorsqu'elle leva les bras et récita une incantation que Scarlett ne put entendre.

Derrière Tiffany, un arbre se mit à osciller. Les racines jaillirent de terre et se projetèrent vers elle comme une horde de serpents déchaînés. Elles s'enroulèrent autour de ses chevilles et la traînèrent par terre. Pourtant, Tiffany n'avait pas l'air de s'en soucier : trop occupée à retenir le talisman d'Hénôsis, qui était agité de vibrations et de saccades. La chaîne qu'elle portait autour du cou était chauffée à blanc et, à chaque torsion, elle imprimait des brûlures sur sa peau.

L'amulette flamboya une dernière fois et se brisa en mille morceaux, disséminant des fragments de verre. Tiffany poussa un cri animal avant de s'affaisser tandis que le silence s'abattait sur la clairière. Le vent était retombé, les ténèbres avaient avalé la tornade. Le sort pratiqué par les Ailes d'Ombre avait atteint son objectif et réparé le tort d'origine : celui de libérer la magie captive du talisman. Sauf que Tiffany n'avait pas pu supporter ce déferlement d'énergie.

Hazel tomba à genoux, exténuée ; pliée en deux, Jess lâcha un juron sonore tandis que Sonali et Ariana se portaient au secours de Vivi. Debout à côté de Scarlett, Juliet respirait bruyamment, examinant ses doigts roussis, brûlés par le jaillissement de la magie. Scarlett resta figée sur place, le cœur battant, le regard braqué sur Tiffany. Même séparée d'elle de plusieurs mètres, même si son visage était masqué par l'ombre d'un arbre, elle comprit que sa meilleure amie n'avait pas survécu.

37

Vivi

Scarlett fut la seule Kappa qui réussit à fermer l'œil cette nuit-là. Tandis que les sorcières quittaient la forêt sur des jambes flageolantes, trempées jusqu'aux os et maculées de boue, elle s'était écroulée dans les bras de Mei, qui lui avait jeté un sort pour la rendre légère comme une plume, et ses sœurs l'avaient portée sans problème jusqu'au foyer. Vivi avait réussi à couvrir la distance à pied, soutenue par une Jess au visage fermé et une Ariana toujours terrorisée. Prenant soin d'enjamber des racines et des branches jetées à terre, Reagan lui avait expliqué que le sort pratiqué pour convoquer l'ombre de Tiffany avait soudainement arrêté de fonctionner et, craignant le pire, les sorcières avaient remonté la trace de Scarlett jusqu'à la clairière.

À la seconde où elles poussèrent la porte de Kappa, Scarlett alla se rouler en boule sur le canapé. Elle accepta une lampée de la potion somnifère d'Etta et s'endormit aussitôt. On devinait, aux petits bruits qu'elle lâchait parfois et à ses grimaces de douleur, que son sommeil était agité. Vivi prit place dans un fauteuil et elle but, sans se faire prier, la tisane réconfortante qu'Etta lui apportait par théières entières. À chaque gorgée, elle sentait la paix la gagner et sa respiration revenir à un rythme normal – sans doute Etta y avait-elle ajouté un ingrédient mystère.

Dès qu'elle retrouva l'usage de la parole, elle fit aux Ailes d'Ombre un compte rendu rapide des événements et leur annonça l'horrible nouvelle, qui lui brûlait les lèvres : Dahlia était morte, elle aussi.

Le coven tout entier s'était massé dans le salon, improvisant une veillée spontanée pour rendre hommage aux sœurs qu'elles avaient perdues. Les unes avaient pris place par terre, les autres s'étaient perchées sur des meubles. Jess, d'ordinaire stoïque, sanglotait au creux de l'épaule de Juliet, qui lui caressait les cheveux. Hazel avait le regard perdu dans le vague, très loin, tandis qu'Etta et Mei discutaient à voix basse, assises sur le canapé, de la façon dont elles allaient annoncer la tragique nouvelle aux familles des défuntes. Assises par terre face à Vivi, Sonali et Ariana étudiaient la rescapée d'un regard inquiet, comme si elles craignaient qu'elle se fasse kidnapper sous leur nez.

Leur amie tenta de les rassurer d'un sourire mais elle savait qu'elles n'étaient pas dupes. Le danger le plus pressant était écarté, Tiffany et le talisman d'Hénôsis avaient disparu. Mais les pertes subies par les Kappa causeraient un véritable séisme dont elles n'appréhendaient pas encore l'ampleur. Dahlia, leur présidente bien aimée, n'était plus de ce monde.

Marjorie Winter, la mère de Scarlett, débarqua autour de trois heures du matin. Vivi ne savait pas si elle avait été contactée par les membres du coven ou si sa magie lui avait signalé que sa fille avait besoin d'elle. C'était sans doute l'option surnaturelle qui valait car, un peu avant le lever du jour, une autre personne frappa à la porte. : Daphné.

Vivi ne fut pas surprise de découvrir sa mère sur le perron. Elle ne prit même pas la peine de lui demander ce qui l'amenait là. Rien ne l'étonnait plus chez sa mère. Elle savait tout, tout le temps. Et, pour une fois, Vivi y puisa un immense réconfort.

— Tu es saine et sauve, soupira Daphné après l'avoir inspectée sous tous les angles.

— Plus ou moins. Tu veux entrer ?

Daphné hésita un instant, puis elle accepta.

— J'imagine que ce serait moins absurde que de rester plantée sur le seuil.

Elle fit quelques pas prudents dans le vestibule, comme si elle s'attendait à se prendre un sort de plein fouet, et suivit sa fille jusqu'au salon. À leur arrivée, Marjorie, qui veillait sur Scarlett, quitta son fauteuil d'un bond en se frottant les yeux. Vivi n'eut pas le temps de faire les présentations.

— Daphné Devereaux ? lança la mère de Scarlett.

— Bonjour, Marjorie, répondit Daphné sur un ton glacial.

Elle se radoucit lorsque ses yeux se posèrent sur la jeune sorcière endormie.

— Comment va-t-elle ?

— Ça ira mieux avec le temps, répondit Marjorie en passant une main dans les cheveux de sa fille.

Scarlett roula sur le flanc, encore groggy, et ouvrit lentement les paupières.

— Maman ? fit-elle d'une voix faible. Qu'est-ce que tu fais là ?

Mei et Jess échangèrent un regard, puis elles ordonnèrent aux Ailes d'Ombre d'évacuer le salon. Vivi et Scarlett racontèrent à leurs mères ce qu'il s'était passé, à tour de rôle, chacune complétant le récit de l'autre.

— Cela m'attriste beaucoup que vous ayez eu à vivre une épreuve pareille, déplora Daphné. C'est précisément ce que j'essayais d'éviter, mais j'ai l'impression que je m'y suis très mal prise.

— Tu as fait de ton mieux, affirma Marjorie. Est-ce que tu avais vraiment le choix après cette histoire avec Evelyn ?

Scarlett interrogea sa mère, puis Daphné, d'un regard interloqué.

— Evelyn Waters ? Vous êtes au courant pour elle ?

— Evelyn était ma meilleure amie, expliqua Daphné. Nous sommes devenues inséparables durant notre première année d'études, juste après avoir intégré Kappa. Nous étions l'une et l'autre issues d'un milieu modeste, contrairement aux autres sorcières qui descendaient de vénérables dynasties magiques.

Daphné lança un regard appuyé à la mère de Scarlett. Marjorie poussa un long soupir.

— Au bout de tant d'années, tu rabâches encore tout ça ? Tu es devenue une vénérable dynastie magique à toi toute seule, Daphné. Regarde le potentiel de ta fille. Il y a de quoi être fière.

— Tu as raison – et j'en suis fière, fit Daphné, en rougissant. Mais à l'époque, je ne voyais pas comment je pouvais me comparer à des sorcières comme toi, avec ton carnet d'adresses, ou à Evelyn, qui était si douée. Elle a été élue présidente, ce qui était une belle réussite en soi, mais très vite elle a commencé à se comporter de manière imprudente. Je crois qu'elle n'a pas supporté la pression ; elle voulait absolument faire ses preuves, montrer qu'elle allait marquer l'histoire de la magie. Mais sa magie n'était pas au niveau de son ambition. Elle tirait déjà le maximum de ses pouvoirs et cela la contrariait. Alors elle s'est prise d'intérêt pour le talisman d'Hénôsis. Tout lui venait plus facilement quand elle le portait autour du cou et, au bout du compte, elle en est devenue dépendante. Accro à sa puissance.

— On ne comprenait pas trop ce qu'il se passait, enchaîna Marjorie, mais ce qui sautait aux yeux de tout le monde, c'était qu'Evelyn avait un gros problème, et elle entrait dans une colère noire quand on essayait d'aborder le sujet.

— Quand elle a appris qu'on allait la destituer de ses fonctions elle a – comment dire ? – elle a craqué, raconta Daphné avec une grimace. Mon intuition m'a dit qu'elle préparait quelque chose de terrible. Elle ne prenait même plus la peine de camoufler ses actions et j'ai senti qu'elle avait l'intention d'éliminer la fille qui allait la remplacer au poste de présidente.

— Evelyn m'a demandé de la retrouver sur la plage une nuit, raconta Marjorie. Jamais je n'aurais dû m'y rendre seule, mais elle a insisté, et elle était toujours notre présidente. Une présidente puissante, par-dessus le marché.

— Je les ai suivies, enchaîna Daphné. Heureusement, je suis arrivée à temps. On a dû la combattre ensemble.

Les deux femmes se murèrent dans le silence.

— Donc, elle n'a pas disparu ? demanda Vivi au bout d'une longue pause.

— C'est la version qu'on a racontée, avoua Marjorie d'une voix lasse. Evelyn est morte alors qu'elle essayait de se débarrasser de nous. Elle a déclenché une vague violente qui l'a engloutie alors qu'on fuyait la plage. Daphné et moi avons décidé d'un commun accord qu'il était trop risqué de conserver le talisman à Kappa. Une autre sorcière pourrait être tentée d'imiter Evelyn.

— Je me suis portée volontaire pour le prendre avec moi, et ne jamais le laisser trop longtemps au même endroit. Pour l'éloigner des personnes malintentionnées, ajouta Daphné, puis elle posa sa main sur l'épaule de Vivi. Je le reconnais… le talisman me faisait peur. Pour moi, il était responsable de la transformation d'Evelyn. Je craignais de tomber aussi sous son emprise – moi, ou d'autres personnes qui entreraient en contact avec.

— Excuse-moi, maman, dit Vivi, partagée entre honte et remords, j'aurais dû t'écouter. Si je n'avais pas donné le talisman à Dahlia – enfin, à Tiffany –, peut-être qu'on n'en serait pas là aujourd'hui.

Daphné secoua énergiquement la tête.

— Non, c'est ma faute. J'aurais dû t'en parler il y a bien longtemps. Je pensais qu'en te dissimulant ce passé, et en t'éloignant de Westerly, je te protégeais.

— Tandis que moi, je vous ai élevées, toi et Eugenie, dans l'optique de vous rendre plus fortes et plus intelligentes que je ne l'étais à l'époque, expliqua Marjorie en s'adressant à Scarlett. Je pensais qu'en étant les sorcières les plus puissantes de votre génération, vous accorderiez votre respect au compte-gouttes et vous ne tomberiez pas dans le piège de l'idolâtrie – pas comme moi.

Scarlett esquissa une grimace.

— Du coup, tu as fait de moi la fille qui n'a pas remarqué que sa meilleure amie était devenue une meurtrière.

— Mais une fois que tu as compris qui elle était vraiment, tu as suivi ta conscience, pas vrai ?

— C'est vrai, lâcha Vivi, prenant Scarlett de vitesse.

Scarlett avait risqué sa vie pour se porter à son secours. Au-delà de leurs différences, elles étaient sœurs. Sur certains points, sa mère n'avait pas tort : la sorcellerie recelait des dangers terribles que Vivi avait sous-estimés. Mais même la magie la plus maléfique n'avait pu détruire ce qu'elle avait vu dans la clairière, une force qui venait à bout des sortilèges et des tornades, à bout de la peur elle-même : cette loyauté indéfectible entre deux sœurs.

38

Scarlett

Deux jours – deux longues journées – après avoir vu son monde s'écrouler, Scarlett était assise dans sa chambre, le regard perdu par la fenêtre, retournant dans sa tête les questions qui la taraudaient depuis quarante-huit heures. Comment avait-elle pu passer à côté de la transformation de Tiffany ? Être aveugle au point de ne pas voir que la fille avec qui elle avait dansé sur des tables, la fille qui lui tenait la main à chaque fois qu'Eugenie la faisait pleurer, cette fille-là était devenue une meurtrière ? Et comment Scarlett pouvait-elle souffrir de son absence ? Comment pouvait-elle continuer à l'aimer, alors qu'elle s'était rendue coupable du pire ?

Son examen de conscience fut interrompu par deux coups frappés à sa porte.

Vivi se tenait sur le seuil, un peu gênée.

— Je viens voir comment tu te sens aujourd'hui.

Scarlett lui fit signe d'entrer. Elle tenait contre elle son éléphant à trois pattes acheté dans une brocante.

— Est-ce que les autres tournent en rond aussi ? Je n'arrive pas à me tirer du lit. Ni à quitter la chambre.

— Scarlett, je ne peux même pas imaginer… C'était à elle, cette peluche ?

— Oui. Je ne sais pas pourquoi je m'y accroche.

Elle jeta l'éléphant au fond de la corbeille à papier puis elle se tourna vers Vivi, qui donnait l'impression de vouloir épargner un destin aussi funeste à la pauvre bête. Comme si elle souhaitait sauver quelque chose des décombres.

— Je comptais te parler, justement, déclara Scarlett.

Même si Tiffany occupait la plupart de ses pensées, un autre souci la tourmentait : si elle voulait repartir du bon pied avec Vivi, il fallait qu'elles crèvent l'abcès.

Vivi sembla se raidir, sans doute parce qu'elle devinait ce qui allait lui tomber dessus, puis elle hocha la tête et approcha une chaise. Intérieurement Scarlett la remercia de ne pas protester, ni se braquer. Ensemble, elles regardèrent le soleil poindre à l'horizon et déverser peu à peu ses rayons sur le campus.

— C'est à propos de Mason, commença Scarlett.

Vivi attrapa la perche qui lui était tendue.

— Scarlett, l'occasion ne s'est pas encore présentée, mais je veux te faire des excuses. J'aurais dû me dominer. Il n'y aura pas de deuxième fois. Je sais que c'est ton ex. Je n'ai pas d'excuse.

— C'est vrai, tu n'en as pas, admit Scarlett avec un soupir. Mais je ne peux pas te jeter la pierre, parce que je ne suis pas spécialement fière de ce que j'ai fait.

Scarlett repensa à Tiffany. À l'indifférence terrible avec laquelle elle avait avoué le meurtre de Dahlia. *Il me fallait son pouvoir.* Comme si c'était un simple obstacle ; comme s'il s'agissait simplement de prendre ce qui lui appartenait. Scarlett sentit monter des larmes qu'elle refoula d'un clignement de paupières.

— Ta mère a raison, Scarlett. Tu n'es pas responsable de ce qu'il s'est passé avec Tiffany.

— Peut-être pas, mais j'étais très attachée à elle. Elle était en train de toucher le fond et moi, je n'ai rien vu. Rien.

Vivi haussa les épaules.

— Les gens ne sont pas tout noirs ou tout blancs. Ni ange, ni démon. Tiffany a commis des actes terribles, c'est vrai, mais elle a agi par amour. Je ne la défends pas mais, essayer de comprendre, ce n'est pas pardonner. Tu as découvert de quoi elle s'est rendue coupable, cela ne veut pas dire que ton amitié pour elle va se volatiliser comme ça, en un claquement de doigts. L'amour, c'est plus compliqué que ça.

Scarlett éclata de rire. Elle s'était remise à se ronger les ongles – sa mère n'était plus là pour lui mettre des tapes sur les mains.

— Tu parles d'un sermon. Les sentiments ne suivent jamais scrupuleusement les règles, pas vrai ?

— Absolument, répondit Vivi avec un petit sourire.

Scarlett ne put s'empêcher de penser à Jackson, à la façon dont il l'avait prise par la main juste avant qu'ils forcent la porte de Gwen. Avant que la situation leur échappe totalement, il y avait eu un moment où elle avait songé : *peut-être...*

Sous son crâne régnait une belle pagaille. Les sentiments qu'elle éprouvait vis-à-vis de Jackson se coloraient d'adrénaline, de peur et de chagrin. Il allait lui falloir un certain temps pour faire du tri dedans. En attendant, elle pouvait s'assurer que la situation soit moins ambiguë pour d'autres personnes de sa connaissance.

— Écoute, Vivi, ce que j'essaie de dire, c'est... si je suis sincère avec moi-même, entre Mason et moi, c'était fini à la seconde où Harper est morte, parce que je ne pouvais pas lui dire la vérité. Ce secret a creusé un gouffre entre nous. On a passé l'été chacun de notre côté et il est revenu changé. J'ai mis pas mal de temps avant me rendre compte que moi aussi, j'avais changé. Nos chemins se sont définitivement séparés.

Scarlett fut prise au dépourvu par sa propre franchise – et par le fait que décharger sa conscience était moins pénible qu'elle ne l'avait craint.

Le soulagement s'afficha sur les traits de Vivi.

— Et quel chemin tu as choisi ?

— Je veux être heureuse. Encore faut-il que je découvre ce que ça signifie, à mon échelle. Toute ma vie je me suis efforcée de suivre les règles, comme un bon petit soldat. De me conformer aux attentes de ma mère, aux attentes de Dahlia, aux attentes que je m'étais fixées moi-même. Mais rien ne m'autorise à imposer mes règles aux autres. Pas à toi, et encore moins à Mason. Alors, si vous avez des sentiments l'un pour l'autre, eh bien... lancez-vous, ce n'est pas moi qui vais vous en empêcher. Si ça te tente toujours, bien sûr.

— Tu n'es pas obligée de dire ça, murmura Vivi.

— Je sais, fit Scarlett avec un clin d'œil. C'est parce que j'aime me donner le beau rôle.

Face au sourire désarmant de Vivi, Scarlett se rappela à quel point elle l'avait trouvée antipathique au début. Parce que c'était un électron libre. À présent, elle avait la sensation de mieux la connaître que ses autres sœurs. Plus surprenant encore, elle commençait à l'apprécier. À discerner ce que les Ailes d'Ombre et Mason voyaient en elle. Son intelligence, son humour, sa générosité. Cette énergie effervescente, alors qu'elle avait été si longtemps tenue à l'écart de ses racines et qu'elle avait vécu l'enfer au cours des derniers jours. Il y avait une spontanéité qui émanait de Vivi, un naturel qui avait sans aucun doute charmé Mason, lui qui voulait désespérément s'affranchir des codes qu'on lui imposait depuis l'enfance.

Même maintenant, malgré l'épreuve qu'elle venait de traverser, c'était à Kappa que Scarlett voulait rester. Pour Kappa qu'elle voulait se battre. Kappa dont elle voulait panser les plaies. La perspective que Mason se remette en couple ne lui faisait pas particulièrement plaisir. Mais elle comprenait, au moins, ce qu'il trouvait à Vivi. Elle la regardait à travers ses yeux. Et elle pouvait un peu leur lâcher la grappe...

Scarlett asséna un petit coup de coude à Vivi.

— Ne va pas croire que je me ramollis, hein. Tu as peut-être survécu à la Semaine infernale, mais tu es toujours ma Cadette.

Vivi leva le menton.

— Personne n'osera dire que tu te ramollis. Et je ne te décevrai pas. Fais-moi confiance.

— Mais je te fais confiance, rétorqua Scarlett, souriant d'une oreille à l'autre.

Et elle était sincère.

Lorsque Vivi quitta la chambre, Scarlett repêcha l'éléphant dans la corbeille et le remit à sa place, sur la commode. Tiffany n'était plus là mais Vivi avait raison. Rien n'obligeait Scarlett à oublier ce que son amie avait de bon.

À la stupéfaction générale, la vie sur le campus retrouva une certaine normalité. Scarlett avait réglé ses comptes avec sa famille et ses sœurs Ailes d'Ombre, mais il lui restait une personne à voir. Et elle ne savait pas quelle tournure prendraient leurs retrouvailles.

Scarlett donna rendez-vous à Jackson à l'extérieur du campus, à un endroit qu'elle affectionnait particulièrement : un petit banc qui offrait une vue imprenable sur le fleuve Savannah.

— Salut, lança-t-elle en lui offrant un gobelet de thé – un petit cadeau de réconciliation.

Jackson s'assit sur le banc, accepta le gobelet.

— Donc, tu n'es pas morte, riposta-t-il.

— Je t'ai envoyé un message, protesta-t-elle.

— Je crois que je méritais plus que ça : « Tu avais raison, il faut croire. Je suis la fille qui survit à la fin. Je t'appelle dès que je reprends mon souffle. »

Jackson lança à Scarlett un regard appuyé.

— Ce n'est pas ce que j'appelle une explication satisfaisante, mademoiselle Winter.

Scarlett sentit la culpabilité lui nouer le ventre.

— On m'a dit que tu étais passé à Kappa. Je suis désolée… Je… je n'arrivais pas à reprendre pied.

Jackson se rapprocha d'elle.

— J'avais peur qu'il te soit arrivé quelque chose. Toutes mes condoléances pour Tiffany.

D'après la version rendue officielle par les Kappa, Tiffany avait été victime de la tornade qui s'était formée sans explication rationnelle à proximité de Westerly. Quant à Dahlia, elle était portée disparue et tout laissait croire qu'elle avait trouvé la mort, elle aussi, pendant l'orage.

— Quand l'info selon laquelle une fille avait été tuée pendant l'orage a commencé à circuler sur le campus, j'ai cru que c'était toi. J'ai cru que tu étais morte, marmonna Jackson.

— J'ai simplement fini au poste de police, pour un interrogatoire express, répondit Scarlett en évitant soigneusement son regard. Comme tu t'en doutes, les enquêteurs avaient des questions à me poser. Sur pas mal de sujets.

Jackson vérifia du regard qu'aucune oreille indiscrète ne traînait dans les parages.

— Alors, il s'est passé quoi en réalité ? On a trouvé Gwen il y a deux jours et maintenant… La police a conclu qu'elle est morte empoisonnée à cause d'une fuite de gaz.

— C'est moi qui leur ai soufflé ça.

Scarlett se surprit à mordiller un de ses ongles et elle plaqua ses mains sur ses cuisses. Pour elle, et surtout pour Jess, l'Épée la plus puissante du coven, il n'avait pas été très compliqué de glisser quelques suggestions dans l'esprit des enquêteurs, afin de les aider à boucler le dossier. Sa mauvaise conscience la tenaillait, car elle se rendait complice de Tiffany en camouflant ses crimes, mais il n'y avait pas d'alternative. Le secret des Ailes d'Ombre devait être protégé coûte que coûte.

— Je les ai orientés vers une intoxication accidentelle.

Jackson se pencha vers l'avant, les coudes appuyés sur les genoux.

— Écoute, Scarlett, tu as une idée de l'angoisse que j'ai ressentie ces derniers temps ? Et ensuite, quand j'ai entendu cette histoire de filles mortes pendant l'orage... des coïncidences pareilles, ça n'arrive pas tous les jours.

— Non, c'est vrai.

— Est-ce que c'était... de la *sorcellerie* ? chuchota-t-il.

Lorsqu'elle confirma d'un signe de tête, Jackson braqua son regard sur elle.

— Tu veux bien me raconter ce qui s'est passé ? Ce qui s'est *vraiment* passé ?

Scarlett se doutait qu'il n'allait pas se contenter de vagues explications et, de toute façon, elle lui devait la vérité. Il écouta et réagit à chaque détail avec un calme hors du commun : la façon dont Tiffany s'était métamorphosée pour tuer Dahlia et Gwen avant de kidnapper Vivi. La bataille livrée par les Ailes d'Ombre. Sa fin tragique. Les démarches entreprises pour effacer leurs traces.

Lorsqu'elle arriva au bout de son récit, Jackson mêla ses doigts aux siens.

— Je suis vraiment désolé. Et je comprends pourquoi tu as dû couvrir tout ça, mais que va devenir Kappa ? Le danger venait de l'intérieur. Vous ferez quoi si une autre sorcière se met en tête d'éliminer ses rivales pour un autre grigri magique ? Ou si elle s'attaque un jour à sa coloc' ? Et si...

— Il n'y aura pas de « si ». Je saurai gérer mes sœurs. Ça ne se reproduira pas, affirma Scarlett.

— Comment tu peux en être certaine ?

— Je suis une sorcière, répliqua-t-elle avec un sourire en coin. Il y a des choses qu'on sait.

Jackson éclata de rire. Même s'il n'avait pas l'air convaincu à cent pour cent, il n'insista pas.

— Bon, ça me rassure que tu sois saine et sauve. J'étais hyper-inquiet. Je n'ai pas arrêté de penser à toi.

Il plongea ses yeux d'un brun profond dans les yeux de Scarlett, puis il se pencha vers elle. Ses lèvres effleurèrent les siennes, une fois, délicatement.

— J'ai oublié de demander : est-ce que les sorcières ont le droit d'embrasser de simples mortels ? Ou est-ce que l'un de nous va se désagréger au moindre contact ?

En réponse, Scarlett l'attrapa par la nuque et l'attira vers elle.

— Si on veut le découvrir, autant faire ça dans les règles, chuchota-t-elle.

Alors il l'embrassa, pour de bon. Ils échangèrent un baiser langoureux et passionné, le genre de baiser dont on ne revient pas si on s'y abandonne trop longtemps.

Mais Scarlett ne pouvait pas. Pas en ce moment. Jamais, peut-être.

Elle avait enfreint la règle principale des Ailes d'Ombre. La règle cardinale du monde magique. *N'en parle à personne, jamais.* En déballant tout à Jackson, elle avait commis le pire des crimes. Elle l'avait fait pour trois raisons. Il était le demi-frère d'Harper et, à ce titre, elle considérait qu'il méritait la vérité. Au cœur du chaos, elle avait développé des sentiments à son égard. Et elle avait pu compter sur lui à un moment où personne ne lui aurait apporté son aide. Mais elle ne pouvait pas continuer à jouer avec le feu.

Tout indiquait que la crise était passée. Que les Kappa ne couraient plus aucun risque. Mais Jackson avait raison : le danger était venu de l'intérieur. Gwen. Tiffany. Et même, une génération plus tôt, Evelyn Waters. Des Ailes d'Ombre, toutes sans exception. Qui pouvait prévoir comment Jackson réagirait le jour où il découvrirait la puissance des sorcières ? Il posait déjà beaucoup de questions et lorsqu'il finirait, inévitablement, par lever le voile sur les aspects les moins reluisants de leur histoire, il tenterait peut-être d'abattre la maison Kappa. Il s'était attaché à elle ; elle le sentait. Malheureusement, l'aiguille de leurs boussoles morales respectives ne montrait pas le même nord. Et pourquoi ferait-il l'effort de préserver le clan responsable de la mort de sa demi-sœur ?

Scarlett faisait déjà courir trop de risques à ses sœurs. Kappa était ce qui comptait le plus à ses yeux, depuis toujours – et elle ne se sentait pas prête à tirer un trait dessus.

Avec un soupir, Scarlett se détacha de Jackson. Elle ramassa son gobelet de thé sur le banc et invita Jackson à trinquer avec elle.

— Allez, cul sec.

Jackson lui décocha un sourire par-dessus le rebord du gobelet en carton. Un sourire authentique. Spontané. Confiant. Il avala une gorgée de thé, puis une autre.

Scarlett afficha une joie de façade et elle but à son tour, à petits coups. Elle s'était préparé une infusion calmante. De la camomille.

En revanche, elle avait servi à Jackson un breuvage dont la recette avait été perfectionnée par Etta durant de longues années. Les paupières du jeune homme devinrent lourdes, sa respiration ralentit : la potion faisait effet. Il ne dormait pas, pas exactement. Il était détendu, plutôt ; l'esprit grand ouvert, réceptif, si bien que Scarlett pouvait le remodeler à sa guise. Même si elle n'était pas aussi douée en manipulation mentale que Jess ou Tiffany. Elle se concentra, puisant dans la réserve commune de magie, et s'insinua dans l'esprit de Jackson en chuchotant, par allusions et par petites touches.

Il se laissa aisément influencer, beaucoup plus que les enquêteurs, qui s'étaient montrés parfois rétifs à ses messages subliminaux. Elle arrondit quelques angles, effaça tous les souvenirs qui posaient problème. Le rituel maléfique de Gwen, son cadavre, l'existence des sorcières…

Jusqu'à leur baiser. Scarlett trouvait injuste, en un sens, de lui laisser ce souvenir tout en gommant le contexte. Évacuer la composante magique de leur lien, c'était lui mentir, purement et simplement. Elle avait perdu Mason parce qu'elle n'avait jamais joué franc-jeu avec lui. Elle ne voulait pas revivre la même chose avec Jackson.

Même si cela lui déchirait le cœur, elle savait qu'elle prenait la bonne décision. Son monde n'était pas le monde de Jackson. Si elle voulait le protéger, il fallait qu'il reste dans l'ignorance.

Pourtant, elle aurait voulu prolonger cet instant quelques minutes encore. Leur ping-pong verbal. La confiance qu'ils avaient bâtie en bravant le danger ensemble. Elle voulait même qu'il continue à l'appeler par le surnom qu'il lui avait donné, la Fille qui survit à la fin, même si des souvenirs plus que difficiles y étaient associés.

Durant l'enfance, Minnie lui avait livré sa vision de la sorcellerie.

— Être sorcière, c'est se vouer corps et âme à son coven. Un sacerdoce.

Dans l'esprit de Scarlett, cela signifiait que les sorcières sacrifiaient un peu de leur indépendance pour bénéficier de la protection et de la force du groupe, pour accomplir des prouesses à l'échelle collective. C'était cela, être membre d'un clan, être une Aile d'Ombre. D'ailleurs elle ne l'avait jamais ressenti comme une privation de liberté, car elle ne pouvait rêver plus beau cadeau du destin.

Scarlett leva les yeux à l'instant où il se mettait à pleuvoir. Ce n'était pas une pluie banale : c'était sa pluie à elle, une pluie de larmes, et chaque goutte que Jackson recevait était imprégnée de sa magie.

Le cœur serré, elle ramassa le gobelet de Jackson, à moitié vide. Lorsqu'il sortirait de sa transe, le jeune homme garderait en mémoire une longue conversation avec Scarlett, qui lui aurait révélé la vérité : la mort de sa demi-sœur était vraiment accidentelle. Quant à Gwen, la version officielle ne mentait pas, elle avait bien fini asphyxiée dans son logement.

C'était profondément injuste pour ce pauvre Jackson. Il avait consacré deux années entières à chercher des réponses à ses questions, des réponses que Scarlett lui avait fournies avant de les remplacer par des mensonges. D'une certaine façon, elle avait refermé une parenthèse capitale dans sa vie. Elle voulait croire qu'il finirait par admettre la perte d'Harper et qu'il atteindrait une forme de paix.

Elle posa une main sur son épaule.

— Ne t'inquiète pas, au réveil tu auras l'impression qu'il ne s'est rien passé, chuchota-t-elle.

Dans une heure, Jackson serait redevenu lui-même, tout juste un peu vaseux. D'ici là il resterait sous l'influence de la potion, hypnotisé par le fleuve, perdu dans ses rêveries. Et pourtant, lorsque sa main entra en contact avec son épaule, il l'attrapa, toujours étourdi, la serra dans la sienne et étudia Scarlett, la perplexité peinte sur le visage.

— Hé, Winter, c'est ça ? Tu es dans une sororité d'étudiantes ?

— C'est bien ça, répondit-elle.

Elle se força à sourire, et cela lui fit l'effet d'une lame de poignard qui lui transperçait le cœur.

Sa gorge se noua. Trop de larmes refoulées. Elle exerça une légère pression sur la main de Jackson et dut faire appel à toute sa volonté pour se détacher de lui et s'en aller.

39

Vivi

— Alors, prête ?

Ariana prit Vivi par le bras lorsqu'elles franchirent la grille en fer forgé, s'engageant sur le sentier bordé d'arbres qui menait à la pelouse principale. Westerly avait généreusement accordé aux Kappa une semaine de coupure pour leur permettre de commencer le travail de deuil et c'était la première fois, depuis ces événements tragiques, que Vivi remettait le pied sur le campus.

— Je crois, oui. Franchement, ça va nous faire du bien de nous changer les idées, répondit Vivi, rajustant sur son épaule la bandoulière de sa besace, qui portait les armoiries de Kappa.

Ariana n'avait pas cours ce jour-là mais elle avait proposé à Vivi de la soutenir moralement.

— Au cas où tu changerais d'avis, Mei organise une séance de purification collective dans la serre, l'informa-t-elle. Personne ne t'en voudra si tu décides de sécher un ou deux cours aujourd'hui.

Elles traversèrent la pelouse qui grouillait d'étudiants affairés et joyeux dont le pire traumatisme avait été, pour la plupart, de décrocher la moyenne à un partiel.

— La vie est mal fichue, tu ne trouves pas ? lâcha Ariana, comme souvent sur la même longueur d'onde que Vivi. Pendant qu'on enterrait notre amie, ils étaient là, très occupés à boire des coups, à se faire livrer des pizzas à deux heures du matin et à se refiler des MST.

— À profiter de la vie, tu veux dire, rétorqua Vivi avec un petit sourire.

— Je choperais un herpès un million de fois si ça pouvait faire revenir Dahlia.

— Ça, c'est la vraie définition de la solidarité féminine.

Ariana s'esclaffa et elles poursuivirent leur chemin quelques minutes sans échanger un mot. L'énergie qui émanait de leurs congénères les déroutait, mais elle apportait aussi un changement bienvenu par rapport au silence qui avait enveloppé Kappa la semaine précédente, dans le sillage du décès de Dahlia. Le choc était surtout rude pour les doyennes, celles qui la connaissaient le mieux.

Vivi ne savait trop quelle contenance adopter. Elle jugeait immoral de mentir à la police mais elle comprenait que les Ailes d'Ombre ne puissent s'offrir le luxe de dire la vérité – en même temps, qui irait les croire ? Vivi allait sans doute devoir s'accoutumer à cette ambiance de secret d'État. Prendre l'habitude de tenir sa langue, de taire tout un pan de sa vie.

Ariana accompagna Vivi jusqu'au seuil du bâtiment de sciences, la serra un instant contre elle et partit acheter des viennoiseries et du café pour les sœurs restées au club. Vivi avait un quart d'heure à tuer avant le début du cours et elle décida de le passer dehors, sur un banc, au lieu d'attendre dans l'amphithéâtre, où elle allait devoir affronter les regards en coin et les murmures de ses camarades, gentils mais avides de ragots. À ce stade, tout le corps étudiant savait que la présidente de Kappa et l'une de ses membres avaient trouvé la mort dans des circonstances étranges et les commérages allaient bon train.

Elle allait prendre place sur le banc quand son regard fut attiré par une silhouette qui avançait sur la passerelle jonchée de feuilles. Un garçon brun vêtu d'un trench beige dont le col relevé, doublé de tissu écossais, protégeait la nuque de la fraîcheur automnale qui s'était installée sur Savannah. Un quart de seconde, le cœur de Vivi oublia de battre et elle esquissa quelques pas dans sa direction, pour l'appeler par son prénom sans rameuter tout le campus.

— Mason.

Pas de réaction. Elle se mit à courir, à petites foulées maladroites.

— Hé, Mason !

Mason se retourna, étonné, mais un large sourire fendit son visage lorsque son regard se posa sur elle.

— Vivi.

Cette voix, qu'elle aurait pu reconnaître entre mille, était aussi réconfortante, aussi délectable, que la chicorée à laquelle elle avait pris goût depuis son installation à Savannah. Elle remarqua ses cernes prononcés. Apparemment il avait passé une semaine compliquée, lui aussi.

— Comment tu vas ? demanda-t-il.

— Je tiens le coup. Merci pour ton message.

Mason avait envoyé à Vivi un SMS, quelques lignes pour lui présenter ses condoléances et lui offrir son épaule si elle avait besoin de s'épancher. Un message aussi gentil que courtois – d'autant plus qu'elle n'avait pas dû lui laisser un excellent souvenir en le plantant là après leur baiser.

— Pas de quoi. Je suis content de te voir. Où tu vas comme ça ? Je t'accompagne quelque part ?

— J'ai cours à dix heures au bâtiment de sciences, mais si tu veux parcourir avec moi les dix derniers mètres – il y a bien dix mètres, non ? – ça me ferait très plaisir.

— Et si on vivait dangereusement en faisant le tour de la pelouse ?

— Et prendre le risque d'arriver avec cinq minutes d'avance au lieu de dix ? relança Vivi, sur le même registre. Je ne sais pas trop…

Ils se mirent à marcher côte à côte.

— Comment tu te sens après tout ça ? demanda Mason. De mon côté, j'ai encore du mal à digérer. Dahlia et Tiffany…

— C'est comme sortir d'un cauchemar, mais je commence à en voir le bout.

— J'ai pas mal pensé à toi ces derniers temps.

Mason observa une pause, puis il ajouta :

— J'ai aussi envoyé un SMS à Scarlett. On a vécu beaucoup de choses ensemble et je sais à quel point elle était attachée à Tiffany.

— Tu as bien fait, déclara Vivi.

— Super. Ça me soulage que vous puissiez toutes compter les unes sur les autres. Ça doit rendre les choses plus faciles, en un sens.

— Oui, d'une certaine façon. Mais on souffre encore plus de leur absence, tu comprends ?

Les réunions n'avaient plus la même saveur sans la présence bienveillante de la charismatique Dahlia. Qui devait prendre la parole en premier, que dire… personne ne semblait le savoir. Privée de sa présidente, Kappa était un navire à la dérive.

— D'un autre côté, cela nous a rapprochées, ajouta Vivi. Tout en nous permettant de relativiser certaines choses. Pour moi, mais aussi pour Scarlett.

— Et c'est bien… non ?

— Très bien.

Ils foulèrent un tas de feuilles détrempées aux teintes rouge et or et, instantanément, Vivi se crispa, l'esprit assailli d'images : les feuilles mortes qui tapissaient la clairière durant le rituel. Les bougies, les ossements, le sang.

— Tu as froid ? s'alarma Mason et, sans attendre de réponse, il ôta son trench et le drapa autour de ses épaules.

— Ça va mieux comme ça ? fit-il.

— Beaucoup mieux.

Vivi ne s'était pas sentie autant en sécurité depuis bien longtemps.

— Formidable. C'est juste que… je ne voudrais pas… bafouilla Mason. Habituellement je ne suis pas comme ça, tu sais.

— Comment ? Incapable de parler anglais ?

— D'ordinaire, je m'en sors mieux.

— Si cela peut t'aider, sache que j'ai eu une discussion avec Scarlett et qu'elle m'a donné son feu vert. Elle nous a donné son feu vert à tous les deux.

Mason s'arrêta net et dévisagea Vivi.

— Donc… tu es en train de me dire que ça ne la dérangerait pas…

Vivi confirma de la tête. Mason sourit, si largement que sa fossette, qui la faisait tant craquer, se creusa, puis il se ressaisit et redevint sérieux.

— Et toi ? Qu'est-ce que tu veux, toi ? l'interrogea-t-il.

Vivi retourna cette question dans sa tête. Ce qu'elle voulait ? Elle aspirait à tant de choses. Devenir une sorcière émérite. Trouver sa voie, faire de Westerly sa maison. Vivre une histoire d'amour, une vraie, de celles dont elle rêvait depuis des lustres : passer des soirées tranquilles à deux, papoter dans un café accueillant, faire un petit tour à la librairie, se promener main dans la main sur le campus à la nuit tombée dans la lumière des lampadaires faisant concurrence à la lune. Mais elle ne voulait pas vivre ce genre d'idylle avec le premier venu : c'était Mason qui avait ravi son cœur. Elle voulait le taquiner parce qu'il avait bâclé une gaufre, le bombarder de questions sur les conférences auxquelles il assistait, l'écouter raconter son périple en Europe cet été. Elle voulait être avec lui, tout simplement.

Mais elle n'oubliait pas ses sœurs. Elle souhaitait qu'elles connaissent toutes la joie, la santé, la sécurité. Elle souhaitait qu'elles restent unies, quoi qu'il arrive.

Alors elle posa une main sur le bras de Mason et déclara :

— Une seule règle : mes sœurs passent avant. Si Scarlett change soudain d'avis et éprouve un malaise vis-à-vis de nous, c'est terminé. On est d'accord ?

Mason hocha vivement la tête.

— Bien sûr.

Vivi esquissa un sourire, incapable de se contenir plus longtemps. Elle posa une main sur la nuque de Mason, puis elle approcha son visage du sien.

— Dans ce cas, tu veux savoir ce que je veux, Mason Gregory ? C'est toi que je veux, souffla-t-elle.

Cette fois-ci, lorsque leurs lèvres se scellèrent, ils s'abandonnèrent à leur étreinte. Mason l'attrapa par la taille et la serra contre lui, si fort qu'il la souleva de terre. Vivi avait appris un sort de lévitation pendant sa période d'essai mais, à cet instant, elle comprit que l'amour était plus puissant que n'importe quelle formule magique.

40

Scarlett

Scarlett se tenait debout sur le toit du foyer, sous un ciel constellé d'étoiles, dans le silence et la fraîcheur de la nuit. Le disque de la lune répandait sa lumière, d'un orange velouté, comme les moissons. Debout près d'elle, Tiffany était vêtue d'une ample robe d'un blanc virginal que son amie voyait pour la première fois. Scarlett était heureuse de recroiser Tiffany, même si ce n'était qu'en rêve. Celle-ci se retourna et observa la volière, d'où provenait un concert de roucoulements et de froufrous.

— Je crois que j'ai toujours été comme les corbeaux dans cette cage. Emprisonnée, murmura-t-elle.

— Je regrette que tu ne sois pas venue me voir, lui dit Scarlett. Je regrette que tu ne te sois pas confiée à moi. Peut-être que les choses auraient pris une autre tournure.

— Rien n'aurait pu me faire changer d'avis. Sois honnête avec toi-même : tu n'aurais pas fait pareil pour ta mère ? Pour Minnie ?

Scarlett se perdit dans ses réflexions.

— Peut-être que j'aurais choisi la même voie que toi, mais Minnie aurait préféré me tuer de ses propres mains plutôt que de me laisser tuer une autre sorcière pour elle. Ma mère aussi.

Au souvenir des crimes commis par Tiffany, elle sentit la colère monter.

— Tu as trahi notre nature profonde. Ta mère n'aurait pas voulu ce qui s'est passé ; le prix à payer est trop élevé. Cela ne valait pas la peine de sacrifier ces vies. Ni de sacrifier la tienne.

Tiffany l'étudia, comme si elle composait soigneusement sa réponse. Une tristesse infinie s'afficha un instant sur ses traits, puis elle sourit.

— Tu étais ma meilleure amie, Scarlett. Mais on n'était pas taillées dans la même étoffe.

La défunte s'approcha de la volière, tapota dessus. Les corbeaux prirent leur envol et s'égaillèrent dans la nuit. Elle jeta un regard à Scarlett par-dessus son épaule.

— Promets-moi une chose.

— Je te promets tout ce que tu veux, répondit Scarlett, espérant que Tiffany n'allait pas lui demander l'impossible.

— Promets-moi de prendre de ses nouvelles.

Scarlett eut un pincement au cœur.

— Pas besoin de me le demander. Je vais m'assurer qu'on prend bien soin de ta mère.

— Autre chose, ajouta Tiffany, les yeux brillants.

— Quoi ?

— Promets-moi que mes actes ne t'empêcheront pas de développer ton plein potentiel.

Avant que Scarlett ne lui réponde, un corbeau croassa au-dessus d'elle. Levant la tête, elle vit l'oiseau aux yeux jaunes tracer des cercles dans le ciel. C'était son petit chouchou, Harlow. Lorsqu'elle reporta son attention sur Tiffany, celle-ci avait disparu. En revanche, un corbeau aux yeux bleus et au plumage noir de jais s'était perché sur le garde-fou. Il cligna des paupières, une fois, puis déploya ses ailes et s'éloigna dans la nuit, rejoignant Harlow.

Scarlett se réveilla, le nom de son amie aux lèvres. Le soleil entrait à flots par les fenêtres. Elle était dans son lit, à Kappa, et même si elle savait qu'elle avait dormi, la conversation qu'elle avait eue avec Tiffany lui paraissait trop concrète pour n'être qu'un rêve. Scarlett espérait qu'elle avait trouvé la paix, là où elle se trouvait à présent. Qu'elle fendait le firmament à tire-d'aile, entourée de sa nouvelle fratrie.

— Au revoir, mon amie, chuchota Scarlett en priant pour que, quelque part, l'âme de Tiffany parvienne à l'entendre…

Et alors, par la fenêtre restée ouverte, elle aurait juré entendre un croassement lointain en réponse.

Après le dîner, on frappa à la porte de Scarlett. Vivi passa la tête par l'entrebâillement.

— On ne va pas tarder à descendre. J'ai pensé que ça serait sympa si je t'aidais à te préparer, pour changer.

— Bonne idée, répondit Scarlett.

Sa Cadette entra et posa ses tarots sur la table.

— Tu as largement démontré que tu peux te passer des cartes lorsque tu jettes un sort, déclara Scarlett.

Vivi esquissa un sourire. Cela faisait plusieurs jours que Scarlett ne l'avait pas vue aussi rayonnante, aussi heureuse. Elle se demanda si elle avait croisé Mason. Elle se demanda aussi s'ils s'étaient embrassés. S'ils étaient officiellement en couple… puis elle chassa cette pensée de son esprit. Elle se remettait doucement de sa rupture ; il y avait des jours avec et des jours sans, et elle devait encore apprendre à tourner la page Mason, à ne pas ressasser le passé.

— Ferme les yeux, ordonna Vivi, et Scarlett sentit la magie lui chatouiller les paupières lorsque sa Cadette commença à l'embellir.

Elle risqua un regard furtif par la fenêtre. La pleine lune frôlait la cime des arbres, diffusant une lueur apaisante sur le campus.

— Arrête de cligner des yeux comme ça, s'agaça sa maquilleuse.

Scarlett obéit, réprimant un sourire.

— Toutes mes excuses.

— Comment veux-tu que j'embellisse la future présidente de Kappa si elle n'arrête pas de gigoter ? la taquina Vivi.

— Ça m'étonnerait que je sois élue, répondit Scarlett avec une grimace.

Sa Cadette lâcha un petit rire narquois. Elles avaient déjà abordé ce sujet une bonne dizaine de fois.

— Tu veux rire. Comme si on allait voter pour quelqu'un d'autre après ce qu'on a traversé.

Dahlia décédée, les Kappa ne pouvaient se permettre de laisser le siège de présidente vacant une année entière. Il fallait nommer au plus vite celle qui allait lui succéder. De préférence avant le rituel de pleine lune, autrement dit ce soir, car elles auraient besoin des directives d'une sorcière expérimentée, capable d'officier et de canaliser correctement leur magie.

À une époque, Scarlett aurait sauté sur l'occasion qui se présentait à elle. Aujourd'hui, c'était une autre histoire.

— Je ne suis même pas présidente et j'ai déjà provoqué catastrophe sur catastrophe. Je n'ai pas vu que ma meilleure amie partait en vrille ; je me suis fâchée contre toi, en m'accrochant à des détails, alors que j'aurais dû rester focalisée sur nos soucis.

Et si j'avais décroché mon téléphone quand Vivi m'a appelée ce soir-là, c'était une question qui revenait sans cesse dans la tête de Scarlett.

— Et, pour aggraver mon cas, j'ai tout raconté à une personne extérieure au coven, ajouta-t-elle.

— Tu m'as dit que c'était réglé, répondit Vivi.

Scarlett ne l'avait avoué à personne, pas même à Mei, mais quelques jours après avoir effacé les souvenirs de Jackson (et après plusieurs coupes du fameux vin chaud d'Etta, aromatisé à la cannelle), elle s'était confiée à sa Cadette. En fait, elle lui avait ouvert son cœur. Jamais elle n'aurait cru faire un jour de Vivi sa confidente.

— Oui, mais j'aurais dû tenir ma langue dès le départ, rétorqua Scarlett.

Elle repensa au moment où elle avait croisé Jackson au cours de philosophie et une sensation désagréable prit naissance au creux de son estomac. Le regard de Jackson s'était attardé sur elle et, une fraction de seconde, elle s'était demandé si la potion avait réellement fait effet. Puis il avait tourné la tête et lâché une remarque caustique sur la théorie du contrat social. Là, Scarlett avait poussé un ouf de soulagement. Pourtant, l'expérience lui avait laissé un arrière-goût amer. Une part d'elle-même aurait voulu qu'à un niveau inconscient, Jackson garde une trace du lien qu'ils avaient tissé – tout en sachant que c'était un souhait idiot, et contraire au bon sens. *Tu as fait ce qu'il fallait,* se rappela-t-elle. Il n'y avait pas mille solutions.

— Au bout du compte, tu as fait ce qu'il fallait, répondit Vivi – et Scarlett se demanda si sa Cadette n'était pas télépathe, comme ses sœurs Épées. Et c'est le plus important. Mais ne tire pas un trait sur l'amour, Scarlett. Pourquoi tu ne repartirais pas à zéro avec Jackson ? Rien ne t'oblige à l'informer de ce qu'il s'est passé avant.

Scarlett considéra les paroles de Vivi et un déclic se produisit. C'était Mason qui lui avait brisé le cœur, mais elle n'arrivait pas à oublier le baiser de Jackson. Ses lèvres avaient laissé une empreinte indélébile sur les siennes. Et sa mémoire à elle était toujours intacte ; elle ne pouvait effacer les sentiments qu'il avait éveillés. Malheureusement elle était une sorcière et lui, un homme normal – cela n'avait pas changé. Et s'ils se mettaient en couple, elle ne supporterait pas de lui cacher la vérité, comme elle l'avait cachée à Mason.

— Ce ne serait pas pareil, dit Scarlett sur un ton ferme.

Vivi accompagna son sourire attristé d'un hochement de tête, comme si elle comprenait ce que sous-entendait son Aînée. Elle se remit au travail dans un grand silence. Au bout d'un moment elle tapota l'épaule de Scarlett.

— C'est bon, tu peux regarder.

Scarlett jeta un regard dans le miroir et écarquilla les yeux. Son reflet était à la fois familier et métamorphosé. Les mêmes yeux noisette, la même peau caramel mais des pommettes mises en valeur, plus hautes, plus dessinées, des cils allongés et des lèvres pulpeuses, rehaussées par un rouge vif – peut-être était-ce un effet d'optique dû à la couleur.

Ses boucles étaient retenues par des dizaines d'épingles scintillantes en forme de feuilles aux teintes automnales, orange brûlée, grenat, péridot. Sa chevelure cascadait dans son dos sur sa robe de cocktail noire.

En temps normal, le sabbat des moissons avait pour objectif de célébrer les fruits du labeur humain avant la saison froide. Ce soir, l'ambiance promettait d'être morose : quelques jours après les funérailles de Tiffany et de Dahlia, les Kappa s'étaient proposé de rendre hommage au cycle de la vie, de la mort et de la renaissance.

Cela rappela à Scarlett qu'elle n'était pas faite pour occuper un poste à responsabilité – encore moins à Kappa. Elle avait peut-être l'allure d'une présidente, mais elle ne s'en sentait pas capable.

— Ça ne te plaît pas ? lui demanda Vivi, en se mordant la lèvre.

Scarlett la rassura d'un signe de tête.

— J'aime beaucoup, Vivi. Merci.

Elle se mit debout et se dirigea vers la porte-fenêtre. Ses sœurs s'affairaient déjà dans le jardin. Juliet attisait le feu de joie quand Jess se chargeait d'ajouter aux bûches, à intervalles réguliers, des fagots d'herbes séchées. Ces deux-là ne s'étaient pas quittées plus d'une minute depuis cette nuit tragique.

Elles étaient comme les doigts de la main, et Scarlett s'en réjouissait. Après ce qu'elle avait vécu, elle aussi voulait s'accrocher aux personnes qu'elle chérissait.

À ses sœurs, en tout premier lieu. C'était pour elle une perspective intolérable de ne pas se montrer à la hauteur des attentes qu'elles placeraient en elle.

— Il se passerait quoi si vous me nommiez à la tête de Kappa et si je... si je fichais tout en l'air ?

Sous l'haleine de Scarlett, le carreau s'embua. Elle parlait si bas qu'elle doutait que Vivi arrive à l'entendre.

Un battement de cœur plus tard, sa Cadette se matérialisa à côté d'elle.

— Si tu te mets autant la pression, ça me suffit pour prouver que tu feras une excellente présidente.

Scarlett partit d'un grand rire.

— Je suis sérieuse, enchaîna Vivi en croisant son regard. Les dirigeants qui ont marqué l'histoire ont surgi pendant des périodes d'incertitude, où il fallait de la poigne. On a besoin de toi, Scarlett. Plus que jamais. Si tu étais en train de bomber le torse, si tu soutenais mordicus que tu avais l'ambition de devenir la meilleure présidente de l'histoire de Kappa, c'est là qu'il faudrait s'inquiéter. On sait ce que ça donne quand les gens sont assoiffés de pouvoir.

Ça donne Tiffany, songea Scarlett.

Au cours des deux dernières semaines, elle avait passé un temps fou à tenter de faire le tri dans les émotions que suscitait en elle le souvenir de sa meilleure amie ; elle se sentait tiraillée entre la répugnance et l'affection. Et son cœur s'était brisé lorsqu'elle avait vu sa mère s'effondrer, ravagée de sanglots, pendant les funérailles. À cet instant, elle avait compris ce qui avait poussé Tiffany à commettre l'irréparable.

Et cette prise de conscience l'avait plongée dans l'effroi. Peut-être qu'un jour elle aussi ferait les mauvais choix par amour.

Non, hors de question. En assistant, aux premières loges, à la fin funeste de Tiffany, elle avait vu quel sort l'attendait si elle choisissait le camp du mal, elle avait pris la pleine mesure des répercussions d'une quête effrénée de pouvoir. C'était la leçon que Tiffany lui avait enseignée. À elle de s'assurer qu'elle retiendrait cette leçon et qu'elle ne reproduirait jamais l'erreur de son amie.

En attendant... Vivi disait vrai. Ses sœurs avaient besoin d'elle. Scarlett ne savait pas si elle méritait d'occuper la fonction de présidente mais, si tel était leur souhait, elle relèverait ce défi.

Kappa en priorité, en dernier, et toujours.

— Je suis prête, annonça-t-elle au reflet de Vivi.

Sa Cadette sourit avant de se diriger vers la porte.

— Bien. On n'attend plus que toi, boss.

Mei et Etta s'étaient chargées des préparatifs, aidées de Juliet et de Jess. Elles avaient préparé l'autel qui disparaissait sous les pommes et les poires, les cynorrhodons et les mûres, les courges et les kakis. Les première année avaient également mis la main à la pâte, littéralement, puisqu'elles avaient confectionné les petits pains au babeurre et le cidre chaud aux épices. L'heure était aux réjouissances.

Elles avaient également rapporté de la serre une chaise et une petite table en fer forgé sur laquelle elles avaient posé une assiette copieusement garnie ainsi qu'un verre rempli à ras bord de vin. Sur le dossier de la chaise elles avaient drapé la toge de cérémonie écarlate de Dahlia et décoré la table de bougies rouges et d'orchidées violet profond qui poussaient dans la serre. Ainsi, Dahlia aurait sa place parmi elles.

L'émotion submergea Scarlett. Elle savait que leur présidente aurait été sensible à cette attention. Elle s'était vouée corps et âme à Kappa. Pour ses sœurs, elle avait fait l'ultime sacrifice.

Scarlett comptait la rendre fière d'elle.

Elle sortit le tarot qu'elle avait hérité de Minnie et le posa sur la table, à côté des tarots des autres sorcières, avant de prendre la parole.

— Mes sœurs, merci d'avoir répondu à la convocation ce soir.

Elle les regarda, l'une après l'autre. Pour l'occasion, les membres de l'assemblée s'étaient mises sur leur trente-et-un : elles portaient toutes des petites robes noires, à l'exception de Juliet qui s'était fendue d'un élégant costume trois-pièces, noir toujours. Le noir des corbeaux. Le noir du deuil. Et chacune avait autour du cou, au bout d'une chaîne toute simple, l'amulette qui symbolisait leur appartenance à Kappa.

— Ces dernières semaines, poursuivit Scarlett, ont été particulièrement éprouvantes pour notre coven. Nous avons enduré la mort et la trahison. Nous avons vu l'une des nôtres emportée dans la fleur de l'âge – tous les regards se tournèrent vers la chaise qu'aurait occupée Dahlia – et nous avons découvert qu'une autre avait transgressé nos serments les plus fondamentaux, les plus sacrés.

L'assemblée respecta un moment de silence, perturbé par les reniflements discrets d'Ariana. Vivi enroula un bras autour des épaules de son amie.

— Nous n'oublierons pas nos sœurs. Ni leur abnégation ni leurs erreurs. Mais les moissons annoncent une période d'abondance. Une période où l'on célèbre la générosité de la nature tout en préparant l'hiver, long et sombre, qui approche.

Scarlett tendit la main à Mei, sur sa droite, et à Vivi, sur sa gauche. Elles nouèrent leur main aux siennes.

L'une après l'autre, les Ailes d'Ombre fermèrent le cercle.

— Ce soir, notre rituel va renouveler le lien indestructible qui nous unit. Nous allons nous jurer loyauté, mettre nos pouvoirs et notre fidélité en commun. Mais avant cela, ajouta Scarlett en redressant les épaules, nous devons élire une nouvelle présidente.

À Kappa, la tradition voulait que la présidente en titre désigne la sœur qu'elle jugeait digne de lui succéder et il était rare que cette dernière ne soit pas élue dans la foulée, et à l'unanimité. Malheureusement, au vu des circonstances…

— Mei ?

Mei rassura son amie par une légère pression de la main et se pencha pour ramasser une petite gerbe de plumes posée à ses pieds. Pas les plumes d'un blanc pur dont elles s'étaient servies lors de la cérémonie de recrutement, non : celles-ci étaient noires, un noir parcouru d'irisations vertes et pourpres.

Mei les distribua aux membres de l'assemblée. Entre-temps, Scarlett clarifiait la procédure :

— Chacune nomme sa candidate. Une fois les candidates désignées, nous procédons au vote.

Mei adressa un clin d'œil à Scarlett lorsqu'elle lui tendit une plume.

— Ma candidate est Scarlett Winter, déclara-t-elle, prenant tout le monde de vitesse.

— Moi aussi, lança Vivi.

Scarlett inclina la tête. Elle s'y attendait.

— Très bien. D'autres noms ?

Un grand silence se fit. Scarlett balaya du regard les visages autour d'elle, dans l'expectative. Peut-être que Jess allait proposer la candidature de Juliet, ou Etta celle de Mei ? Elle n'entendit que le bruissement des feuilles caressées par le vent, qui jouait avec les jupes des filles et essayait de les décoiffer.

Scarlett sentit une boule se former dans sa gorge. Ses sœurs la regardaient fixement, attendant la suite. Comme si la réponse était évidente.

— Mais… lâcha-t-elle.

Mei l'interrompit aussitôt :

— Procédons au vote.

La plume qu'elle tenait dans son poing se redressa, presque au garde-à-vous, renvoya un éclat fulgurant et s'ébouriffa. Puis, barbe par barbe, lamelle par lamelle, ses pigments changèrent et elle sembla se revêtir d'or pur.

Lentement les autres plumes subirent la même métamorphose, celle de Vivi en dernier. La Cadette sourit, une lueur de fierté au fond des yeux, et salua son Aînée d'un moulinet de son témoin. Les autres firent de même. Seule la plume de Scarlett resta obstinément noire.

Ses sœurs la dévisagèrent, interloquées par ce manquement au rituel. Scarlett embrassa le cercle du regard, méditant sur les difficultés d'être une sorcière, d'être une Aile d'Ombre. Tous ses rêves s'exauçaient, d'une façon qu'elle n'aurait jamais osé imaginer. Ce n'était pas une ascension triomphale mais un choix surgi de la douleur et de la nécessité. Étudiant les vides laissés par les absentes, elle comprit qu'elle était plus forte qu'elle ne le pensait, et ses sœurs aussi.

À l'époque où Scarlett se préparait à sa soirée de recrutement, Minnie lui avait dit : *Rien ne t'interdit de devenir la sorcière la plus puissante au monde, tant que tu crois en toi et que tu crois en tes sœurs. Mais être la meilleure sorcière et être la meilleure Aile d'Ombre, ça n'a absolument rien à voir.*

Sur le moment, elle n'avait pas prêté attention aux paroles de sa nourrice, pourtant empreintes de sagesse. Minnie avait un cœur d'or. Avec le recul, Scarlett percevait la vérité derrière ce qui n'avait d'abord été que des mots. Depuis la nuit des temps, être une Aile d'Ombre était synonyme d'excellence. Mais cette supériorité n'allait pas forcément de pair avec l'attention aux autres. Les sorcières étaient dans une émulation constante. Cette pression les poussait à donner le meilleur d'elles-mêmes – c'était en tout cas l'avis de Scarlett. Mais elle aurait peut-être évité la catastrophe si elle avait pris le temps de comprendre ce que traversait Tiffany. Si elle avait compris la souffrance de son amie, si elle l'avait empêchée de faire du mal aux autres.

Il y avait tout un pan de leur histoire, de leur identité, auquel elles avaient tourné le dos. Combien de sorcières devraient trouver la mort avant qu'elles commencent à tirer des leçons de leurs erreurs ?

Scarlett posa son regard sur chacune de ses sœurs.

— Je sais que je me suis trompée, et lourdement. Je sais que, par ma faute, vous avez couru un grave danger. Mais si vous m'accordez votre confiance, je propose de réformer notre coven de fond en comble. D'accorder autant de valeur à la solidarité qu'au pouvoir. Nous pouvons corriger le cap, j'en suis intimement persuadée. Nous assurer que ce qui est arrivé à Gwen et à Dahlia, et à Tiffany, et à Evelyn il y a tant d'années, ne se reproduise pas. La condition, c'est de garder les yeux ouverts. C'est d'accepter le fait qu'en chacune de nous une graine de mal ne demande qu'à germer. J'accepte le poste de présidente si, et seulement si, vous acceptez toutes de transformer Kappa. Si vous acceptez de regarder votre part sombre au lieu de l'ignorer. Si vous voulez tirer fierté de votre appartenance au coven. Je vous accorde un moment, au cas où l'une de vous voudrait changer la couleur de sa plume.

Quelques secondes de flottement. Jess serra plus fort la main de Juliet. Bailey échangea un regard avec Ariana. Mei se contenta de fixer Scarlett, impassible. Vivi finit par briser le silence.

— La seule plume qui se fait désirer, grande sœur, c'est la tienne, déclara-t-elle dans un sourire.

Les autres confirmèrent en hochant énergiquement la tête.

Surprise, Scarlett ravala des larmes d'émotion. Elle lança un dernier regard vers la chaise qu'aurait dû occuper Dahlia.

Je ne te décevrai pas, promit-elle à son mentor. Puis elle leva sa plume et laissa les barbes dorées miroiter sous le ciel nocturne.

Son regard passa d'une sœur à l'autre. Elles avaient affronté le mal, elles l'avaient vaincu. Il n'était écrit nulle part qu'elles allaient devoir livrer cette bataille une seconde fois. Seul l'avenir le dirait.

— J'accepte, dit-elle simplement, et elle regarda les plumes s'envoler, se diriger vers le centre du cercle et s'enchevêtrer pour former une couronne.

Scarlett inclina la tête. Vivi attrapa la couronne de plumes et ceignit délicatement le front de la nouvelle présidente de Kappa. Une fraction de seconde, leurs regards se croisèrent.

Scarlett sentit la magie de ses sœurs circuler dans ses membres, puis l'envelopper. Et elle comprit pleinement, pour la première fois, ce qu'« être une sorcière » signifiait. Le pouvoir. L'altruisme. L'honneur que cela représentait. Vivi avait raison. Elle allait s'en sortir haut la main.

Elle était une sorcière. Elle était une Aile d'Ombre. Et, entourée de ses sœurs, elle était invincible.

Ce livre existe grâce au travail de toute une équipe.

Communication : Caroline Babulle, Sandrine Perrier-Replein, Typhaine Maison, Adélaïde Yvert.

Coordination éditoriale et administrative : Céline Poiteaux, Martine Rivierre.

Studio : Pascaline Bressan, Barbara Cassouto-Lhenry, Joël Renaudat.

Fabrication : Muriel Le Ménez, Céline Ducournau, Bernadette Cristini, Sophia Paroussoglou, Phousa Chantharath, Isabelle Goulhot, Émilie Lapan (Canada).

Correction : Emmanuelle Coppeaux, Valérie Gautheron.

Commercial, relation libraires et marketing : Laetitia Beauvillain, Alexandra Profizi, Élise Iwasinta, Morgane Rissel, Aurélie Scart, Clément Vekeman.

Cessions de droits : Isabelle Votier, Benita Edzard, Lucile Besse, Sonia Guerreiro.

Gestion : Sophie Veisseyre, Chloé Hocquet, Isabelle Déxès, Camille Douin.

Service auteurs : Viviane Ouadenni, Jean-François Rechtman, Catherine Reimbold.

Ressources humaines : Mylène Bourreau.

Juridique : Laëtitia Doré, Anaïs Rebouh, Valérie Robe, Jean-Benoît Vassogne, Julia Crosnier.

Diffusion : Aurélia Spalacci (directrice des ventes), Nadine Eugénie, Céline Pitt, Arnaud Weill, Hervé Adamczyk, Annie Bourgade, Éric Charpentier, Gilles Couillard, Sandrine Ducrocq, Élisabeth Ehlinger, Guillaume Loras, Jean-Philippe Pilloux, Philippe Maulnier, Gilles Torché, Élisabeth Gastaldo, Jean-Pierre Stephany (Belgique), Olivier Béguin (Suisse), Jean Bouchard et Marie-Ève Provost (Canada), Emmanuelle Cadot, Virginie Godet et Caroline Pan.

Avec le soutien des équipes d'Interforum et d'Editis qui participent à la création, la diffusion et la distribution de ce livre.

Canoros Vehit Canentes

Composition et mise en pages
Nord Compo à Villeneuve-d'Ascq

Imprimé en France par CPI
en septembre 2021

MIXTE
Papier issu de
sources responsables
FSC® C003309

L'éditeur de cet ouvrage s'engage dans une démarche de certification FSC® qui contribue à la préservation des forêts pour les générations futures.

Pour en savoir plus :
www.editis.com/engagement-rse/

N° d'édition : 62492/01 – N° d'impression : 3045434